인덱스

Index

© Tetsuya Honda, 2014, 2017
All rights reserved.
Original Japanese edition published by Kobunsha Co., Ltd.
Korean Publishing rights arranged with Kobunsha Co., Ltd. through Shinwon Agency Co., Seoul.

이 책의 한국어판 저작권은
신원 에이전시를 통한 저작권자와의 독점 계약으로 자음과모음에 있습니다.
저작권법에 의해 한국 내에서 보호받는 저작물이므로 무단 전재와 무단 복제를 금합니다.

혼다 데쓰야
이로미 옮김

인덱스
インデックス

자음과모음

언더커버	7
여자의 적	77
그녀가 있던 카페	137
인덱스	167
개평	215
취조관 레이코	281
꿈속에서	305
어둠의 빛깔	345

언더커버

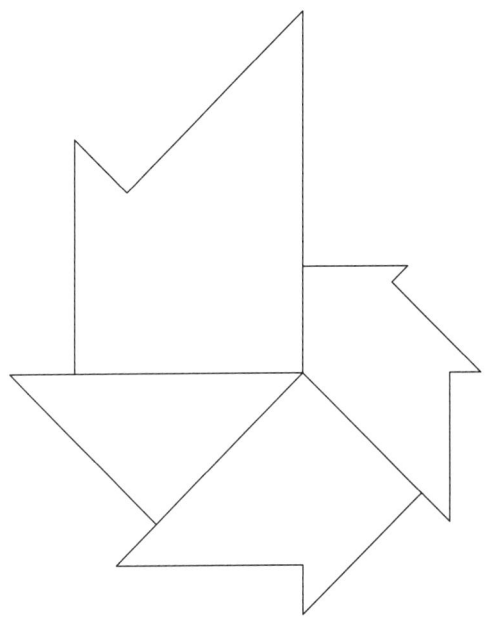

『호세키 더 미스터리 쇼세쓰호세키 특별 편집
(宝石 ザ ミステリー 小説宝石特別編集)』, 2011년 12월

* 본문 속의 각주는 모두 옮긴이의 것입니다.

경시청 본부의 여러 취조실 중에서 히메카와 레이코가 선택한 방은 11호실이었다. 1은 영어로 one. 발음이 같은 다른 말로 바꾸면 won, 바로 승리다. 11호실은 승리가 두 번이나 겹친다. 이보다 더 재수 좋은 방은 없다. 다시 말해 이번 범인을 상대하려면 그 정도로 기합을 단단히 넣어야 한다는 뜻이다.

요시다 가쓰야, 43세. 지난번 취조 때 묵비권과 변호사 선임권을 설명해주었다. 요시다는 애매하게 고개만 끄덕일 뿐 딱히 변호사를 만나겠다는 뜻은 드러내지 않았다.

레이코는 거뭇거뭇 수염이 올라오기 시작한 요시다의 턱을 보았다.

"몰골이 참 가관이네요."

레이코의 등 뒤 오른쪽에 대기하고 있는 수사 2과 소속 도이 주임의 얕은 한숨 소리가 들렸다. 원래 절차대로라면 이런 사안은 수사 2과 경관이 취조해야 옳지만 이번에는 특별히 이케부쿠로 서 강력계 담당 계장인 레이코가 그 소임을 맡았다.

요시다도 지루하다는 듯이 한숨을 쉬었다.

레이코는 그런 그의 일거수일투족이 마음에 들지 않았다.

"왜 그랬어요?"

사람은 저마다 자기만의 인간관을 갖고 있고, 물론 레이코도 마찬가지다. 청탁, 명암, 애증, 표리. 양면을 가진 까닭에 인간이라고 생각한다. 100점 만점의 선한 사람이 없듯 손톱 끝부터 깊은 뼛속까지 악한 사람도 없다. 지금까지 레이코가 담당했던 살인범들도 차분히 마주해보면 인간다운 온기나 인정 한 조각쯤은 보여주었다. 희대의 살인 사건 '스트로베리 나이트'의 주범도 실범 '에프'가 배신했다는 사실을 알았을 때 크게 동요했다. 애초에 그 사건은 삶과 죽음의 가치판단이 둔해진 현대사회에 대한 안티테제적 측면이 있었다. 절대로 허용해서는 안 될 범죄였지만 누군가가 그 사건에 아무 의미도 없었느냐고 묻는다면 레이코는 아니라고 대답할 것이다. 인간은 '스트로베리 나이트'식이 아닌 다른 방식으로 그러나 같은 명제를 고민해야 한다고 생각한다.

극단적인 논리겠지만 취조란 범행 의도와 대척점에 있는 심리, 즉 범행 동기의 핵심을 이루는 범인의 심리에 도달하기 위한 행위라고 레이코는 이해하고 있었다. 사랑해서 미워했다는 걸까. 불우한 환경에서 벗어나려고 그랬을까. 강박관념에서 도망치기 위해서였을까. 비유하건대 충동 진자다. 진자가 움직인 궤적을 파악하는 것이 피의자의 심리를 규명하는 결정적 열쇠가 된다고 레이코는 믿었다.

그러나 이 요시다 가쓰야라는 남자에게서는 그런 열쇠가 될 만한 충동 진자가 보이지 않았다. 어둠의 대척점에 밝음이 없다. 미움 이면에 사랑이 없다. 막연하지만 그런 인상이 들었다.

요시다는 탁자 위 어느 한 점에 시선을 고정한 채 아주 느린 호흡을 반복했다. 레이코가 하는 말이 귀에 들리는지 어떤지조차 미지수였다. 사실 레이코의 존재 자체를 무시하는 듯한 느낌마저 들었다.

"아내분이 우시더군요. 앞으로 자기는 사키와 둘이서 어떻게 살아야 하느냐면서요."

레이코는 자기가 듣기에도 이런 이야기가 허무하게 느껴졌다. 그런 말을 한다고 이 남자의 태도가 꺾일 거란 생각이 전혀 들지 않았다. 그렇다면 무슨 말을 해야 할까. 무엇을 단서로 굳게 닫힌 이 남자의 마음의 문을 열어젖힐 수 있을까.

요시다가 문득 무언가 떠오른 듯이 시선을 들었다.

"그러고 보니, 제 취조를 왜 형사님이 하시죠?"

약간 비음이 섞이기는 했지만 울림이 좋은 목소리였다.

"형사가 피의자를 취조하는 게 당연한 일 아닌가요?"

"아니, 이런 경우는 보통 수사 2과에서 취조하잖아요?"

어중간하게 아는 척하는 놈이 뭣도 모르는 놈보다 다루기 힘들다.

"그야 뭐, 원래 그렇긴 한데."

"히메카와 형사님은 분명히 이케부쿠로 서의 계장님이실 텐데요."

"맞아요."

"이케부쿠로 서의 그, 뭐였더라…… 형사과 강력계, 맞죠?"

"기억력이 좋으시군요."

명찰을 슬쩍 보여줬을 뿐이다.

요시다는 짐짓 이해가 안 간다는 표정으로 고개를 갸웃거렸다.

"전 누군가를 때리거나 칼로 찌르지 않았어요. 하물며 살인이라니, 천만에요. 그런데 왜 형사님이 나를 취조하는 겁니까?"

그렇다. 레이코가 이 사건의 수사를 고집한 이유는 딱 하나였다.

"아니, 당신이 저지른 짓은 살인이야. 당신은 완벽한 살인자라고, 요시다 가쓰야 씨."

요시다가 한쪽 입매를 씰룩거리며 쓴웃음을 지었다.

흉악하게 일그러진 몹시 사악한 미소였다.

사건의 발단은 레이코가 이케부쿠로 서 강력계에 부임한 직후인 2월 24일 금요일에 일어났다.

그날 밤 레이코는 본서 당직자로 숙직을 서느라 경찰서 2층에 있었다. 이케부쿠로 서 종합민원실은 무슨 이유에서인지 현관에서 한 층 더 올라간 2층에 있었다.

함께 근무를 선 경관은 생활안전과 소속, 에다라는 40대 경사였다.

"저, 히메카와 계장님하고 같이 근무한 적 있습니다. 작년에 본부 특별 수사본부에서요."

"네? 언제요?"

"그 왜, 어떤 직장인이 불순물이 섞인 이상한 마약을 흡입해서 사망한 사건 있었잖습니까? 그때 전 다키노가와 서 생활안전과 소속이었죠. 별로 큰 사건은 아니었지만 갑자기 본부 특수부에 합류하라고 해서 얼마나 놀랐던지."

작년 정초에 있었던 그 사건 말인가? 유감이지만 에다에 대해서는 아무 인상도 남아 있지 않았다.

"그랬어요? 제가 신세를 졌군요."

"아닙니다, 별말씀을요. 신세는 제가 졌죠. 그때 히메카와 계장님 굉장히 멋있으셨습니다. 회의 때는 꼭 맨 앞줄에 앉고, 매번 발언하고, 게다가 회의가 끝나면 강력계 사람들을 몽땅 데리고 잽싸게 회식하러 가셨잖아요. 그뿐인가, 사건이 나면 번개같은 속도로 해결하셨죠. 저희 팀의 젊은 경관들은 전부 계장님 팬이 됐다니까요. 본부로 올라가서 히메카와 반에 들어가고 싶다나 뭐라나…… 그 녀석들, 지금은 기동대로 갔지만요."

형사부 수사 1과 살인범 수사 10계, 히메카와 반. 팀이 정식으로 해체되고 아직 일주일도 지나지 않았다. 그러나 이제는 아주 먼 과거의 일처럼 느껴진다. 아무리 그리워해봐야 다 지나간 일이고, 팀 해체가 아니더라도 경찰관에게 이동은 아주 빈번하다. 히메카와 반이 그렇게 그리우면 한 번 더, 다음에는 자신의 힘으로 예전 멤버들을 불러들이면 될 일이다.

히메카와 반을 다시 꾸리려면 우선 레이코 자신부터 본부로 복귀해야 했다.

"그런 히메카와 계장님이 설마 이케부쿠로에 오실 줄은 몰랐습니다."

에다가 거기까지 말했을 때다.

천장 스피커에서 치이익, 잡음이 났다.

반사적으로 벽시계를 올려다보았다. 10시 40분.

"경시청 본부 통보. 니시이케부쿠로 5가 ×-×번지 가정집에서 자해 사건 발생. 해당 부서 대원들은 속히 현장으로 출동하기 바란다."

무심코 에다와 눈이 마주쳤다. 자해 사건, 곧 자살이다. 한 생명을 구하는 일이라면 생활안전과, 사망했다면 형사과 소관이다.

레이코는 에다와 함께 통신실로 향했다. 마침 안에서 나오던 형사과장 히가시오 경정에게 물었다.

"과장님, 미수인가요, 사망인가요?"

히가시오가 손에 쥔 메모를 보며 고개를 조금 갸웃했다.

"소방청에서 넘어온 사건인데, 생사는 아직 몰라. 현장은 아카기가(家) 자택, 신고자는 중년 여성 아카기 후미코. 부인인가 본데, 자해한 사람이 자기 가족이라고 했대. 이거였나 봐."

그러면서 검지로 목둘레를 따라 휙, 선을 그렸다. 목을 맸나.

"네, 알겠습니다."

일단 4층에 있는 형사부실로 돌아가서 윗옷과 흰 장갑, 완장, 손전등 따위를 챙긴 다음 주차장으로 내려갔다.

"히메카와 계장님! 마침 잘됐군요. 한 자리 비었습니다."

에다가 암행 순찰차의 뒷문을 열고서 레이코에게 어서 오라고 손짓했다.

"고마워요. 난 가운데 앉으면 돼요."

"그럼 쓰나, 계장님께서."

히가시오 과장과 에다 말고도 지능범 수사계와 방범계의 경사들까지 총 다섯 명이 한차에 타고 현장으로 향했다.

레이코는 옆에 앉은 에다에게 물었다.

"니시이케부쿠로 5가면 마루이 백화점 근처인가요?"

부임 닷새째, 아직 레이코의 머릿속에는 관내 거리의 이름도 다 들어 있지 않았다.

"네, UFC 은행 다음 모퉁이에서 들어가면 근처일 겁니다."

그럼 5분도 걸리지 않겠군.

사건 현장의 주소는 에다가 말한 대로 은행 다음 모퉁이에서 왼쪽으로 30미터쯤 더 들어간 지점이었다. 이미 구급차와 순찰차 한 대가 서 있었다. 인근 파출소에서 왔겠지. 제복 경관도 몇 명 보였다.

히가시오를 선두로 하여 현장으로 향했다. 맨 먼저 다가온 사람은 파출소장인지, 경위 배지를 단 지역과 경관이었다.

"수고하십니다."

인사를 하면서 그는 고개를 작게 가로저었다. 목숨을 구하지 못했다는 뜻인가.

히가시오가 살며시 끄덕이며 응수했다.

"역시 액사(縊死)인가?"

"네. 아카기 요시히로, 63세, 창고에서 철제 선반 프레임에다 비닐 끈을 칭칭 동여매서…… ."

"창고?"

레이코가 아무 생각 없이 반문하자 그는 의아하다는 눈빛으로 그녀를 쳐다보았다. 아무래도 자기소개가 필요한가.

"20일자로 강력계에 배속된 히메카와입니다."

"새로 부임한 계장이야."

일단 이해했는지 그도 고개를 숙여 인사한 다음, 이야기를 계속했다.

"도키와 유리라는 유리 식기 도매상입니다. 주거지는 2층, 1층은 사무실과 창고입니다. 도매상이라고 해봐야 죽은 요시히로가 사장, 부인과 종업원 한 명이 전부인 모양이고요."

마침 그때 구급대원이 현장에서 나왔다. 사망이 확인되면 더 이상 그들이 할 일은 없다. 구급대원 세 명이 구급차에 올라타고 현장을 뒤로했다.

그들을 배웅한 히가시오가 이쪽을 돌아보았다.

"에다 경사, 서에 연락해서 후송용 승합차 한 대 보내달라고 해. 히메카와, 자네도 같이 가."

"네."

도키와 유리는 1층 부분이 벽돌담에 둘러싸여 있고, 철제 골조 위에 목조 가옥을 얹은 듯한 변칙적인 구조의 건물이었다. 1층 내부는 창고로, 철제 선반과 종이 상자가 빼곡히 들어차 있었다. 왼편에 보이는 작은 방이 사무실인가. 전등이 켜져 있고 사무용 책상 두 개가 보였다.

시체는 창고 오른편 안쪽, 눈에 띄지 않는 후미진 구석에 있었다. 이미 목을 맨 끈을 풀고 푸른색 시트를 깐 바닥에 눕혀놓은 상태였다. 제복 경관 두 명과 함께 있는 중년 여성이 아카기 후미코인 듯했다.

히가시오가 레이코를 보고 말했다.

"시체는 내가 볼 테니 자네는 부인한테 가봐."

"알겠습니다."

레이코는 후미코에게 머리를 숙여 인사하면서 이야기했다.

"사모님이시죠? 정말 유감입니다. 상심이 크실 텐데, 죄송하지만 몇 가지 여쭐게요."

후미코가 얼굴을 일그러뜨리며 고개를 끄떡이더니 금방 또 하얀 수건으로 눈가를 훔쳤다. 레이코는 그 작고 동그란 어깨를 감싸 안고 사무실 쪽으로 데려갔다. 키가 큰 레이코와 나란히 서니 그녀의 머리가 레이코의 가슴께까지 왔다.

레이코는 그녀를 사무용 책상의 팔걸이의자에 앉힌 다음 저도 좀 앉을게요, 하고 벽에 기대놓은 간이 의자를 펼쳐 앉았다.

우선 두 사람의 이름을 확인했다. 남편 아카기 요시히로는 한자로 '赤木芳弘', 아내 후미코는 '史子'였다.

"그럼 사모님, 어떤 상황에서 남편분을 발견하셨는지 말씀해주시겠어요?"

후미코가 고개를 끄덕이고는 수건을 움켜쥐었다.

"10시쯤이었다고 기억하는데…… 남편이 잠깐 아래층 좀 보고 오겠다면서 내려갔어요."

계단이 어디에 있었더라? 나중에 확인하자.

"사모님은 그때 뭘 하셨죠?"

"TV를 보고 있었어요. 뉴스요."

"남편분께서 평소에도 그 시간에 아래층으로 자주 내려오셨나요?"

"뭐, 장사 일로 무슨 생각이 떠오르거나 하면 내려올 때도 있었고……."

레이코는 맞장구를 치면서 계속 이야기하도록 유도했다.

"그런데 한참이 지나도 돌아오지 않아 무슨 일인가 하고 저도 내려왔어요. 여기 전등은 켜져 있는데 사람은 없고…… 여보, 여보, 불러도 대답이 없었어요. 바깥문은 열쇠가 잠겨 있어서 밖에는 나가지 않았나 보다 생각하고 집 안을 찾아봤는데, 그랬는데……."

후미코는 외마디 신음을 토하며 다시 수건에 얼굴을 묻었다.

"발이…… 어렴풋이 공중에 떠 있는 발이 보였어요. 처음엔 뭔지 몰랐는데, 다가가 봤더니 남편이……."

레이코가 등을 쓸어주자 후미코는 미안하다는 듯이 몇 번이나 고개를 조아렸다. 그럼에도 칼에 찔려 경련을 일으키듯 거친 호흡은 가라앉지 않았다.

"남편을 제 손으로 내려놓으려고 했는데 너무 무거웠어요. 이렇게 양손으로 안고 받쳐 들었는데, 위쪽에는 손이 닿지 않아요. 그래도 아직 체온이 남아 있어서 살릴 수 있을 것 같았어요. 그래서, 구급차를, 불렀어요. 그런 다음 다시 남편의 몸을 들어서 받쳐주려고 남편에게 돌아왔어요. 구급차가 올 때까지 계속 그러고 있었어요. 그 줄을 가위로 끊었으면 좋았을걸…… 멍청하게 그 생각을 못 했어요. 얼른 끈을 잘랐더라면, 만약 그랬다면…….”

발견 시각이 10시 반쯤, 구명 조치 이후 소방서에 신고, 경시청으로 통보되어 이케부쿠로 서에 전달된 시각이 10시 40분, 조치에 별다른 문제는 없었다.

유서의 유무는 나중에 확인해야 한다.

“사모님, 너무 자책하지 마세요. 남편분도 잘 아실 거예요, 사모님께서 당신 목숨을 구하려고 얼마나 애썼는지. 틀림없어요. 그런데 최근 남편분께 무슨 고민거리라도 있었나요?”

후미코는 조금 호흡을 가라앉힌 다음 다시 이야기를 시작했다.

“요즘 매출도 떨어지고 자금 융통 때문에 힘들었어요. 그래도 간신히 융자를 해준 사람이 있어서 그걸로 조금 회복하긴 했죠. 그런데 왜…….”

융자를 해준 사람?

“융자를 해줬다는 분은 개인인가요?”

후미코가 콧물을 훌쩍이면서 고개를 들었다.

“아뇨, 업체인데요.”

“아는 분이셨어요?”

"네, 음…… 서너 달쯤 전에 남편이 다른 도매상 소개로 알게 됐어요."

서너 달 전에 알게 된 사람이 융자를 해주었다? 그것으로 경영은 회복했을 텐데 경영자가 돌연 자살을 시도했다?

"사모님, 요 며칠 영업하시면서 뭔가 이상한 일은 없었나요?"

"왜 그러시죠?"

"뭔가 큰 주문이 들어왔다거나 그런 일 없으셨어요?"

"전 입출금이나 급료 계산만 해요. 주문이랑 재고 관리 일은 전부 남편 혼자 해서 잘 몰라요."

"또 한 사람, 직원분도 모르실까요?"

"하루 씨는 거래와 배달 일만 하니까 모를 거예요. 재고라든지 물품 관리는 저보다 잘 알 테지만 그래도 주문 관계는……."

"남편분은 보통 주문을 팩스로 주고받으셨나요, 아니면 이메일로 하셨나요?"

"팩스요. 그게……."

후미코가 일어서서 맞은편 책상 안쪽으로 들어갔다. 책상 위에 놓여 있는 검은색 서류함의 서랍을 열고 안에서 서류 한 장을 꺼냈다. 맨 위에 '발주서'라는 글자가 크게 인쇄되어 있었다.

"제가 좀 봐도 될까요?"

"네, 그러세요."

깊이가 똑같은 서랍이 다섯 칸. '발주서', '발주서 부본', '주문 팩스', '회신 완료 팩스', '거래 전표'라고 적힌 스티커가 각각의 단에 가지런히 붙어 있었다.

레이코는 우선 '발주서' 칸을 살펴보았다.

도키와 유리에서 각 제조사로 발송한 주문서였다. 상품명과 품번, 수량이 적혀 있었다. 단가 표시는 있기도 했고 없기도 했다. 품번은 한 개뿐이거나, 주문서 하나에 품번 세 개가 같이 적힌 건도 있었다. 수량은 대개 10 또는 20, 많아 봐야 50 정도. 세트인 경우에는 1 또는 2, 많아도 10 정도. 단가는 정가로 수백 엔부터 고가라도 2천 엔 안팎인 경우가 대부분이었다. 그중에는 비고란에 '납기일을 속히 알려주시기 바랍니다.'라는 메모가 첨부된 주문서도 있었다. 최근 열흘 사이의 주문 상황은 대체로 그 정도였다.

다음으로 '발주서 부본' 칸을 열었다. 서랍 안에는 발주서와 동일한 양식의 서류가 보관되어 있었다. 그러나 팩스로 회신을 받아서인지 어느 문서든 글자와 선이 조금 지저분했다.

내용을 살펴보았다.

첫 번째 용지에 적힌 날짜는 2월 15일, 아흐레 전이었다. 제조사 이름인 듯한 'YU 크리스털' 앞으로 보낸 발주서 부본의 내용은 이러했다.

한입맥주잔 5개입 세트/BUL8802/150세트/정가 22,800엔

레이코는 깜짝 놀랐다. 대충 암산해봐도 금액이 300만 엔 이상이었다. 도매업은 정가로 거래하지 않는다는 사실쯤은 기본 상식으로 알고 있다. 그러니까 정가 거래가 아님을 감안한다 쳐

도, 100만 엔 이하 발주서는 아예 보이지 않았다.

　다른 서류도 살펴보았다. 같은 날 이시카와 유리 공방에 넣은 발주서 부본이었다.

　　텀블러 한 쌍/ TWP52/ 200세트/ 정가 31,000엔

　다음 장도 같은 날짜, 수신자는 후지 상사.

　　아마조니아 화병, 높이 270cm/ Y27B/ 120개/정가 31,500엔

이 시점에서 이미 주문 금액이 천만 엔을 넘어섰다.

　비슷한 발주는 사흘 전부터 시작되었다. 총액 7천만 엔 정도. 어디까지나 정가 기준이며, 레이코가 대충 암산한 액수다.

　"사모님, 이건 알고 계셨나요?"

　후미코는 눈물을 닦으면서 그녀가 내민 발주서 부본을 들여다보았다.

　울어서 퉁퉁 부은 눈이 갑자기 번쩍 뜨였다.

　"이, 이게 뭐예요?"

　"YU 크리스털, 이시카와 유리 공방…… 평소에도 거래하던 업체들인가요?"

　"네, 그래요. 아주 옛날부터요. 하지만 무슨, 잠깐만요."

　서류함을 좀 더 자세히 살펴보니 팩스로 받은 대량 발주서 부본 뭉치 밑에서 통상 거래량이 적힌 발주서 부본이 나왔다. 어

제 날짜 서류에서 시작해 두세 장씩 넘길 때마다 날짜는 하루씩 거슬러 올라갔다.

　대량 발주서 팩스 서류만 서랍 맨 위에 가지런히 들어 있었다.

　발주서를 관리한 사람이 요시히로 사장이라면 이렇게 수납한 사람도 그였다고 생각하는 게 자연스럽다. 다시 말해 요시히로는 10여 일 전에 팩스 서류를 일부러 출력해서 정리해두었고 그것을 어딘가에 이용하려고 했다는 추측도 가능하다.

　레이코는 한 번 더 '발주서' 칸을 확인했다. 그러나 역시 없었다. 소량 발주서의 팩스 서류는 있는데 대량 발주서의 팩스 서류는 한 장도 없다. 지금 눈앞에 보이는 발주서에 대한 팩스 회신문은 '발주서 부본' 칸 속에 얌전히 보관되어 있긴 했다.

　이것은 무엇을 의미할까.

　명의는 도키와 유리지만, 이 사무실에서 내지 않은 대량 발주가 제조사로 들어갔고, 그 회신문만 도키와 유리에 송부되었다는 뜻 아닌가.

　아카기 요시히로가 아닌 다른 누군가가 여러 제조사로 대량 주문을 넣었다. 이것이 단순한 장난이라면 착오였다는 말로 끝날 수도 있다. 하지만 실제로 물품이 제조사에서 출고되었다면 일이 어떻게 될까? 수천만 엔어치의 상품이 어딘가로 운송되었지만 도키와 유리에는 납품되지 않았다면? 그런데도 당연히 대금 청구를 받는다. 도키와 유리로 수천만 엔짜리 청구서가…….

　"사모님, 융자를 받으셨다는 돈이 구체적으로 얼마였나요?"

　후미코가 퍼뜩 정신을 차리고 그녀를 올려다보았다.

"300만 엔요. 운영자금으로 임시변통했다고 했어요."

그 돈을 빌미 삼아 진행한 거래라면, 그야말로 대박이다.

"혀, 형사님…… 저기, 이게 그 구로사와 씨가 한 일인가요?"

"융자를 해준 사람이 구로사와 씨인가요?"

"네, 그래요."

현 단계에서는 레이코도 확답하기 어려웠다.

"이것만으로는 뭐라고 드릴 말씀이 없어요. 하지만 남편분이 무언가 문제에 휘말렸을 가능성은 있겠네요. 사모님, 그 구로사와 씨에 대해 좀 더 자세히 말씀해주시겠어요?"

장사꾼의 강단인지, 후미코는 힘이 들어간 눈으로 레이코에게 고개를 끄덕여 보였다.

레이코는 대강 현장 상황과 신분 확인을 마친 뒤 현장에서 나오자마자 히가시오를 불렀다.

"과장님."

"어, 목매달아 자살한 게 맞나 보군."

히가시오가 주머니에서 담배를 꺼냈다. 요즘도 경찰관 중에는 흡연자가 많다.

"일단 감식하고 감찰의는 불렀어."

레이코에게 감찰의라면 구니오쿠지만 아마도 오늘 밤은 당직이 아닐 것이다.

"저기…… 과장님, 도키와 유리는 이번 달에 물품 대금 사기를 당한 것 같습니다. 그랬을 가능성이 높아 보여요."

히가시오가 담뱃불을 붙이려다 말고 손을 멈추었다.

"물품 대금 사기?"

그러고는 라이터를 탁 켰다.

"네. 도키와 유리는 작년쯤부터 사세가 크게 기울어서 회사를 접는다는 말까지 나왔던 모양이에요. 작년 10월쯤 산와 상사의 구로사와라는 인물과 접촉했는데 그에게 300만 엔의 융자를 얻었답니다. 도키와 유리에 드나들던 산와 상사 인물은 세 명인데, 대표인 구로사와 말고도 실세인 오시마라는 남자와 비서인 듯한 이마무라라는 여자가 있었습니다. 구로사와는 아카기 사장이 나고야 방면에서 생활 잡화를 취급하는 체인 쪽과 도매 거래를 할 수 있게 주선해주었죠. 아마도 통상대로 싼 가격에 도매 계약을 맺고 실제로 거래가 시작된 다음 두 달 동안은 정상적으로 대금을 치렀을 테고……."

"잠깐."

히가시오가 연기를 뿜으면서 손을 들어 레이코의 말을 막았다.

"그 얘기, 부인이 그러던가?"

"네."

"자살 원인이 사기라고?"

"아니요. 자살 원인으로 짐작 가는 일이 없는지 묻다 보니 융자 얘기가 나왔습니다. 의문이 들어서 발주서 부본을 확인했는데 도키와 유리의 팩스 번호가 아닌 다른 번호더군요. 아마 어느 편의점 같은 데가 아닐까 싶은데, 수천만 엔어치의 발주가 여러 업체로 들어간 사실을 확인했죠. 실제 피해 금액은 거래처에 확인해봐야 합니다. 지금으로써는 정확하게 말씀드리기가 어렵네요."

낮게 신음한 히가시오가 한 번 더 담배 연기를 뿜었다.

"그게 사실이라면 지능범 수사계를 불러야 하나, 본부에서 2과를 불러야 하나."

통상적으로는 그렇게 해야 한다.

"죄송하지만 과장님, 이 사건 제가 맡으면 안 될까요?"

히가시오가 짝 소리가 났나 싶을 정도로 날카롭게 째려보았다.

"직급이 경위씩이나 되는 자네가 조직 수사를 부정하겠다는 뜻이야?"

"지능범 수사계 경사도 같이 오긴 했지만 단서를 쥔 쪽은 저니까요."

"사건은 먼저 잡았다고 책임자가 되는 거 아니야. 그런 것도 몰라?"

"알겠습니다. 제 부탁은 못 들은 걸로 해주세요."

"……뭐?"

"제가 무례했습니다."

"잠깐!"

히가시오가 목청을 높이더니 가려고 하는 레이코의 두 팔을 붙잡았다.

"왜 그러십니까?"

가볍게 뿌리치자 히가시오는 잡았던 손을 놓았다. 하지만 눈은 여전히 그녀에게 고정되어 있었다.

"못 들은 걸로 해달라니 무슨 뜻이야? 그 말 한마디로 자네 단독 행동이 용인될 거 같아? 실패할 경우를 생각해보라고. 내 선에서 끝나면 좋겠지. 하지만 경우에 따라서는 이케부쿠로 서 간부 전원이 좌천되는 수가 있어."

"그런 일은 없을 겁니다."

두 사람 사이로 칼날같이 날카로운 바람이 휘익 지나갔다.

"그렇게 단언하는 이유가 뭐야?"

"해보기도 전에 실패부터 생각하는 형사가 어디 있습니까?"

"히메카와, 대체 어쩔 셈이야? 자네 전문은 살인이라고. 사기에는 문외한이잖아?"

"아니요, 이건 살인 사건이거든요."

히가시오의 얼굴에 당혹감과 황당함이 동시에 번졌다.

"물품 대금 사기라고 자네가 그랬잖아?"

"물품 대금 사기라는 흉기를 사용한 살인이죠. 거액의 부채라는 질긴 밧줄로 아카기 요시히로는 목이 졸려 숨진 겁니다."

"어디까지나 감정론이잖아. 억지 부려봐야 소용없어."

"그러니 못 들은 걸로 해주시라는 겁니다, 제 말은."

깊은 한숨과 함께 히가시오가 고개를 푹 숙였다.

"나 참, 소문대로 고삐 풀린 망아지로군."

그러면서 어느새 꺼져버린 담배를 휴대용 재떨이에 쑤셔 넣었다.

"이제야 알겠어, 이마이즈미가 일부러 나한테 전화까지 한 이유가 뭔지."

이마이즈미? 예전 수사 1과 살인범 수사 10계장 이마이즈미 경감 말인가?

"계장님요?"

"그래. '히메카와가 그쪽에서 신세를 지게 됐다고 들었습니다. 폐나 끼치지 않을까 걱정인데 그맘때 저를 생각하셔서 너그럽게 봐주십쇼.' 이러더군."

이마이즈미는 멀리 떨어져 있는 지금도 여전히 나를…….

"과장님도 이마이즈미 계장님과 같은 부서에 계셨던 적이 있나요?"

"딱 20년 전인가, 마루노우치 서에 있을 때 내가 강력계 계장이었고 녀석은 승진해서 지역과로 이동했지. 그 직후 내가 본부로 이동해 올라가면서 후임으로 지명한 사람이 이마이즈미야. 사실, 녀석은 말이 지역과지 거의 형사과 수발만 들었어."

훗, 히가시오가 쓴웃음을 지었다.

"아무리 그래도 히메카와, 나는 이마이즈미처럼 자네 뒤치다꺼리까지 해줄 생각은 없어. 아무튼 하고 싶으면 마음대로 해봐. 방금 그 얘기는 못 들은 걸로 해주지. 오사코한테도 히메카와는 한동안 내 특명에 따라 움직일 거라고 양해를 구해두고."

오사코는 현재 레이코의 직속상관으로, 강력계 총괄 계장이기도 하다.

"감사합니다."

"감사는 그렇게 쉽게 하는 게 아니야. 자네는 혼자서 자기 맘대로 움직일 생각이겠지. 하지만 자칫 잘못하면 주위 사람한테까지 불똥이 튄다고. 이마이즈미도, 돗토리로 쫓겨난 와다 씨도, 자네는 절대로 잊으면 안 돼."

레이코도 알고 있었다. 예전 수사 1과의 와다 과장이 해주었던 작별의 말은 지금도 가슴에 깊이 새겨져 있다. 그래서 더욱더 자신은 계속 달려야 한다고 생각하지만, 그 이야기는 하지 않았다.

"명심하겠습니다."

갑자기 몸서리가 쳐졌다.

결코 추워서만은 아니었다.

당연한 일이지만 다음 날 비번은 반납했다. 레이코는 오후에 우에노로 갔다. 4년쯤 전 어떤 사건 관련으로 탐문한 이후 친분을 맺고 있는 가게를 찾아가기로 했다.

우에노라고 하면 아메야요코초가 유명하지만 JR선의 고가선로를 끼고, 반대편에도 오카치마치에키마에도리라는 큰 상점가가 있다. 북적이는 노점을 보고만 있어도 즐거워지는 거리지만 고가선로 밑으로 들어가면 훨씬 더 흥미진진한 광경이 펼쳐진다. 미로처럼 얽힌 실내 통로 양쪽에 이래도 좋을까 싶을 정도로 상품을 잔뜩 진열해놓은 점포들이 즐비하다. 가방, 구두, 액세서리, 안경, 의류, 도기, 담배 관련 용품 등 다양하다.

이쓰키 상회도 그런 점포들 중 하나였다.

레이코는 화려한 명품 가방을 더 이상 진열할 자리가 없을 정도로 빼곡하게 걸어둔 진열대 앞에서 가게 안을 들여다보았다.

"가쿠 씨, 안녕하세요."

가게 주인인 가쿠타 유조는 가게 왼쪽, 진열장을 겸한 카운터 안에 있었다. 기껏해야 네 평 남짓한 점포의 삼면은 키 큰 진열장으로 둘러싸여 있었고, 손님이 들어올 수 있는 공간은 한가운데 다다미 한 장 넓이* 정도에 불과했다. 가쿠타의 거처는 카운터 안이 전부였다.

"이야, 레이코 씨! 어서 오세요."

돋보기안경을 옆으로 치우면서 가쿠타가 일어섰다. 듬성듬성해진 머리숱이 신경 쓰여서인지 겨울철에는 니트 모자를 즐겨 쓰는 가쿠타였다. 오늘 쓴 모자는 수수한 진녹색이다.

레이코는 고급품으로 가득한 진열장을 쓱 훑어보았다.

"어때요, 장사 잘돼요?"

"파리만 날리지, 뭐. 비싼 건 아예 안 팔려요."

말이 그렇지 레이코는 가쿠타가 단골 여럿을 확보하고 있다는 사실을 잘 알고 있다. 수백만 엔짜리 텐포인트다이아 롤렉스 시계를 마치 역 매점에서 신문이라도 팔듯 홀랑홀랑 팔아치우는 모습을 목격한 적도 있었다.

"근데 뭡니까? 오늘도 탐문하러 왔어요?"

"탐문은요. 오늘 비번이에요. 어제 당직을 섰거든요."

"그래요? 커피 한잔 드릴까요?"

"네, 주세요."

---

* 지역마다 조금씩 다르지만 표준적으로 1.65㎡를 말한다.

가쿠타는 고개를 끄덕이고는 바로 앞에 있는 무선전화기를 들었다. 단골 찻집에 배달 주문을 하는 것이다.

"아, 가쿠타예요. 뜨거운 커피 둘, 부탁해요. ……네."

레이코는 그가 전화기를 내려놓을 때까지 기다렸다가 말을 꺼냈다.

"실은, 의논할 일이 있어서 왔어요."

"그럼 그렇지. 표정을 보니 그럴 것 같더라. 자, 앉아봐요."

레이코는 가쿠타가 이렇게 척 하면 착 알아듣는 점이 좋았다.

가쿠타가 내주는 둥근 간이 의자에 앉았다. 잠시 후 배달되어 온 커피를 한 모금씩 마신 다음 가쿠타 쪽에서 먼저 물었다.

"그래서 이번엔 뭔데요? 이 동네서 또 살인 사건이라도 났어요? 그래서 폭력단 정보라도 미리 확보해두려고?"

그러면서 싱긋 웃는다. 실제로 가쿠타는 폭력단 정보에도 밝았다.

"아니요, 이번에는 그쪽이 아니에요. 그러니까 예를 들면 대량의 유리 식기를 비정상적인 경로로 빼돌려서 거래한다고 할 때, 혹시 아는 데가 있나 해서요. 얻어들을 게 있을까 싶어서."

흠, 하고 가쿠타가 고개를 끄덕였다.

"브로커가 꼈는지 직접 뒷거래를 했는지는 모르지만, 그야 최종적으로는 덤핑 장수한테 넘겼겠죠. 중국인은 유리 식기처럼 깨지기 쉬운 상품은 취급하지 않으니까 아닐 테고. 요즘은 인터넷이라는 수단도 있지만 그것도 밀매 업자에게는 양날의 칼이에요. 팔기 쉬운 만큼 경찰한테 꼬리를 잡히기도 쉬우니까요. 그렇다면 별로 큰손은 아닌 양판점…… 그러니까 돈키호테나 다이코쿠야*보다 규모는 좀 작지만 한참 성장세인 체인점 정도가 되겠네. 그것도 아니면 상품을 대량으로 팔아치우기는 어려울 테니 애초에 거래가 성립되지 않았을 거예요."

"그렇군요."

도쿄 도내에서라면 어떨까.

"가쿠타 씨, 그런 체인점 매입 루트 쪽으로 아는 사람 있어요?"

"음…… 아예 모르는 건 아닌데, 확실히 그렇다고 말하기도 어렵군요."

"알아들었어요. 자세히 말하지 않아도 돼요. 살짝 힌트만 줘도 좋고."

"또 알다가도 모를 소리를 하시네."

가쿠타는 웃으면서 팔짱을 꼈다.

"그야 뭐, 도둑은 도둑으로 잡으라는 말도 있지만. 나도 모르는 건 아닌데…… 하지만 레이코 씨가 그런 데 가봤자 거들떠보지도 않을걸요. 놈들이 매입하는 방식은 수상하다 못해 구린내가 날 정도라고요. 장물인 줄 알면서 매입해주는 경우도 있어요. 게다가 레이코 씨처럼 '난 평범한 회사의 잘나가는 커리어우먼입니다.'라고 얼굴에 써 있는 여자가 들이대 봐야 말상대도 안 하죠. '매입 담당? 외출했는데요.', '사장님? 골프 가셨는데요.' 이러면서 무시할 게 빤해요."

---

* 돈키호테(ドンキホーテ)는 잡화 할인 매장, 다이코쿠야(大黒屋)는 중고 명품 판매점이다.

맞는 말이다. 그 매입 담당이 명백한 피의자라면 영장 제시로 끝날 일이지만 정보를 얻으려면 조직 속에 교묘히 파고들 방법을 궁리해야 한다.

"그럼 어떤 얼굴을 해야 하죠?"

"평범한 회사의 잘나가는 커리어 우먼입니다, 하는 얼굴만 아니면 되죠."

"저보고 지금 '나도 뒷골목에서 구린 짓 좀 하는 사람입니다.' 이러라는 말이에요?"

"딱히 구린 짓까지 할 필요는 없지만 수상한 분위기를 풍길 필요는 있죠."

"수상한 분위기라······."

틀렸다. 간테쓰 얼굴밖에 떠오르지 않는다. 가쓰마타 겐사쿠. 공안 출신의 전형적인 악덕 형사.

"가장 먼저 할 일은, 저쪽 업계 사람으로 변신하는 거예요."

암거래 업계에 잠입하라고?

"온몸을 휘황찬란하게 꾸며서?"

"그렇죠. 정장은 최소한 돌체앤가바나 정도를 입어야 해요. 시계는 당연히 롤렉스고."

"가방은 이 정도면 괜찮죠?"

에르메스 숄더백. 레이코가 마음에 들어 하는 빨간색이다.

"그것도 좋긴 한데 좀 허름하지 않나? 프라다 쪽이 화려해서 좋겠는데. 온몸을 프라다로 휘감는 건 어때요?"

"에이, 농담 마세요."

그러려면 대체 돈이 얼마나 들지 짐작도 가지 않는다.

나중을 생각하면 아무래도 롤렉스는 마음에 들지 않았다. 가쿠타의 가게에서 피아제를 구입했다. 그것도 일반 매장에서 사면 60만 엔도 넘는 물건이지만 깎고 또 깎아서 딱 잘라 50만 엔에 샀다.

일단 지갑이 열리자 돈이 무섭게 빠져나갔다. 시계를 구입하고 나니 17만 엔짜리 돌체앤가바나 정장도 선뜻 그거 주세요, 하게 되었다. 또 엠포리오 아르마니가 10만 엔이 안 된다고 하자 완전 거저네, 하는 말이 절로 나왔다. 루이뷔통 구두까지 샀을 때에는 레이코 스스로도 겁이 좀 났지만 후회해봐야 이미 늦었다. 여름까지는 얌전히 손가락만 빨며 살아야 한다.

레이코는 미나미우라와에 있는 본가로 돌아왔다.

"저 왔어요."

"어머, 레이코 왔니? 저기……."

"미안, 나중에 얘기해요."

2층에 있는 자신의 방으로 올라와 문을 잠갔다.

쇼핑한 물건을 일단 침대 위에 펼쳐놓고 하나씩 확인하면서 몸에 걸쳐보았다.

정장을 입고, 카르티에 귀걸이와 목걸이를 하고 반지를 껴본다. 여우 털이 달린 모직 코트를 걸치고, 바닥에 포장지를 깐 다음 그 위에서 루이뷔통 구두를 신는다. 마무리로 샤넬 선글라스를 쓴다.

"윽! 최악이네."

그 모습은 더 이상 경시청 소속 히메카와 레이코 경위가 결코 아니었다. 패션 잡지에 심취한 미친 여자 혹은 자기가 모델인 줄 착각하는 명품 중독자 같았다. 최악의 설정은 조직폭력배의 의 정부였다. 어쨌든 도대체가 머릿속이 텅 빈 고집쟁이 여자로밖에 보이지 않았다.

하지만 이 정도로는 턱도 없다.

"나는 바이어다. 돈의 힘을 빌려 명품을 대량으로 사들이는 여성 바이어다."

이 말을 주문을 외듯 반복해서 중얼거렸다. 그리고 다음 날부터 레이코는 활동에 들어갔다.

우선 가쿠타가 가르쳐준 대로 햐쿠닌초에 있는 브로커 사무실을 찾아갔다. 물론 가쿠타가 직접 소개해줄 수는 없었으므로 무조건 들이대고 보는 막가파식 영업을 나온 척했다.

"실례합니데이. 사장님 계신가예?"

초장부터 저속한 분위기를 연출할 의도였는데 어쩌다 간사이 사투리가 튀어나왔다. '여자 이오카'처럼 느껴져 기분이 나빴지만 일단 그런 캐릭터로 시작하고 말았으니 계속 밀어붙이는 수밖에 없었다.

소파에 앉아 있던 쉰 살 안팎의, 혈색이 아주 좋아 보이는 남자가 힘겹게 일어섰다.

"어서 오세요. 실례지만 누구시죠?"

그 외에는 사무용 책상 쪽에 있는 양복 차림의 날씬한 청년과

밤에는 카바레 클럽에라도 나가는 듯한 여자 사무원까지 두 사람뿐이었다.

레이코는 세 사람의 얼굴을 돌아보고 나서 다시 50대 남성에게 시선을 옮겼다.

"사장 있나, 없나?"

"사장님은 안 계시는데요."

"언제 오노? 마, 기다리지. 까이꺼."

레이코는 남자가 앉아 있는 소파까지 가서 멋대로 맞은편에 앉았다. 물론 선글라스를 낀 채였다.

그리고 남자가 당혹한 표정으로 무어라 말하기도 전에 선수를 쳤다.

"여는 쫌 어떠노? 잘 돌아가나?"

몸을 과장되게 틀면서 주변을 둘러보았다. 사무실 한쪽에는 엄청나게 큰 종이 상자가 산더미처럼 쌓여 있었다. 내용물은 아마도 가벼운 의류 종류일 것이다.

"잘 돌아가냐니, 뭐가요?"

"물건이 잘 도느냐고. 내 말이 어렵나?"

"아! 네…… 그건 뭐, 그럭저럭."

"근데 여는 손님 대접이 뭐 이러노? 차도 한 잔 안 줄라 카나?"

여사무원이 화들짝 놀랐다. 남자가 턱짓을 하자 그녀는 벌떡 일어나서 작은 주방 쪽으로 갔다. 키에 맞지 않는 하이힐 탓인지 몹시 뒤뚱거렸다.

"그런데 무슨 일로 오셨나요?"

"당신들 말이야, 그 롤렉스 같은 것도 왕창 들여오고 그라나?"

기본적으로 상대가 말할 기회를 주지 말아야 한다. 그것이 약점을 잡히지 않는 첫 번째 비결이라고 가쿠타가 가르쳐주었다.

"네? 롤렉스…… 롤렉스 뭐라고요?"

"보소, 사람 차림새를 딱 보마 무슨 거래를 할라꼬 왔는지 눈치를 까야 할 거 아이가. 롤렉스라 카믄 두말할 거 없이 텐포인트다이아제!"

"아, 네……."

남자는 어중간하게 맞장구를 쳤지만 당최 무슨 말을 하는지 모르는 눈치였다.

"그럼 어느 정도의 물건을 원하시는지?"

"그기 말이다, 우리 가게 주력으로 밀 상품이니까네, 한 요 정도 등급은 돼야 안 하나?"

손가락 세 개를 세워 보였다. 물론 30만 엔이 아니라 300만 엔이다.

"그걸…… 예를 들면 몇 개나 원하십니까?"

"당신들이라믄 얼매나 내줄 수 있는데?"

"서두르면 세 개쯤."

코웃음을 쳤다.

"하! 나 참, 지금 머라 카노? 이거 뭐, 수준이 맞든가 해야 상대를 하제. 보소, 잘 들으라. 내 지금 농치러 온 기 아이라 카이. 꼴랑 세 개? 그거 갖고 우째 주력으로 미는데? 쪽팔려서 찌라시도 못 돌리겠네. 마, 됐고! 당신 아는 선에서 물건 댈 수 있는 인간 있으믄 소개나 해주소. 다섯 개고 열 개고 그딴 쫀쫀한 소리나 할라믄 치라 마. 내달 10일까지 50개든 100개든 딱 대령해놓겠다는 실력자로 소개해바라. 그런 사람 있다 카믄 물건은 우리가 얼마든지 처리해주제. 그 대신에 잘 들으라. 짝퉁은 안 된데이. 우리 회장님은 짝퉁이라 카믄 까무러치게 싫어하신다. 그래봐야 뭐, 열 받아 죽는 쪽은 회장님이지만서도."

할 말을 마쳤으니 손을 내밀었다. 가운뎃손가락에 카르티에 반지를 낀 손이었다.

남자가 어안이 벙벙해서 레이코를 쳐다보았다.

"뭡니까……?"

"종이하고 펜 좀 내놔봐."

지금까지 레이코가 떠드는 말을 유심히 듣고 있었는지 정장 차림의 청년이 득달같이 달려왔다. 여사무원보다는 조금 쓸 만해 보였다.

"고맙데이. 오빠야, 자기 억수로 미남이네."

레이코는 메모지와 볼펜을 건네받은 다음 거기에다 휴대전화 번호를 적었다. 물론 평소 쓰는 전화번호가 아니라 오늘 막 새로 개통한 번호다. 이번 잠입 수사용으로 준비했다. 끝으로 '시라토리'라고 적었다. 예전에 개망신을 주었던, 원수 같은 사건 관계자의 이름이다.

"뭐, 꼭 롤렉스가 아니어도 개안타. 물건이 좋고 수량만 빵빵하게 모아주믄 우리도 얼매든지 협조할 끼라. 가방이나 악세사리, 주방 식기 다 오케이! 좋은 물건 나오믄 연락이나 주그라.

알긋제?"

자리에서 일어나 맞은편 남자에게 메모지를 내밀었다. 그러면서 한발 물러서 있던 청년의 넥타이를 슬쩍 고쳐주었다.

"젊은 오빠야, 다음에 내가 훨씬 고급진 걸루다 사다 주께. 기다리라."

마지막으로 어깨를 툭 치고 지나쳤다. 무얼 꾸물거리는지, 여사무원은 아직도 작은 주방 쪽에 찻주전자를 들고 장승처럼 서 있었다.

"자, 그럼 수고들 하이소."

입구에서 정중하게 고개를 숙이고 문을 꼭 닫은 순간 갑자기 온몸에서 식은땀이 솟구쳤다.

이렇게 수사하다가는 심장부터 고장 나겠네.

히가시오의 배려를 받아 레이코는 이케부쿠로 서로 출근할 필요 없이 잠입 수사에만 전념했다. 물론 집에도 가지 않았다. 신바시에서 가장 좋은 호텔에 방을 잡고 그곳을 거점으로 수사를 진행했다.

간사이 사투리를 쓰는 여성 바이어 역할도 며칠 계속했더니 점점 재미가 났다.

"마, 얼마든지 처리해준다 카이. 언제든 연락이나 주그라."

허세만 부리면 끝나는 일이어서 생각하기에 따라서는 더없이 편한 업무였다.

그러나 상대가 걸려들면 오히려 일이 성가셔졌다.

"뭐라? 롤렉스 50개를 준비해준다꼬?"

"네, 어떻게든 확보해드리겠습니다."

실제로 어떻게든 확보한다면 곤란하다. 다음번에는 상대가 거래를 포기하도록 이쪽에서 필사적이어야 하기 때문이다.

"마, 똑똑히 들으래이. 이번 거래 한 판으로 끝날 얘기면 아예 관두뻐자."

"네? 무슨 말씀이신지……?"

"그기 그렇거든. 고객들한테 딱 내놔서 반응이 좋다 카믄 2탄, 3탄 계속해서 팍팍 터뜨려야 하는데 물건 대줄 자신 있나? 안 그라믄 그런 장사를 못하는 거 아이가? 고작 롤렉스 50개 대주고는 고마 큰 거 한탕 끝냈다 카는 꼬락서니, 내는 못 본데이. 내가 요구하는 날짜까지 프랭크뮬러든 파텍필립이든 물량 확보해줄 만한 인간 없으믄 내는 이쯤에서 손 뗄란다. 내도 내지만 우리 회장님이 내비 두지를 않을 끼라."

그렇게 말만 번드르르한 가짜 바이어도 계속 떠들다 보면 나름 성과를 올리기 마련이었다.

"아, 당신이 시라토리 씨군요?"

업체를 찾아가면 이렇게 묻는 소리를 심심치 않게 들었다. 이름이야 알려져도 상관없지만 쓸데없이 확산되면 오히려 나쁠 수 있었다. 말만 그럴싸하고 결국 아무 거래도 하지 않는다는 소문이 삽시간에 돌 수도 있으니 말이다.

레이코에게 직접 접촉해 오는 사람도 나타났다.

"오늘 밤 식사라도 하면서…… 어떠세요?"

"아, 시라토리 씨 맞으시죠? 잠깐 통화 괜찮으십니까?"

"여보세요? 시라토리 누님이세요? 아이고, 이거 진짜 오랜만이네. 저 기억하시겠어요?"

레이코가 목적인지 장사가 목적인지는 모르지만 그렇게 접근하는 자들이 조금씩 늘어났다. 물론 가능한 한 같이 식사를 하면서 정보 수집에 힘을 쏟았다. 술자리가 끝나고, 아가씨하고 놀다 와, 하며 용돈을 주기도 했다. 삼인조 브로커인데 말이야, 실력이 아주 끝내준다며, 하고 상황에 따라서는 이쪽에서 미끼를 던지기도 했다. 그러나 이렇다 할 정보는 좀처럼 나오지 않았다. 지금 눈앞에 있는 남자가 구로사와 본인이 아닐까 하는 의심을 몇 번인가 해본 적도 있었지만 결국 다 아닌 것으로 판명되었다.

그러던 어느 날이었다.

"여보세요. 시라토리 씨 되십니까?"

"예, 그런데예……. 누구신교?"

누가 들어도 자명한 가짜 간사이 사투리로 전화를 받는 일도 익숙해졌다.

"핫타 상사의 쓰카모토입니다."

업체명과 목소리로 금방 알아차렸다. 첫날 찾아갔던 회사에서 메모지를 갖다준 청년이다.

"아! 맞네, 젊은 오빠. 지난번에는 실례가 많았데이."

"일은 잘되시나요? 괜찮은 거래 상대는 찾으셨어요?"

"아니, 어느 회사나 규모가 어중간해서 아직 마땅한 상대는 못 정했다. 내도 인자 시간이 별로 없구마는."
"……그러시군요. 지금 바쁘세요?"
이 흐름을 놓쳐서는 안 된다.
"아이다, 개안타. 시간이 없다는 말은 기한이 다 돼간다는 뜻이고, 쓰카모토 씨라면 식사 정도는 아무 때나 대환영이제."
"네? 정말이세요?"
이 젊은이가 얼마나 중요한 정보를 가졌는지는 확실하지 않지만 이렇게 질질 끄는 태도에 오히려 더 흥미가 갔다.
"그럼 지금 만나까?"
저녁 7시, 아르마니 긴자 타워 앞에서 만나기로 약속했다.

쓰카모토는 검은색 반코트를 입고 나타났다. 지극히 평범하고 성실한 직장인처럼 보이기도 했다.
"시라토리 씨, 안녕하세요."
"안녕. 오메 추운 거……. 그래, 마침 잘됐네. 일로 들어갈까?"
어쨌든 약속을 했으니까, 하면서 반강제로 잡아끌다시피 넥타이를 사주었다. 2만 엔짜리 넥타이 두 장. 출혈이 컸다.
"이거 정말 받아도 돼요?"
"그럼! 이야, 잘 어울리네! 젊은 사람이 요거 갖고 사양하믄 안 되제."
말은 그렇게 했지만 사실 나이 차도 별반 나지 않겠다고 생각했다. 레이코는 올해 서른세 살. 쓰카모토는 한 살이나 두 살 아래? 의외로 조금 위일지 모른다는 생각이 들기도 했다.

"마, 들어온 김에 식사도 여기서 할까?"

10층에 있는 아르마니 레스토랑. 아주 태연한 얼굴을 하고 들어갔으나 레이코도 이런 고급 식당은 처음이었다. 바탕을 온통 호박(琥珀)으로 채워 만든 듯한 둥근 탁자, 마찬가지로 둥근 형태의 소파. 각각의 테이블은 칸막이로 나뉘어 있어서 밀담을 나누기에도 나쁘지 않은 장소였다.

거두절미하고 가장 비싼 코스 요리를 주문했다.

"그럼 시라토리 씨의 성공을 기원하며!"

"고맙데이."

와인으로 건배했다.

잠시 후 전복이니 푸아그라니 송이버섯까지. 도중에 중지시키고 싶을 만큼 고급 식재료를 사용한 요리가 꼬리에 꼬리를 물고 이어졌다.

하지만 그 요리들을 주문한 보람이 있었다.

"저기, 제가…… 시라토리 씨께 꼭 드릴 말씀이 있는데요."

"그래? 뭔데?"

가고시마 특산 소고기로 만든 로스트비프가 나왔을 때쯤 쓰카모토 쪽에서 먼저 이야기를 꺼냈다.

"실은…… 저희 쪽으로 직접 들어온 주문은 아닌데요. 최근에 어떤 땡처리 그룹에서 시라토리 씨와 접촉했으면 한다는 얘기를 들었어요."

레이코도 이 잠입 수사를 시작하고부터 알게 된 사실이 있었다. 브로커 중에서도 물건을 헐값에 사들이는 사람을 두고 '땡처리 업자'라고 부르는 모양이었다.

"듣던 중 젤로 반가운 소리네. 내가 듣고 싶었던 얘기가 그거라 카이."

"하지만 전 조금 위험하지 않나 싶은데요."

갈수록 마음에 든다.

"와? 머가 위험한데?"

"보통 그런 작자들은 간사이라든가 서부 지역 덤핑 업자한테 떨이로 넘기는 모양인데, 시라토리 씨 얘기를 듣고 아마 덤핑 업자보다 비싸게 사줄 거라고 판단한 것 같아요. 시라토리라는 여자와 연락할 수 없겠냐고 여기저기 수소문 중인 모양이더라고요."

"그래? 그 땡처리 그룹이란 데는 몇 사람이고?"

"두 명 아니면 세 명? 그중 한 사람이 여자라는 건 확실한가 봐요."

어쩌면 대어를 낚을지도 모르겠다.

"마, 모 아니면 도인 기라. 쓰카모토 씨, 그 거래 합시다. 내도 어느 정도 모험은 각오하고 있으니까네. 구더기 무섭다고 장 못 담그것나? 머뭇거리다간 이 장사 몬 하지. 그 사람들 연락처는 아나?"

"아니요, 전 모르죠. 한번 조사해볼까요?"

"그래, 부탁하자. 필요하믄 내 연락처 저짝에 가르쳐줘도 상관없다."

이 쓰카모토가 생각보다 일을 잘해준 덕에 나흘 뒤에는 레이코의 수사용 휴대전화로 연락이 왔다. 발신처는 080으로 시작하는 휴대전화 번호였다.

"여보세요. 시라토리 씨 되시나요?"

레이코와 동년배쯤인 여자의 목소리였다. 혹시 비서인 이마무라인가?

"네, 맞는데예. 그짝은 누구신교?"

"기타노라고 합니다. 핫타 상사에 계신 분을 통해 연락처를 받았죠."

이마무라가 아닌가? 혹시 이것도 가명?

"핫타 상사의 쓰카모토 씨가 알려줬나 보네. 그런데 무슨 용건인가예?"

"네, 이번에 시라토리 씨께서 저희 상품을 취급해주셨으면 해서요. 어떤 상품이든 대량으로 거래하시는 큰손이라고 하던데요. 소문으로 익히 들었습니다."

익히 들을 만큼 오래되지는 않았다고.

"알겠심더. 일단 뵙고 말씀하시지예."

다음 날 오후 2시 기노쿠니야 서점 신주쿠 미나미 지점 앞에서 만나기로 했다.

신주쿠 본점과 달리 미나미 지점은 매장이 대로변에 있지 않고 역에서도 약간 떨어진 곳이라 약속 장소로 이용하는 사람이 많지 않았다.

레이코는 캐주얼한 차림으로 집을 나섰다. 긴 니트에 양면 오리털 재킷, 청바지를 입었다. 오늘의 목적은 교섭이 아니라 미행이기 때문이다. 대기 장소도 점포 앞이 아니었다. 서점 안에 들어가서 서가 뒤에 숨어 바깥의 동정을 살폈다.

오후 2시 5분이 지날 때까지 기다렸다. 만나기로 약속한 여자로 보이는 목표물을 발견하자 어제 통화했던 휴대전화 번호로 전화를 걸었다. 그러자 예상대로 레이코가 지켜보던 여자가 주머니에서 휴대전화를 꺼냈다. 벽돌색 코트를 입었고, 상당히 고전적인 미인이었다.

"여보세요?"

레이코의 휴대전화에서 들려오는 목소리와 지금 서점 안에 있는 여자의 입 모양이 완전히 일치했다.

"아, 기타노 씨! 억수로 미안하게 됐네요. 어이없게 오는 길에 차가 고장 났다 아입니꺼. 사고가 제법 크게 나서, 내 참 도망도 못 치겠고 말이지예. 금시 경찰도 올 텐데, 이것저것 처리할라믄 일이 길어질 것 같은데 우짜지요? 진짜로 죄송합니데이. 오늘 약속은 취소해야겠네예. 사고가 정리되믄 제가 다시 연락드릴게예."

몹시 불쾌한 듯 일그러지는 여자의 얼굴을 보자 은근히 유쾌했다.

"저런, 큰일 날 뻔했네요. 사고라니 별수 없죠. 다음 기회에 다시 뵙기로 해요."

"하이고, 고맙심더. 억수로 죄송합니데이. 오늘 일은 다음에 제대로 갚을게예. 아, 경찰이 왔네예. 그럼 다시 연락드릴게예."

레이코가 전화를 끊자 여자도 휴대전화를 주머니에 넣고 주위를 두세 번 둘러본 뒤 신주쿠 역 쪽으로 향했다. 미행이 붙을까 봐 몹시 경계하는 눈치였다. 레이코 혼자서 어디까지 따라붙을 수 있을지 미지수였다.

놓치지 않을 만큼만 최대한 거리를 두고 미행했다. 앞에 가는 행인을 이용하거나 중간중간 기둥 뒤에 숨어 동정을 살폈다. 역 근처까지 이르자 여자도 돌아보는 횟수가 줄었다. 그래도 방심은 금물이었다. 연신 거리를 좁히거나 넓히거나, 오른쪽으로 붙거나 왼쪽으로 붙거나 하면서 JR 개찰구까지 왔다.

선불카드로 개찰구를 통과한 다음 다시 여자를 쫓았다. 바로 그때 누군가가 레이코의 어깨를 탁 쳤다.

오른쪽을 보고 이내 왼쪽으로 고개를 돌렸더니 낯익은 얼굴이 눈앞에 있었다.

"도이 씨!"

경시청 형사부 수사 2과, 지능범 특수계 소속 경위다.

"히메카와, 이 자식! 이런 데서 뭐 하고 있어?"

"뭐라니요?"

레이코도 금방 깨달았다. 수사 2과와 사건이 겹친 것이다.

도이가 앞을 보면서 작은 소리로 속삭였다.

"누구를 쫓는 거야?"

"네?"

"긴 갈색 머리에 벽돌색 코트 입은 여자?"

이렇게 된 마당에 시치미를 떼어봐야 소용없으려나.

"네, 그렇긴 한데……."

"그럼 비켜!"

보통 때라면 그렇게 하겠지만 지금은 레이코도 물러날 생각이 없다.

"뭡니까? 전 제 범인을 쫓는 거라고요. 게다가 아무리 2과라도 그렇지, 갑자기 비키라뇨? 이건 아니죠."

"햇병아리나 상대할 틈 없다. 네 전문도 아니잖아, 안 그래?"

"이봐요, 그런 헛소리나 주절거리다가 목표물만 놓칠걸요."

제길, 한마디를 내뱉고 도이가 냅다 뛰었다. 레이코는 도이가 가버리자 측면에서 관찰하며 여자의 뒷모습을 찾았다. 아직 괜찮다. 놓치지 않았다.

여자는 시나가와 방면으로 향했다. 그리고 야마노테선 승강장으로 내려갔다. 여자를 쫓던 눈으로 돌아보니 행인 속에 형사인 듯한 사람이 섞여 있었다. 도이까지 포함해서 대충 네 명. 꽤 치밀하게 미행하고 있었다.

평일 오후 2시 25분. 야마노테선 내부 순환 승강장은 별로 혼잡하지 않았다. 레이코는 승차 위치에 서 있는 여자를 확인한 다음 일부러 계단 뒤쪽으로 돌아가 거리를 두었다. 도이 일행은 여자를 둘러싸듯 느슨하게 흩어져 있었다.

1~2분 기다리자 홈으로 열차가 들어왔다.

"황색 선 안쪽으로 물러나 주시기 바랍니다."

레이코는 지금까지 관찰한 여자의 행동을 머릿속으로 되짚어보았다.

여자는 미행을 꽤 경계하고 있었다. 미나미 지점에서 여기까지 오는 내내 주위 점검을 게을리하지 않았다. 게다가 지금 그녀는 레이코에게 약속을 취소당하여 예정에 없는 빈 시간을 보내고 있다. 결코 서두를 이유가 없다. 그렇다면……

조금 뒤 은색 열차가 완전히 정지하고 문이 양쪽으로 열렸다.

"신주쿠, 신주쿠 역입니다."

여자는 기다리던 사람들 가운데 첫 번째로 열차에 올라타서 문 바로 옆에 자리를 잡았다. 보아하니 도이 일행 중 수사관 한 명이 같은 차량에 탔고, 다른 수사관 두 명은 옆 차량에 탔다. 도이는 아직 안내판 뒤에 몸을 숨기고 있었다. 일부러 타지 않을 생각인가?

"문이 닫힙니다. 주의하시기 바랍니다."

경쾌한 출발 알림 소리가 끝나고 안내 방송이 나왔다. 그 순간이었다.

여자가 열차와 승강장 사이를 뛰어넘듯이 하면서 이쪽으로 풀쩍 뛰어내렸다. 물론 세 명의 수사관이 쫓아 내리는 기색은 없었다. 그랬다가는 우리 지금 미행 중입니다, 하고 광고하는 것이나 마찬가지기 때문이다. 침착하게 다음 역인 요요기까지 타고 가는 길밖에 없을 것이다.

안내판 뒤에 숨어 있던 도이가 이쪽을 노려보며 턱짓으로 빨리 가라고 지시했다. 자기 부하들이 사라지자 이번에는 나를 부하로 취급하겠다는 건가. 상관없다. 그가 부탁하지 않아도 미행은 계속할 생각이었으니까.

여자는 계단을 내려가서 왼쪽으로 돌았다. 다른 승강장으로 가려고 하나?

그대로 한참 걸어가다가 중앙 동쪽 개찰구 앞에서 오른쪽으로 꺾었다. 사이쿄선을 타려나? 그렇다면 이케부쿠로 방면으로 가려나 보다고 생각했다. 그런데 웬걸, 여자는 신키바 방면 승강장으로 갔다. 대체 어디로 갈 생각이지?

레이코는 기둥 뒤에서 오리털 재킷을 벗은 다음 검은색에서 회색으로 뒤집어 입었다. 머리카락도 뒤로 모아 하나로 묶고 혹시나 해서 준비해 온, 도수 없는 멋내기 안경도 썼다. 그럭저럭 분위기가 조금 달라졌겠지. 레이코의 시력은 좌우 모두 2.0이다. 어릴 때부터 변함없이 그대로였다.

승강장으로 가보니 예상대로 여자는 거기에 있었다. 다음에 도착한 열차에는 얌전히 올라탔다. 그런데 바로 다음 역인 시부야 역에서 내렸다. 시부야면 아까 탔던 야마노테선에서 내릴 필요가 없었을 텐데. 일부러 승강장을 이동해서 사이쿄선을 이용했다는 말은 미행을 굉장히 경계했다는 증거가 된다. 그런 행동 자체가 혐의가 짙다는 뜻이나 마찬가지였다. 더욱더 놓쳐서는 안 된다.

여자는 일단 시부야 거리로 나가더니 백화점 몇 군데를 돌았다. 109에서 도큐 본점, 에이치앤엠(H&M)과 빔스(BEAMS)에 잠깐 들렀다가 파르코로 해서 마지막으로 마루이에서 세이부까지. 유독 화장품이나 속옷 매장을 중점적으로 둘러보았다. 이따금 진열대 뒤에 쭈그려 앉았다가 갑자기 일어서서 매장을 빠져나가기도 했다. 또 그러다가 문득 가던 길을 되돌아왔다. 하지만 그런 꼼수로는 때가 찌든 양복 차림의 아저씨 수사관밖에 떨궈내지 못한다. 레이코의 추적을 따돌리기에는 턱도 없었다. 게다가 레이코는 이번 수사에 100만 엔이 넘는 경비를 자비로 충당했다. 빈손으로 돌아갈 생각이 눈곱만큼도 없었다.

도중에 전화가 왔다. 이번 사건 때문에 개통한 수사용 번호가 아니라 평소 사용하는 휴대전화였다.

내 번호는 어떻게 알았지? 2과의 도이였다.

"히메카와, 너 지금 어디야?"

"시부야 역으로 돌아왔어요. 도요코선 승강장입니다."

"여자는?"

"당연히 여기 있죠."

잠깐 아무 말이 없다.

"잘했어."

도이는 억지로 쥐어짜듯 말했다. 잘하긴 무얼 잘했다는 건지.

"여자가 움직임을 멈추면 나한테 연락해. 우리도 곧 그쪽으로 갈 테니까."

"도이 씨! 아, 진짜. 아무리 뻔뻔해도 정도가 있지. 사람 면전에서 햇병아리라고 해놓고선, 뭐요?"

"미안해. 내가 경솔했어. 용서해줘. 어쨌든 우리한테는 그 여자의 정보가 필요하다고. 그대로 주거지까지 알아내면 뭐든지 들어줄게. 무릎을 꿇든, 벌거벗고 춤을 추든, 아무튼 다 할 테니

까, 알았지?'

커다란 북처럼 배만 불룩 튀어나온 당신을 누가 보고 싶어 한답니까?

"긍정적으로 생각해보죠. 열차 들어와요. 일단 끊습니다."

레이코는 여자와 함께 도요코선에 올라탔다. 이번에는 여자가 세 번째 역인 유텐지에서 내렸다. 그리고 동쪽 출구로 나가서 직진하여 주택가 쪽으로 향했다.

여자는 아까보다 더 경계하는 눈치였지만 그 패턴을 레이코도 대강은 파악했다. 쭉 직진하다가 중간에 방향을 트는데 그 전에 한 번 반드시 뒤를 돌아보았다. 여자가 뒤돌아보기 전에 레이코가 먼저 주차된 차량 뒤에 숨든지 모퉁이를 돌아 피하면 된다. 여자도 멈춰 서서 뒤쪽을 유심히 살피지는 않았다. 신중하게 미행을 경계한다기보다 따라오면 가만 안 두겠다고 주위에 경고를 보내는 듯한 느낌이었다. 시부야에서 너무 힘을 빼는 바람에 이제는 경계도 건성건성인가. 어쨌든 갑자기 뛰어 달아나지는 않으니 미행하기에 편한 상대였다.

최종적으로 여자가 들어간 곳은 유텐지 2가에 있는 아담한 맨션, 의외로 소박한 주거지였다.

도리가 없다. 애초에 규칙을 어기고 수사한 쪽은 이쪽이었다. 이쯤에서 의리를 한번 지켜줘 볼까.

"여보세요? 도이 씨?"

"어, 히메카와! 왜? 어디까지 갔어?"

"유텐지예요. 여자네 집을 알아냈습니다."

여자가 들어간 맨션 이름과 주소를 전달했다.

"잘했어. 금방 갈 테니까 우리가 도착할 때까지 서툴게 나서지 마."

서툰 건 당신들 미행이었지. 어디까지나 생각일 뿐, 말은 하지 않고 네네, 대답한 뒤 전화를 끊었다.

20분쯤 지나서 도이 일행이 도착했다. 일단 담배 가게 모퉁이에 모여 의논했다.

"몇 호인지 알아냈어?"

"그런 건 나중에 관리인한테 물어보면 되죠. 아마 303호일 겁니다. 여자가 들어간 다음에 커튼이 움직였고 언뜻 사람 그림자가 보였거든요."

수사관 한 명이 재빨리 담배 한 대를 피워 물었다. 이쪽에 캔커피 하나쯤 사다 줄 배려심도 없나.

도이가 또 레이코의 등을 탁 쳤다.

"수고했어. 나머지는 우리한테 맡기고 넌 복귀해."

누구 마음대로 복귀야? 하지만 굳이 말대답은 하지 않았다.

날이 완전히 저물어 주위가 벌써 어두컴컴했다. 피아제 손목시계를 보니 이미 저녁 5시 반을 지나고 있었다. 약 세 시간 넘게 여자와 숨바꼭질을 한 셈이다.

"네, 그럼 먼저 가보겠습니다."

이래저래 오늘은 레이코도 더 이상 움직일 힘이 없었다.

다음 날. 오랜만에 이케부쿠로 서로 출근한 레이코는 히가시오 과장에게 경과보고를 했다. 장소는 작은 회의실. 히가시오는 보고 중간쯤부터 이상하게 실실거렸다.

"아니, 사실 어제 도이 주임한테서 연락을 받았거든. 자네 도움이 아주 컸다면서 인사 전해달라더군."

하나부터 열까지 짜증 나는 인간이지만 어쩔 도리가 없다. 이쪽이 지능 범죄에 문외한임은 틀림없는 사실이니까.

"그랬군요."

"히메카와, 그런 얼굴 할 필요 없어. 2과와 겹쳤다는 건 그만큼 사건을 읽는 자네 감각이 옳았다는 뜻이니까. 덤으로 주거지까지 알아내 줬잖아. 한동안은 저쪽에서도 자네한테 머리를 못 들겠지."

그러나 레이코는 여기서 완전히 손을 뗄 생각이 없었다.

"하지만 과장님, 2과는 아마 도키와 유리 사건은 모를 겁니다. 그 사건만큼은 제가 계속 수사하게 해주세요."

히가시오가 입을 삐죽거리더니 마지못해 고개를 끄덕였다.

"뭐, 그러든지. 그 정도는 해볼 만하지."

"감사합니다."

그 후에도 레이코는 하루에 한 번 도이에게 연락을 했다. 도이 일행은 근처에 방을 얻어놓고 여자의 행동을 계속 감시하고 있었다.

여자의 본명은 다니구치 마스미. 독신으로 가나가와 현 출신, 35세. 맨션에서는 혼자 사는 모양이었다. 레이코는 아카기 후미코에게 확인해보려고 다니구치 마스미의 사진을 보내달라고 도이에게 부탁했다. 하지만 도이는 잠복근무자 수가 부족해서 따로 움직이기가 어렵다느니, 휴대전화로 사진을 보내려면 데이터 소모가 많아서 안 된다느니, 이리저리 얼버무리며 뺀들거리기만 했다.

기다리다 지친 레이코는 지난번 숨바꼭질 이후 일주일 만에 유텐지의 현장을 찾아갔다. 도이 일행은 마스미의 집 맞은편 맨션 402호실에 있었다.

초인종을 눌러도 대답이 없어 직접 문을 두드렸다.

"계세요? 히메카와입니다."

그제야 겨우 안에서 인기척이 느껴졌다.

방범 고리와 열쇠를 푸는 소리가 들리고 문이 빠끔 열렸다.

"뭐야, 그렇게 소리치면 어떡해?"

문틈에서 도이가 잔뜩 인상을 쓰며 내다보았다.

"그러니까 한 번에 대답을 해주셔야죠. 잠깐 들어갈게요."

문을 열어젖힌 순간이었다.

"윽, 냄새!"

숨이 탁 막힐 정도로 지독한 남자 냄새와 담배, 음식, 음식물 쓰레기 냄새가 뒤섞인 악취가 덮쳐 왔다. 이런 환경에서 잠복이라니, 잘도 버틴다.

"잠깐이라도 환기 좀 하시죠."

"바로 앞에 맞은편 창이 훤히 보여서 창문을 못 연다고. 환기 팬을 틀면 시끄럽고. 그러니 어쩌겠어?"

지금은 도이 혼자인 모양이었다. 잠깐 눈을 붙이고 있었는지 저지 트레이닝 바지에 와이셔츠 바람으로 차림새가 엉망진창이었다. 게다가 땀 냄새가 진동했다.

"어쨌든, 사진 데이터 받으러 왔습니다. 잠깐 들어갈게요."

도이를 안으로 떠밀면서 레이코도 집으로 들어갔다. 통로 오른쪽이 바로 주방이었다. 우선 그쪽 환기팬부터 돌렸다.

"사진 데이터 준비해주세요. 갖고 계시죠?"

곧장 창가로 다가간 그녀는 경찰서에서 챙겨 온 노트북을 가방에서 꺼냈다. 탁자 비슷한 것도 없어서 다다미 위에 그냥 놓고 전원을 켰다.

"넌 참 어떻게 늘 그리 쌩쌩하냐?"

"이 나이에 축축 처져 있으면 됩니까? 아, 빨리요. 사진 내놓으시죠."

"알았다, 알았어."

도이가 쌍안경과 함께 두었던 디지털카메라에 손을 뻗었다. 카메라를 뒤집어 작은 뚜껑을 열고 메모리 카드를 꺼냈다.

"설마 마스미의 속옷 차림 따위를 찍지는 않으셨겠죠?"

"뭐야, 사람을 어떻게 보고! 그렇게 헤픈 여자도 아니야."

맞는 말이다. 평범한 여자들도 옷을 갈아입을 때 커튼 정도는 치기 마련이다.

메모리 카드에 저장된 사진을 전부 확인했다. 대부분 이 방에서 촬영한 사진이 아니라 미행 도중 숨어서 찍은 것이었다. 미행 대상이었던 벽돌색 코트 차림의 사진은 그날 찍었나? 양복을 고르는 모습, 찻집에서 커피를 마시는 옆얼굴. 다양한 사진이 들어 있었다. 그중에는 남자와 데이트하는 듯한 장면도 있었다.

"그 남자, 자동차보험 판매원인데 아마 별다른 혐의는 없을 거야. 마스미가 어떤 여자인지 정체를 모르고 사귀는 걸 수도 있어. 저 방에도 한 번 왔는데 안 자고 그냥 돌아갔지. 뭐, 저쪽도 독신이니까 별로 꺼림칙한 관계는 아닐 거고."

"그럼 그 일 말고, 최근 일주일 사이에 마스미는 뭘 하면서 지내던가요?"

"아무것도 안 했지. 가끔 슈퍼마켓에 가거나 지난번처럼 시부야를 돌아다닌 게 다야. 하는 일도 없는 것 같고, 딱히 범죄를 저지를 낌새도 없었어. 극도로 경계해서 그러는지, 아니면 그냥 준비 기간인지는 확실하지 않아."

"그런데 도이 씨는 마스미를 왜 미행하셨죠?"

도이가 세게 콧방귀를 뀌었다.

"너한테 그걸 왜 가르쳐주냐? 우리 나름대로 꾸준히 추적해서 이제야 겨우 실마리를 잡았다고. 이 집을 알아내 줘서 고맙기는 해. 운도 좋았고. 하지만 그 이상은 말할 수 없지."

"알겠습니다."

마침 사진 데이터 복사가 끝났으므로 레이코는 메모리 카드를 빼내 도이에게 돌려주었다.

"참, 마스미 말고 다른 멤버가 있던가요?"

도이가 그녀의 손에서 메모리 카드를 거칠게 빼앗았다.

"그것도 말 못 하지."

"우리 쪽 정보는 필요 없으십니까?"

그러자 도이의 표정이 조금 달라졌다.

"뭐 아는 게 있어?"

"인원수 정도?"

"몇 명인데?"

"그쪽은 몇 명인데요?"

"알았어. 가위바위보처럼 하나, 둘, 셋, 하면 동시에 내자고."

"좋아요."

"하나, 둘, 셋!"

도이와 레이코 둘 다 손가락 세 개를 내밀었다.

"제가 들은 얘기로는 마스미 말고 남자 두 명이 더 있다고 하던데요."

"우리도 그래. 뭐야, 별것도 아니잖아."

못 말려. 어디까지 빌붙으려고 이러지?

"마스미의 호적은 조사하셨나요?"

"당연하지. 안 그럼 가나가와 현 출신이라는 걸 어떻게 알았겠어?"

"잠깐 볼 수 있을까요?"

"어휴, 별수 없지."

도이는 모서리가 닳은 서류 가방을 뒤지더니 파일 한 권을 꺼냈다. 몇 쪽인지를 펼쳤는데 다른 부분은 보여주지 않으려는 듯 파일을 손으로 잡은 채 레이코에게 내밀었다.

"음, 둘째 딸이군요."

레이코는 장녀다.

"어, 4남매 중 막내지."

말 그대로다. 장남, 차남, 장녀, 이 세 사람은 결혼 후 다니구치 집안 호적에서 빠졌다.

아니, 잠깐!

"잠깐만요. 마스미한테 오빠가 두 명 있잖아요!"

도이도 해당 페이지의 제적 칸으로 눈을 돌렸다.

"그건, 그렇긴 한데…… 아니, 설마……?"

지금 그런 한가한 표정이나 지을 때야!

"불가능한 일도 아닙니다. 그러니까 마스미에게는 보험 판매원 애인이 있다고 하셨죠. 얼마나 관련됐는지는 별개로 친다 해도, 최근 일주일 동안 그 남자 말고 접촉한 사람이 없다면서요? 맞죠?"

"맞아, 그건 틀림없어."

드디어 걸려들었다. 생각만 해도 소름이 끼친다.

"보통 이런 모험을 감행할 때 남자끼리는 상관없겠지만 무리 중에 여자가 섞여 있으면 누군가와는 연인 관계가 생기기 마련입니다. 남자 쪽은 별생각 없다 해도 여자 마음은 다르니까요. 여자를 협력하게 만들려고 남자가 몸을 이용해서 회유했을 수도 있죠. 마스미가 꽤 미인이니 남자도 아주 싫지만은 않았을 테고요."

"그랬겠지."

그 부분만큼은 순순히 인정한다는 뜻인가.

"그런데 마스미는 일반인 남성과 사귀고 있습니다. 물론 같은 패거리일 가능성도 있죠. 하지만 그렇지 않다면……."

도이가 소리를 내어 침을 꿀꺽 삼켰다.

"그렇지 않다면, 뭐?"

"그렇지 않다면, 마스미와 다른 두 멤버는 육체관계가 아니라 더 특별하고 긴밀한 관계일 가능성이 높습니다. 말하자면 혈연관계? 충분히 일리 있는 얘기죠."

"말도 안 돼. 남매 셋이서 사기를 쳤다는 거야?"

레이코는 그것을 불가능하다고 여기는 사람이 더 이상해 보였다.

도이는 별로 기대하지 않는 눈치였지만 그래도 일단은 마스미의 형제 관계를 조사해주었다. 나흘 뒤, 마스미 오빠들의 사진을 추가로 입수했다.

모두 세 명의 사진을 갖고 레이코는 아카기 후미코를 찾아갔다.

과연 이 결과를 어떻게 자평해야 할까.

"이, 이 남자, 이 남자가 구로사와예요! 그리고 이 여자가 이마무라라는 비서고…… 하지만 이 남자는 본 적이 없네요."

역시 마스미와 다른 멤버는 혈연관계였다.

주범으로 구로사와라는 이름을 썼던 자가 43세의 요시다 가쓰야. 성이 다니구치가 아닌 이유는 가쓰야가 요시다 가문에 데릴사위로 들어가서인 듯했다.

마스미의 다른 오빠인 다니구치 도시야는 오시마가 아니었다. 여기서 절반밖에 맞히지 못했으니 50점이라고 해야 하나. 그래도 혼자 힘으로 알아냈으니 100점이라고 해야 하나.

어쨌건, 구로사와의 신원이 밝혀진 덕분에 수사가 활기를 띠었다. 수사 2과도 피해 신고를 했던 회사에 순차적으로 확인한 모양이었다. 요시다 가쓰야가 주범, 다니구치 마스미가 종범이라는 선이 곧 명확해졌다.

물론 레이코는 여전히 강경한 태도로 도이를 상대했다.

장소는 사쿠라다몬, 경시청 본부 청사 4층. 레이코는 수사 2과와 나란히 있는 작은 회의실에 도이를 데리고 들어갔다.

"도이 씨, 요시다 가쓰야는 언제 확보하실 거죠?"

"거참, 시끄럽네. 그렇게 큰 소리로 빽빽거리면 어떡해? 바깥에 다 들리잖아. 우리도 지금 죽어라 움직이는 중이라고. 네가 빼먹은 멤버 한 명까지 대충 특정해놨지. 이런 건 말이야, 딴 데로 튀지 못하게 미행하면서 조심조심 그물망을 좁히다가 단숨에 건져 올려야 한다고. 그러지 않으면 수포로 돌아가거든. 그놈 혼자 달아나 버리면 뒷일만 골치 아파요. 너야말로 어떻게 된 거야? 도키와 유리 사건 조서는 한 장도 안 썼다면서?"

그것을 이제 와 묻다니.

"다른 도리가 없죠. 이쪽에도 지능범 수사 담당자가 있으니까요. 조서만은 담당자한테 맡겨서 체면이라도 차리게 해주라고, 총괄 계장님이 눈물로 호소하시면 절대 안 된다고는 못 하잖아요. 그보다……."

딱히 누가 들을 리도 없건만 레이코는 굳이 도이에게 얼굴을 바짝 붙이고 말했다.

"요시다 가쓰야를 잡으면 취조는 저한테 넘기시죠?"

"뭐야?"

도이가 콧구멍을 있는 대로 넓히고 입을 비쭉거리며 그녀를 노려보았다.

"알아요, 억지인 줄은 저도 압니다. 그럼 반대로 이렇게 말해 볼까요? 신주쿠에서 마스미를 놓치고, 유일하게 미행에 성공한 저한테 마스미의 주소를 알아내서 그 후 수사가 이어졌다는 얘기를 도이 씨는 위에다 어떻게 보고하셨나요?"

고맙다는 전화 한 통으로 끝낼 생각이었다면 오산이다.

"그건…… 지금 보고서에 쓰려고 했어."

"도이 씨는 마스미에게 오빠가 있다는 사실을 알았으면서 체포도 하지 않고 조사도 하지 않았죠. 그걸 지적한 사람도 접니다. 수사 2과는 도키와 유리 건을 인지하지도 못했잖아요? 제가 그 사건을 맡아서 혼자 조사한 덕에 마스미의 주거지를 알아냈고, 요시다 가쓰야까지 찾아냈습니다. 도이 씨는 그런 여러 가지 도움 없이 자력으로 얻어낸 성과라고 지금처럼 어깨에 힘주고 다닐 수 있나요?"

도이는 한숨을 쉬고 어깨를 축 늘어뜨렸다. 큰북처럼 불룩한 배도 푹 꺼진 것 같았다.

"넌 왜 그렇게 이 사건에 집착하는 거야?"

그것은 아카기 요시히로라는 자살자가 나왔기 때문이다.

"자기 사건은 스스로 해결하자는 주의거든요, 전."

"그런 막무가내가 어디 있어? 그래서 나보고 어쩌란 말이야?"

"제가 요시다를 취조하게 해주시면 되죠."

"억지 부리지 마. 그런 걸 위에다 어떻게 설명하는데? 너도 알겠지만, 수사 1과와 달리 2과장은 커리어* 출신이라고. 실수하기 싫어서 사소한 일까지 잔소리를 한단 말이야. 특히 이번 과장은 어찌나 까칠한지 융통성이라고는 손톱만큼도 없는 사람으로 유명하다니까."

가쓰야마 2과장의 고지식한 성격에 대해서는 레이코도 몇 번인가 들은 적이 있었다.

"그런 걸 어떻게 유연하게 넘기느냐, 그게 도이 씨가 할 일이죠. 별로 어려운 일도 아니잖아요? 어떤 경위가 도키와 유리 사건을 인지해서 미행에 협력했는데 취조에도 참여하고 싶어 한다, 이렇게 보고하면 됩니다. 백번 양보해서 보조 대우라도 좋으니까 부탁하죠. 물론 실제로 요시다와 마주 앉는 사람은 저여야 하지만요. 아니면, 까칠 대마왕 앞에서 벌거벗고 춤이라도 춰보시겠어요?"

도이는 고개를 푹 숙였다.

이겼다! 레이코는 속으로 쾌재를 불렀다.

엿새 뒤 범행 그룹은 일제히 검거되었고 드디어 레이코가 나설 차례가 왔다.

---

* 일본 중앙관청의 국가공무원 중 1종 시험 합격자.

"알았나, 히메카와? 네 취조 실력이 어설프다고 판단되면 바로 뺄 거니까 각오하라고."

"알겠습니다."

공교롭게도 체포 타이밍이 좋지 않아서 첫날은 이쪽이 묵비권과 변호사 의뢰권만 설명하다 끝났고, 그 후에는 범인이 침묵으로 일관하다가 끝났다. 애초에 쉬운 상대라고는 생각하지 않았지만 그것으로 레이코도 다시 심기일전했다.

경시청 본부 청사 2층 11호실.

레이코는 거뭇거뭇하게 수염이 올라오기 시작한 요시다의 턱을 보고 있었다.

"몰골이 참 가관이네요."

철제 책상 건너편에 앉아 있는 요시다는 눈에 띄게 키가 컸다. 얼굴이 조금 갸름한 말상이긴 해도 나이에 비해서는 긴 머리카락을 곱슬곱슬하게 손질해서 나름 세련되어 보였다. 체포되기 전에 입고 있던 옷가지도 고가품들뿐이었다. 양복은 베르사체, 구두는 잘 모르겠고, 넥타이는 크롬하츠, 라이터는 듀폰, 시계는 약속이나 한 듯이 롤렉스 텐포인트. 유감스럽게도 지금은 와이셔츠에 정장 바지만 걸쳤고, 허리의 포승줄이 책상에 묶여 있어서 굴욕적인 몰골이다.

요시다의 오른쪽 뒤에 보조관으로 배석한 도이가 얕은 한숨을 쉬었다. 상사의 허락도 없이 레이코에게 취조를 맡긴 탓에 필요 이상으로 긴장한 모양이었다.

하지만 레이코는 달랐다. 자기가 생각해도 신기하게 별로 긴장이 되지 않았다. 기합이 들어가기는커녕 요시다와 마주하고 있는데 긴장감을 조성할 기분도 나지 않았다.

"하세다 대학 정경학부 졸업이라. 이 학교, 명문이죠? 처음 취직한 회사가 무토 상사, 그다음이 나가토모 통상. 상사치고는 두 회사 모두 대기업 아닌가요? 본가는 가나가와. 부친은 은행원이셨고, 모친은 유서 깊은 가문 출신이시고. 그런데 왜…… 지금 이런 신세가 됐을까요?"

요시다는 눈썹 하나 까딱하지 않았다.

"장인은 레스토랑을 일곱 군데나 가진 사업가시군요. 데릴사위로 삼을 정도였으니 언젠가는 당신에게 모든 사업을 맡기실 생각 아니었을까요? 그런데도 당신은 왜 이런 일을 벌였죠?"

레이코는 도대체 이해가 가지 않아 물었다. 반성을 촉구하기 위함도 아니었고, 윤리를 논하기 위함도 아니었다. 이만큼 풍족한 환경에서 태어나 돈도 가정도 다 가진 몸으로 왜 사기 따위에 손을 댔을까. 도무지 알 길이 없었다.

"아내분이 우시더군요. 앞으로 자기는 사키와 둘이서 어떻게 살아야 하느냐면서요."

조만간 요시다의 범행이 보도되면 장인의 레스토랑도 무사하지는 못할 것이다. 소문이 나서 피해를 입기 전에 대표이사에서 해임되리란 예상도 가능하다. 그렇게 되면 장인도 그냥 남이다. 부인이 목 놓아 우는 심정도 충분히 이해가 간다.

다만 요시다가 이쪽의 신파극에 넘어갈지는 레이코도 알 수 없었다. 비슷한 이야기는 어제도 해보았다. 그때도 요시다는 아무 흥미도 없다는 듯 얕은 한숨만 쉴 뿐이었다.

　모르겠다. 이 남자는 대체 무슨 이유로 사기 따위를 저질렀을까. 장인 몰래 대출을 얻었다든지, 회사 자금을 유용했다든지, 그런 이유라면 이해가 간다. 그러나 지금까지 요시다에게 대출이 있다는 이야기는 나오지 않았다. 또한 요시다는 장인의 회사에서 일하는 직원도 아니다. 상사에서 계속 근무하는 척, 부인을 속이면서 실제로는 사기만 치고 다녔다. 공금횡령은 회사 상황상 불가능했다.

　요시다가 문득 무언가 떠오른 듯이 시선을 들었다.

"그러고 보니, 제 취조를 왜 형사님이 하시죠?"

　무슨 말인가 했네.

"형사가 피의자를 취조하는 건 당연한 일 아닌가요?"

"아니, 이런 경우는 보통 수사 2과에서 취조하잖아요?"

　요시다는 그녀가 이케부쿠로 서 강력계 소속이라는 사실을 확실히 알고 있었다. 게다가 강력범 수사가 무엇인지도 제대로 파악하고 있다.

"전 누군가를 때리거나 칼로 찌르지 않았어요. 하물며 살인이라니, 천만에요. 그런데도 왜 형사님이 나를 취조하는 겁니까?"

　이런 경우를 두고 긁어 부스럼이라 한다.

　레이코는 눈을 부릅뜨고 요시다를 쳐다보았다.

"아니, 당신이 저지른 짓은 살인이야. 당신은 완벽한 살인자라고, 요시다 가쓰야 씨."

　그때 요시다가 처음으로 표정다운 표정을 드러냈다. 한쪽 입매를 씰룩거리며 쓴웃음을 지었다.

"그건, 목을 매서 자살했다는 도키와 유리 사장님 얘깁니까?"

"맞아요."

"그렇다면 번지수 잘못 찾으셨어요. 설령 우리 탓으로 도키와 유리가 경영난에 빠졌고 그걸 비관해서 아카기 사장이 자살했다 쳐도, 그렇다고 내가 자살하라고 시킨 건 아니잖아요? 미리 알았다면 말렸을 거예요. 빚을 몇억씩 떠안았다 해도 개인 파산 신청하면 그만이라고요. 배송 담당인 젊은 친구는 길거리에 나앉을지도 모르지만, 그 부부에게는 직장에 다니는 아들도 한 명 있어요. 누구한테라도 신세 졌다가 훗날 유유자적 연금 받아가며 살면 좋았잖아요."

입만 살았구나.

"그걸 말이라고 해요? 기존 거래처까지 엄청난 피해를 입은 범죄라고요. 그런 피해자들을 생각해서 죽고 싶을 만큼 죄송하다고, 뭐라고 해야 할지 모르겠다고 뉘우치는 게 당연하지 않나요? 당신한테는 스스로 목숨을 끊은 아카기 사장을 조롱할 자격이 눈곱만큼도 없어요."

"그럼 그 거래처고 뭐고 다 파산 신청하면 되겠네요."

이자가 정말 제대로 미쳤구나.

"그렇게 해서 혼자만 한몫 챙겨 달아날 생각이었나요? 하지만 유감이네요, 세상은 그렇게 만만치가 않거든. 대체 그런 수법으로 몇억씩 돈을 모아서 뭘 할 생각이었죠? 집도 있고 약속된 장래도 있는데, 왜?"

요시다가 턱을 들고 내려다보듯이 레이코를 보았다.

"형사님이 뭘 원하는지 알겠어요. 내가 가난하다거나 데릴사위라는 이유로 눈칫밥을 먹는다는 빤한 얘기가 듣고 싶으신 거죠? 하지만 그거야말로 유감이네, 난 그런 인간이 아니거든요. 게다가 마스미도 다오카도 당신에게 동정받을 만큼 자기 신세를 비참하게 여긴 적 없어요."

다오카는 오시마라고 이름을 댔던 다른 멤버다. 이제 와 보니 그들이 쓴 가명은 별것도 아니었다. 구로사와도, 이마무라도, 오시마도, 마스미가 레이코에게 접촉해 왔을 때 댔던 기타노라는 이름까지 전부 유명 영화감독의 이름이었다. 짓궂은 장난에도 정도가 있다.

"그래서 뭐죠? 당신들은 대체 무엇 때문에 그런 범죄를 저지르고 다녔냐고요."

"범죄라뇨?"

"어제도 설명했을 텐데요. 물품 대금 사기. 도키와 유리를 비롯한 총 17개 업체의 도매업자에게서 상품을 사취해 지방 양판점에다 싼값에 팔아넘기고 거액을 가로챘잖아."

"기억에 없는데요."

요시다는 있는 대로 폼만 잡을 뿐, 쉽사리 자신을 내려놓지 못하는 인간이었다.

"자백하지 않으면 기소는 면할 거라고 생각해요? 피해 업체 수만큼 피해 신고서가 쌓여 있어요. 증거도, 목격자 증언도 차고 넘친다고요."

"그럼 제가 입 다물고 있어도 아무 지장 없겠군요. 시간 있을 때 눈이라도 붙일게요. 조용히 좀 해주시죠."

"지금 장난해요? 아니면 남한테 말 못 할 약점이라도 가졌나?"

요시다의 귀가 움찔, 경련을 일으켰다.

"약점?"

"창피해서 입 밖으로 꺼내지도 못하는 약점. 아무에게도 알려지지 않았으면 하는 약점. 그걸 덮기 위해서 당신은 거액의 돈이 필요했던 건가요?"

"말도 안 돼. 무슨 소리예요? 애초에 나한테는……."

"출신에도, 성장 배경에도, 데릴사위로 들어간 처가에도 아무런 불만이 없다고요? 하지만 당신에게는 그런 걸로 채워지지 않는 커다란 구멍이 있죠."

"구멍? 나한테 대체 무슨 구멍이 있어요?"

"그야 나도 모르죠. 하지만 당신 자신도 모르고 있어요. 만약 그런 구멍이 있다면 내가 그걸 같이 찾아주면 어떻겠느냐, 내가 하고 싶은 말은 이거예요."

요시다가 큰 소리로 콧방귀를 뀌더니 의자 등받이에 몸을 기댔다.

"구멍 따위 없어요."

레이코도 이렇다 할 확증이 있어서 던진 말은 아니었다. 하지만 이상하게도 무언가를 알아맞힌 듯한 느낌이 들었다.

커다란 구멍. 어쩌면 이 요시다 가쓰야라는 사람 자체가 커다란 구멍이 아닐까.

두 번째인지 세 번째인지 건너편 조사실에서 이따금 수사관의 고함 소리가 들려왔다. 누굴 놀려? 여기를 보라고! 네가 했잖아!

고함을 쳐서 굴복할 피의자라면 레이코도 그렇게 했을 것이다. 동정심을 보여서 넘어올 상대라면 따뜻한 말 한마디쯤 건네고도 남았다. 그러나 이 남자에게 필요한 말은 대체 무엇일까. 어딘가 실마리가 있을지도 모르는 이 커다란 구멍 같은 인간에게 필요한 말은 무엇일까.

말라서 거의 들러붙다시피 다물어진 요시다의 입술이 천천히 옆으로 벌어졌다.

"애당초 인간의 욕망에 이유 따위가 있나요?"

높낮이가 없고 맴도는 연기 같은 목소리. 레이코는 이것이야말로 요시다라는 남자의 정체 같다고 생각했다.

"당신의 욕망에는 이유가 없나요?"

"별로 없어요. 일반적으로 그렇다는 얘기예요. 돈을 갖고 싶은 마음은 인지상정 아닌가요?"

그러나 그 돈을 버는 방법에는 차이가 있다고 레이코는 생각했지만 굳이 말하지 않았다.

"그래요, 돈은 누구나 갖고 싶어 하죠."

"어디 돈뿐인가요. 요즘 아이들이 하는 게임도 속성은 같아요. 100점보다 천 점, 만 점보다 100만 점. 1억, 10억, 100억⋯⋯ 무제한이라고 하면 먹지도 않고, 마시지도 않고, 온종일 컨트롤러를 손에 쥔 채 놓지 않잖아요. 그래도 까딱없죠. 게임만 하면

만사 오케이인 사람이 되고 말아요. 참 쓸데없는 짓이라고 생각하면서도 한편으로는 그것이 인간의 본질인지도 모른다고 생각할 때가 있어요. 형사님은 아이가 있나요?"

요시다의 눈을 보면서 레이코는 고개를 가로저었다.

"없어요. 결혼도 안 했고."

"그럼 모르시겠군요, 게임 할 때 아이들 뒷모습이 어떤지. 그 섬뜩함이란……. 그럼 어른은 어떨까요? 인재의 보고라는 정부 중앙 부처에서 하는 짓들은 어떠냐고요. 예산을 빼돌리고, 자리 만들어서 낙하산 내려보내 법인 세우고, 그걸로 부족하면 증세하고…… 그거 전부 머니게임이잖아요. 국민한테 얼마나 많이 가로채서 자기네가 얼마나 자유롭게 쓸 수 있는지, 어디까지 자기들 뜻대로 좌우지할 수 있는지 겨루는 게임. 평생이 걸려도 끝나지 않을 실로 장대한 게임이죠."

레이코는 조금 갸웃거렸다.

"그런 짓을 고작 셋이서 하려고 했단 말인가요?"

이번에는 요시다가 고개를 저었다.

"아니요. 그저 세상이 그렇단 얘기예요. 그런 낚시질로 자백받을 생각이라면 관두세요. 치사하게."

이쪽도 그럴 생각은 없다.

"형사님, 나를 돈에 미친 인간이라고 여기는 건 형사님 자유예요. 사실 돈에 미친 인간으로 치면 죽은 아카기 사장도 별반 다르지 않죠. 어차피 돈 얘기구나 판단해서 단호히 거절하고 눈 딱 감고 살면 됐잖아요. 하지만 그렇게 하지 않은 건 아카기 사장 본인 의사였어요. 막강한 재력을 지닌 어둠의 힘에 떠밀려서 자기 멋대로 게임을 끝낸 거라고요. 그런 것까지 내 탓으로 돌리면 어쩌란 말이죠?"

과연. 어쨌든 자기가 벌인 짓의 논리적 무장은 완벽하다는 뜻인가?

"하지만 인생은 게임이 아니잖아요?"

"아니요, 게임이죠. 태어나서 죽을 때까지 얼마나 지루하지 않게 사느냐, 하는 아주 단순한 게임이에요. 사는 동안 얼마나 돈을 버는지, 몇억을 버는지. 그런 의미에서 아이들이 하는 TV 게임과 결코 다르지 않죠. 총리가 되어 역사에 이름을 남기든, 범죄자가 되어 오명을 남기든, 죽고 나면 그게 무슨 상관이겠어요? 인생의 의미 따위, 형사님 생각만큼 대단하지 않아요."

일리 있게 들리기도 한다.

그러나 인정할 수는 없다.

"인생의 의미는 역사적으로 정해진 것도 아니고 타인이 정해주는 것도 아니에요."

"맞는 말씀이에요. 가치관 따위는 사람마다 달라도 상관없죠, 안 그래요? 그렇다면 내가 사는 방식도 인정받아야 하지 않나요? 그저 돈을 번다, 더 많이 번다, 오로지 돈만 번다, 그것을 묘미로 여기는 인생도 그리 드문 경우가 아니라는 얘기예요."

요시다가 숨을 한 번 쉬었다.

"그럼 묻겠는데, 형사님에게는 인생의 의미가 뭐죠? 사회질서 유지인가요? 자신의 정의감 충족인가요? 왜 그러고 싶죠?

왜 범인을 잡고 싶나요? 정의를 위해서인가요? 그렇다면 정의에 따라 죽을 수도 있나요? 사회를 위해서? 왜 사회를 위하고 싶죠? 좋은 사람이 되려고? 왜 좋은 사람이 되고 싶나요? 남에게 호감을 사려고? 왜 남에게 호감을 사고 싶죠? 미움을 받으면 슬프니까? 왜 슬픈 건 싫죠? 싫은 건 그냥 싫으니까……? 그런 거예요. 결국 이유는 싫은지 좋은지, 하고 싶은지 하기 싫은지, 그 정도뿐이라고요. 그렇다면 내가 무한정 돈을 벌려고 한 것도 별로 이상한 일은 아니잖아요. 더 많이 갖고 싶다, 더 많이, 조금 더 많이 갖고 싶다, 그래도 되잖아요?"

레이코가 경찰에 뜻을 둔 이유는 분명했다. 자신을 구하려 했던 어느 경찰관의 순직이 계기였다. 그녀가 보여준 희생에 조금이라도 보답하고 싶었다. 그녀처럼 목숨을 걸고 누군가를 구할 수 있는 사람이 되고 싶었다. 그리하여 자신 역시 강하게 새로운 인생을 살고 싶다고 생각했기 때문이다.

물론 10년씩이나 경찰 노릇을 하다 보면 그것 이외의 가치관도 생기기 마련이다. 사회질서 유지도 그중 하나다. 공적을 올린 횟수나 범인을 체포하는 묘미 또한 경찰 노릇을 하는 이유다. 각각의 의미가 계속 경찰 배지를 달고 뛰게 만드는 동기가 되는 것이다. 그러나 그것들을 극한까지 파고들면 분명 '그렇게 하고 싶으니까.'라는 이유에 도달한다.

다만 레이코와 요시다 사이에는 결정적인 차이가 있었다.

"알겠어요. 좋아요, 그럼 당신의 가치관은 그렇다 쳐요. 인생은 게임이다. 죽을 때까지 심심풀이다. 당신은 돈, 나는 공적 올리기에서 인생의 가치를 찾는다. 확실히 맞는 말이에요. 별로 틀리지 않아요. 하지만 요시다 씨, 농구를 하는데 공을 발로 차면 안 되잖아요? 레슬링을 하는데 사람을 때려서는 안 되고요. 그렇듯, 이 나라에서 살려면 이 나라 규칙을 따라야 해요. 어쨌든 공을 차고 싶으면 축구를 해야죠. 사람을 때리고 싶으면 복싱을 하면 돼요. 정 당신 뜻대로 살고 싶으면 이 나라를 떠나세요. 어떤 나라가 당신을 받아줄지는 모르겠지만 말이죠. 적어도 이 나라에 당신이 살 곳은 없어요. 설령 있다 쳐도 그건, 형무소 정도일걸요."

요시다는 또 콧방귀를 뀌었다. 하지만 기세는 한풀 꺾인 듯했다.

"이번에는 도덕 시간인가요?"

"아니, 사회 시간이에요."

요시다가 희미하게 웃는 모습을 레이코는 놓치지 않았다.

"언젠가 내가 경찰 노릇을 그만두는 날이 와도 나는 사회와 더불어 사는 인생을 포기하지 않을 거예요. 사회는 살아 움직이는 것을 포기하지 않아요. 물고기가 물을 떠나면 죽듯 인간이라는 생물은 사회 속에서만 살아갈 수 있는 법이죠. 당신도 어서 이쪽으로 붙어요. 그럼 지금처럼 어설프게 똥고집 부리지 않아도 살아갈 수 있어요. 명품도, 과시용 돈다발도 필요없어요. 장담컨대 그쪽이 몇 배는 더 편하고 자유로운 인생을 살걸요."

레이코는 큰돈을 들여서 숱하게 사 모은 명품을 지난번 잠입수사가 끝난 뒤 얼른 팔아치웠다. 단 하나, 가쿠타네 가게에서

산 손목시계는 남겨두었다.

"슬슬 점심이나 먹으러 갈까요?"

어깨 너머에서 도이의 날카로운 시선이 느껴졌다. 아직 멀었다고, 누구 마음대로 취조를 끝내는 거냐고 말하고 싶겠지만 레이코에게는 레이코 나름의 리듬이 있었다. 지금은 한발 물러설 때다.

"유치장에서 나오는 도시락이 입에는 안 맞을지 모르지만, 그래도 여러 사람이 수고를 들여 만든 거예요. 농민들이 애써 농사지은 쌀과 익힌 채소를 먹으면서 차분히 생각해봐요. 당신은 혼자 살아온 게 아니에요. 앞으로도 혼자서는 살아가지 못해요. 그런 건 의외로 중요한 문제죠."

수갑을 다시 채우고 책상에 묶었던 포승줄을 풀었다. 요시다는 아무 말 없이 얌전하게 11호실을 나섰다. 한 층 위에 있는 유치장까지 가는 동안에도 한마디 하지 않았다.

"잘 부탁합니다."

요시다를 유치장 관리과에 인도하고 레이코는 도이와 함께 복도로 나왔다.

도이가 한숨을 쉬었다.

"히메카와, 너 틀렸어."

레이코도 알고 있었다. 도이가 자신의 취조에 불만이 많다는 점은 등 뒤에서 느껴지던 따끔한 시선으로 충분히 감지했다. 그래서, 경제사범 취조는 그런 식으로 하면 안 돼, 좀 더 세게 밀어붙여야지, 더 치밀하게 사실을 열거해서 도망갈 구멍을 차단하란 말이야…… 같은 말을 듣겠거니 생각했다.

하지만 예상과 달랐다.

"너 혹시 유치계(留置係)에서 일해본 적 없는 거 아냐? 요즘은 어느 유치장이나 점심 식사로 빵이 기본이라고. 쌀밥이나 익힌 채소 나오는 데가 어디 있어?"

어, 그랬나?

여자의 적

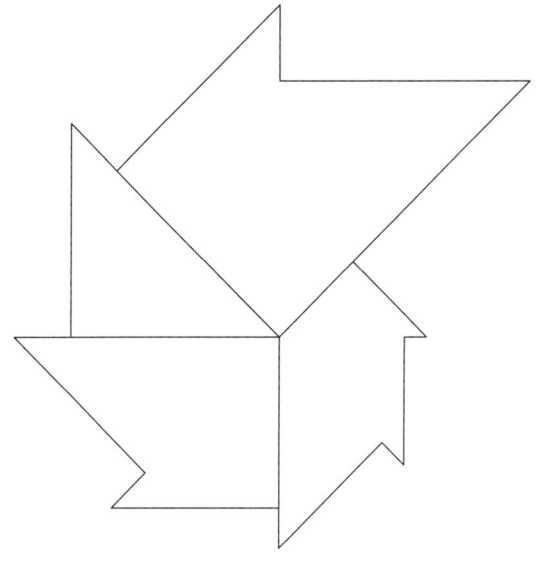

혼다 데쓰야 감수,
『혼다 데쓰야 All Works(誉田哲也 All Works)』,
다카라지마사(宝島社), 2012년 3월

8월 25일 기일, 그러니까 고작 어제 바친 것인데도 꽃은 벌써 수분을 잃고 시들어 고개를 떨어뜨리고 있었다.

레이코는 꽃받침과 잎사귀를 매만지며 뒤를 돌아보았다.

"새 꽃으로 갈아도 괜찮겠죠?

이마이즈미도, 이시쿠라 다모쓰도 머뭇거리며 자신 없는 표정으로 고개를 끄덕였다.

"자네가 모처럼 새 꽃을 사 왔는데 헌화는 해야지. 안 그래, 이시쿠라?"

"네. 괜찮지 않을까요, 이렇게 날씨가 덥기도 하고 생화는 길어봐야 하루밖에 못 가니까요. 그거 제가 씻어 오겠습니다."

"어, 그러겠나?"

이시쿠라는 레이코의 손에서 스테인리스 화병을 건네받아

수돗가 쪽으로 걸어갔다. 레이코는 묘 앞에 쭈그리고 앉았다. 자기가 사 온 꽃다발을 향로 앞에다 풀어놓았다. 좌우 균등하게 꽂을 수 있게 두 묶음으로 나눌까 생각했다.

이마이즈미가 등 뒤에서 힘없이 중얼거렸다.

"벌써 3년인가. 세월 참 빠르군."

"그러게요. 지난 3년은 정말 여러 일이 있었지만 역시 그때 사건이 가장 기억에 남아요. 좋았든 나빴든. 아, 좋다고 할 일은 아닌가."

3년 전, 지금으로 말하면 '스트로베리 나이트' 사건 수사를 하면서 레이코는 처음으로 부하의 순직을 경험했다. 이 묘에 잠든 이가 바로 그때 순직한 오쓰카 신지 형사다. 레이코보다 두 살 연하로 명실상부한 첫 부하였다. 순경이었던 오쓰카는 순직 후 2계급 특진하여 최종적으로는 경위가 되었다.

이 묘를 찾을 때마다 여러 생각이 떠올라 레이코는 가슴이 미어졌다. 생각은 층층이 포개어져 축적된다. 경찰관의 직무는 언제나 죽음을 동반하는 일이다. 하지만 절대로 죽어서는 안 된다. 오쓰카만이 아니다. 고교 시절, 레이코를 구해주었던 사다 미치코나, 금년 1월 레이코를 보호하려다 칼에 찔린 마키타 이사오도 마찬가지다. 그들은 한 인간이 지닌 목숨의 무게와 그 목숨을 앗아간 결코 용서할 수 없는 죄의 무거움을 레이코의 심장에 깊이 각인시켰다. 그리고 자신의 목숨과 형사의 혼은 그들의 유지(遺志)와 공존해 있다. 오늘 같은 날이면 그런 생각이 유독 강하게 들었다.

"히메카와, 거기 향 좀 줘."

"네."

향로 속에서 스테인리스로 만든 향 받침을 꺼내어 뒤에 있는 이마이즈미에게 건넸다. 이마이즈미는 향 받침에 남아 있던 재를 들고 있던 비닐봉지에 버린 다음 새로 불을 붙인 향을 얹어 레이코에게 돌려주었다. 그것을 레이코가 다시 향로에 놓았다.

"자네, 기쿠타와 유다한테도 연락했나?"

"네. 그런데 둘 다 오늘은 꼼짝하기 힘든 모양이에요. 유다는 어제 혼자 다녀갔고, 기쿠타는 내일이나 가능하다고 메시지 보냈데요."

그래, 이마이즈미가 작은 소리로 대답했다.

"10계 시절에는 재청 때 전원이 함께 다녀갔는데 말이야. 이렇게 뿔뿔이 흩어지고 나니 시간 맞추기도 어렵군."

"네, 맞아요."

실제로 레이코나 이마이즈미, 이시쿠라도 기일인 어제는 도무지 시간이 나지 않아 오늘에서야 찾아왔다. 유다는 어제 찾아왔는데, 구사카와 만났다고 했다. 전 수사 1과 살인범 수사 10계 주임인 구사카 마모루 경위. 무슨 까닭인지 레이코와는 사이가 좋지 않은 남자였지만, 그 역시 오쓰카를 잊지 않았다는 사실에 솔직히 고마웠다.

이시쿠라가 꽃병을 들고 돌아왔다.

"죄송합니다. 생각보다 수돗가가 멀더군요. 빨리 꽂지 않으면 새로 사 온 꽃까지 시들겠어요."

맞는 말이다. 아까 펼쳐놨을 때보다 어쩐지 잎도 줄기도 시든 듯했다.

참배를 마치고, 맹위를 떨치는 더위에 지쳐 시원한 음료라도 마시자는 쪽으로 이야기가 모아졌다. 신코이와 역까지 돌아가서 찻집에 들어갔다. 이마이즈미와 레이코가 창가에 마주 앉았고, 이시쿠라는 레이코 옆에 앉았다.

"난 아이스커피."

"저도 아이스커피요."

"그럼 아이스커피 세 잔."

다한증이 있는 이시쿠라는 아까부터 손수건으로 얼굴과 목을 훔치고 있었다. 여종업원이 가져온 물도 가장 먼저 마셔버린 다음 레이코 쪽을 보았다.

"그러고 보니 주임님은 참 변함없으시네요. 아무리 더워도 땀 한 방울 안 흘리는 건 여전하시니."

"아니죠, 다모쓰 씨. 저 이제 주임 아니거든요."

현재 레이코는 이케부쿠로 서 형사과 강력계 담당 계장이다.

"죄송합니다. 주임님이라고 부르는 게 버릇이 돼서……."

이마이즈미가 팔짱을 끼며 고개를 끄덕였다.

"호칭이야 아무럼 어때. 나도 히메카와가 계장을 달았다는 사실에 적응이 안 되는걸, 뭐. 아마 머리로는 알긴 아는데, 본부와 관할 서 직무 체계상 한 계급 차이가 나서 헷갈리기 쉽긴 해."

"맞습니다. 저도 몇 번인가 착각한 적이 있어요."

경위라는 직급은 같아도 본부 배치 때는 주임, 관할 서로 나오면 계장이다. 경감도 본부에서는 계장이지만 관할 서로 내려오면 과장이나 과장 대리, 규모가 작은 경찰서에서는 부서장인 경우도 있다.

땀도 식었는지 이시쿠라가 크게 한숨을 쉬었다.

"오쓰카 말이에요, 정말 성실한 녀석이었죠. 살아 있었으면 부장 정도는 되었을 텐데."

이시쿠라가 이야기한 '부장'은 형사부장이나 경비부장의 부장이 아니다. 순경 다음 계급인 경사 가운데 베테랑 경사를 뜻한다.

이시쿠라의 말이 옳다. 오쓰카는 성실한 남자였다고 레이코도 생각했다.

"진짜 착실하게 한 걸음, 한 걸음, 한눈팔지 않고 포기하지 않고…… 오쓰카는 좋은 형사였어요. 처음에 오쓰가와 한 조가 되었을 때 일이 지금도 생생해요."

레이코의 말을 듣던 이시쿠라가 갑자기 큰 소리로 웃어젖혔다.

"그 사건 말씀이시죠? 저도 그립네요. 어느 날 갑자기 히메카와 씨가 1과에 배속되어 왔죠. 그것도 주임으로요. 아마 오쓰카하고 같은 조가 돼서 처음 배당받은 사건이었을걸요. 그때는 히메카와 씨도 펄펄 날아다녔는데."

히메카와는 무슨 소리냐며 가볍게 때리는 시늉을 했다.

"저 지금도 펄펄 날아다니거든요."

"하하하! 방금 그 말은 실수!"

사실 진심으로 그립기도 했다.

가능한 일이라면 레이코도 다시 한 번 그 시절로 돌아가고 싶었다.

벌써 5년도 더 지난 일이다.

레이코도 아직은 27세. 수사 1과 살인범 수사 10계의 주임으로 임명된 직후였다. 솔직히 자기 부하가 될 남자들의 성격조차 파악하지 못한 상태였다.

가장 연장자였던 사람이 이시쿠라 다모쓰 경사, 45세. 얼굴은 상냥해 보였지만 그런 그가 제일 베테랑 형사였다. 눈동자 속에 깃든 흔들림 없는 형사의 혼을 레이코는 한눈에 알아보았다.

다음은 훨씬 젊은 호리이 준이치 경사, 37세. 말수가 적고 유독 레이코와는 별로 말을 섞지 않아서 성격이 어떤지 알 길이 없었다.

그보다 조금 더 어린 35세의 니시야마 다이스케 경사는 호리이와는 반대로 수다쟁이였다. 레이코가 10계에 배속된 첫날부터 제멋대로 떠들어댔다.

"젊은 여자 주임이라니, 대박! 가슴 떨려 죽겠는데!"

"내가 그럴 줄 알았다니까. 어쨌든 시험은 합격하고 봐야 한다니까요. 간단히 출세할 수 있는 길이잖아요."

"주임님도 그러시죠? 남자가 딱히 보호해주지 않아도 조폭 사무실 같은 데는 그냥 쑥쑥 들어갈 수 있는 사람, 맞죠?"

생각나는 대로 지껄일 뿐인지, 밉살스러운 성격 탓인지는 모르겠지만 어쨌든 틈만 나면 무언가 열심히 떠들어대는 남자였다.

당시 가장 젊었던 사람이 기쿠타 가즈오 경사, 30세. 그 역시 과묵한 부류로 처음에는 레이코를 어떻게 생각하는지, 태도로는 전혀 드러내지 않았다.

같은 10계의 구사카 반에는 주임인 구사카 경위 이하 여섯 명의 수사관이 있었지만 레이코가 부임했을 때는 오타 구 이케가미 서에 설치된 특별 수사본부를 지원하러 나가 있어서 한동안 얼굴도 트지 못한 사이였다.

첫 사건은 부임한 지 사흘째 되던 날에 터졌다.

경시청 본부 청사 6층 형사부실. 사건을 맡지 않은 각 계들이 새로 발생한 사건을 배당받기 위해 순번에 따라 청사에서 대기하는 것을 재청(在廳)이라 하는데, 대기 순서 1번이었던 레이코 팀에 10계장 이마이즈미 경감이 찾아왔다.

"노가타 서에 특수부를 설치한다. 변사체 사건이야."

살인이라고 단정하지 않은 점이 레이코는 마음에 걸렸다.

"변사라니 무슨 일이죠?"

이마이즈미는 네 경사의 얼굴을 하나씩 돌아본 다음 다시 레이코에게 시선을 돌렸다.

"나카노 구 아라이 4가 ××, 나카노 파크힐스 6층 605호실에서 남성 변사체가 발견되었다. 신원은 하시다 료, 35세. 소지하고 있던 운전면허증에 기재된 본적은 이바라기. 현 주소는 지금 관할 서에서 조사 중이야."

이마이즈미의 수첩을 들여다보았다. 피해자 이름의 한자는 '橋田良'였다.

"계장님, 지금 현 주소를 조사 중이라고 하셨는데, 그럼 나카노 파크힐스 605호는 하시다의 거주지가 아니란 뜻인가요?"

"그런가 봐. 605호의 정식 임차인도 현재 확인 중이야."

"사인은요?"

"방어흔처럼 누군가와 싸우다 생겼을 것으로 보이는 찰과상, 타박상이 양팔 앞쪽과 목덜미, 가슴 부위 등 여러 곳에서 발견되었지만 치명상으로 여길 만한 외상은 없고, 사망 시각도 현시점에서는 특정 불가능이야. 병사, 돌연사의 가능성도 없지는 않지만 사망한 뒤 꽤 시간이 흐른 데 비해 안면에는 홍조를 띠고 있어. 약물중독사처럼 말이지. 최악의 경우 제3자가 억지로 약을 먹여 죽였을 가능성도 고려해서 현재 감찰의무원이 사인을 밝히고 있어. 뭐, 조만간 대학병원으로 이송되겠지만."

감찰의무원 담당의는 누굴까. 구니오쿠라면 레이코가 직접 연락을 취하는 편이 빠를 것이다.

니시야마가 고개를 들이밀며 끼어들었다.

"요컨대 현시점에서는 상황을 살피는 중이다, 그런데 최악의 경우 노가타 서까지 갔더니만 '결과는 병사였습니다. 강력계는 돌아가셔도 좋습니다.' 같은 말이나 들을 가능성도 있다는 얘기군요."

이마이즈미는 표정 하나 변하지 않고 니시야마를 쳐다보

았다.

"이쪽으로 연락한 걸로 봐서 감찰의무원도 사건성이 의심된다는 소견을 냈다는 뜻이겠지. 아마 현장 감식과도 사건성을 뒷받침할 만한 자료를 수집했을 거야. 어쨌든 즉시 노가타 서로 가봐."

넵, 하고 한목소리로 대답한 쪽은 레이코와 이시쿠라였다. 나머지 세 사람은 각자 기어드는 소리로 대답할 뿐이었다.

그날 밤 노가타 경찰서.

2층 형사부실과 나란히 있는 회의실에 집합한 수사관은 총 22명. 관할 서에서 파견한 17명은 형사과, 생활안전과, 지역과에서 동원된 혼성부대였다. 아직 살인 사건이라고 결론짓지는 않은 까닭에 진용을 갖추었다고 하기에는 몹시 허술해 보였다.

회의실 상석에는 이마이즈미 계장, 하시즈메 관리관, 노가타 서장과 형사과장 네 명이 나란히 앉아 있었다. 레이코는 맨 앞줄 오른편 끄트머리에 앉았다. 수사 1과 살인범 수사 10계의 주임으로서 오늘 처음으로 이 자리에 앉는 것이다.

"그럼 회의를 시작하겠습니다."

당연히 레이코가 호령을 붙였다.

"차렷."

하지만 목소리가 생각보다 크게 나오지 않았다.

"차렷!"

레이코는 좌중을 돌아보고 다시 한 번 목청을 높였으나 이상하게 회의실 안의 웅성거림은 가라앉지 않았고 인원수 절반은 아직 의자에서 일어서려고도 하지 않았다.

"차려엇!"

결국 세 번째 호령을 하다가 도중에 목소리가 뒤집어졌다. 산만한 가운데 비웃음까지 섞였다. 느릿느릿 일어서는 수사관 중에는 여봐란듯이 입을 막고 웃음을 참는 자도 있었다.

레이코는 얼굴이 홍당무처럼 달아올라 어쩔 줄을 몰랐다.

경위면서 경시청 본부 수사 1과 살인범 수사 10계의 주임까지 되었는데 여자라는 이유만으로, 목소리가 가늘고 우렁차지 못하다는 이유만으로 아직도 이런 노골적인 모욕을 감수해야 하나. 경위가 되면, 본부 주임이라도 되면 더 이상 업신여기지는 않겠지 생각하고, 그 생각만으로 전력투구해 왔는데.

바로 그때였다.

"기립! 이봐, 거기! 빨리 일어나!"

레이코의 왼쪽 뒤에서 고함이 울려 퍼졌다.

기쿠타 경사였다.

기쿠타가 내처 호령했다.

"차렷! 경례!"

마치 커다란 전통 북 소리 같은 목소리였다. 크고, 두껍고, 강한 울림으로 회의실 전체의 공기를 정신이 번쩍 들게 단단히 긴장시켰다. 그 덕에 경관들은 자로 잰 듯 일사불란하게 경례했다. 오히려 당황해서 앞을 향해 자세를 고쳐 잡느라 레이코 혼자만 반 박자 늦게 고개를 숙이는 꼴이었다.

"쉬어!"

일동 착석하는 소음에 섞여 레이코는 넌지시 뒷사람에게 말했다.

"저기…… 고마워요."

하지만 기쿠타는 눈도 맞추지 않고 아닙니다, 하고 짧게 대답할 뿐이었다.

곧이어 이마이즈미가 보고를 시작했다.

"본 사건, 나카노 구 아라이 4가 ××, 나카노 파크힐스 605호에서 발견된 변사체 사건에 대하여 현재까지 밝혀진 사항을 보고한다. 우선 시의 신원, 나카노 구 히가시나카노 3가 ××-×, 블루로즈 203호 거주, 하시타 료, 35세, 독신. 코스모디자인 주식회사. 콜센터 설치 전문 업체라고 한다. 피해자는 이 회사의 영업 주임이다. 이상은 소지하고 있던 신분증 케이스 속의 자동차 운전면허증, 사원증으로 판명되었으며 회사 측에도 확인을 마쳤다. 사망 시각은 사흘 전, 12월 15일 토요일 밤 10시에서 다음 날인 16일 오전 3시 사이라고 추정된다."

주임님이 부임한 날 밤이었네요, 바로 뒤에 앉은 니시야마가 소곤거렸다. 참고로 레이코의 왼쪽에는 이시쿠라가 앉았고, 호리이는 니시야마 뒤에 앉았다. 관할 서와 공조수사에 들어가기 위한 조 구성은 이 회의가 끝난 후에 시작될 것이다.

"발견은 오늘 12월 18일 화요일, 오전 10시가 지난 시각이었다. 605호 문틀에 남자 구두 왼쪽 한 짝이 끼어 있었고, 문이 반쯤 열린 상태였다고 이웃집 주인이 관리인에게 알리자 관리인이 확인하러 와서 시신을 발견, 110번으로 신고했다. 시신은 거실 중앙에……."

미리 배포된 자료 두 번째 장을 본다. 605호는 방 두 칸에 거실과 식당, 주방으로 이루어진 구조. 주방 안쪽에 거실 겸 식당이 있다.

"소파 테이블 앞에 오른쪽 무릎을 꿇은 채 엎드린 자세로 쓰러져 있었다. 방어흔으로 보이는 찰과상과 타박상이 오른쪽 팔에 네 군데, 왼쪽 팔에 여섯 군데, 목덜미에 두 군데, 가슴에 세 군데 있었지만 모두 경미한 상처일 뿐 치명상은 아니다. 당초 지병 악화로 인한 돌연사가 아닐까 추정했지만 시신이 비교적 젊다는 점과, 혈액검사 결과 치사량까지는 아니지만 메틸렌, 디옥시, 메스암페타민……."

이마이즈미는 한 마디씩 끊어서 발음했지만 '메틸렌디옥시메스암페타민(methylenedioxymethamphetamine)'이라는 한 단어다. 줄여서 MDMA, 속칭 엑스터시라는 합성 마약의 주성분이다.

"……이 혈액에서 검출되었다. 다른 약물 반응도 보여서 이것에 대한 도호 대학 법의학 교실과 과학수사연구소가 분석을 서두르고 있다. 또한 하시타 료가 거실에서 사망했음에도 왼쪽 구두 한 짝만 대문에 끼어 있었다는 점에 유의해야 한다. 이는 하시타가 사망한 뒤 누군가가 그 집에서 나갔을 가능성을 시사하는 중요한 흔적이고, 그 누군가가 하시타의 죽음에 관한 사정을 알고 있을 것으로 사료된다. 우리가 시신에 관하여 현재까지 파악한 사항은 이상과 같다. 다음, 현장 감식."

"네!"

왼쪽 뒤편에서 파란 작업복 차림의 남자가 일어섰다. 노가타서 형사과 감식계원인가?

"시신 발견 현장인 605호에 대해 말씀드리겠습니다. 우선 현관부터 보면, 현관 바닥에는 남자 구두, 방금 보고하신 내용에도 있었는데, 이웃집 주인이 현관문에 끼어 있었다고 증언한 구두는 한 짝밖에 없었습니다. 그러나 족흔은 일곱 종류가 넘었습니다. 자료로 유효한 것은 맨션 관리인의 족흔을 제외한 다섯 종류입니다. 하나는 남아 있던 구두와 같은 형태였지만 나머지 네 종류 가운데 세 종류는 여자 구두 중에서 펌프스*의 족흔이었습니다. 나머지 하나는 크기로 볼 때 남자용 스니커즈였습니다. 두 종류가 더 있기는 한데 겹치거나 뭉개져서 자료 가치가 거의 없습니다."

하시즈메 관리관이 감식계원을 가리키며 이야기했다.

"그 여자 구두 사이즈는 몇인가?"

"셋 다 거의 같고 240밀리 정도입니다. 그런데 아시다시피 사이즈 설정은 제조사마다 달라서 같은 인물의 신발인지 아닌지는 알기 어렵습니다. 그리고 스니커즈도 살해된 남성의 신발과 마찬가지로 270밀리 전후인데 이것도 이전에 스니커즈를 신고 들어와서 생긴 발자국인지 다른 사람의 것이지는 현시점에서 판단하기가 애매합니다."

---

* 펌프스(pumps): 지퍼나 끈 등의 여밈 부분이 없고 발등이 파인 여성용 정장 구두.

남성 족흔 두 종류, 여성 족흔 세 종류, 총 다섯 종류. 605호실에 하시타 료 외에 누군가가 출입했다는 사실만은 틀림없는 듯했다. 문제는 현장에 들어간 제3자의 인원수였다. 여자 혼자서 남자에게 억지로 약을 먹이기는 어렵다. 하지만 3 대 1이라면, 혹은 남자가 섞인 4 대 1이라면 분명히 가능한 일이다.

"계속해서 실내입니다. 현관에서 곧장 거실로 이어지는 복도가 있는데, 여기서는 관리인 이외에 여섯 종류의 족흔을 채취했습니다. 하나는 역시 죽은 남성의 신발 자국이었습니다. 두 번째는 스타킹 자국이었고, 나머지 세 번째는 맨발 자국이었습니다. 맨발 자국 가운데 하나는 죽은 남성의 것이었고 두 번째는 여성의 것…… 네 명의 여성이 동시에 현장 안에 있었다는 얘기는 아닙니다. 실내에 남은 동선과 각각의 족흔을 식별하는 작업은 향후 본부 감식과와 공동 작업 후 보고하겠습니다."

그렇다면 적어도 여자 두 명에 하시타 료가 있었다는 말인가. 억지로 약을 먹이기에 그리 불가능한 인원수는 아니다.

이마이즈미가 질문했다.

"족흔 말고 다른 건 없었나?"

"지문도 채취만 했을 뿐 아직 분석이 끝나지 않았습니다. 화실(和室)에서……."

605호의 겨냥도를 대강 넷으로 나누면 왼쪽 위가 거실 겸 식당, 왼쪽 아래가 주방과 세면대, 욕실, 화장실 등 물을 쓸 수 있는 곳이다. 오른쪽 위는 화실이라고 해서 전통적인 다다미방이고 오른쪽 아래는 현대적인 양실(洋室)이다. 그 맞은편은 베란다로, 옆집의 거실 겸 식당에서도 드나들 수 있는 구조다.

"화실이 왜?"

"네, 이 베란다 쪽 벽에 침대를 바짝 붙여놨는데요, 플로어베드라고 하나요? 그런 아주 낮은 간이침대가 설치되어 있습니다. 여기에 여성의 것으로 보이는 긴 머리카락과 체모가 남아 있었습니다. 베란다 바로 앞 세 평 정도 크기의 양실에도 침대가 있었습니다. 일반적인 높이의 더블침대입니다. 이쪽에도 머리카락과 체모가 남아 있었는데 화실에서 채취한 머리카락과 동일 인물의 것인지는 아직 밝혀지지 않았습니다. 두 곳 모두 하시타의 것으로 사료되는 남성의 머리카락과 체모도 남아 있었습니다."

죽은 남자는 한 명. 침대는 두 군데. 이게 무슨 뜻일까.

레이코는 이마이즈미가 자기 쪽으로 시선을 돌릴 때까지 손을 들었다.

"히메카와, 왜?"

"네, 이 605호실의 임차 명의인은 판명되었나요? 지금까지 보고 내용에는……."

"그건 이제 보고할 거야."

이마이즈미 앞에 앉아 있던 하시즈메가 흥, 하고 코웃음을 치며 레이코 쪽을 보았다.

"공주님, 너무 나대지 마라."

이 하시즈메는 레이코와 얼굴이 마주칠 때마다 얄미운 소리를 꼭 한마디씩 했다.

여자의 적 93

부임 첫날 인사할 때는 '성이 히메카와에, 이름이 레이코라니! 아이고, 웃겨 죽겠네!' 큰 소리로 비아냥거렸다.* 부임 이틀째 날 아침에는 '이제 주임씩이나 달고 나니까 차 심부름은 열외신가.'라며 이죽거렸다. 사흘째 날에는 '너도 자뻑이지? 자기가 미인인 줄 아는 무개념 말이야.' 하고 시비를 걸었다.

그리고 오늘은 회의석상에서 공주님이라고 부르며 조롱한 것이다.

"죄송한데요, 관리관님. 제 이름은 공주가 아니라 히메카와입니다."

"아! 그러셨어요, 공주님? 공주면 공주답게 좀 더 정숙하고 품위 있게 행동하라고. 그렇게 설쳐대는 공주는 실속도 없거니와 별로 우습지도 않으니까."

레이코는 분했지만 더 이상 대들어봐야 이길 승산이 없었다. 지금은 얌전히 자리에 앉는 게 최선이었다.

이마이즈미가 왼쪽 그룹을 가리키며 물었다.

"임차 명의인 조사, 어느 조가 했지?"

두 번째 줄에 있던 수사관이 일어섰다.

"현재 605호 소유자는 마쓰나가 이치로, 가나가와 현에 거주하는 회사 임원입니다. 마쓰나가는 11년 전에 임대 수익을 목적으로 605호를 매입했고, 그 후로 관리는 쭉 부동산에 일임했다고 합니다. 그런데 그 맨션 자체가 인근에서는 '풍속 맨션'이라

---

* 주인공의 이름 히메카와 레이코(姫川玲子)에서 '히메(姫)'는 '공주', '레이(玲)'는 '곱다'는 의미로 '고운 공주님'이라고 풀 수 있다.

고도 하고 '애인 맨션'이라고도 불릴 정도로 문제가 많은 건물이었습니다."

"풍속 맨션?"

하시즈메가 되물었다.

"네, 이 건물에서는 이중 삼중의 전대차(轉貸借)가 횡행하고 있어서 소유자와 실제 거주자가 다른 경우는 아주 비일비재하다 못해 으레 그러려니 하는 모양입니다. 마쓰나가 같은 일반인이 소유를 했더라도 실제로는 출장형 성매매 대기소로 쓰인다거나 소프랜드* 아가씨의 숙소가 되기도 합니다. 명의는 기업체 이름인데 사는 사람은 기업체 사장의 애인이라거나, 좀 더 복잡한 경우는 단골 거래처 사장의 애인일 때도 있습니다. 지극히 평범한 주거 세대도 있지만 대개 열에 일곱은 그런, 뭐라고 해야 하나, 복잡한 배경이랄까, 그런 주인이 살고 있습니다. 실제로 605호는 주거지다운 형태를 갖추지 않았고, 살림집이라고 보기에는 가재도구가 몹시 부족한 상태였습니다. 뭐, 러브호텔 대용으로 적당하달까, 그런 느낌이었습니다."

이마이즈미가 물었다.

"605호 문에 구두가 끼어 있었다고 관리인에게 알린 이웃이란 사람은?"

"606호에 사는 하시모토 아키코라는 40대 독신 여성입니다. 관리인 얘기로 어떤 민주당 의원의 애인이라는데, 확실하지는

---

* 소프랜드: 입욕을 명목으로 한 유사 성행위 업소.

않습니다. 하시모토 아키코는 지난주 목요일 쯤으로 여행을 갔다가 어젯밤 귀국했습니다. 밤 10시경 집으로 돌아왔을 때 문틀에 끼어 있는 신발을 보았는데 오늘 아침에도 신발이 그대로 있어서 이상하게 여겨 관리인에게 알렸다고 합니다."

하시즈메가 좌우로 고개를 돌렸다.

이마이즈미는 계속해서 물었다.

"그 마쓰나가 뭐라는 소유자하고 하시타 료의 관계는?"

"지금 접점으로 볼 만한 사항은 나온 게 없습니다."

"605호에 관한 다른 정보는?"

"현재는 이게 전부입니다."

요컨대 감식이 수집한 자료 말고는 아무것도 밝혀내지 못했다는 뜻인가.

수사 회의가 끝난 뒤에 수사조가 발표되었다.

"수사 1과 히메카와 주임은…… 노가타 서 강력계 오쓰카 순경하고 탐문 1조."

옛, 시원시원한 대답 소리가 들려 돌아보니 뒤쪽에서 젊은 남자가 다른 경관들을 헤치고 앞으로 나왔다.

그는 레이코 앞에 서더니 허리를 푹 숙여 인사했다.

"노가타 서 형사과 강력계 소속 오쓰카 신지 순경입니다. 잘 부탁드립니다."

잘됐다. 나이는 동갑이거나 조금 아래로 보인다.

"잘 부탁해요. 살인범 수사 10계 히메카와예요."

바로 휴대전화 번호와 명함을 교환했다. 레이코의 명함을 본 오쓰카는 오, 하고 두 번이나 같은 소리를 냈다. 무슨 의미인지는 알 길이 없다.

오쓰카는 중키에 살집이 있는 체격으로 말이 조금 많은 편이라는 점만 빼면 이렇다 할 특징이 없는 남자였다. 그럭저럭 기운은 좋아 보였는데, 그렇다고 해서 수다쟁이 느낌은 아니었다. 외모는 밝은 느낌이었지만 결코 경망스럽지는 않았다. 첫 번째 파트너치고는 나쁘지 않은 인상이었다.

"오쓰카 씨, 여기서는 몇 년이나 근무했어요?"

"아직 1년하고 3개월밖에 안 됐습니다."

"대학 졸업하고 바로 들어왔어요?"

"아뇨, 전 고졸입니다."

열여덟 살에 경찰청에 들어왔다면 첫 번째 이동은 스물네 살 때쯤이군. 그때부터 1년 조금 지났다면 올해 스물다섯이나 스물여섯. 역시 레이코보다 조금 아래다.

"그렇군요."

주위를 둘러보니 회의실 뒤편 출입문으로 총무계원 몇 사람이 도시락 더미를 안고 들어왔다. 이 자리에 계속 있다가는 저 도시락과 캔 맥주를 한 개씩 나눠 들고 잘해봅시다, 같은 말이나 주워섬기는 한가한 친목회에 휘말리기 딱 좋다. 그것만은 절대로 사양이다.

"오쓰카 씨, 이제 현장 주변을 둘러보러 갈 생각인데 어떻게 하실래요? 같이 가시겠어요?"

오쓰카는 얼굴이 환하게 밝아지더니 또 고개를 꾸벅 숙였다.

"꼭 데려가 주십쇼. 잘 부탁합니다."

"그래요. 그럼 바로 나갈까요?"

가방을 들리고 뒤돌아서자 거기에 있던 이시쿠라, 기쿠타와 눈이 마주쳤다. 방금 오쓰카와 주고받은 대화를 들었을까?

"제가 없어도 상관없죠?"

이시쿠라가 당황한 듯한 얼굴로 고개를 끄덕였다.

"아, 네. 회의도 끝났으니…… 상관없을 겁니다."

기쿠타는 어깨만 조금 으쓱할 뿐 아무 말도 하지 않았다.

레이코는 고갯짓으로 인사하고 그 자리에서 벗어나 상석에 있는 이마이즈미에게 외근 나간다는 말을 하러 다가갔다.

"계장님, 오늘 밤은 현장 주변을 좀 돌아보겠습니다. 오쓰카 순경하고요."

이마이즈미가 회의실 안을 흘끗 쳐다보았다.

"도시락은 먹고 가지?"

"아뇨, 저희는 내일부터 탐문도 나가야 하는데 지금이 아니면 현장에 갈 기회가 별로 없잖아요. 오늘 밤은…… 마침 지금은 피해자의 사망 시각과 같은 시간대이기도 하고요."

회의실의 벽시계는 10시 10분을 가리키고 있었다.

"그래? 뭐, 첫날이니까 너무 무리하지는 말고."

"네, 알겠습니다."

상석 중앙에 있는 하시즈메도 뭐라고 말하려는 듯한 얼굴로 이쪽을 보았으나 그 순간 서장이 어깨를 두드리며 말을 걸었다.

다행이다. 레이코는 그 틈에 회의실을 빠져나왔다.

복도로 나오자 오쓰카는 레이코의 왼쪽 뒤에 딱 붙어서 따라왔다.

레이코는 고개도 돌리지 않고 물었다.

"오쓰카 씨는 계속 형사과에만 있었어요?"

"저기, 히메카와 주임님, 그냥 반말로 하세요."

하지만 아무리 그래도 반말을 하려니 조금 꼴사납게 느껴진다.

"어…… 응, 이제 곧 익숙해지겠지, 뭐."

"전 여기, 처음부터 강력계에 배치받았어요."

"발견 현장이 여기서 얼마나 떨어져 있지?"

"도보로는 약 10분 거리입니다."

거리와 이동 시간을 정확하게 파악하는 사람은 신용할 가치가 있다.

"거리가 애매하긴 한데…… 그래, 택시를 타지."

"네."

노가타 서 앞에서 택시를 탔고 나카노 파크힐스에는 오륙 분 만에 도착했다. 물론 택시 요금은 레이코가 냈다.

"와, 맨션 좋네."

눈으로 헤아리니 11층짜리 건물이었다. 한 층에 여섯 세대가 있는 비교적 큰 맨션에 속했다. 맨션 바로 옆 도로는 편도 2차선, 왕복 4차선의 지방도로였다. 이런 늦은 시간에도 교통량은 아직 많았다. 길 건너편은 중학교였다. 그곳만 뻥 뚫린 듯 어둠에 잠겨 있었지만 도로 맨 끝을 보면 편의점도 보였다. 주유소와 패밀리 레스토랑도 있었다. 밤 10시가 지난 시각이지만 신변에 위협을 느낄 정도로 어둡지는 않았다.

이 거리의, 이 맨션의 한 집에서, 하시타 료는 대체 무엇을 했을까. 인근 주민들 사이에서는 풍속 맨션, 애인 맨션이라고 소문이 자자한 건물이다. 하시타의 목적도 역시 섹스였을까.

"저기, 오쓰카."

기합이 들어간 대답을 기대했지만 거리를 지나는 자동차들의 엔진 소리만 들렸다.

"오쓰카?"

돌아보니 오쓰카는 까치발을 하고서 도로 끝에 있는 편의점 쪽을 바라보고 있었다.

"저기, 오쓰카."

어깨를 치자 그제야 알아차리고 이쪽을 돌아본다.

"아, 죄송해요. 그게 잠깐…… 네."

"잠깐이라니, 뭔데?"

"별것 아닙니다. 아무것도 아니에요."

"아무것도 아니라니, 아닌 거 같은데? 이렇게 고개를 쭉 빼고서는. 뭐야? 편의점에 가려고? 출출해?"

아니요, 고개를 크게 저으면서도 오쓰카는 같은 방향을 흘깃거렸다.

"피해자가 사망한 때가 아까 보고에서는 사흘 전이라고 했잖습니까?"

"그랬지. 사흘 전 딱 지금 시간쯤부터 오전 3시 사이. 그게 왜?"

"아니요. 저기 분명히…… 잠깐 기다려보세요."

오쓰카는 윗옷 안주머니에서 수첩을 꺼냈다.

"사흘 전…… 아, 역시. 아라이 5가, 편의점 앞 노상에서 행인과 승용차 접촉 사고가 있었군요. 사고 발생 시각은 밤 11시 40분경…… 뭐, 그것뿐이긴 한데요."

레이코도 그 수첩을 옆에서 들여다보았다.

"오쓰카, 뭐야? 그날 밤 숙직이라도 했어?"

"아니요, 사흘 전에는 통상 근무여서 저녁에는 숙소로 돌아갔습니다."

"그럼 그 메모는 뭐야?"

"이건…… 관내에서 일어난 사건 사고는 일단 파악해둬야 한다고 생각해서 쓰는 겁니다. 물론 전부는 아니지만, 그래도 통신 내용이나 제가 보고 들은 일들은 가능한 한 알아두려고 하는데, 이렇게 적어놓지 않으면 잊어버리기 쉬워서요. 제가 좀 그래요, 하하하."

"뭐? 이런 범생이를 봤나."

그거야 좋다 치고.

하시타 료의 사망 시각 전후로 누군가가 인근에서 접촉 사고를 냈다. 단순한 우연일까? 이번 사건과 어떤 관련성은 없나? 혹시 하시타를 약물로 죽이지는 않았는지, 그래서 그가 죽은 걸 보고 당황한 누군가가 나카노 파크힐스를 빠져나와 자동차로 도주하던 길에 접촉 사고를 내지는 않았는지, 그런 가정도 충분히 가능하지 않을까? 어쨌든 구두가 문에 끼었다는 사실도 알아차리지 못할 만큼 침착하지 못한 사람이다. 당황하여 운전도 난폭하게 했을 테니 접촉 사고쯤 일으켰다 해도 하등 이상하지 않다.

"오쓰카, 그 사고, 일단 내일 교통 수사계에 확인해봐. 사망 당일 밤에 이 주변에 경찰관이 출동했으면 무언가 이번 사건에 관한 것을 보고 들었을지도 몰라."

"알겠습니다. 내일 날이 밝자마자 확인하겠습니다."

오쓰카는 꽤나 활기찬 목소리로 대답하면서 등줄기를 곧게 세웠다.

"벌써부터 그렇게 의욕적일 필요는 없어."

"아, 네, 뭔가 아주 오랜만에 본부 수사를 하다 보니. 도움이 된다면 저도 기쁘고요."

오쓰카는 그러면서 또 무언가 수첩에 적어 넣었다. 그런 모습은 정말이지 절로 미소를 머금게 했다.

"도움이 될지 어떨지는 아직 모르는 일이야. 실제로 대학에서 사법해부 결과가 나오면 사인은 그냥 병사, 사건성 없음으로 끝날 가능성도 있고. 그렇게 되면 지금 특별 수사본부는 즉시 해산이지. 약물 건만 노가타 서 생활안전과에 인계하고 본부 수사관은 본청으로 복귀하고. 죽 쒀서 개 주는 거지, 뭐."

출입문에 끼어 있던 구두도 의문투성이였다. 회의에서는 하시타가 사망한 후에 누군가가 현장에서 사라졌을 가능성이 있다고 추정했지만 대문에 구두가 끼었기 때문에 하시타가 사망했을 가능성도 있지 않을까.

"뭐, 그건 그때 가봐야 아는 거고. 주변을 좀 더 돌아볼까?"

"네, 그러시죠."

사고를 일으킨 누군가가 나카노 파크힐스 605호에 드나들었다면 그동안 어딘가에 주차했을 가능성이 높다. 현장과 가장 가까운 코인 주차장은 어디지? 아니면 노상 주차를 하기에 적당한 장소는? 원래 나카노 파크힐스에도 주차장이 있었던가, 없었던가? 감시 카메라의 유무는?

12월 19일, 수요일.

오늘부터 레이코와 오쓰카 조는 피해자 주변인 탐문 수사 담당이다. 하시타 료와 관련된 사람을 조사하는 것이다. 다른 반원들도 각자 임무에 나섰다. 이시쿠라 조는 605호 임차 명의인 조사. 니시야마 조와 호리이 조는 하시타의 자택에 대한 가택수색. 기쿠타 조는 그 밖의 관할 서 수사관과 함께 현장 조사를 맡아 현장 주변에서 탐문을 벌인다.

"히메카와 주임님."

아침에 가장 먼저 레이코가 회의실에 얼굴을 내밀자 마침 기다리고 있었다는 듯이 오쓰카가 레이코를 불렀다.

"어? 벌써 나왔어? 어젯밤엔 늦게까지 수고가 많았어."

"에이, 뭘요. 아, 참, 안녕하십니까! 수고 많으셨습니다! 저기, 근데요. 딴 게 아니라……."

비밀 얘기라도 있는 듯이 갑자기 오쓰카가 목소리를 낮추었다.

레이코는 주위에 다른 사람이 없는지 확인한 다음 오쓰카에게 얼굴을 갖다 댔다.

"뭔데?"

"그 접촉 사고 말인데요."

"빠른데! 벌써 알아냈어?"

"네, 어젯밤에 교통 수사계 쪽에 있는 동기를 구워삶았거든요. 그 녀석한테 부탁해서 조서를 구했죠. 지금 보시겠어요?"

오쓰카, 제법 열심인걸! 마음에 들어.

다행히 주위에는 아직 아무도 없었다.

"그래, 한번 볼까?"

"네. 가해자는 사토 아키라, 42세. 미타카 시에 거주하는 회사원으로, 나카노에는 업무차 왔던 모양입니다. 회사는 요요기에 있는 간토 솔라시스템. 태양광 패널 영업 사원인가 봐요. 사고 차량도 회사 영업용이었다고 합니다. 피해자는 후카마치 요리코, 28세. 메구로 구에 거주하는 회사원입니다. 어번트레블재팬이라는 여행사 대리점이고요, 근무처는 신주쿠 지점이라고 합니다. 큰 부상은 입지 않았고, 애초에 후카마치 쪽에서 넘어졌는지 어쨌는지 휘청거리고 있는데 하필 그때 사토가 운전하던 차가 지나가면서 왼쪽 팔꿈치와 왼쪽 어깨가 운전석 부분 프레임에 부딪혀 후카마치가 쓰러졌습니다. 오른손과 오른쪽 무릎, 오른쪽 허리에 찰과상과 타박상을 입었다고 합니다. 무슨 이유인지 피해자가 피해 신고를 완강하게 거부해서 문제 삼지 않고 끝내기로 합의하면서 사고는 마무리된 모양입니다."

"그래……."

태양광 패널 영업 사원과 여행사 대리점 사원이라.

"뭐, 일단 오늘은 하시타의 회사를 찾아가 보고, 여유가 생기면 그때 가서 다시 생각해보자."

"네, 알겠습니다."

아침 회의는 탐문 담당 구역 확인만 한 뒤 9시쯤에는 다른 수사관들도 각자 노가타 서를 나섰다.

레이코와 오쓰카는 하시타가 다녔던 직장으로 향했다. 아카사카에 위치한 코스모디자인 본사에 도착한 때는 10시 5분 전이었다.

그들을 맞으러 나온 사람은 하시타의 상사라는 요네하라 소스케였다. 연령대는 40대 중반으로 보였다.

요네하라는 하시타의 갑작스러운 죽음에 충격을 받았으나 레이코의 질문에는 정확하게 대답했고, 하시타에 대한 여러 가지 정보를 제공했다.

"무단결근을 할 사람이 아니어서 걱정을 하기는 했습니다. 휴대전화로 전화를 해도 도무지 받지를 않고."

확실히 하시타가 소유했던 휴대전화에는 이 회사에서 수차례 발신한 기록이 있었다. 월요일 하루 동안 일곱 번, 화요일에는 다섯 번. 아마도 화요일 저녁 하시타가 죽었다는 사실이 알려질 때까지 어떤 사원이 계속 전화를 걸었을 것이다.

"하시타 씨의 대인 관계는 어땠나요?"

요네하라는 고개를 갸웃거리며 기억을 더듬듯 잠시 뜸을 들였다.

"대인 관계 말인가요? 회사 동료와는 별로 사적인 교류가 없었던 것 같고, 퇴근길에 술을 마시러 갔을 때였나, 옛날에 꽤 문제아였다고 하시타가 자기 입으로 얘기한 적이 있긴 합니다."

문제아의 약물복용법 위반?

"예를 들면 구체적으로 어떤 문제아였다고 하던가요?"

"뭐랄까, 뭐라고 해야 하나…… 주먹질이나 그런 거 아니었을까요? 기억은 잘 안 나지만 실제로 사복을 입으면 아, 저런 부류였구나, 느껴질 때가 있었어요."

"그런 부류라면 어떤 부류죠?"

"글쎄요, 그 뭐라고 합니까? 바지는 부대 자루처럼 펑퍼짐하고, 야구 모자 쓰고요, 해골바가지 같은 저속한 느낌의 그림이 들어간 티셔츠 같은 거 입고 말이죠."

대충 이미지가 그려진다. 사망 당시 하시타는 정장 바지에 와이셔츠 차림이었고 얼굴 사진은 면허증에 붙어 있던 것이라 지금까지 불량기는 그리 느끼지 못했다. 그러나 만약 지금 요네하라가 이야기한 모습대로라면 확실히 어울릴 것 같기도 하다. 검은색 야구 모자를 쓰고 능글맞은 얼굴로 껄렁거린다면 그것도 나름 악당처럼 보일 법하다.

"확인하고 싶은 게 하나 있는데요. 보통 회사에 출근할 때 남자 사원은 꼭 양복을 입어야 하나요?"

"네, 남자 사원은 정장 착용이 기본입니다. 최근에는 여름에 노타이 차림 이야기도 나오지만요. 어차피 우리는 영업직이라 웬만해서는 노타이 차림도 하지 않아요. 단골 고객을 찾아가면서 노타이라니, 아직은 실례라는 느낌이 있거든요. 그래서 1년 내내 정장에 넥타이 차림으로 다닙니다."

"그렇군요. 그럼 보통 월요일부터 금요일까지 근무하나요?"

"네, 보통 월요일부터 금요일까지 근무하고 이틀을 쉽니다."

그 이야기는 하시타가 금요일부터 나카노 파크힐스 605호에 있었다는 뜻인가? 퇴근길에 양복 차림 그대로 귀가했다는 뜻인가? 왜? 무엇 때문에? 지금까지의 흐름으로 생각하면 당연히 여자 때문이다. 여자와 지내기 위해서 하시타는 금요일 밤 그 맨션으로 가서 토요일 밤까지 있었고, 그사이에 죽었다. 시신은 사흘 뒤인 화요일 오전 중에야 겨우 발견되었다.

문득 의문이 들었다.

"저기, 그럼 요네하라 씨는 언제 하시타 씨의 사복 차림을 보셨나요?"

"네?"

"하시타 씨는 회사 사람들과 별로 사적인 교류가 없었잖아요. 그런데 언제, 그러니까 하시타 씨가 그런 부류의 사복을 입었을 때 만나신 적이 있었나요?"

요네하라는 아, 하면서 고개를 들었다.

"그런 모습을 본 건 사원 여행 때였어요."

사원 여행?

감을 잡았는지 오쓰카도 힐끗 레이코 쪽을 보았다.

요네하라가 계속 이야기했다.

"매년 6월마다 사원 여행을 가는데요. 회사 사옥 앞에 대형

버스를 대놓고 아침에 거기에 집합해서 출발합니다. 뭐, 그럴 때면 각자의 센스가 여실히 드러나잖아요? 저 같은 사람은 폴로셔츠에 재킷, 슬랙스 차림이지만 젊은 여사원들은 조금 다르죠. 평소에 점잖게 보이던 사람도 꽤 자극적인 차림을 하고 온다거나. 남자도 하시타처럼 눈에 거슬리는 복장을 한다거나, 같은 폴로셔츠인데도 명품이라 그런지 괜히 멋있어 보이는 사람도 있고…… 가지각색이죠."

요네하라의 촌스러운 옷 취향도, 성희롱에 가까운 언사도 지금은 아무래도 좋다.

"저기, 그 사원 여행은 여행사 대리점 같은 데다 기획을 의뢰하시나요?"

"그럼요. 관련 업체에다 맡깁니다."

"매년 그런가요? 매년 같은 대리점에다 발주하시나요?"

"아니요. 매년 같은 곳에다 했나? 총무과에 확인해봐야 알겠는데요."

"수고스럽겠지만 그 대리점 이름 좀 알아봐 주시겠어요?"

"네, 그러지요."

자리를 떴다가 돌아온 요네하라는 전단지 한 장을 내보였다.

"이 회사인가봅니다. 어번트레블재팬."

빙고! 난데없이 대어가 낚였다. 게다가 전단지 뒤를 보니 '어번트레블재팬 신주쿠 지점'이라고 스탬프가 떡하니 찍혀 있었다.

요네하라가 소개를 해주어 총무 주임의 이야기도 들었다.

"바쁘실 텐데 죄송합니다. 지금 요네하라 씨가 말씀하신 어번트레블재팬이라는 여행사 말인데요. 담당자가 따로 있나요?"

"네, 물론이죠."

"혹시 후카마치 요리코라는 분 아닌가요?"

그러나 총무 주임은 이내 고개를 가로저었다.

"아닙니다. 안자이 씨라는 분인데요. 기획, 수행 모두 그분이 합니다. 꽤 예쁘장한 직원이에요. 이제 갓 땟물 벗은 아가씨 타입이죠."

명함첩을 뒤지더니 금방 찾아낸 한 장의 명함에는 '신주쿠 지점 영업부 안자이 게이코'라고 인쇄되어 있었다.

"그래요? 안자이 씨라…… 참고로 후카마치 요리코 씨라는 분은 아시나요?"

"아니요, 모르는 분인데요."

어쨌든 어번트레블재팬이 이번 사건과 연관되어 있다는 점만은 분명해 보였다.

레이코와 오쓰카는 서둘러 작별을 고하고 그대로 어번트레블재팬 신주쿠 지점으로 향했다.

"실례합니다. 몇 가지 여쭐 말씀이 있어서 왔습니다."

대리점 정면으로 들어가 접객용 카운터에 있던 여자에게 신분증을 제시했다. 나중에 영업 방해라고 말썽이 생기면 곤란하므로 다른 손님이나 직원에게는 보이지 않게 몰래 보여주었다.

"네, 무슨 용건이시죠?"

"여기 안자이 씨라는 여자분 계시죠?"

"안자이…… 뭐라는 분인가요?"

"코스모디자인이라는 업체의 사원 여행 담당자 안자이 게이코인데요."

그 순간이었다. 갑자기 왜 이러지? 여자의 뺨이 경직되었다.

"안자이, 그 사람은 이번 가을에 퇴사했습니다만."

"회사를 그만뒀다고요? 무슨 일이라도 있었나요?"

"글쎄요. 전 자세한 내용은 잘……."

이번 가을이라는 말은 코스모디자인의 금년 6월 여행까지는 담당했었다는 뜻인가.

"그렇다면 코스모디자인 담당자는 이제 다른 분인가요?"

"네, 아마 그렇겠죠."

"혹시 그게 후카마치 요리코 씨인가요?"

이건 핵심에서 벗어난 질문이었나? 그녀는 일순 멍한 표정을 지었다.

"아니, 후카마치 씨는 광고 쪽이라 고객을 직접 담당하는 일은 없습니다."

사정이 그리 단순하지만은 않다는 뜻인가.

"참고로 오늘 후카마치 씨는 계신가요?"

"죄송합니다. 후카마치 씨는 오늘 휴무입니다."

"아니, 왜요? 몸이 안 좋다든가 그런 건가요?"

"아마 다쳤다는 것 같은데. 죄송해요. 전 자세한 사정까지는 모르니 윗분께……."

후카마치 요리코의 부상이 회사를 쉬어야 할 정도로 심각했

나. 피해 신고도 하지 않을 만큼 경미한 찰과상과 타박상이 아니었단 말인가.

안자이 게이코의 연락처는 어번트레블재팬에서 확보했지만 후카마치 요리코의 인적 사항은 오쓰카가 이미 조사한 뒤라 굳이 물어볼 필요도 없었다.

서둘러 거주지로 찾아가 보았다.

"실례합니다. 경시청에서 나왔습니다."

메구로 구 히가시야마 1가에 위치한 아담한 맨션, 2층 끄트머리 집이었다. 명패에는 성씨도 이름도 없었다. 혼자 사는 여성의 지극히 상식적인 감각이 느껴졌다.

"후카마치 씨, 계세요?"

인터폰은 아무 반응도 없었다. 직접 문을 두드리고 몇 번인가 불렀을 때 그제야 대답이 돌아왔다.

"지금 나가요. 잠깐 기다리세요."

잠시 후 잠금장치를 해제하는 소리가 들리더니 문이 빠끔 열렸다. 도어체인은 아직 걸린 채였다.

틈새로 봤을 뿐이지만 후카마치 요리코는 통통하고 동그란 얼굴의 귀여운 여성이었다. 레이코보다 한 살 위, 스물여덟 살이었으나 아마도 나란히 서면 레이코보다 아래로 보이지 않을까.

"실례합니다. 경시청에서 나온 히메카와라고 합니다."

"전 오쓰카입니다."

두 사람이 동시에 경찰수첩을 제시했다. 그러나 그 몇 초 사이에 레이코는 어떤 거부감을 느꼈다.

후카마치 요리코는 결코 레이코 쪽을 보는 눈치가 아니었다.

신분증도 레이코보다 오쓰카 쪽을 주시했다. 자기소개를 하는 동안에도 눈을 맞추려 하지 않았고 오히려 시선은 오쓰카의 얼굴과 넥타이를 오가고 있었다.

이상하다. 보통은 상대가 아무리 경찰관이라고 신분을 밝혀도 여성은 남성 방문자를 경계하기 마련이다. 반대로 여성 방문자에게는 그렇게까지 강한 경계심을 갖지 않는다. 당연하다. 다수의 여성은 힘으로 남자를 대적할 수 없다고 여기는 데다, 밀실에 가까운 상황에서 남성과 대치하면 신변의 위험을 느끼기 때문이다. 그러므로 경찰은 여성 피의자를 취조할 때 여성 수사관을 동석시키고, 여성 유치장에는 여성 간수를 배치한다.

그런데도 무슨 이유일까. 레이코의 눈에 비친 후카마치 요리코는 남성인 오쓰카보다 오히려 여성인 레이코를 경계하는 듯 보였다. 시선은 겁에 질렸고, 아니다, 공포와도 비슷한 감정을 내포하고 있었다.

"후카마치 요리코 씨, 맞죠?"

"네."

역시 레이코 쪽은 보려고도 하지 않았다.

"몇 가지만 여쭐게요. 나흘 전 12월 15일, 토요일 밤 일인데요. 후카마치 씨는 나카노 구 아라이 5가에서 승용차와 접촉 사고가 나서 다치셨죠?"

"아니, 그러니까 그건……."

"마침 같은 날 밤 그 근처 맨션에서……."

레이코가 거기까지 말했을 때였다.

후카마치 요리코는 갑자기 손잡이를 확 잡아당겨 문을 닫으려 했다. 하지만 다행히 레이코가 재빨리 발끝을 집어넣어 문은 닫히지 않았다. 애초에 조금밖에 열려 있지 않았던 터라 발도 별로 아프지는 않았다.

레이코가 오히려 놀랐던 점은 그 후 후카마치 요리코의 태도 변화였다.

"돌아가!"

레이코의 발이 끼어 있는데도 낑낑거리며 손잡이를 잡아당겨서 문을 닫으려고 했다. 그것도 왼손만으로. 오른팔은 몸통 옆에 덜렁거리며 늘어져 있었다. 오른팔에 저렇게까지 중상을 입었단 말인가. 그랬다면 일단 교통사고 처리를 할 때 그 부상 사실부터 주장했어야 옳지 않나?

주장하지 못한 사정이 따로 있었을까?

"부탁이에요. 돌아가 주세요."

그렇게 호소하는 눈빛과 말투도 모두 오쓰카를 향해 있었다. 레이코의 존재는 출입문에 끼어 있는 발끝이 전부였다. 그 밖의 다른 부분은 투명해서 그녀에게 보이지 않는 듯했다.

연신 손잡이를 잡아당기는 사이에 후카마치 요리코가 입고 있던 하늘색 니트의 왼쪽 소매가 훌렁 걷혔다.

그 왼쪽 손목에는…….

"돌아가, 돌아가라고!"

여자의 적

레이코는 후카마치 요리코에게 보이도록 똑똑히 고개를 끄덕여 보였다.

"알겠어요, 후카마치 씨. 돌아갈게요. 돌아갈 테니 그 전에 한 가지만 가르쳐주세요. 안자이 게이코 씨와는……."

그 순간에만 후카마치 요리코는 레이코의 눈을 똑바로 보았다.

노여움 혹은 혐오, 아니면 경멸인가?

차츰 두 눈에 눈물이 맺혀 반짝거렸다.

"돌아가요. 부탁이니 돌아가!"

더 이상 이 여성을 다그치다가는 위험할지 모른다고 레이코는 판단했다.

"알겠습니다. 돌아갈게요. 지금 발을 뺄 테니 그만 잡아당기세요."

그러자 아주 잠깐 동안 힘을 풀었지만 레이코가 발을 빼자 간발의 차이로 큰 소리가 날 만큼 세게 문을 쾅 닫았다.

"실례 많았습니다. 죄송했어요."

살펴보니 검은색 펌프스의 양쪽 가장자리가 까져 조금 희끗희끗했다.

어쨌거나 자꾸 문틈에 신발이 끼는 사건이다.

"히메카와 주임님, 괜찮으세요?"

"응, 별로 아프지는 않아. 근데 이 구두, 더는 못 신겠는걸. 아깝게 말이야. 아직 새 구둔데."

일단 맨션을 나와서 모퉁이 하나를 돌아갔을 때 레이코는 발을 멈추었다.

"있잖아, 오쓰카. 작전을 조금 바꿔볼까?"

"네? 작전 변경이라고요?"

손목시계를 확인하니 정오에서 30분 정도 지난 시각이었다.

"우선 오쓰카는 방금 그, 후카마치 요리코의 태도를 어떻게 생각해?"

아, 하고 놀라더니 오쓰카는 잠시 생각했다.

"조금 히스테릭하다랄까, 경찰을 굉장히 미워하나 싶기도 하고요."

"그래? 나랑 조금 다르네. 문득 생각난 건데 말이야. 그녀가 싫어하는 건 경찰이 아니지 않을까? 내가 보기엔 그래."

"그럼 뭔가요?"

"음, 그녀가 싫어했던 건 내가 아니었을까?"

"네?"

오쓰카는 이번에도 놀라더니 아무 말이 없었다.

"그 여자, 나를 거의 보려고도 하지 않았어. 노골적으로 눈길을 피했다고. 그런데 대답할 때는 꼭 오쓰카 쪽을 보면서 이야기했어. 부탁이니 돌아가라고 할 때도 애원하듯 도움을 청하는 눈빛으로 오쓰카 쪽을 보았다고. 이 여자를 데리고 빨리 여기서 사라지란 말이야! 이렇게 말하는 느낌이었어. 내가 보기에는."

"그랬나요?"

뭐야, 눈치챈 거 아니었어?

"그 여자는 안자이 게이코의 이름을 말했을 때만 나를 봤어. 살의라고 하면 지나칠지 모르지만 살의에 가까운 혐오감으로 가득 찬 눈빛이었다고. 어떻게 생각해?"

고개를 갸웃거리면서 오쓰카는 아스팔트 바닥만 쳐다보았다.

"안자이 게이코와 엮이고 싶지 않은 뭔가가 있는 걸까요?"

"그래, 괜찮은 추리야. 그리고 이건 그냥 감인데 말이야. 안자이 게이코와 내가 어딘지 비슷한 점이 있는지도 몰라. 나한테 안자이 게이코를 연상시키는 무언가가 있을 거야. 그래서 후카마치는 내가 보기도 싫었던 거고, 빨리 눈앞에서 사라졌으면 했겠지. 그것 때문에 오쓰카에게 도움을 구하는 듯한 시선을 보냈던 거고. 뭐, 그저 나이대가 비슷한 여자라 그랬는지도 모르지만."

안자이 게이코도 후카마치 요리코와 마찬가지로 28세라는 점은 알고 있었다.

"그러니 조금 시간을 두었다가…… 그렇지, 참! 어디 가서 점심부터 먹고 그런 다음 오쓰카가 후카마치 요리코한테 한 번 더 찾아가봐. 이번에는 자기 혼자서 말이야."

"네? 저 혼자서요?"

"그래, 이번에는 어쨌든 나는 없는 편이 낫겠어. 조금 떨어져서 보고 있을 테니까, 오쓰카 혼자 가봐. 그리고 그 여자한테 꼭 이렇게 얘기해. 나 혼자 왔다고. 아까 그 여자는 없다고 말이야. 가능한 한 상냥하고 친근하게 굴면서 무슨 말이든 다 들어줄 것 같은 태도로, 알겠지? 그리고 나서 여자의 반응이 어떻게 변하는지 우선 그걸 유심히 살펴봐야 해."

오쓰카는 아직 반신반의하는 눈치였지만 그래도 일단은 네, 하고 대답하면서 고개를 끄덕였다.

결론부터 말하면 그날 오후 오쓰카는 후카마치 요리코와 한마디도 나누지 못했다.
"죄송해요. 무조건 돌아가라고만 하니. 계속 그 말만 하더라고요. 조금 울먹이는 소리 같았어요."
"그래, 내 말대로 상냥하게 했어?"
"네. 그야 뭐, 최대한 상냥하게 했어요."
"그럼 됐어. 오늘은 이 정도로 해두자고."
다음 날도, 그다음 날도, 오쓰카에게 후카마치 요리코를 찾아가게 했다. 교통사고로 다친 상처가 꽤 심각했는지 후카마치 요리코는 그 주 내내 일을 쉬고 자택에 틀어박혀 있었다.

그러는 사이에 하시타 료의 사법해부와 감식과의 지문과 족흔 분석 결과가 나왔다.

하시타 료의 사망 원인은 역시 약물 남용에 의한 심부전일 가능성이 높다는 견해가 유력했다. 그 이유는 하시타의 혈액에서 엑스터시 외에 '비아그라(Viagra)'라는 이름의 발기부전 치료제로 알려진 실데나필(sildenafil) 성분이 검출되었기 때문이다. 애초에 하시타가 사용한 엑스터시는 다른 혼합물 비중이 높은 조악한 약품이었다. 그것과 실데나필이 어떤 약리작용을 거쳐 심부전을 일으켰을까. 그것을 해명하기에는 당장은 시간이 걸릴 듯했지만, 하시타가 불법 약물을 사용해서 다행인 한편, 긴 시간 섹스를 하려고 했던 의도는 분명해 보였다.

 요컨대 하시타는 자기 의지로 약물을 복용했고, 사망 이유는 단순한 의약품 사고의 결과일 가능성이 높아졌다. 엑스터시와 비아그라 병용은 적어도 타살 방법치고는 그리 합리적이지 않다.

 그렇다면 시신 발견 현장에 사용하지 않은 엑스터시와 비아그라가 없다는 점, 내용물은 다 사용했다 쳐도 약물이 들어 있던 PTP 포장지나 케이스는 하나도 남아 있지 않다는 점이 이상했다.

 여기서 중요한 의미를 지닌 증거가 지문과 족흔이었다.

 감식 결과로 말하면 605호실에서 채취한 여성 족흔 4종, 즉 스타킹 자국 2종과 맨발 자국 2종은 동일 인물의 족흔이라는 결론이 나왔다. 또한 감식과가 채취한 여섯 명의 지문 가운데 2종은 여성의 지문이라는 견해가 제시되었다. 게다가 족흔과 지문으로 밝혀진 동선은 한 여성이 거의 모든 방에 출입한 데 반해 다른 한 여성은 주로 안쪽 다다미방과 거실만 드나들었다는 점을 나타냈다.

 특수부의 견해는 '605호에 드나든 두 여성이 남은 약물을 처분하고 현장에서 사라졌다.' 쪽으로 정리되었다.

 또한 탐문 수사반을 관리하고 있던 기쿠타는 나카노 파크힐스 방범 카메라에 젊은 여성 두 명이 찍혀 있었다는 사실을 보고했다. 두 사람이 엘리베이터에 탄 시각은 하시타가 사망하기 전날인 14일 오후 8시 13분이었다. 그들은 605호가 있는 6층에서 내렸다. 그 후에는 엘리베이터를 이용하지 않았다. 같은 6층에 영상 속의 여성이 거주한 사실이 없고, 아직까지 6층에 남아 있는지는 확인 불가라고 했다. 가장 생각하기 쉬운 쪽은 사후에 비상계단을 이용해서 맨션에서 나갔을 가능성이었다. 만약을 위해서 특수부는 20일부터 현장에 본부 감식과원을 투입해서 비상계단을 중심으로 족흔을 비롯한 다른 증거를 수집하고 있었다.

아닌 게 아니라 수사가 여기까지 진척되자 레이코도 자기가 알고 있는 사실을 공개하지 않고 그냥 넘어가기가 힘들었다. 하지만 후카마치 요리코에 대해서는 회의 때 자초지종도 없이 단편적인 보고만 하고 싶지는 않았다. 레이코는 어떤 면에서는 후카마치 요리코도 피해자라고 보고 있었다.

"계장님, 드릴 말씀이 있습니다."

레이코는 21일 회의가 끝난 후 이마이즈미에게만 후카마치 요리코에 대해 보고했다. 장소는 같은 층에 있는 조사실. 이마이즈미는 몇 초 동안 인상을 찌푸렸지만 레이코의 독단적인 수사를 무턱대고 질책만 하지는 않았다.

"그러니까 자네 얘기는 하시타와 그, 안자이 게이코라는 여자가 공모해서 후카마치 요리코라는 여성을 605호에 감금해놓고 성관계를 강요했다는 뜻이야?"

"네, 맞습니다. 시체에 남아 있던 방어창은 하시타가 후카마치 요리코를 폭행하려고 했을 때 저항을 받아서 생긴 것이라고 여겨집니다. 또 안자이 게이코가 그런 상황을 조작해서 하시타한테 보수를 받았다면 안자이 게이코에 의한 관리 매춘으로도 볼 수 있지 않나 하는 거죠."

이마이즈미가 고개를 갸웃거렸다.

"하지만 후카마치 요리코를 피해자로 여길 근거는 뭐지? 셋이서 약물을 복용하고 난교 파티를 벌였을 가능성도 있잖아."

"물론 그럴 가능성도 아주 없지는 않습니다. 하지만."

"자네를 대하는 후카마치 요리코의 태도 말인가?"

"그것도 맞습니다. 게다가 순간적으로 봤을 뿐이지만 후카마치 요리코의 왼쪽 손목에는 끈 같은 걸로 결박당했던 흔적이 있었어요. 찰과상과 내출혈을 동반한 압박흔으로 추측됩니다. 아마 후카마치 요리코는 간이침대가 있는 안쪽 다다미방에 감금되어 있었을 겁니다. 대조할 수 있는 증거는 머리카락, 지문, 족흔, 얼마든지 있어요. 그건 안자이 게이코도 마찬가지지만요."

"그렇더라도 갑자기 지문 채취라니, 어려워. 어쩔 셈이야? 그 증거만으로는 임의동행 허가도 나지 않을 텐데."

분명히 맞는 말이다.

"저도 압니다. 어쨌든 안자이의 이야기를 들어봐야죠."

"후카마치 쪽은 어떻게 할 생각인가?"

그렇다. 문제는 그쪽이다.

"후카마치 요리코는…… 오쓰카 순경에게 맡길 생각입니다."

이마이즈미는 짙은 눈썹 한쪽을 치켜뜨며 레이코를 쳐다보았다.

"오쓰카에게 맡긴다니, 그 녀석 혼자 탐문하게 한다고? 그게 가능하겠어?"

순경은 공안 위원회 규칙에 따르면 '사법 순경'으로 정의되어 있고, 경사 이상의 '사법경찰관'과는 명백히 구별된다. 구체적으로 말하자면 체포 영장 청구와 취조를 할 수 있는 자격이 사법 순경에게는 없다. 수사가 진전되면 어느 시점에는 경사 이상의 경관에게 사건을 넘겨야 한다.

"네, 그러니 조를 바꿔주세요. 내일부터는 오쓰카와 이시쿠라 경사를 같은 조로 묶어주시고, 이시쿠라 경사와 짝이었던…… 참, 그게 누구였죠?"

"노가타 서 강력계의 고사카 말이야?"

"네, 제가 그 사람과 한 조가 돼서 안자이를 맡을게요. 어디까지나 참고인 사정 청취라는 형태로요."

이마이즈미는 팔짱을 끼고 한참을 고민하더니 고개를 끄덕였다.

"알았어. 이시쿠라한테는 내가 말할까, 아니면 자네가 직접 말하겠나?"

"제가 얘기하겠습니다."

"그래? 그럼 그렇게 해. 그리고 말이야."

검지를 똑바로 세워서 레이코를 가리켰다.

"앞으로 보고는 묵히지 말고 그때그때 하라고. 자네는 이제 경사도 아니고 관할 서 수사관도 아니야. 경시청 본부 수사 1과의 주임 경위라고. 조직 수사를 부정하는 듯한 단독 행동은 내가 허락하지 않겠어, 알겠나?"

엄격하고 묵직한 말투였다. 레이코는 이마이즈미가 하는 말이면 이상하게 순순히 받아들일 수 있었다.

"네, 알겠습니다. 명심하겠습니다. 죄송합니다."

무슨 까닭일까. 스스로 풀이 죽을 만큼 아무런 반발심도 들지 않았다.

이시쿠라와 고사카에게는 그날 밤 레이코가 직접 이야기했다. 이시쿠라는 의외로 조 변경을 흔쾌히 받아들였다.

"그러죠. 실은 저도 오쓰카 순경을 마음에 두고 있던 차라. 겉보기에는 물렁해 보여도 제대로 훈련시키면 쓸 만한 형사가 되지 않을까 싶어서 지켜봤거든요."

자기도 모르게 얼굴을 활짝 펴고 방긋 웃었다.

지금까지 레이코가 느낀 적 없는 이상한 감각이었다.

나이도 성별도, 경험도 계급도 다른 이시쿠라와 같은 견해에 이르다니. 아주 작은 우연일지 모르지만 그래도 그것이 어쩐지 몹시 기뻤다. 이 사람이라면 앞으로도 함께할 수 있겠다는 기분이 들었다.

"그래요, 이시쿠라 씨가 그렇다면 틀림없다고 생각해요. 부탁할게, 잘 좀 돌봐줘요."

"그럼요, 염려 붙들어 매십쇼."

오쓰카에게는 다음 날 아침 이 소식을 전했다. 조금 놀란 얼굴을 했지만 그래도 바로 네, 하면서 진심 어린 대답을 해주었다.

"이 얘기는 우리 계장님과 이시쿠라한테도 했어. 후카마치 요리코는 오쓰카 순경이 맡는 거야. 너무 긴장할 필요는 없어. 침착하게, 신중하게, 상냥하게……. 오쓰카 순경이라면 잘할 거야. 상처는 주지 않으면서 그 여자의 마음을 열어야 해. 오쓰카라면 분명히 할 수 있어."

"아니, 그럴 자신은 없지만, 열심히 해보겠습니다. 주임님 기대에 어긋나지 않게 정신 바짝 차리고……."

열심히 하겠습니다, 재차 다짐하던 그때 오쓰카의 얼굴을 레이코는 지금도 또렷이 기억한다.

그날 오전 10시, 어번트레블재팬에서 가르쳐준 안자이 게이코의 집, 고엔지에 있는 빌라를 찾아가 보았으나 유감스럽게도 집은 비어 있었다.

고사카가 입을 비쭉거리며 말했다.

"토요일이잖아요. 놀러 나갔겠죠."

"그럴지도 모르지. 조금 기다려볼까?"

둘이서 같이 기다리거나 한 사람씩 교대하기도 하면서 안자이의 집 앞을 지켰다. 오후 2시가 지났을 때 안자이 게이코가 돌아왔다. 어번트레블재팬에 남아 있던 이력서로 얼굴을 확인했다. 확실히 반듯한 이목구비에 갓 때를 벗은 세련된 분위기의 여자였다. 낯이 익은 목탄색의 모직 코트를 입고 있었다. 마침 지금 레이코가 입고 있는 옷과 잘 어울리기도 했다.

안자이의 집은 1층 105호실. 문 앞에 멈춰 섰을 때 말을 걸었다.

"안자이 게이코 씨 맞으시죠? 경시청에서 나왔습니다."

신분증을 제시하자 안자이 게이코는 수상쩍다는 듯이 눈을 가늘게 뜨고 레이코와 고사카를 번갈아 보았다.

"네, 그런데요. 뭐죠?"

불쾌감을 감추려고도 하지 않는 천박한 말투와 표정이었다.

"코스모디자인이라는 회사의 하시타 씨라는 분이 돌아가셨습니다. 그 하시타 씨라는 남성을 아시죠?"

표정에 변화가 없었다. 의식적으로 감정을 드러내지 않겠다는 속내가 손에 잡힐 듯 빤히 보였다.

"네, 전에 있던 회사에서 거래한 적이 있어서 알긴 해요."

"개인적인 교류는요?"

"네? 사귀었냐는 말인가요?"

"그러셨나요?"

"아, 아니요! 무슨 말씀이세요?"

잔뜩 화가 난 듯 인상을 쓰며 열쇠를 들고 있던 손을 주머니에 집어넣었다.

"하시타 씨에 대해서 몇 가지 여쭈어도 될까요?"

"아무것도 몰라요. 그냥 거래처 직원일 뿐이라고요."

"사원 여행 때 수행원으로 따라가셨잖아요?"

"그게 일이니까요. 하지만 그게 다예요."

"그때 인상이라도 괜찮으니 기억나시는 대로 말씀해주세요."

근처 찻집에라도 들어가자고 레이코가 권했으나 게이코는 길게 이야기하기 싫은지 저기 공원도 괜찮겠죠, 하며 자기가 먼저 걸어갔다.

오후 2시가 넘은 한낮이긴 해도 한겨울에 공원이라니. 안으로 들어가자 아이들이 신나게 놀고 있었다. 하지만 아이들을 따라온 어머니들은 하나같이 등이 구부정한 것으로 보아 몹시 추운 모양이었다.

안자이 게이코는 모래밭에서 조금 떨어져 있는 벤치에 앉았다. 레이코는 고사카에게 조금 물러나 있으라고 눈짓을 했다.

가방을 무릎에 놓고 안자이 옆에 앉았다.

"아까 말씀하셨는데, 하시타 씨와는 어디까지나 일 관계로만 만났다는 뜻인가요?"

"그럼요. 대체 형사님은 뭘 알고 싶으신 거죠?"

"제가 알고 싶은 건, 그야 여러 가지죠. 하시타 씨가 죽었다는 말을 듣고도 당신은 왜 표정 하나 변하지 않을까, 그런 거요."

갑자기 안자이 게이코의 표정이 흐려졌다.

"그건, 보이지 않았을 뿐이지 제 딴에도 놀라긴 했어요. 아는 사람이 죽었다는데 왜 아니겠어요?"

"그랬나요? 그럼 역시 하시타 씨가 죽었다는 사실은 이미 알고 계셨군요?"

"아니요, 몰랐어요. 이미 회사도 바뀌었고…… 제가 어떻게 알겠어요?"

"14일 밤 8시경부터 15일 심야에 걸쳐 안자이 씨는 어디에 계셨나요?"

눈에 띄게 표정이 굳었다.

"그, 그건 왜요?"

"죄송해요. 경찰 입장에서는 누구에게든지 일단 이 질문부터

하고 보거든요. 만약 사건 현장 근처에 계셨다면 뭔가 알고 계실지도 모르잖아요?"

"전……."

나카노 같은 데는 가지 않았어요, 하고 허점을 드러내기를 기대했지만 안자이 게이코는 그렇게까지 어리석은 사람이 아니었다.

"남자 친구 집에 있었어요. 요코하마에 있는."

"후카마치 요리코 씨와 함께 계시지 않았나요?"

놀라면 쉽게 표정으로 드러나는 성격인 모양이다.

"어떻게 후카마치를…… 몰라요."

"그래요? 이상하군요. 전 후카마치 씨와도 얘기를 해봤고, 이 사진에 찍힌 사람도 영락없는 안자이 씨라고밖에는 생각되지 않던데요."

가방에서 폐쇄회로 영상의 한 장면을 캡처한 사진을 꺼냈다. 하지만 안자이에게는 보여주지 않았다.

"얼굴도 꼭 닮았고, 머리 모양도 그대로고요. 이렇게 지금 입고 계신 옷과 똑같은 코트를 입고 있잖아요."

안자이 게이코의 입술이 떨리기 시작했다. 결코 추위 탓만은 아닐 것이다.

"어머, 진짜 똑같네."

일부러 안자이의 얼굴 옆에 나란히 대보았다. 사실은 위에서 측면으로 찍은 사진이라 얼굴이 비슷한지 어떤지는 판단하기 어려웠다.

안자이 게이코가 손을 뻗어서 레이코가 들고 있던 사진을 확 잡아채려고 했다. 그러나 레이코는 손을 움직이지도 않고 일부러 안자이가 사진을 채 가게 놔둔 다음 도리어 그녀의 손목을 움켜쥐었다.

"다 털어봐. 이런 사진 한 장도 남한테서 강제로 빼앗으면 그게 바로 강도라고. 강도죄와, 마약 및 향정신성 의약품 단속법 위반, 아니면 강간죄, 감금죄…… 어떤 죄가 가장 무거운지, 당신 알아?"

"그, 그게 무슨 소리예요?"

안자이는 거칠게 쏘아붙이면서도 얼굴은 울상이었다. 레이코가 손의 힘을 풀자 황급히 손을 빼서 가슴에 품었다.

레이코는 가방에서 증거품 보관용 비닐봉지를 꺼냈다. 그리고 구겨졌지만 방금 그 사진을 조심스럽게 담았다.

"저기요, 지금 뭐 하시는 거예요?"

"내가 내 소지품을 어떻게 보관하든 내 자유거든."

"뭐요? 잠깐만요. 당신, 그걸로 어쩔 셈이야?"

물론 나중에 지문을 채취해서 대조할 생각이었다.

"어머! 내가 이 사진으로 뭘 어떻게 하면 안자이 씨한테 무슨 곤란한 일이라도 생기나요? 별것 아니에요. 당신이 14일 밤에 요코하마에 갔었다면 아무 문제도 없겠죠. 물론 그렇지 않다는 게 나중에 발각되면 큰 문제가 되겠지만."

"잠깐만요."

안자이 게이코는 두 손 다 주먹을 쥐고 자기 허벅지를 내리치며 분하다는 듯이 머리를 획 흔들었다.

"내가, 뭘 어쨌다는 거야!"

"모르죠. 당신이 무슨 짓을 했는지 가르쳐주지 않는데 내가 뭘 알겠어요?"

크게 한숨을 쉬며 어깨를 떨어뜨렸다. 레이코가 보기에 이미 안자이 게이코는 완전히 무너져 내렸다. 다시 한 번 한숨을 쉬고 혀를 차면서 머리카락을 마구 헝클어트린 다음 그대로 머리를 감싸 쥐더니 안자이 게이코는 고개를 푹 숙였다.

"그냥…… 하시타가 후카마치와 하고 싶다고 해서, 조금 협력했을 뿐이에요."

"협력?"

"그래요. 내가 그 맨션에 후카마치를 데리고 갔어요. 그게 전부예요."

"후카마치 요리코 씨는 하시타의 강요로 당신이 보는 앞에서 했다고 하던데, 거기에 동의했나요?"

"처음에는…… 그야 조금 싫어하기는 했지만, 마약에 취한 다음부터는 후카마치도 아주 좋아했어요. 정말이에요."

하시타의 시신에는 결코 적지 않은 수의 타박흔과 찰과상이 남아 있었다. 후카마치 요리코의 저항이 조금 정도였을 리가 없다. 또한 안자이 게이코는 지금 자기 입으로 '마약'이라고 했다. 레이코는 분명히 아까 '마약 및 향정신성 의약품 단속법 위반'이라는 용어를 사용했지만 이번 건에 불법 약물이 관계되어 있다는 말은 한 번도 꺼내지 않았다. 이는 중요한 '비밀 폭로'에

해당한다.

"지금 그 얘기대로라면 당신이 후카마치 씨를 맨션에 데리고 가서, 마약을 먹이고, 하시타 료와의 성관계를 성립시켰다는 말로 들리는데, 맞나요?"

"마약은 하시타가 먹이자고 했고, 나는 그걸 도왔을 뿐이에요. 어디까지나 나는 도왔을 뿐이라고요."

"어째서 그런 짓을 도왔죠? 하시타한테 돈이라도 받았나요?"

안자이 게이코의 표정이 순간적으로 얼어붙었다. 돈을 받았다면 죄는 무거워질까 가벼워질까, 머릿속에서 계산기를 두드리는 듯했다. 하지만 그 문제는 아무리 깊이 생각해봐야 소용없다. 어차피 정상참작 요소는 되지 못한다.

문득 안자이는 어깨의 힘을 빼고 레이코 쪽을 돌아보았다.

"담배 피워도 돼요?"

"그러세요."

가방에서 검은색 포장의 담배를 꺼내어 한 대를 입에 물었다. 라이터는 플라스틱으로 만든 싸구려. 익숙한 손놀림으로 스위치를 누르고 왼손으로 감싸 쥐면서 담뱃불을 붙였다.

담배 연기를 한 모금 뱉기만 했는데도 안자이 게이코는 기분이 가라앉은 듯 보였다. 시건방진 표정도 금세 돌아왔다.

"난 그저 후카마치에게 상처를 주고 싶었을 뿐이에요."

낮고 차가운 음색.

이 여자의 본성을 알아차린 듯한 기분이 들었다.

"나이가 같거든요. 대학도 비슷한 수준의 사립대를 나왔고.

나는 기획이니 수행이니 하면서 쥐꼬리만 한 월급 받아가며 혹사당하는데 그 여자는 내근이라 소소한 광고 일밖에 하지 않았어요. 그런데도 후카마치 씨는 어쩜 그리 예뻐요, 하는 소리를 여기저기서 들으면서 우쭐했어요. 당신, 내가 지금 무슨 일 하는지 알아요?"

"아니요. 이제 물어볼 생각이었죠."

흥, 안자이는 세게 코웃음을 쳤다.

"콜 나가요. 벌써 몇 년 전부터 용돈 벌이나 하려고 했던 건데. 평소에 갖고 다니는 물건도 내 쪽이 훨씬 비싸고 좋은 거였어요. 그런데도 오히려 그 여자가 옷이 예쁘다든가 가방이 예쁘다든가 그런 소리를 자주 들었어요. 사람들은 그 여자가 그렇게 좋았을까요? 키도 스타일도 얼굴도, 별 특색이 없잖아요. 알고 보면 나도 꽤 잘나가는 편이에요. 대부분의 손님들은 나를 다시 지명하러 오거든요."

담배를 또 한 모금 깊게 빨았다. 몹시 쓰다는 듯이 기침을 했다.

"하시타도 그랬어요. 나와 자고 나면 꼭 이렇게 말했어요. '저기 말이야, 전에 회사에서 같이 나왔던 애 예쁘지 않아?' 회사 근처에는 아주 가끔, 한두 번밖에 안 왔으면서 얍삽하게 훔쳐봤던 거예요. 나보다 그 애가 좋으냐고 물었더니 되레 저보고 질투하느냐고 되묻지 뭐예요. 심지어 너는 그런 캐릭터가 아니지 않느냐고 무시하는 거 있죠? 그래서 함정에 빠뜨린 거예요. 캐릭터 문제가 아니라고. 여자는 다 똑같다고. 그 짓도 약 먹고 하면 어떤 여자든 다 마찬가지라고요. 후카마치도 침을 질질 흘리면서 좋아 죽을 거라고요. 하지만 내 말을 듣기도 전에 그 자식…… 뒈지고 말았어요."

마지막 한마디. 그것을 입에 담았을 때만큼은 안자이 게이코의 목소리도 몹시 쓸쓸하게 들렸다. 그것 역시 이 여자의 본성이라고 생각했다.

"하시타 료가 죽은 건 언제 알았어요?"

그 질문에는 고개를 저었다.

"몇 시쯤이었는지는 잊었지만 토요일 늦은 밤이었어요. 그때는 나도 얼마나 겁이 나던지. 그 와중에도 큰일 났다, 어떻게든 처리해야겠다는 생각만 앞섰어요. 마침 하시타의 약상자가 탁자에 나와 있기에 그것만 갖고 튀었어요. 아마 후카마치는 그때까지도 자고 있었을 거예요. 금요일 밤이라 밤새 당했으니까요. 아마 녹초가 됐을 거예요. 그 후의 일은 나도 전혀 몰라요."

그 후에 눈을 뜬 후카마치도 아마 허둥지둥 그 집에서 내뺐을 것이다. 하시타의 구두를 발로 찼다는 사실조차 깨닫지 못할 정도로. 그러다가 한 블록 지나면 나오는 편의점 앞에서 승용차와 접촉 사고가 났고 경찰까지 출동했다. 어쩌면 후카마치가 병원에 가기를 꺼렸던 이유는 혈액검사를 받고 불법 약물 성분이 검출될까 두려워서였는지도 모른다. 실제로는 수혈이 필요할 만큼 큰 부상만 아니라면 혈액검사도 하지 않고 약물검사도 하지 않는다.

마지막으로 담배 한 모금을 빨더니 안자이 게이코가 담배꽁초를 땅바닥에 떨어뜨렸다. 레이코는 재떨이에 버리라고 말하려는데 안자이가 먼저 이쪽으로 고개를 돌렸다.

"저기요, 나 감옥에 안 가면 안 되겠죠?"

어쩌면 그럴지도 모른다. 강간은 친고죄이지만 여러 죄를 한꺼번에 저질렀다면 예외는 없다. 마약 및 향정신성 의약품 단속법 위반에 관해서도 단순히 사용만 했다면 초범이라는 점에서 집행유예가 떨어질 가능성도 있지만 강간 목적으로 사용했다면 이야기는 달라진다. 나아가서는 감금치상죄의 혐의도 있다. 실형은 면하기 어려울 것이다.

하지만 그런 판단은 어디까지나 사법부의 일이다. 지금 레이코가 뭐라고 말할 계제가 아니다.

"글쎄요. 그건 나도 몰라요. 난 그저 당신이 저지른 일을 재판장에서 밝히기 위해 경찰관으로서 최선의 방법을 취할 뿐이에요. 후카마치 요리코 씨가 받은 고통에 합당할 만큼 당신에게 벌을 부과할 수 있게…… 철저히 조사할 뿐이죠."

그렇다. 레이코는 무슨 속사정이 있든지 간에 강간만큼은 절대로 용서하지 않는다. 개인적으로 용서 자체가 불가능하다.

그 상대가 여자라 해도 손톱만큼도 용서할 생각이 없다.

같은 날, 오쓰카는 후카마치 요리코의 진술을 얻어내는 데 성공했다. 묘하게도 레이코, 고사카 조와 마찬가지로 공원 벤치에 앉아 후카마치의 이야기를 청취했다.

"끔찍해요. 절대로 용서할 수 없어요."

안자이 게이코는 오랜만에 식사라도 하자고 후카마치를 꼬

여낸 다음 나카노로 이사도 왔으니 술을 마시자며 다시 나카노 파크힐스 605호로 요리코를 데려갔다. 살림집 같지 않은 방과, 하시타 료를 남자 친구라고 소개해서 놀랐지만 그들이 내온 술을 거절하지 않을 만큼 두 사람에게 아무런 경계심도 없었다. 하지만 그것이 말썽의 원인이었다. 지옥의 시작이었던 것이다.

오쓰카에게 거기까지 이야기를 하고도 후카마치는 경찰에서는 진술하고 싶지 않다고 버티는 중이었다.

"그냥 놔두라는 말만 계속하더군요. 죄송합니다. 더 이상 저도 뭐라고 얘기해야 할지 모르겠어요. 기껏 거기까지 이야기를 유도했으면서 전 그저 그랬군요, 하고 박자만 맞춰주다 끝났어요. 면목 없습니다."

그럴 만도 했다는 생각이 든다. 이것은 오쓰카의 탓도 아니고, 심지어는 후카마치의 탓도 아니다. 어쩌면 레이코에게 사다미치코가 그랬듯 그야말로 목숨을 걸고 재기를 도와줄 사람이 후카마치에게도 필요한 문제일 것이다. 그러나 이번 사건에서는 레이코 자신이 그럴 가치를 느끼지 못했다. 처음에 레이코는 굉장히 단호한 방법으로 후카마치의 속내를 떠보려고 했다. 하지만 재기를 도와줄 조력자 이전에 레이코가 얼굴만 드밀어도 그녀가 정서 불안을 일으키게 될 우려가 있었다.

역시 이 사건에서 자신은 안자이 게이코 수사에 전념하는 편이 나았다. 후카마치 요리코는 오쓰카와 이시쿠라에게 맡기자. 아니면 이런 사안의 전문 부서인 수사 1과 성범죄 수사계에 안건을 인계해야 할 것이다.

어쨌든 이번 사건에서는 자신이 나설 자리가 없다.

다시 한 번 레이코는 그렇게 생각을 정리했다.

짐작대로 안자이 게이코는 집단준강간죄, MDMA사용죄, 감금치상죄 등으로 6년 7개월의 실형 판결을 받고 복역하게 되었다. 복역 태도가 불량했는지 5년이 지난 지금도 안자이 게이코가 가석방되었다는 이야기는 들리지 않는다.

레이코는 지금도 그 사건을 되돌아보면 무어라 말하기 힘든 복잡한 기분에 휩싸인다. 가능한 일이라면 그 사건을 한 번 더 처음부터 다시 수사하고 싶다. 후카마치 요리코에 대한 최초 면접에서부터, 오쓰카와 함께 다시 한 번······.

이시쿠라가 의미심장한 이야기를 했다.

"그래도 녀석은 잘해냈어요. 정말 정성스럽게, 차분히 한 자리에 앉아서요. 그 추위 속에서 몇 시간이나 그 맨션 문 앞을 지키며 그 여자가 나올 때까지 기다렸죠. 뭐랄까, 전 그 한 사건으로 오쓰카에게 홀딱 반했어요."

맞아요, 하면서 레이코도 고개를 끄덕여 보였다.

이시쿠라가 말을 계속했다.

"주임님도 알고 계셨어요? 오쓰카 장례식 때 그 후카마치 요리코가 왔었어요."

"네? 몰랐어요. 지금 처음 듣는데······."

물론 레이코도 그 장례식에는 참석했다. 오른쪽 귀에 붕대를 감고.

"모르셨죠? 저도 3주기 때 오쓰카의 어머니께 처음 들었어요. 기일과 오봉, 히간*에는 반드시 찾아오는 여성이 있는데, 아마 후카마치 씨라는 분인 듯하다고 하셨어요."

전혀 몰랐다. 눈치도 못 챘다.

"둘이 연락했던 걸까요? 그 사건 후에도?"

"무슨 관계였을까? 별 사이 아니었다면 성묘까지 하러 오지는 않겠죠. 뭐, 오쓰카가 순직한 건 당시 신문에도 났으니까 그걸 봤을 가능성도 있지만요."

레이코는 문득 그 자리에 이마이즈미가 아까부터 쭉 조용히 서 있었다는 사실을 깨달았다.

"허! 이마이즈미 계장님, 혹시 그거 알고 계셨어요?"

"응? 그거라니, 뭐?"

"오쓰카하고 후카마치 요리코 말이에요. 사건 후에도 관계가 있었는지 어땠는지 알고 계셨죠?"

그러자 이마이즈미는 당황한 듯 손을 가로저었다.

"몰라. 내가 어떻게 알아? 자네들도 모르는데, 뭘."

글쎄, 정말일까?

이 인간, 혼자만 알고 있었던 거 아니야?

---

* 오봉(お盆)은 음력 7월 15일 전후에 우리나라의 추석과 비슷하게 치르는 일본 최대 명절이고 히간(彼岸)은 춘분과 추분의 전후 사흘간 선조에게 감사를 표시하는 때로서, 대부분의 사람들이 성묘를 다녀온다.

그녀가 있던 카페

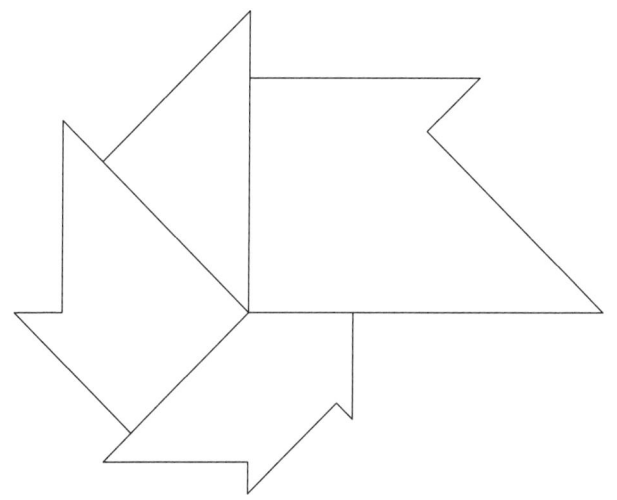

『쇼세쓰호세키(小説宝石)』, 2012년 11월호

지금이야 북 카페라고 하면 누구나 알지만 당시에는 아직 그 수도 적었고, 서점 겸 카페라는 곳에서 일한다고 설명하면 부모님도 좀처럼 이해하지를 못했다. 나 역시 책은 종이로 만든 것이고, 카페는 커피나 담배 냄새가 나는 곳이라고만 생각했다. 그렇게 나란히 공존하면 책에 나쁜 냄새가 배지 않을까 걱정할 정도였다. 하지만 내가 고졸이었던 점, 버블 붕괴* 이후라서 여자가 취업하기에는 냉혹한 현실이었다는 점 그리고 한편으로는 서점과 카페라는 '우아+우아'의 조합이 매력적이라는 점 때문에 나는 여기서 일해보자고 결심했다.

---

* 1980년대 후반, 주식과 부동산 시장에 자금이 몰리면서 수익성 이상으로 가격이 부푸는 이른바 버블 경제가 형성되었지만 1990년대 초반부터 실물경제가 후퇴하여 버블 경제가 무너지면서 일본은 '잃어버린 10년'이라고 하는 장기 불황에 직면했다.

점장 면접 한 번 보고 바로 채용되었다.

"뭐, 질문 사항 있나요?"

"아니요. 없습니다."

매장이 이케부쿠로에 있어서 집에서는 자전거로 다녔다. 걱정했던 냄새도 괜찮았다. 담배 문제는 애초에 전석 금연이라 걱정할 필요가 없었다.

"그럼 가지 미후유 씨, 다음 주 월요일부터 나오시겠어요?"

"네, 전 언제든 괜찮아요."

"카페부의 개점 담당으로 들어오시긴 하지만, 배치는 일정 기간이 지나면 변경할 방침이에요. 가지 씨가 희망하면 정사원은 물론이고, 서점 매장 담당도 될 수 있어요. 열심히 해보세요."

"네, 감사합니다."

아르바이트는 고등학교 2학년과 3학년 여름방학 때 빌딩 청소를 해본 적이 있을 뿐, 요식업 쪽은 경험이 전혀 없었다. 하지만 학교 문화제에서 일일 카페를 했던 적은 있었다. 야키소바와 바나나초콜릿을 팔았다. 그때 음료수도 팔아봤으니 그 연장선에 있다고 생각하면서 나름대로 이미지는 그려볼 수 있었다.

물론 업무용 커피 머신의 사용법, 양식기 다루는 법, 손님에 대한 말투 등 배워야 할 일이 태산이었다. 특히 음료는 손님 오른편으로 내고, 가벼운 식사 접시는 왼편으로 낸다고 배웠을 때 엄청난 문화적 충격을 받았다.

그 후 외식을 할 때마다 식당 직원이 접객하는 모습을 주의 깊게 살폈다. 패밀리 레스토랑보다 좀 더 고급스러운 식당에서는 반드시 그렇게 낸다는 사실을 확인했다. 사실 당시에는 그런 식당을 1년에 한 번 갈까 말까 했다.

 카페치고 그리 큰 편은 아니었다. 10인용 타원형 탁자 한 개와 4인용 사각형 탁자 두 개가 전부였다. 실제로는 열 명만 들어와도 자리가 꽉 찼다. 그런 작은 규모의 카페 매장이었지만 그래도 날마다 다양한 손님이 찾아왔다.

 가장 많은 경우는 역시 구입한 책을 커피나 홍차와 더불어 여유롭게 즐기려는 사람들이었다. 설레는 표정으로 소설을 읽기 시작하는 사람, 느긋하게 패션 잡지를 뒤적이는 사람, 사전도 없이 외국 서적을 읽는 사람. 카페에서 시간을 보내는 모습은 실로 가지각색이었다.

 책을 사지 않고 카페에 들어오는 손님도 적지 않았다.

 이케부쿠로 지점은 도내에서도 손꼽히는 대형 서점이었다. 지하에서부터 헤아리면 전부 열 개 매장이 있었고, 4층 구석에 위치한 이 카페를 빼면 당연한 이야기지만 전부 도서 매장이었다. 매장이 이렇게 넓으면 솔직히 책을 찾다가 지치는 경우도 있을 법하다. 책을 사지 않고 카페에 들어오는 손님은 대개 곤란한 표정이든가 절반쯤 화가 난 얼굴이었다.

"어서 오세요."

"아이스커피."

 그런 손님은 차가운 음료를 주문하는 경우가 많았다. 냉수도 단숨에 들이켰다. 케이크 따위는 먹지 않았다. 찾는 책이 없으니 오래 머물지도 않았다. 그야말로 열만 식히면 바로 도서 매장으로 돌아갔다. 어떤 의미에서는 몹시 명쾌한 유형이었다.

그러던 중 나는 어느 여자 손님을 특별히 의식하게 되었다. 그녀는 '여유파'에 속하는 손님이었는데 다른 손님들과는 분위기가 아주 달랐다.

"어서 오세요. 주문하시겠어요?"

"커피. 블렌드*로 한 잔요."

처음 보았을 때 말투가 침착하고 고상한 사람이라고 느꼈다.

"네, 알겠습니다."

그 무렵, 그녀의 머리는 아직 어깨 정도 길이였다. 검고, 굉장히 윤기가 도는 머릿결을 지금도 기억한다. 나이는 아마도 나보다 조금 위일 것이다. 그러니 스무 살쯤이겠다. 카페에 오는 시간이 그때그때 다르다는 점과 언제나 캐주얼 복장이라는 점에서 아마도 대학생이 아닐까 생각했다.

"주문하신 블렌드 커피 나왔습니다."

음료를 찾아갈 때 보면 대개는 구입한 책에 푹 빠져 있기 일쑤였다. 소설이나 잡지가 아니었다. 추측건대 가로쓰기로 된 딱딱한 학술 서적 종류였다. 자세한 분야까지는 알지 못했다. 종이 포장지로 싸여 있기도 했고, 손님이 읽고 있는 페이지를 엿볼 수도 없는 노릇이었기 때문이다. 몹시 궁금했지만 그녀의 독서 경향은 나에게 한동안 풀리지 않는 수수께끼였다.

---

* 블렌드(blend): 풍미와 향을 좋게 하기 위하여 여러 가지 원두를 섞어 만든 커피.

나는 카운터 안에서 진지한 눈빛으로 행간을 오가는 그녀의 옆얼굴을 싫증도 내지 않고 바라보았다. 다른 손님도 없었고, 직원도 나 혼자일 때는 어쩐지 그녀를 독점한 듯한 기분까지 들었다.

또렷한 쌍꺼풀에 아름다운 눈을 가진 사람이었다. 매끈한 콧날, 입술에서 턱으로 이어지는 선이 마치 한 장의 그림처럼 완벽한 균형을 이루고 있었다. 비교적 키가 컸고 자세도 아주 바른 편이라 다른 손님이 있어도 얼굴이 잘 보였다. 어떻게 보면 몹시 눈에 띄는 사람이었다.

동료인 우치다 아카네도 주목하고 있던 모양이었다.

"저 사람, 자주 오죠? 어딘지 모델 같아요."

"맞아요. 뭔가 어려운 책을 읽나 봐요."

"어머! 가지 씨, 그런 건 언제 알았어요?"

"아니요. 어쩌다 우연히 봤어요."

"흠, 그러고 보니 머리가 좋은 사람 같아요."

맞는 말이었다. 변호사나 회계사처럼 전문 자격이 필요한 직종에 어울릴 듯한 사람이었다.

그녀는 길면 서너 시간 동안 쉬지 않고 책을 읽었다. 그것도 시종일관 똑같은 자세로, 진지한 눈빛으로. 무시무시한 집중력이었다. 그만큼 진지하게 열중할 수 있는 사람이라면 무엇이 되어도 되지 않을까. 진심으로 그렇게 생각했다.

그러나 시간이 지나자 그렇지도 않다는 사실이 눈에 보이기 시작했다.

그날도 그녀는 염력이라도 발휘할 듯한 눈빛으로 구입한 책을 읽고 있었다.

"응?"

내가 카운터 뒤에서 어느 선반에 컵을 두려고 불과 몇 초 동안 눈을 뗀 사이였다. 이럴 수가! 그녀가 쓰러져 있었다.

"어이!"

대담하게도 커다란 타원형 탁자 끝에 납죽 엎드려 자고 있었다. 왼손의 엄지손가락은 읽던 페이지에 끼워둔 채였다. 컵은 덮어놓은 책 바로 옆에 있었다. 잠에서 깰 때 화들짝 놀란 그녀가 책으로 컵을 밀치는 장면이 머릿속에 그려졌다. 컵이 깨지는 것도 싫었지만 책이나 그녀의 옷이 더러워지는 것은 더 싫었다.

나는 카페 안을 둘러본 다음 살며시 카운터에서 나왔다. 다행히 다른 손님은 없었다. 직원도 나뿐이었다. 살금살금까지는 아니지만 나는 가능한 한 조용히 걸어서 그녀에게 다가갔다.

그녀 왼편에 섰다.

우선 컵을 들어 20센티 정도 앞, 탁자의 맞은편 쪽에 놓았다. 어쨌든 그렇게 해서 일촉즉발 위기의 컵 파손 사고는 미연에 방지한 셈이었다.

자, 다음은 어떻게 해야 할까? 카페에서 잠이 든 손님에 대한 대응책은 배우지 않았다. 재주껏 요령을 부려서 '손님, 어디 몸이라도 불편하신가요?' 하고 자연스럽게 깨우는 방법도 좋을 것이다.

하지만 나는 그렇게 하지 않았다.

왜냐고?

숨을 후 뱉으면서 이쪽으로 고개를 돌렸을 때 그녀의 잠든 얼굴이 세상에 둘도 없이 예뻤기 때문이다. 포근한 니트의 오른쪽 소매를 베개 삼아 기분 좋게 눈을 감고 있었다. 이렇게 똑똑해 보이는 미인도 잘 때는 무방비 상태로 순진한 얼굴이 되는구나 생각하니 갑자기 지켜주고 싶은 마음이 솟구쳤다.

그렇다고 해도 내가 할 수 있는 일은 한정되어 있었다. 불필요한 소리는 내지 않는 것, 다른 손님이 들어오는지 지켜보는 것. 기껏해야 그게 전부였다. 애초에 타인이 드나드는 곳에서 선잠이라니, 그녀도 원치 않았을 테고 카페도 별로 환영할 일은 아니었다.

하지만 조금쯤은 괜찮겠지.

틀림없이 공부에 지쳤을 것이다. 조금만 더 그녀에게 편안한 시간을 제공하고 싶었다. 아니다, 그게 아니었을지도 모른다. 그저 나 자신이 그녀를 가까이서 바라보고 싶었는지도 모른다. 처음 보았을 때보다 꽤 자라기는 했어도 변함없이 윤기가 흐르는 검은색 머릿결을 독점하고 싶었는지도 모른다.

그 후에도 그녀는 이따금 내가 근무할 때 선잠을 잤다.

처음처럼 탁자에 푹 엎드리는 일은 없었지만 책을 읽는 눈이 어느새 흐리멍덩해지다가 결국에는 고개가 툭 떨어졌다. 어어, 떨어지네, 떨어져, 하고 생각했는데 그러기 직전 고개를 다시 드는 때도 있었다.

에이, 안 떨어졌잖아.

내가 그녀의 잠든 얼굴 감상을 즐거움으로 여기기는 했다. 두뇌가 명석한지 어떤지 사실은 잘 모르지만 미인이고 스타일도 좋고, 세련된 느낌의 아가씨가 어쩌다 방심해서 보여주는 천사의 잠든 얼굴······아니지, 천사는 아닌가? 굳이 비유한다면 공주님이다. 아무에게도 보이고 싶지 않은 잠든 카페의 공주님.

거기까지 생각하면서 나는 지극히 당연한 의문에 직면했다.

이 사실을 다른 직원도 알고 있을까?

나는 세 명의 카페 직원 가운데 역시 가장 친한 우치다 아카네에게 물어보았다.

"저기 있잖아요, 종종 찾아오는 손님 중에 어려워 보이는 책만 읽는 모델 같은 사람 있죠. 그 사람······."

"응, 요즘 별로 안 보이던데요."

"네?"

그러고 보니 최근 발길이 뜸해진 듯하다. 아카네와 근무할 때 그녀는 카페에 거의 오지 않았다.

다른 직원인 정사원 스가와라 다카코에게도 물어보았다.

"저기, 이상하게 들릴지 모르지만 종종 큰 탁자 안쪽 자리에 앉아서 꽤 오랫동안 책을 읽는 키 큰 여자 손님 말이에요. 오지 않았나요?"

"응? 그런 사람이 있었나?"

"왜, 꽤 미인이고요. 조금 심각한 얼굴을 하고서 아주 꼿꼿한 자세로 교과서라도 읽는 사람처럼······."

"아! 안경 쓴 사람!"

"아니요, 안경은 쓰지 않았어요."

"글쎄요. 그게 아니면 난 잘 모르겠는데요. 난 손님 한 명 한 명한테는 별로 흥미가 없어서."

그렇다. 스가와라 씨는 매장 일도 겸하고 있는 데다 카페 근무를 자신의 휴식 시간처럼 여기는 경향이 있다. 종일 근무하는 우리처럼 손님의 특성까지 파악할 생각은 없었을 것이다.

그렇다면 예쁘게 잠든 얼굴을 아는 사람이 나뿐인가? 그것도 좋기는 한데.

그러던 어느 날, 마침내 우려했던 사태가 벌어졌다.

"앗!"

짧은 비명과 함께 챙, 하고 날카로운 소리가 들려서 나는 반사적으로 돌아보았다. 깜박 잠이 들어 고개를 떨어뜨리다가 생긴 사고인지는 확실하지 않지만 그녀는 냉수가 든 유리잔을 보기 좋게 쓰러뜨렸다.

나는 즉시 새 행주를 상자에 든 채로 들고 뛰어갔다. 요컨대 업무용 행주다. 겉보기에는 분홍색에 체크무늬가 있어서 꽤 예쁘다.

"손님, 괜찮으세요?"

그녀는 왼손으로 컵을 잡고, 오른손으로 주위에 있는 물건을 치웠다. 어쨌든 컵은 깨지지 않은 모양이었다.

"미안해요. 메뉴판이 젖었네요."

"그건 괜찮습니다. 옷이나 책은 젖지 않았나요?"

"네, 제 건…… 아, 책이 조금 젖었네요."

"잠시, 여기 좀 닦겠습니다."

상자에서 꺼낸 새 행주를 우선 탁자에 엎질러진 물 위에 덮었다. 그렇게 해서 피해가 늘지 않게 막을 수 있다. 다음은 책. 다행히 계산대에서 씌워준 종이 커버만 젖은 정도라 그것을 벗겨내니 속에 든 PP 가공을 한 표지 자체는 무사했다. PP는 폴리프로필렌(PolyPropylene)의 약자다. 매끈하고 반들거리며 수분과 오염에 강한 표면 가공법이다.

"안쪽 페이지는 괜찮나요?"

내가 내민 책을 그녀는 정중하게 두 손으로 받아 들었다. 그때 비로소 나는 책 제목을 의식하며 읽었다.

형사소송법 제3판.

역시 변호사가 될 생각인가? 아니면 검사든가.

표지부터 훌훌 넘기면서 그녀는 고개를 조금 끄덕였다.

"속은 괜찮아요. 그리고 다 읽은 거라."

"네? 이런 어려운 책을 벌써 다 읽었다고요?"

말을 해놓고도 내 손으로 내 입을 틀어막고 싶었다.

"죄송해요, 쓸데없는 말을 해서. 정말 죄송합니다."

그때 그녀가 미소를 지었던 것을 나는 지금도 똑똑히 기억한다. 책을 읽을 때의 얼굴과도 달랐고, 물론 졸고 있을 때의 얼굴과도 달랐다. 무언가 심지가 굳다고 할까, 흔들림 없는 강한 의지를 나는 그 미소에서 본 느낌이었다.

"여기서는 아주 집중해서 읽을 수가 있어요. 저야말로 늘 자리를 오래 차지해서 죄송해요. 폐가 되지 않을까, 생각하긴 했는데."

나는 고개를 세게 저었다.

"전혀 그렇지 않습니다. 원하시는 만큼 천천히 계시다 가세요."

실제로 민폐라는 생각은 조금도 하지 않았다. 오래 있을 때 그녀는 꼭 세 잔에서 네 잔씩 커피를 주문했다. 가끔은 카페오레라든가 홍차를 마시기도 했다.

"그럼 사양하지 않고 조금만 더 있다 갈게요. 그리고 블렌드 커피도 한 잔 주세요."

"네, 알겠습니다."

그날은 그 커피가 다섯 번째 잔이었다.

그녀가 그런 식으로 카페에 들락거린 시간도 기껏해야 채 1년이 되지 않는 기간이었는지도 모른다.

어느 날 문득 나는 한 달 이상 그녀를 보지 못했다는 사실을 깨달았다. 시기는 분명히 10월이나 11월쯤이었을 것이다.

역시 그때도 아카네에게 물었다.

"있잖아요, 그 키 크고 아름다운 손님. 최근에 별로 안 오죠?"

"그래요? 아, 그러고 보니 나도 전혀 못 봤어요."

그제야 비로소 나 자신이 그녀의 방문을 얼마나 기대했는지, 얼마나 마음을 의지했는지 깨달은 기분이었다. 일단 깨닫고 나자 궁금해서 어쩔 줄을 몰랐다.

그때까지 한 번도 없던 일이었다.

그렇게 생각한 순간 평소 좁게만 보이던 카페 안이 한없이 넓고 썰렁하게 느껴졌다. 절반 이상 자리가 차는 바쁜 시간대에도 왠지 쓸쓸하고 공허하게 느껴졌다. 반대로 한가한 시간대에는 그녀가 들어오지는 않을까, 근처를 걷고 있지는 않을까, 카페 바깥에 신경이 쓰여 속이 탔다.

휴식 시간이면 틈나는 대로 제일 먼저 5층으로 가서 법률 관련 서적 코너가 있는 매장을 돌아다녔다. 손을 쭉 뻗어서 선반 위쪽에 있는 책을 쏙쏙 빼내는 그녀를 내 마음대로 상상하기도 했다.

아니다.

나는 딱히 동성애자는 아니다. 남자 친구는 좀처럼 생기지 않았지만 그래도 언제나 남자를 좋아했다. 그것도 아주 남성적인 쪽을 좋아했다. 체격도 다부진 사람이 좋았고, 이른바 꽃미남보다는 다소 투박해도 야성미 넘치는 남자에게 끌렸다. 서점에서 찾는다면 7층 이공계 코너에서 일하는 오카베 씨라든가, 이름은 모르지만 가끔씩 방문하는 모 출판사의 영업 사원도 마음에 드는 타입이었다.

그러니 결코 음흉한 눈빛으로 그녀를 보았던 것은 아니다. 이를테면 그녀에게 품었던 감정은 동경이었다. 그저 앉아 있기만 해도 그 자리가 환해지는 사람. 지적이고 고상하며, 게다가 분명한 의지를 갖고 있는 사람. 그러면서 조금 덜렁거리는 면도 좋았다. 조는 모습도 좋았다. 한 번은 계산이 2천 엔에서 좀 더 나왔는데, 천 엔짜리 지폐 한 장을 꺼내놓고 태연한 얼굴을 하고 있었다.

"저기, 손님, 다 해서……."

"앗! 죄송해요. 5천 엔짜리인 줄 알았어요."

그럴 때 겸연쩍어하는 얼굴도 좋았다. 나보다 손위라는 사실은 알고 있었고, 엄청나게 머리가 좋은가 보다고 생각했다. 그래서 조금 허술한 면을 발견하면 더 신이 났다. 완벽해 보였지만 실은 그렇지도 않았다. 아니다. 조금 허술한 면까지 포함해서 그녀는 완벽했다.

이제 카페에는 오지 않으려나. 시험에 합격해서 더 이상 공부는 필요 없나 보다. 그렇게 생각하니 마음이 허전해서 견디기 힘들었다.

그 후로 나는 이케부쿠로 거리에서 키가 크고 예쁜 흑발 여자를 발견하면 그녀가 아닐까 싶어 마음이 설레었다. 사실 법률 서적은 다른 서점이 훨씬 더 충실하게 갖추고 있다는 사실을 알고 있었다. 따라서 그쪽에 더 자주 갈지 모른다고 추리한 끝에 다른 서점을 기웃거린 적도 있었다. 나는 패션에는 문외한이라 그녀가 어떤 브랜드의 옷을 입고 있었는지는 모르지만 비슷해 보이는 옷, 그녀를 떠오르게 하는 옷이 진열된 가게를 발견하면 나와는 어울리지 않는다고 생각하면서도 들어가 보고는 했다.

그러나 그렇게 기억 속에만 남아 있는 동경의 존재를 언제까지나 뒤만 쫓아다닐 수는 없는 노릇이었다. 이제 그녀는 우리 카페에 오지 않는다. 이케부쿠로에도 없다. 어느덧 나 자신을 타이르게 되었다.

나도 그녀에게서 졸업해야 한다.

그렇게 다짐한 나는 카페 말고 다른 일을 하고 싶다고 점장에게 요청했다.

일을 시작한 지 3년, 그녀를 못 본 지 1년이 조금 지났을 때였다.

계약직으로 책 매장에서 일하다가 다시 3년이 지나 정사원이 되었고 그다음에는 근무지 이동으로 이케부쿠로 지점을 떠나야 했다.

처음으로 이동한 곳은 오사카 지점이었다. 이곳에서 2년. 다음은 신규 지점인 후쿠오카로 가서 개점 준비 직원으로 반년. 그 후에는 니가타 지점에서 3년을 근무했다.

도중에 기쁜 일이 있었다. 이케부쿠로 지점 시절에 몇 번인가 만난 적이 있는 출판사 영업 사원과 니가타에서 재회한 것이다.

"가지 씨는 전에 이케부쿠로 지점 카페에 계시지 않았어요?"

"맞아요. 그런 것까지 기억해주시다니. 진짜 감동인데요. 영광이에요."

거기서 처음으로 명함을 교환하고 그의 이름을 알았다. 미사카 다이치. 성이야 어떻든 그의 멋진 체격을 그대로 표현한 듯한 이름에 나는 큰 호감을 느꼈다. 그때의 재회를 계기로 그가 니가타에 왔을 때는 둘이서 식사를 하러 가기도 했다.

사실을 말하자면 그는 이케부쿠로 지점 시절 나를 조금 마음에 두고 있었던 모양이었다.

"그때 가지 씨는 아직 10대였죠? 전 스물다섯인가 그쯤이었어요. 처음에는 귀엽긴 한데 아직 아이라고 생각했어요. 아, 미안. 그건 딱히 나쁜 의미는 아니고, 여자란 참 대단하구나 싶었어요. 가지 씨는 금세 예뻐지고 어른스러워지더군요. 머리도 길어지고. 그것만으로도 한층 여성스러웠어요. 하지만 그 후 전 담당 매장이 바뀌는 바람에 그 카페에도 가지 않게 되었죠. 휴일에 살짝 들러보기는 했는데 좀처럼 만나기가 어렵더군요. 그래도 천만다행이에요. 또 이렇게 만났잖아요. 정사원이 돼서 니가타에 오다니, 전 전혀 몰랐어요."

어른스럽고, 여자답다고?

만약 정말이라면 그것은 어쩌면 그녀 덕분일지도 모른다고 생각했다. 그렇게 의식할 생각은 없었지만, 그녀처럼 되고 싶다는 바람이, 지적이고 고상한 여성이 되고 싶다는 바람이 자연스럽게 그렇게 되도록 이끌어주지 않았을까.

그와는 아주 자연스럽게 교제를 시작했다. 내 나이 벌써 서른이었다. 당연히 결혼도 생각했다. 당면 문제는 원거리 연애였지만 그 사람도 괜찮다고 했다.

그 후로도 좋은 일은 계속되었다.

"가지 씨, 갑작스럽기는 한데, 가지 씨에게 이동 근무 사전 통보가 내려왔어요."

옛 근무지인 이케부쿠로 지점으로 근무 지시가 떨어졌다. 물론 나는 두말없이 그 지시를 받아들였다. 미사카 씨와도 예사로

만날 수 있고, 조금 건강이 나빠진 어머니도 돌볼 수 있기 때문이었다.

나는 반나절 만에 이사 준비를 마쳤고, 그다음 주에 이케부쿠로 지점으로 출근했다.

"6년 전까지 이케부쿠로 지점에 있었고, 오사카와 후쿠오카, 니가타에서 근무한 뒤 다시 여기로 돌아왔습니다. 가지 미후유입니다. 잘 부탁드립니다."

진열장의 배치 따위가 조금 변하긴 했지만 이케부쿠로 지점은 여전히 추억으로 가득한 곳이었다. 이번에 담당하게 된 곳은 2층 취미 및 실용서 코너였다. 게다가 팀장으로 뽑혔다. 따라서 카페 업무에도 참여했으면 했던 당초 희망은 이루어지지 않았지만 그래도 나는 의욕적으로 매장에 섰다.

팀장쯤 되면 햇병아리 시절과는 다른 역량이 필요한 모양이었다.

"가지 씨, 잠깐 볼까요?"

"네, 왜 그러시죠?"

어느 날 부점장이 부르기에 나는 건물 뒤편으로 따라갔다. 내가 무슨 실수라도 했나, 설마 데이터 입력을 틀려서 10권 주문을 100권으로 잘못하기라도 했나 싶어 걱정했으나 그렇지는 않았다.

"이거요, 아까 경찰이 와서 눈에 띄면 연락 달라고 하더군요."

그러면서 부점장은 나에게 몽타주 두 장을 보여주었다. 두 장 모두 입매가 처졌고 어두운 눈을 한 남자 얼굴이었는데, 한 장은 안경이 없는 모습이었고, 다른 한 장은 안경을 쓴 모습이었다. 머리 모양은 양쪽 귀가 다 가릴 정도의 단발이었다. 약간 인상이 좋지 않은 사람이었다.

"이 사람이 왜요?"

"본 적 있어요?"

"아뇨. 당장은 짚이는 데가 없는데요."

무엇보다 나는 이케부쿠로 지점으로 돌아와서 아직 한 달도 채 지나지 않았다.

부점장은 그렇죠, 하면서 고개를 끄덕였다.

"이 남자, 요 주변에서 여성을 물색하다가 혼자 있을 때를 노려서 성추행을 했다나 봐요."

"서, 성추행요?"

그런 소리를 잘 알지도 못하는 남자에게 듣는 것 자체로 거부감이 들었다. 게다가 인적이 드문 직원 전용 통로라서 더욱 거북했다.

그러나 나도 이제 서른한 살이다. 심지어 이 코너의 팀장이다. '어머, 무서워요!' 하고 끝낼 일이 아니라고 생각했다.

"그 성추행은 구체적으로 어떤 거죠?"

"아니, 나도 그렇게까지 자세히는 몰라요. 아마 껴안았든지 엉덩이나 가슴 같은 데를 만지거나 하지 않았을까요?"

길을 가다가 모르는 사람이 엉덩이를 만지는 것과 껴안고 가슴을 움켜쥐는 것은 전혀 다른 차원의 문제다. 게다가 혼자 있을 때를 노려서 습격한다면 더 심각한 위해를 가할 가능성도 있다.

"알겠습니다. 발견하면 당연히 경찰에 알려야죠. 그래도 이건 우리 여직원 모두에게 복사해서 나눠주는 편이 낫겠어요. 발견하면 신고야 당연한 일이지만 우리 직원이 피해를 입기라도 하면 그것도 큰일이니까요."

"음, 그렇군요. 각 코너에 복사해서 돌릴 생각이었는데, 적어도 여직원들에게는 한 장씩 나눠주는 편이 좋겠어요. 그럼 휴대하기 쉽게 절반 크기로 줄이는 게 어떨까요?"

그날 저녁에는 여직원 전원에게 복사물이 배포되었다.

여직원들 중에서 본 적이 있다는 사람도 나왔다.

"선 채로 책을 읽고 있었는데요. 계속 책만 보는 게 아니었어요. 흘긋거리면서 주위를 돌아보기도 하고…… 범죄 대상으로 삼을 여성을 찾았던 거겠죠?"

"그 사람, 틀림없이 이런 얼굴이었어요? 이런 느낌이었나요?"

"그런 것 같아요. 이렇게 우중충하고 어두운 기운이 느껴졌다고나 할까."

안된 말이지만, 어두운 기운은 몽타주로 그려내지 못하는 데다, 대다수의 사람들은 그런 기운을 보지 못할 것이다.

"어쨌든 히로미 씨도 조심해요. 걸어서 출근하고, 혼자 살잖아요. 캄캄한 길에서는 진짜 조심하세요."

신경이 미치는 범위에서 나는 젊은 여직원들에게 주의를 당부하며 돌아다녔다. 애초에 이런 변화가에서 위험한 요소는 이런 남자뿐만이 아니었다. 이번 일을 좋은 계기로 삼아 평소부터 몸조심하는 데 주의를 게을리하지 않도록 자신을 단속하는 것

또한 필요했다.

어린 직원들만 위험한 게 아닐 것이다. 나도 아직은 그런 피해를 당하기 쉬운 범주에 든다고 생각했다. 미사카도 나에게 주의를 주었다.

"미짱이 사용하는 저 육교 밑 자전거 보관소 말이야. 거기 좀 어둡기도 하고 밤에는 특히 치안이 나쁘잖아. 다른 곳에 두는 게 좋지 않을까? 나도 왠지 걱정이 되고."

쑥스럽지만 미사카가 나를 부르는 호칭은 '후유미짱'이었다가 언제부터인가 '미짱'으로 바뀌었다. 그것은 별개 문제로 하고, 내가 사용하는 자전거 보관소가 어둡고 음침한 분위기라는 것은 사실이었다. 그러나 어중간한 시기에 이동해 온 탓에 연간 이용이 가능한 다른 보관소에 자리가 없었고, 자리가 있다고 해도 지금 이용하는 보관소보다 이용 요금이 두 배나 비쌌으므로 울며 겨자 먹기로 육교 밑 자전거 보관소를 택했다.

몽타주가 배포된 후 열흘쯤 지난 어느 날 밤이었다.

"수고하셨습니다. 이만 가볼게요."

나는 자정이 다 되어 매장에서 나왔다.

우선은 매장 바로 앞에 있는 메이지도리 대로를 건너 세이부 백화점 쪽으로 갔다. 일대는 막차 시간이 가까웠는데도 여전히 북적거렸다. 역으로 향하는 사람, 한 잔 더 하러 가는 사람들이 인파를 이루어 거리를 메우고 있었다. 이케부쿠로 역 동쪽 출구를 경계로 사람들의 이동 방향이 달라졌다. 나는 거기서부터 인파를 거슬러 걸어가야 했다. 그래도 길거리는 네온사인이며 가로등으로 대낮처럼 밝았고, 신변의 위협을 느낄 만한 요소는 없었다.

그런데 그 동쪽 출구를 지나가려고 할 때였다.

"앗!"

나는 엉겁결에 비명을 질렀다. 한순간 그 자리에 얼어붙었다.

그렇다. 그 사람이 거기에 있었다.

몽타주 속의 치한이 아니었다. 내가 이케부쿠로 지점 카페에서 일할 때 자주 오던 사람. 그렇게나 동경하고 동경했던 사람. 갑자기 모습이 보이지 않아 못내 서운했고, 하지만 그것이 카페 이외의 업무로까지 발전하는 계기가 되기도 했던, 그 카페의 잠든 공주님! 그녀가 바로 거기서 걸어오고 있었다.

물론 잘못 봤겠지, 생각하며 내 눈을 의심하기도 했다. 그러나 윤기 흐르는 검은색 모발, 큰 키와 몸집, 등을 꼿꼿하게 펴고 걷는 걸음걸이. 이미 모든 면에서 그녀로밖에 보이지 않았다.

다행히 그 사람이 걸어가는 곳은 내가 이용하는 자전거 보관소 쪽이었다. 나는 조금도 주저하지 않고 그녀를 쫓아갔다. 어딘가에서 방향을 튼다면 옆얼굴 정도는 확인할 수 있겠지. 그 당시 진지하게 책의 행간을 좇던, 강렬한 빛을 발하던 눈을 다시 볼 수 있을지도 모른다. 내가 그렇게 동경했던 저 사람과 한 번 더…….

그러나 그녀의 걸음은 의외로 빨랐다. 물론 뛰어가면 따라잡았겠지만 혹시 사람을 잘못 보지 않았을까 싶어 선뜻 뛰어가 잡지도 못했다.

그녀는 파르코 백화점을 지난 지점에서 왼쪽으로 돌더니 선로를 따라 뻗어 있는 길로 걸어갔다. 순간적으로 얼굴이 보인 듯했지만 그녀라고 확신할 만큼 정확하게 보이지는 않았다.

게다가 그녀는 쉼 없이 걷기만 했고, 점점 더 으슥한 쪽으로 들어갔다. 도중에 나타난 공원에서는 노숙자로 보이는 한 무리가 땅바닥에 퍼질러 앉아 술을 마시고 있었다. 여기도 몹시 거북한 지역이었지만 이 구역만 지나면 낚시 도구점, 볼링장, 편의점이 있어서 그럭저럭 사람들로 북적였다. 문제는 거기서 더 들어간 곳이었다.

거기서 더 들어가면, 갑자기 점포라고는 하나도 보이지 않게 된다. 왼쪽은 육교 밑이고 오른쪽은 맨션 뒤편으로, 으슥한 길이 나온다. 가로등도 드물어서 미사카가 그렇게 걱정했던 치안이 나빠 보이는 풍경이 펼쳐진다.

왜일까, 거기에 다다르자 그녀는 걷는 속도를 조금 늦추었다. 나도 덩달아 천천히 걸었다. 그녀를 만나려면 지금이 바로 따라붙을 기회다. 이쪽이 남자라면 몰라도, 같은 여자가 괜히 불러 세워서 이상한 오해만 사기는 싫다. 그런 생각과 반대로 발이 말을 듣지 않았다.

내 자전거를 세워두는 장소와 조금씩 가까워졌다. 어쩌면 그녀도 같은 보관소의 이용자가 아닐까? 그렇다면 좋겠다. 만날 기회가 또 생길지도 모른다.

그런 생각을 한 직후였다.

"기다려!"

전혀 들어본 적 없는, 어둠을 가르는 일성(一聲)이었다.

뭐지? 대체 무슨 일이지?

나까지 괜히 종종걸음으로 그녀를 뒤쫓았다. 문득 그녀가 품에서 무언가를 꺼냈다. 아마도 몽둥이가 아닐까 생각하는데, 그녀가 그것을 앞으로 내밀어 있는 힘껏 휘둘렀다.

"멈춰!"

검은색 몽둥이가 부메랑처럼 회전하면서 전방으로 튀어 올랐다. 그제야 나는 간신히 상황을 파악했다.

그녀 앞쪽에는 남자가 있었다. 등을 보이면서 도망치려고 뛰어가고 있었다. 왼쪽 옆에는 자전거 보관소가 있었고, 거기에도 한 사람이 쭈그려 앉아 있었다. 그 사람은 필시 여자였다.

그녀가 휘두른 몽둥이는 뛰어가던 남자의 다리에 제대로 걸렸다. 콱 넘어지지는 않았지만 남자의 걸음이 흐트러지기에는 충분했다.

"거기 서!"

거기서 전력 질주로 뒤쫓던 그녀가 양손으로 남자를 확 밀쳤다. 이번에는 남자도 푹 고꾸라져 아스팔트 바닥에 슬라이딩하듯 보기 좋게 나자빠졌다.

그녀는 재빨리 남자의 등을 무릎으로 쳤다. 아니, 체중을 실은 무릎으로 내리눌러 남자의 움직임을 봉쇄했다.

그녀가 또 허리께에서 무언가를 꺼냈다.

수갑?

"10월 29일…… 30일, 0시 13분. 강도 및 성추행 현행범으로 체포합니다!"

눈 깜짝할 사이에 뒤로 비틀려 있던 남자의 오른쪽 손목에 수갑을 채우고 이내 다른 쪽 손목에도 야무지게 수갑을 채운다.

거기까지 마친 다음 그녀는 이쪽을 쓱 돌아보았다.

틀림없다. 그녀는 바로 그때 그 사람이었다. 하지만······.

"거기, 당신."

갑자기 큰 소리로 불러서 순간적으로 나를 불렀다는 생각을 못 하고 그 자리에 얼어붙었다.

"당신 말이에요, 당신. 휴대전화 갖고 있죠? 110번으로 신고 좀 해주세요. 지금 제가 움직일 수 없으니까 대신 경찰 좀 불러 줘요."

아, 네! 알았어요.

아주 잠깐, 일이 분 사이에 제복 차림의 경찰관 세 명이 왔고, 순찰차 두 대가 사이렌을 울리며 뒤이어 도착했다. 눈 깜짝할 사이에 주변은 무시무시한 사건 현장으로 변했다.

체포된 사람은 놀랍게도 그 몽타주와 판박이 같은 남자였다. 그리고 자전거 보관소에 웅크리고 앉아 있던 사람은 피해를 입은 여성이라고 했다. 고개를 푹 수그린 범인은 순찰차에 태워졌고, 피해 여성도 다른 한 대의 순찰차에서 진술을 하는 듯했다. 그야말로 TV 프로그램 〈경찰 24시〉 같은 상황이었다. 주차장 주변 풍경이 평소와는 전혀 다른 모습으로 비쳤다.

하지만 그보다 더 놀라운 일은 그녀와의 재회였다.

그녀가 있던 카페

"아까 대신 신고해줘서 고마웠어요. 몇 가지 여쭙고 싶은데 잠시 기다려주시겠어요?"

아직 거칠게 코로 숨을 쉬는 그녀에게 나는 네, 하며 고개를 끄덕였다. 조금 떨어진 가로등 끝에서 얌전히 기다렸다.

그리고 한참 동안 그녀를 눈으로 좇았는데, 실적을 올렸을 그녀와 상사로 보이는 중년 남성이 갑자기 말다툼을 하기 시작했다.

"왜 넌 항상 이런 식으로 지저분한 방법을 쓰는 거야?"

"지, 지저분한 방법이라니요? 수배 몽타주와 비슷한 남자를 발견해서 미행하는데, 놈이 범행을 저질렀다고요. 그러니 현장에서 체포하는 게 당연하죠. 대체 뭘 따지시는 거예요?"

"걸어가는데 우연히 범인을 발견했고, 때마침 특수 경봉을 갖고 있어서 그걸로 두드려 패 쓰러뜨렸고, 때마침 일이 잘 풀려서 체포했다 이거야? 지금 장난해? 멋대로 단독 행동을 하면서 몰래 탐문하고 다녔던 걸 내가 모르는 줄 알아?"

"몰래 안 했습니다. 탐문은 당당하게 했죠."

"그게 지저분하다는 거야. 이건 생활안전과 사건이라고. 동네 파출소 소속인 네가 왜 끼어드느냔 말이야?"

"그러니까 탐문은 상관없잖습니까? 오늘, 마침 제 눈에 띄기에 미행을 했을 뿐이라고 하지 않았습니까?"

"탐문으로 모은 정보를 갖고 수사망을 쳐놨다가 거기에 걸려드니까 미행했겠지."

"거참, 뭘 모르시네. 대개는요, 눈앞에서 실적을 빼앗겼다고 이렇게 악악거리고 큰 소리 내지는 않거든요. 그것도 사내대장부가 말이죠."

"소리치는 건 너잖아, 멍청아!"

아니다, 저렇지 않다. 저렇게 도끼눈을 뜨고 고함을 지르다니, 내가 동경했던 그녀가 아니다.

하지만 말다툼을 일단락 짓고 내 쪽으로 왔을 때 그녀는 이상할 정도로 침착했다.

"죄송해요. 많이 기다리셨죠? 덕분에 연쇄 성추행범을 체포할 수 있었어요. 아, 소개가 늦었죠? 전 경시청의 히메카와라고 해요."

그녀는 신분증을 제시하면서 자기소개를 하더니 곧 고개를 갸웃했다.

"어머, 당신! 그 서점, 카페에 계시던 분 맞죠? 벌써 꽤 오래전 일이긴 한데."

그 말을 들은 순간 심장이 탁 멈추는 듯했다.

"절⋯⋯ 기억하시겠어요?"

"역시 제 기억이 맞았군요?"

활짝 피어나는 그녀의 미소를 나는 또렷이 기억했다. 예전에 그녀가 나에게 보여주었던 강한 의지를 간직한 미소. 내가 동경해 마지않던 그 미소였다.

"그럽네요. 그 시절에는 너무 오랫동안 자리를 차지해서 미안했어요. 그리고 제가 가끔 거기서 졸기도 했죠? 사과해야지, 생각은 했는데 창피하기도 해서 입이 잘 안 떨어지더라고요."

"아, 아뇨. 그런 건 괜찮아요."

사죄의 뜻으로 허리를 숙여 인사를 한 번 하더니 그녀는 계속 이야기했다.

"그래도 저, 당신이 있는 그 카페를 엄청 좋아했어요. 집중해서 책을 읽기에는 아주 그만이었거든요. 이상할 정도로 마음이 편했던 건 아마 당신이 있어서 안심이 되니까 그랬을 거예요. 직원 입장에서 보면 진상 손님이었을 테지만."

나는 힘껏 고개를 가로저었다.

어찌 됐건 이쪽의 일방적인 호감만은 아니었다.

그녀도 나를 충분히 의식하고 있었다.

우리는 사실 완벽하게 통하고 있었던 것이다.

조금 숨을 돌리고 나서 내 이야기를 시작했다.

"저기, 하지만 놀랐어요. 설마 형사가 되셨을 거라고는 생각도 못 했거든요. 전 틀림없이 변호사라든가 법률 관련 일을 목표로 하시는 줄 알았어요."

그러자 그녀는 신분증 케이스 같은 것을 주머니에서 꺼내더니 명함을 한 장 뽑아 건네주었다.

'경시청 이케부쿠로 서 형사과 강력계 담당 계장 히메카와 레이코'라고 써 있었다.

"맞아요. 그때는 종종 형법책 같은 걸 그 서점에서 사서 읽었죠. 덕분에 그 후 바로 경찰관이 됐어요. 하지만 이케부쿠로에는 올해 초에 배치받았어요. 당신은 아직 그 서점에서 일하시나요?"

나도 황급히 명함을 내밀었다.

"소개가 늦었네요. 전 가지 미후유라고 해요. 저도 아주 최근에 이케부쿠로 지점으로 돌아왔어요."

"우와, 팀장! 출세하셨네요."

"아니에요. 그저 근속 연수가 길어서……."

하지만 이렇게 오래 근무할 수 있었던 것도 결국에는 그녀 덕분일지 모른다고 생각했다. 언제 어디서든 이렇게 재회할 수만 있다면, 하는 바람을 마음속 어딘가에 계속 품고 있었으니까.

그녀가 내 손에 든 명함을 가리켰다.

"무슨 일 있으면 그 번호로 연락 주세요. 언제든, 무슨 일이든 상담해드릴게요. 이제는 저도 도움을 드릴 일이 분명히 있을 거예요. 어떻게든 그때 일을 보답하고 싶어요."

보답이라니. 당치 않아요.

인덱스

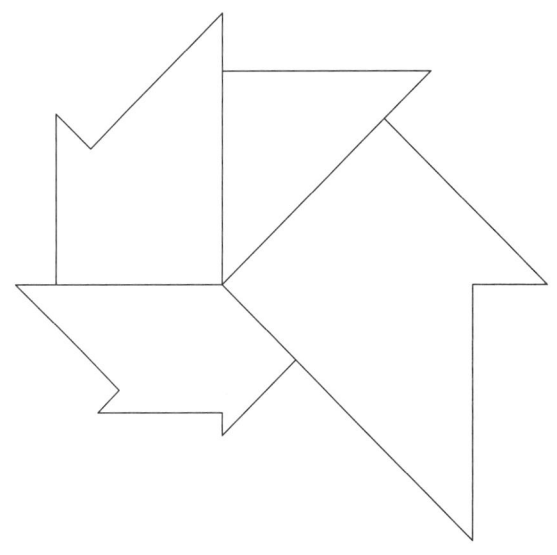

『호세키 더 미스터리 2 · 쇼세쓰호세키 특별 편집
(宝石 ザ ミステリー 2 小説宝石特別編集)』,
2012년 12월

도쿄 도내 굴지의 번화가 이케부쿠로를 뒤흔든 연쇄 살인 사건, 통칭 '블루 머더' 사건은 2월 26일, 기노 가즈마사를 긴급체포함으로써 일단 수습되었다. 또한 그 이튿날 이케부쿠로 4가에서 발생한 인질극 사건이 해결되어 '블루 머더' 사건의 공범으로 추측되는 가야바 하지메, 이와부치 도키오도 의도치 않게 체포했다.

하지만 그것은 어디까지나 일시적인 수습일 뿐이었다.

범인 일당을 체포함으로써 경찰이 일련의 범행에 종지부를 찍은 것은 틀림없었다. 그러나 피해자는 결국 몇 사람이었는지, 누가 어디서 어떻게 살해되었는지 범행의 전모는 아직 밝혀지지 않았다. 그런 상황은 기노를 체포한 뒤 달포가 지난 지금까지도 거의 변함이 없다.

조사가 진척되지 않는 최대 요인은 주범인 기노 가즈마사의 건강 문제였다. 기노는 위암을 앓고 있었다. 심지어 이미 말기였다. 경찰로서는 구류 집행정지 수속을 밟아 기노를 입원시켜야 했다. 물론 24시간 감시가 따라붙어야 하는 조치였다.

4월 7일 화요일. 레이코는 기노가 입원한 히라이와 외과에서 원장의 이야기를 들었다.

"솔직히, 지금까지 살아 있다는 것 자체가 초인적이에요. 기적이라고밖에 할 말이 없습니다. 본인은 아직 괜찮다고 하지만요. 담당 주치의 입장에서 보면 더 이상 아무 가망도 없는 건 아니지만, 그렇다고 취조를 허락할 만한 상태도 아닙니다."

지금 있는 곳은 원장실. 레이코 옆에는 기노의 담당 취조관인 가쓰마타 겐사쿠가 앉아 있었다. 아까부터 쭉 팔짱을 낀 채 아무 말이 없었다. 완전히 의욕을 잃은 눈치였다.

결과적으로는 레이코도 그저 막막한 심정으로 원장의 이야기를 듣고만 있었다.

"잘 알겠습니다. 그럼 또 기회를 봐서 환자 상태를 보러 오겠습니다. 오늘은 그만 가볼게요."

원장이 미간을 찌푸리며 고개를 끄덕였다.

"기노 씨가 중대한 사건의 용의자라는 점은 저희도 잘 알고 있습니다만, 별 도움을 드리지 못해 대단히 죄송합니다."

현재 상황에서 기노가 살해를 인정한 피해자는 14명, 그 가운데 시체가 확인된 건은 6명. 최근 달포 만에 기소까지 간 사건은 불과 하나. 검찰 송치 2건. 기노는 그 사람들 말고도 20명 이상을 살해했다고 암시했다. 대부분은 이름도 모르는 사람들이었다고 했다.

"그럼 실례하겠습니다."

레이코는 졸다시피 하던 가쓰마타를 깨워 함께 원장실에서 나왔다.

아직 많은 외래 환자가 순번을 기다리고 있는 병원 로비를 지나 현관으로 나오자 잠시 후 가쓰마타는 윗옷 안쪽 주머니를 뒤졌다. 보나 마나 담배를 찾겠지.

"젠장, 그렇게 죽어라 고생해서 잡아놨더니 '저, 말기 암 환자입니다. 저승에 가서 기다리겠습니다.' 이게 뭐냐고? 부처님도 너무하시지, 완전히 도로 아미타불이잖아."

할 수만 있다면 죽을 때까지 동조하고 싶지 않은 상대지만 이 말에는 레이코도 100퍼센트 동의했다.

기노는 곧 죽을 것이다. 아마도 공판에 넘길 수 있는 사건은 하나도 없을지도 모른다. 결국 레이코와 수사관들이 할 일이라고는 공범 가야바와 이와부치의 진술에서 피해자들을 가능한 한 많이 찾아내어 그들의 시체 유기 혐의를 하나라도 더 입건하는 정도였다. 그들의 살인 방조에 대해서는 주범인 기노의 범행을 입증하지 못하는 이상 몹시 곤란한 문제였다.

"정말, 이제 어쩌면 좋죠?"

무심코 한숨이 나왔다. 한숨은 마침 가쓰마타가 뿜어낸 담배 연기와 섞였다. 묘하게 박자가 맞았다고 생각하니 몹시 역겨웠다. 심지어 격렬한 공포심까지 엄습했다.

한시라도 빨리 그 상황에서 벗어나야 했다.

"가쓰마타 씨, 이제 어떻게 하시겠어요? 전 특수부로 돌아갈 생각인데."

현재 '블루 머더' 사건 수사는 이케부쿠로 서에 설치된 특별수사본부로 집중되어 레이코 역시 거기에 속해 있다. 가쓰마타도 마찬가지지만 그가 조직 수사의 틀 밖에서 활동한다는 사실을 그녀는 알고 있었다. 기노에 대한 취조가 속행 불능에 빠진 지금 가쓰마타가 특수부로 얌전히 돌아갈 리는 없었다.

"난 다른 사건을 수사하러 가야 해."

그럼 그렇지.

"그거, 블루 머더 관련인가요?"

"너 따위한테 그런 걸 왜 가르쳐줘?"

어쩌면 정말 다른 사건인지도 모른다.

"그래요? 알겠어요. 그럼 전 여기서 실례하죠."

레이코가 아주 형식적으로 고개를 숙인 다음 등을 보이며 가려고 할 때였다. 히메카와, 하고 부르는 소리가 들렸다. 부르는데 굳이 무시할 이유도 없었다. 인간쓰레기라도 어쨌든 선배는 선배니까.

"네, 또 뭐요?"

돌아보자 가쓰마타는 평소처럼 한쪽 뺨만 일그러뜨리며 쓴웃음을 짓고 있었다.

"너, 몰래 따라와서 남의 정보나 채 가려는 건 아니지?"

"아니거든요!"

제발 그러라고 부탁해도 그런 짓은 결코 사양이다.

이케부쿠로 경찰서. 특별 수사본부가 설치된 강당.
"저, 복귀했습니다."
오후 4시. 당연하게도 이 시간에 돌아오는 수사관은 별로 없다. 상석에 있는 사람도 이케부쿠로 관할 서 형사과장인 히가시오 경정뿐이었다.
"수고했어. 기노는 어때?"
레이코는 고개를 조금 흔들어 보였다.
"완전히 물 건너간 것 같아요. 기노 자신은 임의로라도 조사에 응하겠다는 모양인데, 원장이 안 된대요. 나머지 한 건 정도는 어떻게든 실체를 밝히고 싶었는데."
히가시오가 씁쓸한 표정으로 고개를 끄덕였다.
"정말 믿기 힘들군. 그렇게 튼튼한 몸을 가진 남자가 암 말기라니."
"네, 원장도 그 부분에 대해서는 초인적이라고 할 정도였어요. 기노는 매월 두 번씩 대략 10일과 25일 전후로 통원하면서 항암제와 방사선치료를 빠짐없이 받았어요. 그 상태로 어떻게 그런 몸을 유지할 수 있었는지, 정말 믿기지가 않는다더군요."
레이코는 강당 안을 다시 둘러보았다.
"그런데 과장님, 가야바 조사는 어떻게 됐죠?"
두 공범자 가운데 가야바 쪽이 이와부치보다 기노와의 관계가 오래되었다. 그런 만큼 대부분의 범행에 관여했다고 짐작됐다. 현재는 이 이케부쿠로 서로 신병이 옮겨져 연일 취조가 계속되고 있었다.

"어, 그건 말이지."

히가시오가 눈앞에 있는 파일에서 서류를 한 장 빼내 레이코에게 내밀었다.

"이게 뭐예요?"

무슨 개인 이름이 열거되어 있었다. 비고란에 소속 조직명이 있는 사람, 주소에 전화번호, 가족 관계까지 자세하게 적혀 있는 사람, 이름 말고는 아무것도 기재되어 있지 않은 사람. 정보의 밀도도 다양했다. 눈으로만 헤아려서 대략 40명쯤인 듯했다.

히가시오는 몸을 조금 앞으로 내밀어 목록을 들여다보며 말했다.

"가야바와 이와부치의 진술, 현장 감식 결과 드러난 행방불명자, 조직범죄 대책부 4과에서 알아낸 행방불명자를 목록으로 만들어봤어."

과연 히가시오다. 목록 말미에는 이름조차 없이 '중국인 여성', '20대 남성'이라 적힌 것도 있었다. 누군가와 연루되어 살해되었다면 그저 안됐다고밖에 할 말이 없는.

"그런데 여기에 무슨 문제라도 있나요?"

"가쓰마타 반은 앞으로 수일 안에 여기 특수부에서 철수할 거야. 자네도 기노 조사가 더 이상 불가능해지면 손을 놔야겠지. 그 후에는 이쪽의 행방불명자 확인 작업에 참여해줘."

네? 딱 다섯 살만 젊었어도 이렇게 소리 내어 반문했을 것이다.

"저기…… 하지만요, 설사 이 명단을 조사하더라도 어느 부분에서 종결시켜야 하는 거죠?"

"피해자가 특정되고, 가야바든지 이와부치의 진술을 얻어내면 시체 유기 사건으로 입건하는 정도겠지. 물론 어느 쪽에서든 내가 죽였소, 자백하면 얘기는 달라지겠지만."

"글쎄요."

한심하다. 그저 한심하기 짝이 없다.

그렇지 않아도 기노의 시체 처리 방법이 매우 특이한데 그것 때문에 경찰이 동료 두 명에게 죄를 물어야 하는 사태를 경계하는 것이리라. 기노는 지금까지 시체 유기에 대한 결정적 진술을 피해왔다. 이 목록의 행방불명자가 기노에게 살해당했다는 점이 설령 정황상 틀림없다 해도, 더군다나 두 명의 공범이 시체 유기를 알았다고 해도 아마 기소까지 시키기는 매우 어려울 것이다. 증거는 태부족이고 현재 상황에서 새로운 증거를 발견할 할 가망도 없다.

히가시오가 고개를 조금 갸웃하고 레이코를 보았다.

"별로 내키지 않는가 보군."

두말하면 잔소리지.

"네, 아무래도 조금 자신이 없습니다."

그럴 마음이 전혀 없다.

히가시오의 고개가 반대 방향으로 기울었다.

"그래도 이 정도로 큰 사건 아닌가. 일단 겉으로 드러난 이름이니 조사는 해야 하지 않겠어?"

"그렇다고 기소될 전망도 없는 사건을 조사해봐야…… 대체 왜 조직범죄 대책부는 굳이 이런 걸 조사해서 떠넘기는 겁니까? 최근에 행방불명된 조폭 때문이죠? 그런 놈이야, 조직에서 도망쳐서 시골구석에 숨었는지도 모르잖아요."

"아무리 조직범죄 대책부라도 그런 명단을 이쪽에 넘기지는 않아."

"놈들 속을 어떻게 알겠어요? 수사 1과한테 해코지하는 짓이면 뭐든 다 할 놈들이라고요."

레이코는 이제 수사 1과 소속이 아니지만 조직범죄 대책부 4과에서 있는 대로 눈총을 받는 처지였다. 왜일까? 히가시오가 갑자기 얼굴을 들었다.

"아, 참! 자네가 복귀하면 서장실로 보내라고 하셨는데 깜박했군."

아니, 왜?

"서장님께서요? 저한테 무슨 일이시죠?"

"나야 모르지. 어쨌든 가봐. 빨리 가지 않으면 퇴근하고 안 계실걸."

벽시계를 보니 4시 20분. 아무리 그래도 벌써 퇴근할 리가.

서둘러 1층으로 내려가서 서장실 문을 두드렸다.

"네."

"실례합니다. 형사과 강력계 히메카와입니다."

"들어와."

출입문에서 가볍게 고개를 숙여 인사하자 서장 야마이 총경이 책상에서 일어서서 한 손으로 레이코에게 소파에 앉으라고 권했다.

"날마다 조사하느라 힘들지? 어서 앉아."

"네, 실례하겠습니다."

앉으라는 말로 보아 두세 마디 말로 끝날 이야기가 아닌 듯했다.

야마이가 책상 바로 앞, 이른바 의장석에 앉았으므로 레이코는 그 바로 왼쪽 자리에 앉았다.

"일부러 여기까지 오라고 한 이유는 다른 게 아니라 히메카와 계장에게 내밀히 임명장이 나와서야."

야호! 속으로 쾌재를 불렀지만 지레짐작은 금물이었다. '블루 머더' 사건 수사에서 가점과 감점 둘 다 있다는 사실은 레이코도 잘 알고 있었다.

"내밀히 임명장이 나왔다면, 어느 부서로 말인가요?"

"그야 물론 본부지. 형사부 수사 1과."

좋았어! 지레짐작이 아니었다.

아니, 잠깐! 관할 서 형사과에서 본부 수사 1과로 이동이라면 100명 가운데 100명이 '영전'이라고 할 만큼 기뻐할 일이다. 그런데 영전치고는 서장의 표정이 영 떨떠름했다.

"수사 1과라고요? 감사합니다."

"그래, 축하하네. 진짜 축하한다고 말해야 하는데, 이거 참."

그럼 그렇지. 역시 뭔가 조건이 있다.

"무슨 다른 일이라도 있습니까?"

"그래. 뭐, 주변에 여러 가지 사정도 있어서 말이야. 딱 부러지게 본부 이동이라고 하기는 어렵군."

무슨 뜻이지?

"혹시 겸임인가요?"

"그런 식이겠지?"

"여기 일과 겸임하라는 말씀이신가요?"

"맞아. 본서 형사과 강력계와 형사부 수사 1과 겸임이라는 형태야. 구체적으로 말하면 지금처럼 본부에서 하던 수사는 계속하면서 엿새에 한 번씩 본서 당직에 들어가는 식으로 근무하는 거지."

본서 당직, 다시 말해 숙직이다. 본부 수사에 본서 당직이 더해지면 당연히 근무 상황은 지금보다 몇 배는 더 힘들어진다.

"저, 그건 혹시 흔히들 말하는 징계 인사인가요?"

"천만에. 수사 1과 이동이니 영전이지."

"그럼 근로기준법을 가볍게 위반하는 처사 아닌가요? 본부 수사만으로도 기본 휴일이 없는데 거기에다 숙직까지 소화하라니요."

더군다나 이케부쿠로 서의 당직 근무는 단 5분도 눈 붙일 틈이 없을 만큼 고되기로 유명했다. 그런 당직 근무를 마치고 편하게 쉬지도 못한 채 특수부로 돌아가 수사를 계속하다가 사흘이 지나면 또 당직이라니.

야마이도 조금은 안됐다고 생각한 모양이었다. 미간에 주름을 잡고 형식적으로나마 인상을 찌푸렸다.

"하지만 뭐, 지금 있는 특수부에서는 어느 정도 사건의 실마리도 잡았고, 그 밖의 조건도 정리되면 언젠가는 수사 1과로 이동할 테니, 그때까지 잠정적인 조치라고 여기면 참고 견딘 보람이 있을 거야."

말이야 쉽지만 실제로 참고 견뎌야 할 사람은 바로 나라고!

특수부로 돌아와서 산더미처럼 쌓여 있는 서류를 마무리하는데 휴대전화가 울렸다. 화면에는 반가운 이름이 표시되어 있었다.

"네, 히메카와입니다."

"나다, 이마이즈미."

레이코의 예전 상사이자 전직 수사 1과 살인범 수사 10계장, 이마이즈미 하루오. 현재는 한 계급 승진해서 경정을 달고 수사 1과 강력범 수사 5계 관리관에 올랐다는 사실을 신문 발표를 보고 알았다. 그날 중으로 축전 대신 메시지를 보냈는데 직접 통화하기는 수개월 만이었다.

"오랜만이에요, 계장님. 참, 관리관 되신 거 축하드려요."

"참, 메시지 답장도 안 보냈군. 미안해. 이쪽도 이런저런 일로 조금 바빴거든."

"아니에요. 메시지에 서투신 거 잘 알고 있으니까요."

"꼭 그렇게 콕 짚어 말해야겠어? 말투를 보니 벌써 소식을 들었나 보군."

우선 분명히 겸임 이야기라고 생각했다.

"네, 역시 이번 비밀 인사, 관리관님 의향이라고 해석해도 무방한가요?"

"뭐, 그렇기도 하고. 경시청 바닥에서 자네 같은 천방지축을 1과로 끌어오려는 괴짜는 별로 많지 않을걸."

'천방지축'이라니, 무슨 의미인지 모르겠지만 일단 미뤄두기로 한다.

"관리관님이 저를 끌어주시는 건 정말 기쁘게 생각하고 있고, 감사하기도 해요. 하지만 그렇다고 해서 이케부쿠로 서와 겸임이라니, 좀 심하지 않나요? 더군다나 어려운 사건을 안고 있는데 숙직까지 서라니요. 그런 일까지 하다가는 저, 1과로 돌아가기 전에 골로 가겠어요."

후훗, 수화기로 새어 나오는 웃음소리는 정겨웠지만 레이코는 화가 나기도 했다.

"그거 갖고 골로 갈 정도면 자네가 그 정도 그릇밖에 안 된단 뜻이야. 그렇지 않아도 자네를 다시 데려가는 데 반대하는 사람이 적지 않다고. 정식 절차를 밟으려면 그런 자리는 순식간에 날아가 버려. 그래도 적만 있는 건 아니야. 일정 조건을 완수하면 자네를 떳떳하게 1과로 영입할 수 있다고. 나도 최대한 손을 써놨고 말이지. 나머지는 자네한테 달렸어."

누구에게 애원해도 이 벌칙 게임은 피하지 못한다는 뜻인가.

"알겠어요. 어쨌든 이번 특수부 겸임만 잘 넘기면 1과로 돌아갈 수 있다는 말씀이시죠?"

"아마. 장담은 못 하지만 가능성이 높다고 생각해도 좋아."

뭐야, 아직 가능성 차원의 이야기란 말이야?

이튿날. 더욱 무시무시한 일이 벌어졌다.

"레이코짱!"

어찌 된 일인지 '블루 머더' 사건 특수부에 저 이오카 히로미쓰가 나타난 것이다. 게다가 레이코와 같은 형사부 수사 1과 살인범 수사 11계로 겸임 배치되었다. 이오카는 원래 미타카 서 소속이다.

"이거 인정 못 해! 난 절대로 인정 못 한다고!"

"알지예, 안다꼬예. 얼매나 꿈에서 그리던 환상의 조합인지, 지도 지금 꿈인지 생신지 뽈따구를 암만 꼬집어봐도 믿기지가 않는다꼬요. 하지만 이건 현실입니데이. 이런 기 바로 사랑의 기적 아인교. 그 뭐냐, 인사 2과는 인연의 붉은 올가미를 가진 카우보이라니까예. 붉은 올가미를 휙 던져서 지하고 레이코짱을 이렇게 멋지게, 환상적으로다가 하나의 원 안에 집어넣고서는 꽉꽉 조여놨다 아입니까. 우리는 아주 천생연분, 딱 달라붙어 있을 운명이라예."

그 올가미로 이오카의 모가지를 묶었으면 딱 좋겠다.

"만지지 마."

함부로 팔짱 끼지 말라고. 더욱이 이렇게 많은 수사관들이 보는 앞에서.

"아따 좋네. 이래 화난 척하는 거."

"화내는 척 아니거든!"

"하이고, 부끄럼쟁이 같으니라꼬."

"부끄럼쟁이 아니라니까. 진심이라고!"

"사랑합니데이, 레이코짱."

"거절이야. 남의 이름 함부로 부르지도 말고, 이름에다 짱 붙여서 부르지도 말고, 나한테 반경 3미터 이내로는 절대로 들어오지 마. 접근 금지!"

"하지만 밀착하는 건 괜찮지예? 네네, 붙어 다닐 기라꼬. 괜찮지예?"

이것도 본부 복귀에 필요한 시련인가, 아니면 모종의 계략?

급기야 특수부 간부는 무슨 심보인지 레이코에게 이오카와 한 조가 되라고 명령했다. 게다가 아주 친절하게 본서 당직 일정까지 변경해서 두 사람을 한꺼번에 수사 팀에서 제외하도록 조정한다고 했다. 정말이지 아무리 장난이라도 정도가 있다.

서에서 나오자마자 이오카가 능글맞은 얼굴을 가까이 들이댔다.

"레이코짱, 어째 기운이 없어 보이네예."

"괜찮아. 신경 쓰지 마. 인생에 조금 절망했을 뿐이야."

절반 이상은 조직범죄 대책부가 조작했을 게 틀림없는 행방불명자 목록. 그것을 떠안은 사람은 수사 1과로 이동시켜주겠다는 사탕발림에 넘어간 두 얼간이. 이런 일로 낙담하지 말자. 기운 내자는 말이 더 억지스럽다.

그래도 해야 한다. 다른 선택의 여지가 없다.

"이오카, 어쨌든 가볼까?"

걸으면서 레이코가 목록을 보며 가리킨 이름은 밑에서 일곱 번째 '가이토 요시토미, 62세'였다. 직함은 '3대 호시노 일가 총재'라고 적혀 있었다.

"과연 레이코짱이라니까. 거부터 가볼까예, 그라믄?"

"과연이라니, 뭐야? 가이토 요시도미를 알아?"

"아입니더. 하나도 몰라예. 왜 거기부터 가는데예?"

벌써 지친다. 본부로 복귀도 하기 전에 죽을 것 같다.

"왜냐하면……."

목록 맨 위까지 손가락으로 훑어 올라갔다. 처음에 적혀 있는 이름은 아이가와 요지였다.

"이거, 중간까지는 목차를 오십음도순으로 나열했잖아? 그런데 그건 이 서른일곱 번째, 와타나베 류조까지야. 그다음부터는 무슨 까닭인지 가이토 요시토미. 나머지 여섯 명은 성씨 불명. 그게 이상해서."

다시 말하면 어쩐지 눈에 걸렸기 때문이다. 달리 말하면 그냥 찍었다는 뜻이다. 사실 나중에 가서 붙인 이유이긴 한데, 목록 마지막 부분에 억지로 꿰맞춘 느낌이 역력했고, 그것으로 조직범죄 대책부 4과의 악의를 감지했기 때문이라는 점도 이유 중 하나였다.

"이야, 진짜 대단하데이. 구사카 주임이었으면 확실히 처음에 나오는 아이카와 요지부터 찾아갔을 끼라."

구사카 마모루 경위. 레이코의 예전 동료이자 천적. 그는 지금도 수사 1과 살인범 수사계 소속이다.

"그렇지? 남들하고 똑같이 하면 남보다 앞서가지 못한다고."

"하모요! 이러니 내가 레이코 주임님을 사랑한다 아입니까."

"아직 주임으로 정식 복귀 안 했어."

"그래도 지는 사랑합니데이."

"마음대로 해."

호시노 일가의 본부 사무실은 기타 구 다키노가와에 있었다. 가이토 요시토미의 자택은 같은 기타 구 가미주초 2가였다.

"일단 가이토의 집으로 가자."

"에? 아무리 그래도 조폭 두목 집이라예. 괜찮겠어요?"

"확실하게 예약까지 해뒀으니까 괜찮아. 게다가 무슨 압수 수색을 하자는 것도 아니고. 주인은 집에 없는 모양인데, 뭔가 짐작 가는 데는 없는지 탐문하러 가는 거야. 사실 거부하지도 않았고, 적대시하는 느낌도 아니었어."

흠, 하고 이오카가 입을 삐죽거렸다.

"그 예약 전화를 누가 받았능교?"

"부인이 받았어. '네, 가이토 씨 댁입니다.' 하고. 목소리가 꽤 살랑거리던걸."

"가만 보니 적대시하는 건 주임님 쪽이 더 노골적이구마는."

가장 가까운 주조 역은 이케부쿠로에서 사이쿄선으로 두 번째 역이었다. 이동 시간은 20분도 걸리지 않았다.

오전 10시 반. 도착해보니 가미주초 2가는 평범한 주택가였는데 그것이 오히려 가이토 저택에서 기이한 분위기를 느끼게 했다.

주위는 이층집뿐이었으나 가이토 저택은 4층에 이르는 정사각형의 콘크리트 건물로 길모퉁이에 있었다. 남쪽 면은 창고인 듯 셔터 문이 보였고 동쪽 면에 현관이 있었다. 출입구라고는 그 두 개가 전부였다. 1층부터 2층까지 창문은 하나도 보이지 않았다. 건물의 절반 위쪽은 삼사 층 높이에 가까웠다. 그쪽에서만 평범한 미닫이창과 들창이 몇 군데 눈에 들어왔다. 그래도 일반 가옥보다는 창문 수가 현저히 적었다.

"어쩐지…… 보고만 있어도 기가 죽는 집이야."

"세탁물은 우쨌을까예?"

현관으로 돌아가서 견고해 보이는 대문 옆에 설치되어 있는 인터폰 버튼을 눌렀다. 카메라가 장착된 듯해 미리 경찰수첩을 꺼내 준비했다.

몇 초 뒤에 대답이 흘러나왔다.

"네, 누구세요?"

가정부인가? 조금 높지만 거부감이 들지 않는 목소리였다.

신분증을 얼굴 높이로 들어 제시했다.

"죄송합니다. 오늘 아침에 연락드렸는데요. 경시청의 히메카와라고 합니다. 루미코 사모님, 댁에 계신가요?"

"네, 지금 문 열어드릴게요."

철컹, 하고 자물쇠를 벗기는 소리가 났다. 손잡이를 잡으니 밑으로 눌러서 내릴 수가 있었다. 현관문은 거기서 3미터쯤 더 가야 했다. 터널 같은 통로 안쪽에 있었다.

레이코와 이오카가 발을 들이자 터널 같은 통로에 조명이 확 켜졌다. 발치에는 대리석풍의 납작한 돌들이 깔려 있었는데 각각 네 모서리가 유독 예리하게 각이 져 있었다. 바닥에 굴렀다가는 다치기 십상이었다.

현관문 앞에 이르자 곧 문이 열렸다.

"어서 오세요. 들어오시죠."

일행을 맞이한 사람은 조금 건강이 나빠 보일 정도로 야윈 중년 여성이었다. 가이토 루미코가 아니라는 점은 목소리로 알았다. 옷차림은 하늘색 니트에 회색 스커트를 입었다. 앞치마는 걸치지 않았지만 아마도 가정부일 것이다.

"안녕하세요. 실례하겠습니다."

현관 안은 창이 없는 건물이라는 이미지와 달리 무척 밝았다. 일반적인 호화 저택의 분위기였다. 간접 조명을 있는 대로 사용해서 자연스러운 밝기를 훌륭하게 연출하고 있었다. 에너지 소모가 큰 환경 파괴적인 집이라고 해도 좋을 정도였다.

"이쪽으로 오세요."

준비된 슬리퍼를 신고 여자를 따라 복도를 지나갔다. 도중에 큰 베란다 창문이 있었고 작은 안뜰이 보였는데 그곳이 정말로 집 밖인지 어떤지는 알 길이 없었다. 어쩌면 저기에도 자연광으로 보이게 하는 조명을 비추어 연출했는지도 모를 일이었다.

모퉁이를 두 번 돌아가자 그제야 거실로 보이는 방에 도착했다. 여기도 무척 밝았다. 간유리 너머는 하얀 빛으로 가득했다.

오른쪽에 검은색 가죽 소파 세트가 있었고 거기에 전통복장을 한 여성 한 명이 서 있었다.

"기다리고 있었습니다. 가이토의 아내, 루미코입니다."

거의 예상했던 이미지 그대로였다. 긴자에 있는 고급 클럽 마담 같은, 그런 분위기의 여자. 적당히 화려한 연둣빛 기모노가 어떤 의미에서는 잘 어울렸다. 나이는 젊어 보였다. 아직 마흔 살 안팎이지 않을까.

"전화드렸던 경시청의 히메카와입니다."

"지는 이오카입니데이."

루미코는 별다른 표정도 드러내지 않고 그저 '어서 앉으세요.'라고 말하면서 레이코와 이오카에게 소파를 가리켰다.

"실례하겠습니다."

집이 참 멋지다든가 기모노가 훌륭하다든가 입에 발린 소리를 경찰관이 조직폭력배의 아내에게 해야 할까? 스스로도 의문이었지만 그래도 아까 문을 열어준 여자가 차를 내올 때까지 그런 객쩍은 잡담을 하며 기다렸다.

여자가 내온 녹차의 맛은 부정하기 어려울 만큼 일품이었다. 품질 좋은 찻잎을 꽤 정성스럽게 달인 모양이었다. 산뜻한 쓴맛에서 부드러운 단맛으로 변하는 순간이 혀를 즐겁게 했다. 그러나 한 모금만 마시고 서둘러 본론으로 들어갔다.

"저, 오늘 찾아온 이유는……."

루미코는 네, 하고 작게 고개를 끄덕이며 눈을 내리깔았다.

"남편분, 가이토 요시토미 씨가 행방불명되지 않았느냐는 지적이 경시청 안의 다른 부서에서 나왔어요. 그 문제를 우선 가족에게 확인해봐야겠다고 생각해서 이렇게 찾아왔습니다. 어떤가요? 그 얘기가 맞나요?"

루미코는 다시 한 번 아까와 마찬가지로 고개를 끄덕였다.

"네, 맞아요. 올해 초 1월 10일에 남편의 행방이 묘연해졌어요. 하지만 그게…… 이런 일을 경찰에 신고해도 괜찮을까 싶었어요. 남편은 한 조직의 보스예요. 평범한 회사원과는 평소 행동도, 일과도 다르죠. 솔직히…… 다른 데서 자고 집에 안 들어오는 일이 하루 이틀 있다 해도 전 별로 이상하게는 여기지 않거든요. 그래서 이번 일을 이상하게 여긴 건 부끄럽지만 사흘쯤 지난 다음이었어요."

다른 데라면 다시 말해 애인의 집? 가이토 요시토미는 62세다. 아직까지 그쪽 기능도 건재하다는 뜻인가.

"그럼 행방불명이라는 건 어떻게 해서 아셨죠?"

"구라모치에게 확인해보고 알았어요."

"구라모치 씨가 누구죠?"

"비서예요. 구라모치 마사유키."

아, 구라모치 마사유키! 그 남자라면 알고 있다. 요컨대 호시노 일가의 부두목이다. 오늘 아침 확인한 자료에는 '총재실장'이라는 직함으로 적혀 있었다.

"구라모치 씨는 뭐라던가요?"

"10일 밤에 혼자 있고 싶다고 하더니 회사에서 택시를 타고 어딘가로 갔다더군요. 그러니 그게 마지막이었던 셈이죠. 물론 평소에는 기사가 딸린 차를 이용하고 어디든 구라모치가 동행해요. 들어보니 전에도 가끔씩 그렇게 혼자 움직인 적이 있었다더군요. 주위의 부하들이 구라모치를 몹시 질책한 모양인데 하지만 전…… 구라모치를 탓할 마음이 조금도 없어요. 그이 기질을 잘 알거든요."

레이코는 가능한 한 부드럽게 고개를 갸웃거려 보였다.

"남편분의 기질이라면 어떤 기질인지……?"

"자기 생각을 구구절절 이야기하는 사람이 아니에요. 저에게도 그렇고, 물론 구라모치에게도요. 아마 오래전부터 알고 지낸 간부들에게도 마찬가지였을 거예요. 됐어, 대충 이렇게 해, 하면서 딱히 이유를 설명하지도 않고 결론만 얘기하는 편이죠. 하지만 그게 그이 매력이고, 힘의 원천이기도 했어요. 결과적으로는 그런 방식으로 조직을 지금까지 원만하게 끌어왔고, 부하들도 많이 모여들었고요. 좋든 싫든 일인자랄까…… 늘 자기 의견을 굽히지 않고 밀어붙이는 것이 그 사람의 방식이었어요."

루미코가 과거를 회상하는 듯한 눈길로 간유리 쪽을 보았다.

"처음에는 저도 아내로서 알아둬야 할 일이라고 생각해서 시시콜콜 여러 가지를 물어봤어요. 하지만 정도가 지나치다고 늘 혼나기만 했어요. 그래도 지금 이렇게 되고 보니, 혼나더라도 더 물어봤어야 했는데 싶군요. 이렇게 될 줄 알았으면."

이렇게 되다니, 무슨 뜻일까?

"사모님은 남편분의 소재 불명에 대해 어떻게 생각하시죠?"

"처음에는 전혀 몰랐는데, 전에 일어난 무차별 살인 사건, 세

간에서 말하는 '블루 머더' 사건인가요? 거기에 휘말렸을 거라는 확신이 지금은 들어요. 실제로 작년 10월에는 조직의 젊은 부하 두 명이 행방불명되기도 했고요. 그것 말고는 짚이는 데가 없어요."

루미코가 말한 대로 호시노 일가의 젊은 조직원 두 명은 작년부터 소재 불명 상태였다. 기노에게 제거되었을 가능성이 농후하지만 그것에 관한 결정적 진술은 얻지 못했다.

"남편분의 행방이 묘연해졌는데 왜 경찰에 신고하지 않으셨나요?"

루미코가 코웃음을 쳤다.

"그건, 할 수 없었으니까요."

뭐, 틀린 말도 아니다. 만약 신고를 했다면 경찰은 수색에 단서가 될 증거를 확보한다는 명목으로 가택수색을 벌였을 게 뻔하다. 그러다가 무슨 위법 행위가 드러날 만한 증거라도 나오면 긁어 부스럼만 내는 꼴이다.

그러나 지금 내가 부탁하면 어느 정도는 보여주지 않을까.

"사모님, 남편분의 안부를 모르시니 얼마나 불안하실지 잘 알겠어요. 그런데⋯⋯ 그런 만큼 더 저희가 무언가 도움을 드릴 수 있지 않을까요?"

"도움이라고요?"

"네, 하다못해 남편분의 방만이라도 보여주시면 안 될까요? 사모님은 매일 보셔서 별문제를 못 느끼시겠지만 저희가 보면 무언가 알아낼지도 모르잖아요."

루미코는 잠시 생각했지만 자기 집 안에 불법 약물이나 총기류가 있을 리는 없다고 판단한 눈치였다. 별도리가 없다는 듯이 레이코에게 고개를 끄덕여 보였다. 아니면 실종된 지 벌써 3개월. 어느 시점에 말끔히 청소했을지도 모른다.

"그럼 이쪽으로 오세요."

안내를 받아 따라간 곳은 같은 층 복도 안쪽에 있는, 지금까지와는 분위기가 전혀 다른 방이었다.

천장이 두 층 높이로 높게 뚫려 있었고, 벽은 무슨 회색 천으로 덮여 있었다. 장담하건대 이 방에는 외관용 창문조차 하나도 없었다.

뒤따라 들어온 이오카가 등 뒤에서 햐, 하고 감탄사를 터뜨렸다.

"무슨 오디오 룸이 이렇게 으리으리하노."

듣고 보니 그렇다. 오디오 룸이었다. 오른쪽 벽 선반에 다양한 기재와 CD, 레코드 재킷이 빼곡했다.

"남편은 재즈를 무척 좋아했어요. 저에게도 곧잘 들어보라고 했죠. 젊었을 때는 자의 반 타의 반 같이 들어주기도 했는데, 전 별로…… 남편과 달리 전 엔카* 쪽이 좋더라고요."

흠, 재즈를 좋아하셨군요, 레이코는 맞장구를 치면서 주위를 둘러보았다. 방 한가운데, 오디오 세트 정면에는 극장용 소파인지 발받침이 달린 고가의 리클라이너 소파가 놓여 있었고, 그

---

* 엔카(演歌): 서양의 악곡 형식에 일본의 전통적인 5음계를 살려 애절한 사랑을 주로 노래한 대중음악.

옆에는 유리 탁자가 있었다. 브랜디라도 마시면서 좋아하는 재즈를 감상하는 노신사의 모습이 떠올랐다.

"그럼 남편분은 이 방에 늘 혼자 계셨나요?"

레이코는 그러면서 소파 쪽으로 다가갔다.

"네, 손님은 아까 계셨던 방이나 다른 곳으로 들였어요. 이 방에는 오직 혼자만 왔고, 저도 최근에는 술을 가져다줄 때나 올 정도였어요. 다른 가족은 없으니."

유리 탁자 위에는 탁상 라이터와 조각이 새겨진 담배 상자, 하얀 대리석 재떨이가 놓여 있었다. 재떨이는 물론 깨끗이 닦여 있었다.

"봐도 될까요?"

"그러세요."

방의 느낌으로 보면 시가 정도는 피웠음 직한 곳이었지만 담배 상자의 내용물은 캐스터 슈퍼마일드였다. 만년필 같은 두꺼운 펜 두 자루와 확대경, 태양광 전지 그리고 작은 디지털 기계…… 만보기인가?

무엇일까? 아까부터 등 뒤에서 끽끽 이상한 소리가 났다.

"총재님은 건강을 엄청시리 신경 쓰셨나 봐예?"

돌아보니 입구 오른쪽 벽 가까이에 거꾸로 매달리는 운동기구가 설치되어 있었다. 이오카가 거기에 거꾸로 매달리려고 했다.

"이오카, 어서 내려와! 철봉이 아니라고."

아따, 쪼매만요, 이오카가 버티자 레이코는 그를 억지로 끌어내렸다.

"적당히 좀 해. 방해할 거면 당장 돌아가."

미안합니다, 레이코는 고개를 숙이면서 다시 루미코에게 다가갔다.

"이 방은 남편분이 사라진 후로 어떻게 하고 계시나요?"

"네, 그대로 두고 있어요. 청소는 가정부가 하지만요."

다른 것도 둘러보았지만 물론 지금 본 정도로 단서를 잡아낼 리는 만무했다.

"잘 봤습니다. 참고로 비서라는 구라모치 씨는 오늘 안 계신가요?"

"네, 형사님과 통화한 후에 연락했어요. 곧바로 온다고는 했는데요."

그러는 사이에 당사자가 나타났다.

"죄송합니다. 늦었습니다. 총재님 비서를 맡고 있는 구라모치입니다."

일단 명함을 받아두었다. 회사 이름은 조호쿠에이와 부동산. 입고 있는 옷도 평범한 브랜드로 폭력단원이라기보다 오히려 중견 엔카 가수 분위기가 나는 남자였다.

그에게도 가이토의 행방불명 전후 이야기를 들었으나 루미코의 이야기와 크게 다른 부분은 없었다.

다만 간간이 의미심장하게 침묵하기도 해서 레이코가 물어보았다.

"달리 신경 쓰이는 점이라도 있으세요?"

"아, 아뇨. 신경 쓰일 만큼은 아니지만."

그러자 루미코가 재촉하듯 턱짓을 했다.

"얘기해보세요. 그런 이야기는 나보다 당신이 더 자세히 알 테니까."

의식하고 있는지 어떤지는 모르지만 루미코가 레이코와 이오카를 대하는 태도와 구라모치를 대하는 태도는 분명히 달랐다. 여장부의 얼굴이랄까, 그런 표정을 엿본 듯한 느낌이었다.

구라모치가 조심스럽게 고개를 끄덕였다.

"네, 사장님이 혼자 나가실 때는 대개 그…… 헤어진 전 사모님과 낳은 따님을 만나러 갈 때인데요. 실은 손자분을 만나십니다. 그런 사정이라 저도 동행을 삼가고 있었습니다. 나중에 확인해보니 그날 밤 저쪽에서는 뵙지 못했다고 하더군요. 혹시 가시는 길에 예측하지 못한 사태를 당하신 게 아닐까, 저희는 그렇게 보고 있습니다."

그런 사정이 있었군.

"그럼 지금까지 관계자 쪽에서 가이토 씨를 찾아봤겠죠?"

"그야 물론이죠. 사장님의 신변에 무슨 일이 있으면 제일 먼저 제 책임이니까요. 물론 지금도 죽기 살기로 찾고는 있습니다."

어느 산중에라도 파묻혔다면 지금쯤 작은 백골 시체로 변했을 텐데.

그 후 며칠에 걸쳐서 레이코와 이오카는 가이토 요시토미의 인품을 알아보기 위해 관계된 곳을 돌면서 탐문에 들어갔다. 그런데 정작 처음으로 찾아간 사람은 자택 요양 중인 시모이 경위였다. 전직 수사 4과의 베테랑 형사다. 그러면 가이토에 대해서도 자세히 알고 있지 않을까 생각했다.

"가이토 요시토미라…… 좋은 사내였는데. 녀석도 기노에게 살해됐나?"

오른손과 오른쪽 발목에 깁스를 했다. 이마의 거즈는 벌써 떼어내고 없었지만 꿰맨 상처가 생생하게 남아 있었다. 전부 기노에게 당한 상처였다. 방 한 칸에 주방 한 칸이 전부인 맨션 거실. 혼자 사느라 고충이 많아 보였는데 그럭저럭 잘 지낸다고 시모이는 말했다.

차는 이오카에게 내오게 하고 레이코는 청취에 집중했다.

"가이토 요시토미 씨는 시모이 씨가 보시기에 어떤 남자였습니까?"

"의협심 있는 멋진 두목이랄까. 요즘 같은 세상에 경찰이 할 말은 아니지만, 그래도 정말 좋은 남자였어. 말수는 적었지만 그만큼 한마디 할 때마다 무게가 있었지. 남을 잘 돌봐주는 사람이었고, 도리에 어긋난 짓은 하지 않았어."

"하지만 폭력단원이잖아요?"

풋, 시모이는 웃었다.

"그렇기는 한데, 폭력단원이라는 소리를 내 귀로 들으니 할 말이 없군. 마약도 취급했고, 권총도 판매할 만큼 갖고 있었지. 하지만 하는 일과 사람 됨됨이의 경계는 결코 단순하지가 않아. 그 정도는 자네라면 알고도 남을 텐데. 안 그런가, 히메카와?"

무슨 의미지? 설마 마키타 일을 끌어다가 내 속을 뒤집으려고? 시모이라면 그러지는 않을 텐데.

일단 모른 척 넘어가자.

"하지만 그렇게 훌륭한 두목을 기노가 죽였을까요?"

대수롭지 않은 투로 반문했다. 하지만 스스로도 의문이 들었다.

애초에 기노가 죽일 정도였으면 가이토도 필시 교활한 짓을 했을 게 틀림없다는 뜻이다. 그 반대일 가능성도 있지 않을까. 실제로 훌륭한 두목이었다면 기노가 죽일 리 없지 않은가. 가이토가 행방불명된 진짜 이유는 기노에게 살해당해서가 아니란 말인가?

시모이가 고개를 갸웃했다.

"그런 건 기노에게 물으면 끝날 일이잖아."

"그게 어려우니까 시모이 씨에게 물어보러 왔죠."

"나한테 물어봐야 소용없어. 나도 몰라. 놈과는 벌써 몇 년째 제대로 이야기한 적도 없는걸. 그런데도 다시 만나자마자 그 사달이 났으니."

확실히 시모이의 부상은 안됐지만, 반대로 죽지 않고 그 정도로 끝나서 천만다행이었다.

그렇다. 기노는 시모이를 일부러 죽이지 않았다. 그것은 기노가 마음속으로는 아직 시모이를 존경하기 때문임이 틀림없다고 레이코는 생각했다.

무엇이 진실일까. 가이토가 정말로 존경받을 만큼 의협심 강한 사람이었다면 기노가 죽일 리 없지 않은가.

"그럼 다른 사람 없을까요? 가이토 요시토미를 잘 아는 인물 누구 떠오르는 사람 없으세요?"

"그야 고문 야마다든가 부두목 우치노든가."

"가능하면 그런 직접적인 관계자 말고요. 좀 더 평범한 사람으로요."

"평범한 사람? 근처 초밥집이든가."

"그 집 단골이었나요?"

"어, 녀석은 인근 주민들과 어울리는 데는 아주 열심이었거든. 지역 사람들한테도 그럭저럭 평이 좋은 편이었을 거야."

어라? 이거 재미있는걸.

시모이를 만난 다음부터는 가이토 저택 주변 상점을 이 잡듯이 찾아다녔다. 미곡상, 주점, 담배 가게, 편의점, 도시락 전문점에 빵 가게, 부동산. 시모이가 말한 초밥집과 그 옆에 있는 대중식당, 즉석 크로켓이 맛있는 정육점도 탐문했다.

가장 흥미로운 이야기를 들은 곳은 가이토가 이 동네로 이사해서 약 20년 동안 한 달에 한 번은 반드시 다녀갔다는 이발소였다.

"보이소, 레이코 주임님. 내보고 지금 머리를 깎으라고요? 진심인교?"

"당연하지. 난 내가 다니는 미용실이 아니면 머리 안 해."

"저도요 여기, 여기 보이소. 가마가 까다롭게 생겨서 단골 미용사 아이믄 삐죽삐죽 슨다고예."

"그럼 확 밀든지."

마침내 협상에 성공했다. 이오카를 손님으로 가장해서 이발소에 들이밀고, 그사이에 레이코가 이발소 주인의 이야기를 들었다.

사실 초반에는 도리어 레이코가 질문을 당했다.

"역시 가이토 씨도 그 이케부쿠로에서 살해당한 겁니까?"

"아뇨, 그건 아직 모르고요. 그래서 이렇게 알아보러 다니고 있어요."

"그렇군요. 정초에 머리를 깎으러 왔던 직후라 걱정을 하긴 했는데, 역시 그런 일은 말이에요……."

거기서부터 조금씩 궤도를 수정해서 가이토 중심으로 간신히 화제를 이어갔다.

"아니, 처음에는 말이죠. 조직 어쩌고 하는 사람이라고는 아예 생각도 못 했어요. 성격 좋고 풍류 좀 아는 사람으로 생각했죠."

이발소에는 주인의 가족이 함께 일하고 있었다.

"저쪽은 우리 딸인데 가이토 씨의 따님과 동급생이었어요. 히카리, 너 마리라는 애하고 사이가 좋았지?"

네, 하고 대답한 사람은 레이코보다 조금 어려 보이는 20대 후반 정도의 여성이었다. 최근에는 이발소 주인 대신 가이토의 이발을 담당한 적이 많았다고 했다.

히카리에게도 몇 가지 질문을 했다.

"가이토 씨는 정말 친절하고 느낌이 따뜻한 분이세요. 이혼해서 마리와 헤어져 산 뒤에도 두 달에 한 번은 만나는 모양이었어요. 양육비도 힘닿는 대로 부담하고 있다고, 사는 데 불편하지 않게 하고 싶다고 늘 말씀하셨죠."

그 돈의 출처는…… 지금은 생각하지 않기로 한다.

"그 마리라는 분의 자제분 말인데요. 가이토 씨에게 손자가 있다고 하던데요."

"네, 그런가 봐요. 10대 무렵에는 마리도…… 반항기는 아니었지만, 그런 아빠를 받아들이기엔 힘든 부분이 있었다고 생각해요. 그건 요시다 씨도 잘 알고 있어서인지 그 무렵에는 거리를 두는 눈치였어요. 그래도 역시 손자는 어떻게든 보고 싶으셨던가 봐요. 그쪽에다 머리를 숙여가며 반년에 한 번이라도 좋다고, 얼굴만이라도 보게 해달라고 애원했대요. 그랬더니 아이 아빠도 좋은 사람이었나 봐요. 다시 만나게 되었다고, 가이토 씨가 무척 좋아하시더라고요."

아버지가 폭력단 두목. 확실히 딸의 심경은 복잡했을 것이다. 아무리 잘나고 자신에게 자상한 사람이라 해도.

그때까지 미소를 띠고 있던 히카리의 표정이 갑자기 흐려졌다.

"아, 그래도……."

"네, 그런데 왜요?"

히카리가 작게 네, 하며 고개를 끄덕였다.

"작년 가을쯤부터였나. 가이토 씨, 모습이 좀 변했다고나 할까요. 조금 울적해하시는 느낌이었어요. 아무튼 기운이 없어 보였어요."

작년 가을이라면 호시노 일가의 젊은 조직원 두 명이 사라진 시기와 겹친다.

"그건 구체적으로는 어떤 모습이었죠?"

"말을 걸어도 들리지 않는 사람처럼 반응이 거의 없었어요. 자는 건 아니었어요. 눈은 분명히 뜨고 있는데 멍한 표정이랄까."

자신도 언제 사라질지 모른다는 공포가 스트레스로 작용했을까.

"가을쯤부터 계속 그랬나요?"

"네, 맞아요. 정도의 차이는 있었지만 예전 같은 느낌은 없었어요. 저희 아버지는 치매가 온 게 아니냐는 말씀도 했지만요."

나는 그런 말 한 적 없다고 이발소 주인은 말을 막았지만 히카리는 무시하고 계속 이야기했다.

"제 생각엔 치매하고는 조금 달랐던 것 같아요. 실은 두 번 정도…… 가이토 씨가 여기서 눈물을 흘린 적이 있어서."

이발소에서 눈물을?

"뭔가 이야기를 하다가 그랬나요?"

"아뇨, 아무 말도 하지 않았는데 갑자기 눈물을 뚝뚝 흘렸어요. 머리를 깎던 중이라 목 아래로는 덮개를 걸치고 있어서 바로 손을 쓰지 못하기도 했죠. 그래도 가이토 씨는 눈물을 닦으려고 하지 않았어요. 눈물을 흘린다는 사실조차 모르는 듯했어요. 제가 보기엔 그랬어요."

정신적으로 상당히 지쳤던 게 틀림없다.

그때 이발소 문이 열렸다. 손님이 왔으니 탐문은 여기서 접어야 하나 생각했는데 다행히도 택배였다. 히카리는 수화물을 받고는 바로 돌아왔다.

"하지만 마리와는 전보다 더 잘 지냈어요. 작년에도 아버지의 날에 만보기도 받았다며 얼마나 기뻐하시던지."

아, 오디오 룸 탁자에 있던 만보기 말인가.

"기사 딸린 차만 타지 말고 매일 조금씩이라도 걸으라고 하면서 주었다고…… 보물이라도 되는 듯이 그 만보기를 보여주셨어요. 아, 참! 지금 부인은 나이가 저나 마리하고는 띠동갑도 안 될 만큼 젊은 사람이죠? 이런 건 부인 눈에 띄면 괜히 시끄러워지니까 늘 주머니 속에 넣어서 몸의 일부분처럼 꼭 지니고 다닌다고 하셨어요."

만보기를 몸의 일부처럼 지녔다고?

"그 만보기는 금년 1월에도 갖고 있었나요?"

"아니요. 그건…… 어땠더라."

그러자 갑자기 이발소 주인의 아내가, 갖고 있었어요, 하고 끼어들었다.

"그때는 제가 계산을 했는데 지갑을 꺼낼 때 툭 떨어졌거든요. 가이토 씨가 넋을 놓고 계셔서 그게 떨어져도 모르시더라고요. 아이고, 이런 중요한 물건을 떨어뜨리시다니요, 하면서 건네줬더니 갑자기 정신을 차린 듯이 이거 안 망가졌나, 하면서 당황해서는 버튼을 눌러 확인해보더군요. 그때는 망가지지 않았던 것 같았어요."

차분히 이야기할 수 있는 것도 거기까지였다. 이후에는 손님이 밀려들어 모두가 바빠졌다.

　이발소에서 나오자 이오카는 연신 자기 머리를 쓰다듬었다.
　"어때예? 너무 안 짧은교?"
　"괜찮아. 잘 어울려."
　"주임님, 아까부터 제 머리는 한 번도 안 보셨는데 어떻게 아시는교?"
　지금은 이오카의 머리 모양 따위는 중요하지 않다. 문제는 가이토 요시토미 최후의 날 행방이다.
　"그건 글타 카고, 주임님, 지 아까 얘기 듣고 생각난 건데예."
　거참 시끄럽네.
　"뭐가?"
　"가이토 말이라예, 혹시…… 우울증에 걸려서리 자살한 기 아닐까예?"
　우울, 우울증?
　"그게 무슨 뜻이야?"
　"아니, 그게요, 우울증 증상이라데예. 아무것도 안 했는데 갑자기 눈물이 뚝뚝 떨어지는 거 말입니더. 지도 모르는 사이에, 그것도 별로 슬프지도 않은데 이유도 없이 눈물이 난다, 이런 증상요. 그리 생각을 해보면 가이토가 가을부터 넋이 나간 사람같이 보인 이유도 우울증 때문 아닐까 이거지예."
　과연. 그런 이유라면 모든 정황에 조리가 선다.
　"이오카, 그거 제대로 조사해보지."

오랜만에 아주 조금이지만 이오카를 다시 봤는지도 모른다.

도내에서 정신과가 있는 병원을 일일이 찾아다녔다. 중간에 하루는 본서 당직이 껴있었지만 나흘째에는 가이토 요시토모를 진찰했다는 준케이카이 병원에 찾아가 주치의의 증언을 들었다.

"네, 가이토 씨는 분명히 우울증을 앓았습니다."

작년부터 올해 초에 걸쳐 가이토에게 나타났던 자세한 증세를 확인했고, 우울증에 대한 약간의 강의도 들었다. 특수부로 돌아와서 진료 날짜도 확인한 다음 레이코와 이오카는 다시 가이토 루미코에게 연락했다.

"내일 오후라면 집에 있어요."

"그럼 2시쯤 찾아 봬도 괜찮을까요?"

"네, 좋아요."

"구라모치 씨도 참석이 가능할까요?"

"알겠어요. 구라모치도 참석하라고 할게요."

다음 날 가이토의 저택을 찾아갔다. 먼저 들어간 곳은 지난번에 갔던 거실이었다. 루미코는 소파에 앉아 있었고 구라모치는 바로 옆에 서 있었다.

레이코는 거실을 바로 지나며 말했다.

"죄송하지만 요전에 보았던 남편분의 오디오 룸을 한 번 더 보여주시겠어요?"

루미코가 천천히 일어섰다.

"네, 그러죠."

안색이나 목소리가 지난번보다 경직되어 있었다. 딴에도 무언가를 감지했나?

거실에서 이동하여 네 사람은 오디오 룸으로 들어갔다. 레이코와 이오카는 중앙에 있는 리클라이너 소파로 다가갔는데 다른 두 사람은 방 안으로 들어오지도 않고 여전히 문밖에 멀찍이 떨어져 있었다.

고개를 돌려서 먼저 루미코에게 질문했다.

"사모님, 먼저 한 가지 확인하겠습니다. 남편분 가이토 요시토미 씨는 작년부터 올해에 걸쳐 우울증을 앓으셨죠?"

루미코는 아무 대답도 하지 않았다. 그것은 더없이 확실한 대답이기도 했다.

"그건 인정하셔도 괜찮지 않나요? 저희도 준케이카이 병원의 나카무라 선생님께 이야기 다 듣고 왔거든요."

그래도 루미코는 흠, 하고 짧게 한숨만 쉴 뿐, 표정 하나 변하지 않았다.

"네, 형사님 말대로 나카무라 선생에게 진찰을 받기는 했어요."

"증상이 시작된 건 여름 끝 무렵이고, 연말쯤에는 그래도 조금 증상이 좋아졌다고 하더군요."

아주 잠깐이지만 루미코가 어금니를 악무는 것이 보였다.

"나카무라 선생이 그렇게 말씀하셨다면 그렇겠죠."

그것도 인정하고 싶지 않다는 뜻인가.

레이코는 구라모치 쪽을 보았다.

"무엇이든 혼자 결정해왔다는 조직 보스가 우울증으로 무기력 상태에 빠졌다면 필시 조직 운영에도 차질이 생겼겠죠. 그렇지 않나요, 구라모치 총재실장님?"

구라모치도 이쪽을 노려보는 시선에 한 치의 흔들림도 없었다.

"그야…… 사장님의 건강이 좋지 않으면 당연히 아랫사람으로서는 곤란하지요."

"그렇죠?"

레이코는 루미코에게 시선을 돌렸다.

"가이토 씨는 참 불쌍한 분이었다고 생각되는군요. 소위 일인자에 리더고, 조직원들의 신망도 두텁고요. 하지만 불행한 건 이 시대가 가이토 씨의 생각대로 움직이지 않았다는 사실이죠. 경찰의 지정 단체 단속도, 세간의 눈도 해를 거듭할수록 엄격해졌죠. 옛날처럼 의협심만 내세워서 되는 세상이 아니었던 거예요. 심지어는 외국인 조직, 폭주족 집단까지 대두했고요. 옛날 방식의 장사는 날이 갈수록 어려워졌겠죠."

다음부터는 나카무라 의사에게서 들은 이야기와 레이코의 추론이었다.

"그래도 가이토 씨는 주위에서 옛날식 두목으로 남아달라는 기대를 받았어요. 스스로도 그랬으면, 하고 바랐을 거예요. 하지만 그게 도리어 자신을 궁지로 몰았어요. 이른바 사회가 부여한 가이토 요시토미라는 역할을 가이토 자신은 제대로 수행할 수가 없었던 거예요. 가이토 요시토미란 이래야 한다는 기대치에 마음과 몸이 따라주지를 않았어요. 억지로 무언가 행동에 나서야 했고, 그것이 뜻대로 이루어지지 않으면 필요 이상으로 자책했어요. 마음과 몸을 더욱 혹사시켰고, 그러고도 아직 모자라다고 스스로를 질책했죠. 우울증은 주로 그런 병이라고 하더군요. 고지식하고 정신적으로 강하다고 여겨지는 사람일수록 우울증에 빠지기 쉽다고요."

슬슬 본론으로 들어갈까.

"요컨대 우울증의 증상이 가장 위중할 때는 정말로 아무것도 할 마음이 나지 않아서 오히려 위험하지 않다고 하더군요. 가장 위험한 시기는 완치된 직후라고 해요. 뭣 좀 해볼까 싶어 의욕을 갖기 시작하는 회복기에 오히려 사고가 일어나기 쉽다고."

"뭐라고요?"

루미코가 냉소를 띠며 고개를 갸웃했다.

"형사님, 대체 뭘 알고 싶으신 거죠?"

"예를 들면…… 자살 같은 거요."

확증은 없었지만 문 옆에 있는 거꾸로 매달리는 운동기구를 쳐다보았다.

"정말로 심각한 시기는 따로 있어요. 자살조차 할 마음이 나지 않을 때. 하지만 조금 기력이 돌아와서 무언가를 시도했다가 그나마도 실패해서…… 역시 틀렸다고, 나는 아직 낫지 않았다고 절망한 순간이 가장 위험해요. 조금이나마 기력이 있어서 단숨에 최악의 선택으로 질주하니까요."

"저기요, 무슨 근거라도 있으세요?"

거칠게 목청을 높인 루미코에게 레이코는 일부러 연기를 하듯 검지를 똑바로 세워 보이며 대답했다.

"하나는 날짜예요. '블루 머더' 사건의 주범인 기노 가즈마사는 분명히 많은 사람을 살해했어요. 하지만 1월 10일만은 사람을 죽이지 못했죠. 그는 사실 위암을 앓고 있거든요. 그날은 저녁부터 병원에 가서 다음 날 오전까지 단기 입원을 했어요. 적어도 1월 10일 밤에 기노 가즈마사는 가이토 씨를 살해하기는커녕 납치도 불가능했습니다."

거기서 레이코는 가방에서 흰 장갑을 꺼내 두 손에 꼈다.

"루미코 씨, 잠깐 이쪽으로 오시겠어요?"

레이코는 루미코를 방 한가운데까지 오게 한 다음 탁자 위를 가리켰다.

"거기에 있는 디지털 만보기를 좀 봐도 될까요?"

"네, 그러세요."

가볍게 고개를 숙여 보인 다음, 검고 둥그스름한 장방형의 만보기를 집어 들었다.

"이게 뭔지 아시나요?"

"그거…… 만보기 아닌가요?"

"누가 구입했는지 아세요?"

"남편이겠지요. 아니면 당신이 샀어요?"

루미코가 구라모치를 돌아보며 물었으나 그도 고개를 흔들었다. 아무래도 루미코는 정말로 모르는 눈치였다.

"가이토 씨의 딸인 닛타 마리코 씨가 가이토 씨에게 선물로 준 겁니다. 가이토 씨는 이걸 작년 아버지의 날부터 자기 몸처럼 지니고 다녔다는 증언이 있어요. 잠깐 같이 보시겠어요?"

버튼을 몇 번 누르니 이전 기록을 확인할 수 있었다. 요즘 만보기는 기술력이 상당해서 1년 정도의 정보도 거뜬히 저장한다. 물론 작년 아버지의 날 6월 18일에 가이토가 몇 걸음을 걸었는지도 이것으로 알 수 있었다.

"보세요. 정말로 날마다 몸에 지니고 있었다는 사실을 아시겠죠? 그럼 마지막 기록은 어떨까요?"

올해 1월까지 되돌렸다.

"음, 1월 10일까지의 기록이 정확히 남아 있군요. 그러니까 가이토 씨는 이날 회사에서 어딘가를 들르지 않았고, 적어도 한 번은 이 방으로 돌아왔어요. 만보기가 여기에 남아 있다는 점이 그걸 증명하죠. 그리고 이 만보기를 여기에 둔 이후에 자기 의사로는 밖으로 나가지 않았다…… 결국 그런 뜻 아닐까요?"

레이코가 만보기를 내밀자 옆에 있던 이오카가 황급히 주머니를 뒤지기 시작했다. 증거 보존용 비닐봉지 정도는 미리 미리 준비해놨어야지.

다시 루미코를 보고 이야기했다.

"현시점에서는 제 추리입니다만, 가이토 씨는 여기로 돌아와서 만보기를 내려놓았어요. 하지만 어떤 계기로 죽어야겠다고 생각했어요. 어쩌면 총기를 사용했는지도 모르고, 약물을 썼는지도 모르죠. 저 운동기구도 조금 의심스럽기는 해요. 그리고 돌아가신 가이토 씨를 발견한 사람은 당신 루미코 씨든가 가정부든가 둘 중 한 명이었겠죠."

루미코는 레이코에게서 시선을 조금도 떼지 않았다. 그 호전적인 태도가 자신의 죄를 인정하는 반증임을 모르는 것일까.

"하지만 당신은 가이토 씨의 죽음을 인정하기가 힘들었을 거예요. 천하의 가이토 요시토미가 우울증으로 자살했다니, 아내로서 용서할 수 없었겠죠. 호시노 일가라는 조직 입장에서도 남편의 죽음은 엄청난 손해라고 생각했을 테고요. 그러니 가이토 씨는 실종된 것으로 치고 그것을 '블루 머더' 사건의 범행으로 가장했어요. 가장했다기보다 소문에 편승해서 덮어씌운 거죠."

레이코는 실내를 돌아보았다.

"하지만 사실 가이토 요시토미 씨는 지금도 이 집 어딘가에 있어요. 그렇지 않다면 누군가가 집 밖으로 내갔다는 얘긴데, 그렇다면 여자 힘만으로는 불가능했겠죠. 남자의 협력도……."

그러면서 레이코는 돌아보았다.

바로 뒤에서는 그제야 찾았는지 이오카가 비닐봉지 입구를 벌려서 만보기를 그 속에 넣으려 하고 있었다.

하지만 만보기는 봉투 밖으로 떨어졌다.

"아이고, 우짜꼬!"

만보기가 바닥에 떨어지자 이오카는 당황해서 주우려고 쭈그려 앉았다.

그때였다.

이오카의 맞은편에서 잔뜩 인상을 찌푸리고 성큼성큼 걸어오는 구라모치가 보였다. 허리춤에 무언가를 쥐고 있었다. 번득거리는 예리한…….

"이오카, 위험해!"

"예에?"

그 순간 믿지 못할 광경이 벌어졌다.

레이코의 목소리에 반응한 이오카의 오른손이 엉겁결에 만보기를 내던졌다. 그대로 바닥으로 굴러간 만보기가 이쪽을 향해 오던 구라모치의 발밑으로 미끄러져 들어갔다.

"어?"

구라모치는 바나나 껍질을 밟고 넘어지는 희극배우처럼 보기 좋게 왼발을 허공으로 번쩍 치켜들고 뒤로 꽈당 넘어져 뒤통수를 바닥에 찧었다.

"비켜!"

레이코는 재빨리 오른발을 휘둘렀다.

"으악!"

순간적으로 고개를 움츠리며 피하는 이오카의 앞에는 아직 비수를 움켜쥔 구라모치의 오른손이 있었다.

탁, 소리를 내며 레이코의 오른발이 구라모치의 오른쪽 손목을 걷어찼다. 얼마나 세게 찼는지 튕겨 나간 비수가 방구석까지 굴러갔다.

"이오카, 확보!"

"알았심더!"

기절하다시피 한 구라모치를 구속하는 일은 이오카에게 맡기고 레이코는 비수를 주우러 갔다. 이것을 보관할 만한 큰 봉투는 역시 없었으므로 가방에서 손수건을 꺼내 그것을 감쌌다.

방 한가운데에서 이오카도 구라모치의 양쪽 손목에 수갑을 채우고 확보를 완료했다. 탁자 옆에서는 루미코가 넋이 나간 표정으로 그 광경을 보고 있었다.

레이코는 루미코에게 다가갔다.

"가이토 루미코 씨, 지금 여기서 일어난 일과 가이토 요시토미 씨 행방불명의 인과관계에 대해서 확인할 게 있으니 경찰서까지 동행하시죠."

루미코는 결코 수긍하지 않았지만 레이코가 손짓으로 어서 일어나라고 하자 순순히 따랐다.

분명히 말해서 이번 시체 유기 사건의 단서를 쥘 수 있었던 것도, 구라모치를 총포 도검에 관한 단속법 위반 현행범으로 체포할 수 있었던 것도, 그로 인해 루미코를 임의동행하게 만든 것도 모두 단순한 우연이었다. 하지만 우연을 끌어당기는 힘도, 그것을 기회로 삼는 재주도 일종의 실력이라고 레이코는 믿었다. 아마 이렇게 해서 또 한 발, 레이코의 본부 복귀는 빨라질 터였다. 그럼 이오카는? 그건 레이코가 알 바 아니었다.

레이코는 구라모치와 루미코를 관할 서인 오지 서로 보내고 숨을 돌렸다.

"수고했어, 이오카."

"네, 수고하셨습니데이. 근데 참말로 대단하세예. 가이토한테 딱 주목하신 점도 그렇고, 레이코 주임님 실력은 알아줘야 한다니까. 지는 마, 벌써 또 한 번 반해버렸어예."

어련하겠어. 비수를 든 구라모치의 오른쪽 손목을 걷어찬 것은 자기가 생각해도 회심의 일격이었다.

신경이 쓰이는 부분도 없지는 않았다.

"기분이 좀 복잡 미묘하네."

"네? 뭐가예?"

레이코는 콘크리트 덩어리 같은 가이토의 저택을 돌아보았다.

"뭐랄까, 지금 보면 이 집의 앉은 모양새가 모든 것을 대변했던 것처럼 느껴지지 않아?"

이오카는 한쪽 눈썹을 찡그리면서 고개를 갸웃했다. 무슨 말인지 전혀 모르겠다는 표정이었다.

"그러니까 말이야…… 폭력단 두목이라는 건 칭찬받을 일은 아니지만, 그래도 가이토는 최선을 다해서 자기 역할을 수행하려고 했던 거잖아. 그런데 오히려 그 고지식함 때문에 자신을 궁지로 몰아서 자멸했어. 그런 건 사실 누구에게나 일어날 만한 일 아니야? 나도 히메카와 반이 해체된 다음 이때껏 필사적으로 살아남아서 본부로 복귀하려고 엄청 발버둥 쳤다고. 지금도 그런 의욕은 변함없어. 하지만 그 의욕이 눈 깜짝할 사이에 도리어 자신을 위협한다면…… 그거야말로 무서운 일이야."

자기도 모르는 사이에 나는 이래야 한다는 형태로 스스로를 몰아붙인다. 그 형태는 점점 더 두꺼워지고 더 무거워져서 스스로도 좀처럼 벗어나기 힘든 무거운 철갑옷이 된다. 더욱 무서운 것은 그렇게 변한 상태를 자신은 물론이고 제3자도 인식하지 못한다는 사실이다. 철갑옷은 애초에 자신의 머릿속에만 존재하는 것을.

목표를 갖고 그것을 달성하려고 한다. 그 자체만으로 훌륭하고, 모름지기 사람이란 그래야 한다고 레이코 자신도 생각했다. 그러나 그런 의욕이 자기도 모르는 사이에 자신의 정신과 육체를 괴사시키는 위험성이 있다고 한다면, 사람은 대체 무엇을 이정표 삼아 주어진 나날을 살아가야 할까. 최선을 다해야 한다. 하지만 노력이 지나치면 안 된다. 그렇다면 그 적정선은 어디까지를 한계로 보아야 할까. 다른 사람들은 그 적정선의 한계를 알까.

으음, 옆에서 이오카가 고개를 저었다.

"지는예, 레이코 주임님이랑 함께라면 본부든 관할 서든, 안 되믄 인사과든 감식과든 어데든지 상관없습니데이."

그렇다고 이런 인간을 인생의 모범으로 삼고 싶지는 않다.

이것은 당분간 풀리지 않는 문제로 남을 것이다.

개평

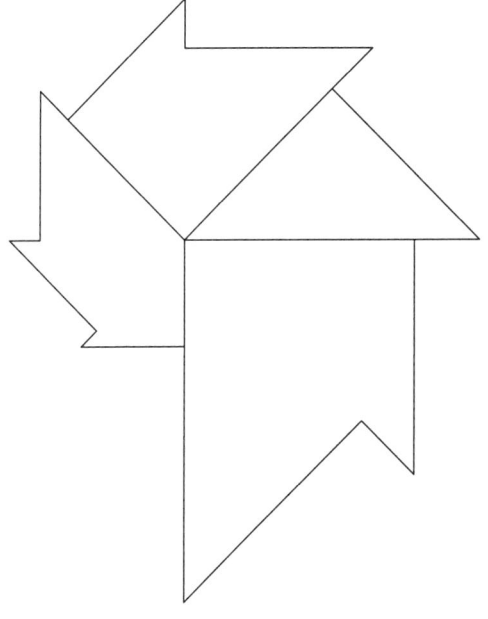

『호세키 더 미스터리 2 쇼세쓰호세키 특별 편집
(宝石 ザ ミステリー 2 小説宝石特別編集)』,
2012년 12월

무슨 큰일이라도 났나……? 레이코는 거의 남의 일처럼 생각하며 듣고 있었다.

이케부쿠로 경찰서 서장실이다. 레이코의 바로 맞은편에는 부서장 시오타 경정이 앉아 있었다.

"뭐, 우리도 히메카와 계장의 본부 이동을 기쁘게 생각합니다."

오른쪽에 마주 앉은 야마이 서장이 고개를 끄덕이며 뒷말을 이었다.

"내가 거들 필요도 없지만, 히메카와 계장은 물론 뛰어나고 우수한 수사관입니다. 본서 관내에서 발생한 이른바 '블루 머더' 사건 때는 사건 해결에 크게 공헌하고 추가 수사에서도 별건의 시체 유기 사건까지 해결했으니까요. 그런 실적과 수사 능력에는 조금도 의심할 여지가 없습니다. 그런데 말이죠, 이마이즈미 관리관."

레이코의 오른쪽 옆에 앉은 이마이즈미가 네, 하고 낮은 소리로 대답하며 물었다.

"무슨 문제라도 있습니까?"

"이번 인사에 조금 의문이 드는 건 역시 부정하기가 어렵군요."

"히메카와 계장이 본서에서 근무한 지 얼마나 됐습니까?"

야마이 서장이 갑자기 이쪽을 돌아볼 줄은 몰랐다.

오늘은 10월 8일.

"아, 네…… 1년 8개월 됐습니다."

"그 전에 본부 수사 1과에는 얼마나 있었나요?"

"4년하고 2개월이었을 겁니다."

"이마이즈미 관리관."

"네."

야마이가 헛기침을 한 번 했다.

"통상적으로는 본부에 배치된 지 5년이면 이동합니다. 다음 인사 때 본부로 배치된다면 그건 어쨌든 승진을 한 뒤에나 가능한 일이지요. 예외적으로는 다른 사람으로 교체하기 어려운 경우 적용하는 이른바 '승진 후 동일 기관 재임용'이라고 하던가요? 그렇게 본부에 배치된 상태로 승진하는 경우도 있기는 합니다만."

아마도 가쓰마타가 여기에 해당될 것이다. 뭐, 그 남자의 경우는 타인으로 교체하기 어려워서라기보다 상층부도 모종의 약점을 잡혀서 함부로 다루기 힘든 경우라는 쪽이 사실에 가까울 테지만.

"그러나 이마이즈미 관리관, 히메카와 계장 문제는 이 경우에도 해당하지 않는군요. 알고 있으리라 믿지만, 히메카와 계장은 지난번 경감 승진 시험 필기에서 불합격했어요. 총괄 경위 합격선조차 통과하지 못했습니다."

참으로 듣기가 거북하다.

복수 경위제를 채택하는 경시청에서는 경감과 경위 사이에 '5급직 경위'라는 특수 계급을 두고 있다. 구체적으로는 경감 시험에 합격하지는 못했으나 그에 가까운 성적을 올린 자를 5급직 경위에 임명한다. 그러나 현 상황에서 레이코는 여기에도 미치지 못했다. 본부 수사와 본서 당직을 휴일도 없이 날마다 반복하여 체력도 사고력도 다 빼앗겼다고 변명해본들 소용없었다. 어쨌든 레이코는 아직도 '조무래기 경위'였다.

야마이가 계속 이야기했다.

"히메카와 계장을 담당 경위 상태로 두고 본부로 재배치하면 어떨까요? 조금 억지스럽지 않을까 싶기도 한데."

또 네, 하며 이마이즈미가 깊이 머리를 숙였다.

"확실히 이번 인사가 이례적이기는 합니다. 그 점은 본부 인사라서…… 모쪼록 이해해주시기 바랍니다."

이해해 달라는 말이 오늘 벌써 세 번째인가, 네 번째인가.

야마이가 중얼거리며 고개를 갸웃거렸다.

"히메카와 계장이 본서에 배속될 당시 난 여기에 없었지만 꽤 돌발적인 이동이었다고 들었습니다."

"네, 맞습니다."

"그리고 이번에도 통상적인 인사와 전혀 다른 형태로 본부에 복귀한다는 건데…… 아까도 말했지만 히메카와 계장의 실무 능력에는 아무런 의문도 없어요. 아니, 그래서 나는 더 당부하고 싶어요. 히메카와 계장은 본서에서도 중요한 인재입니다. 가능하면 임기를 다 채워서 근무하면 좋겠어요. 하지만 그렇게는 안 될 테고, 내 개인적인 생각에는 아마 다음 승진까지는 가야 할 겁니다. 먼젓번 수사 1과 겸임 조치도 히메카와 계장이 승진할 때까지 적용한 잠정 조치였다고 나는 이해하고 있습니다. 말하자면 히메카와 계장 때문에 총괄 주임이라는 직위를 먼저 확보해두자는 배려였죠. 하지만 실제로는 승진 절차도 거치지 않고 갑자기 본부로 끌어갔다고 하더군요. 그건 난 도무지 이해가 가지 않습니다."

이 문제는 야마이의 말이 100퍼센트 옳다. 따라서 이마이즈미도 일절 반론을 제기하지 않는다. 반론을 제기하지 못한다.

"그 부분은 대단히 죄송하게 생각합니다. 하지만 이것은 인사 2과를 통한 정식 결정이었으니 부디 이해해주시기 바랍니다."

레이코가 경위 시험에 통과할 정도로만 성적을 올리면 아무 문제도 없는 일이었다. 그러나 지금 이마이즈미의 모습은 차마 눈 뜨고 보기 힘들 지경이었다. 흡사 물건을 훔친 딸 대신 점원에게 연신 머리를 조아리는 아버지 같다고 할까.

하지만 경위 승진 시험은 레이코의 예상에서 조금 빗나간 측면이 있었다.

결코 대놓고 떠들 일은 아니지만, 흔히 이름만 써도 통과한다 할 정도로 합격을 전제로 한 어떤 승진 시험도 있었다. 실제로 레이코도 그런 시험에 대한 이야기를 몇 번인가 들어봤다. 이번에 이마이즈미에게서 그렇게 분명한 이야기를 듣지는 않았지만 막연하게나마 나는 승진이 되겠거니 하고 레이코는 믿고 있었다. 그렇지 않다면 승진도 하지 않은 채 본부 겸임이라는 조치 자체가 애초에 납득하기 힘든 일이었다.

아마도 어딘가에서 일이 틀어진 듯했다. 적어도 5급직 정도는 합격시킬 예정이었는데 무슨 착오가 생겨 레이코는 승진 시험에서 깨끗이 미끄러졌다. 그럼에도 이마이즈미가 사방으로 손을 써서 자신을 어렵사리 본부에 붙여주었다는 이야기라고 레이코는 지금 해석해보았다.

야마이는 시종일관 못마땅한 표정이었지만 더 이상 이야기해봐야 소용없다고 생각한 모양이었다. 결국에는 고개를 끄덕여주었다.

"시오타 부서장이 말한 대로 본부 이동은 기본적으로 칭찬할 일입니다. 우리도, 뭐, 그럽시다. 웃는 얼굴로 히메카와 계장을 전출시키기로 하지요."

감사합니다, 레이코는 이마이즈미와 함께 머리를 숙였다.

그렇게 해서 이례적인 4자 회담이 끝났다.

"그럼 실례하겠습니다."

레이코는 이마이즈미와 서장실에서 나왔다. 정중하게 문을 닫고 복도를 걸어가면서 이마이즈미에게 물었다.

"저기, 관리관님, 저 정말 이대로 본부로 돌아가도 괜찮을까요?"

이마이즈미가 레이코를 보며 미간을 찌푸렸다.

"이제 와 무슨 소리야? 벌써 책상도 정리했잖아? 1과장도 본부에서 자네가 신고하기만 기다리고 있어. 괜찮으니까 따라와."

"네, 죄송해요."

둘이서 이케부쿠로 서 현관을 나왔다. 마침 해가 서서히 기우는 오후 4시. 가을이라고 부르기에는 아직 저녁 바람이 제법 더웠다.

눈앞에 보이는 첫 번째 모퉁이까지 걸어갔을 때 레이코는 발길을 멈추었다.

역시 본부로 돌아가기 전에 할 말은 해야 직성이 풀리겠다.

"관리관님, 이번 일은 정말…… 신세를 단단히 졌습니다. 드릴 말씀이 없습니다."

경례를 하지 않고 깊게 머리를 숙였다. 허리를 굽히니 이마이즈미의 발치만 1미터 앞에 보였다.

"그만둬, 히메카와. 이런 데서 뭐 하는 거야?"

"네."

고개를 들기는 했지만 아직은 이마이즈미를 똑바로 보기가 어려웠다

"죄송해요. 그래도 경찰서 안에서보다는 나을 거 같아서."

"애초에 이번 일은 내 뜻만도 아니었고, 물밑 작업도 필요 없었어."

그제야 레이코는 이마이즈미의 눈을 보았다.

"관리관님이 아니면 대체 누가……?"

"자네 본부 복귀를 가장 강하게 바란 사람은 나보다 와다 씨였어."

전직 수사 1과장, 와다 도루 총경. 2년 전에 발생한 폭력단원 흉기 살해 사건과 관련하여 제반 책임을 지고 돗토리 현 경찰로 좌천되었다. 와다는 그대로 올봄에 정년퇴임했다고 들었다.

와다 씨가 나를 위해서?

그렇게 생각하자 레이코는 가슴이 먹먹했다.

이마이즈미가 이야기를 계속했다.

"자네 본부 복귀는 말하자면 와다 씨의 작별 선물이야. 와다 씨는 그 사건 때 자네를 지켜주지 못했던 걸 무엇보다도 애석해 했어. 와다 씨가 누구를 만나서 조건으로 무엇을 받아들였는지, 그건 나도 몰라. 난 그저 와다 씨 지시에 따라 움직였을 뿐이야. 사실 난 아무것도 한 게 없어."

이마이즈미는 커다란 오른손으로 레이코의 어깨를 붙잡았다.

"히메카와, 자네가 지금 얼마나 사랑받고 있는지 명심하라고."

이런 나를 와다 씨가…….

당장이라도 그 자리에 주저앉고 싶었다. 무릎을 꿇고 머리를 조아리고 싶었다. 2년 전, 앞뒤 가리지 않고 자기주장만 앞세운 결과 레이코는 많은 사람을 다치게 했고, 잃기도 했다. 자신도 경시청 본부에서 임기를 마치기도 전에 쫓겨났다. 본래대로라면 본부에 복귀하고 싶다는 말은 입에 올릴 만한 입장도 아니었다. 하지만 그렇게밖에는 재기할 방법이 생각나지 않았다. 다시 한 번 수사 1과로 돌아가서 히메카와 반을 재구성하겠다, 그렇게 선언하는 것만이 자신을 지탱해주었다. 하지만 그마저도 와다가 도와주지 않았다면 실현 불가능한 일이었던 것이다.

그 사건으로 가장 크게 다친 사람은 다름 아닌 바로 와다였다. 자신은 지금에 이르러 와다에게 또 상처를 입히고 말았단 말인가. 희생을 강요했단 말인가.

"전, 와다 씨에게 뭐라고 인사를 드려야 좋을까요?"

이마이즈미가 손을 꽉 쥐었다.

"그걸 몰라서 물어? 당연히 다시 도전하는 것뿐이야. 주위에서 뭐라고 하든 상관 말고 한 번 더 시도해보라고. 그것 말고는 와다 씨에게 보답할 방법 같은 건 없어."

그래도 괜찮을까? 눈 딱 감고 내 뜻대로 해도 정말 괜찮을까? 그럴 리가 없다. 하지만 역시 와다 씨에게 은혜를 갚는 방법은 그 길밖에 없다.

"……고맙습니다. 저 이제 두 번 다시 같은 실수는 하지 않을 겁니다."

날이 저문 탓인지 문득 바람이 차갑게 느껴졌다.

그래도 이마이즈미의 손은 역시 따뜻했다.

1과장에게 부임 신고를 마치자 그 밖의 의식 절차는 따로 없이 레이코는 다음 날 아침부터 고가네이 서에 설치된 특수부에 배치되었다.

5층으로 올라가서 '누쿠이미나미초 자산가 강도 살인 사건 특별 수사본부'라고 적힌 종이가 붙어 있는 강당으로 들어갔다. 강당 안에는 벌써 40명 가까운 수사관이 모여 있었다.

"안녕하십니까."

레이코가 가장 먼저 시선을 둔 곳은 죽 늘어선 회의용 탁자 맨 앞줄이었다. 목표 대상은 가장 안쪽 창가 자리에 앉아 있었다.

저쪽에서도 레이코를 알아보고 일어섰다.

전 수사 1과 강력범 수사 2계, 별칭 '현장 자료반'에서 근무했던 하야시 히로미 경위. 일단 관할 서로 나갔다가 한 차례 승진한 뒤 총괄 주임으로 살인범 수사 11계에 배속되었다는 사실은 올해 여름쯤 들어서 알고 있었다.

10계 시절 레이코는 그에게 신세 진 면이 많았다. 겉보기에는 면사무소에나 있을 법한 사무원 같은 풍모를 가졌지만 그의 기억력과 분석력은 경시청 제일로 일컬어졌다. 그런 하야시를 레이코는 이마이즈미 다음으로 존경했다. 앞으로는 그가 레이코의 직속상관이었다.

"하야시 경위님, 오랜만에 뵙습니다. 잘 지내셨어요?"

"아니, 별로 잘 지내지 못했어. 자네도 알다시피 난 자료 팀 죽돌이였잖아. 그런 내가 이 나이에 수사 팀이라니. 너무 오랜만에 왔더니 역시 살인범 수사는 좀 힘들군. 아으……."

하야시가 몸을 쭉 늘이다가 레이코의 등 뒤를 건너다보았다.

"왔다, 왔어."

레이코도 덩달아 뒤를 돌아보았다. 때마침 강당으로 검은색 양복 차림의 한 남자가 들어오고 있었다. 필시 저 사람은 살인범 수사 11계장, 야마우치 아쓰히로 경감일 것이다.

하야시가 잰걸음으로 그에게 다가갔다. 레이코도 이내 뒤를 따랐다. 하야시가 고개를 숙여 인사하자 레이코도 따라서 그 남자에게 고개를 숙였다.

"안녕하십니까, 계장님. 지금 막……."

레이코는 자기가 먼저 앞으로 나섰다.

"오늘부로 형사부 수사 1과 살인범 수사 11계 근무를 명받은 히메카와 레이코 경위입니다. 잘 부탁드립니다."

15도 각도로 몸을 숙여 인사한 다음 바로 섰다.

야마우치는 몸집이 작은 남자였다. 머리가 조금 벗겨졌고 눈꼬리가 약간 처져서 언뜻 보기에도 서글서글한 인상을 주었다.

하지만 사람 속이 어떤지는 귀신도 모르는 일이다.

"아, 히메카와 주임이군. 야마우치다. 수고 많이 해주게."

간단히 인사를 주고받은 뒤 야마우치는 지휘부석 안쪽으로 가서 가운데 자리에 앉았다. 그 후로는 이쪽으로 눈길도 주지 않았다. 사실상 무시나 다름없는 반응이었다. 하야시가 다시 움직이자 레이코는 또 한 번 야마우치에게 머리를 숙여 인사한 뒤 서둘러 하야시를 쫓아갔다.

두 줄로 늘어선 회의용 탁자에서 창가 쪽 자리. 하야시가 손짓을 하며 부르자 수사관 세 명이 네, 하고 대답하며 자리에서 일어섰다. 40대인 듯하고 시큰둥한 표정의 남성과 그보다는 나이가 많아 보이는 여성, 또 한 명은 레이코와 같은 연배의 키가 큰 남성이었다.

하야시 앞에 세 사람이 나란히 섰다.

"소개하지. 우리 팀에서 이번 특수부에 합류한 사람은 나하고 이 세 사람이야. 그래서 자네가 빨리 와주기를 바랐던 건데…… 어쨌든 가장 노련한 쪽부터 소개할까? 히노 도시미 경사. 이쪽은 새로 담당 주임이 된 히메카와 레이코 경위."

계원 명부는 이마이즈미에게 받아 봐서 금방 기억이 났다. 히노 도시미, 53세. 레이코를 제외하면 유일한 여성 수사관이다. 결코 미인은 아니나 뭐라고 하면 좋을까, 쇼와 시절의 복고풍 미인으로 성숙한 여성 고유의 요염함이 느껴졌다.

"히노예요. 잘 부탁해요."

"히메카와입니다. 저야말로 잘 부탁드립니다."

"저쪽은 나카마쓰 신야 경사."

시큰둥한 표정의 남자. 계원 명부에 나이는 47세라고 써 있었다.

"나카마쓰입니다."

"히메카와예요."

"그리고 저쪽은 오바타 고이치 경사. 우리 팀에서는 세 번째로 젊을걸."

하야시 말대로 오바타는 32세. 레이코보다 한 살 아래다. 제법 미남이기는 한데 선이 좀 가늘었다. 머리는 좋아 보였지만 늠름한 구석이 없었다. 게다가 눈매가 조금 사나웠다. 솔직히 말해서 세 사람 가운데 인상이 가장 나빴다.

"오바타입니다."

"히메카와예요. 잘 부탁해요."

하야시가 다시 레이코 쪽을 보았다.

"사실상 이 인원이 신생 히메카와 반의 멤버로군."

"네? 아니, 그런 게 어디 있어요?"

영 못마땅하다. 겨우 이런 아주머니, 아저씨, 도끼눈의 애송이라니.

"여기는 하야시 경위님이 총괄이니까 하야시 반이죠."

"아니, 아니, 난 이제 틀렸어. 이것도 계장님한테 빨리 특수부에 투입해달라고 부탁해서 겨우 꾸린 거야. 그것도 자네가 어서 와주기를 바란 이유 중 하나였지만."

솔직히 자신에게 이렇게 의지하면 악감정이 생기려다가도 사라진다. 새로운 부하들의 차가운 시선은 결코 유쾌하지 않다. 하지만 그마저도 빨리 이들을 내 사람으로 만들자는 마음으로 바꿔 생각하면 스스로를 분발하게 하는 하나의 원동력이 된다.

하지만 결정적으로 참기 힘든 것이 있었다.

"레이코 주임님예."

듣자마자 순간적으로 온몸 구석구석까지 오한이 들었다.

이오카, 네 녀석이 왜 이런 데까지 나타나는 거야?

"아이고, 죄송합니데이, 조금 지나갈게예. 실례합니데이. 보이소, 주임님! 이오카 히로미쓰가 이렇게 응원하러 왔다 아입니까. 지밖에 없지요? 제가 없으면 레이코짱도 실력 발휘를 제대로 못 한다 아입니꺼, 주임님!"

무서워서 돌아볼 엄두가 나지 않았다. 그러나 하야시를 포함한 네 사람의 안색이 변하는 것도 보고 있기가 괴로웠다.

"하야시 씨, 일단 지금까지 수집된 자료부터 주세요."

"응? 아, 그렇지!"

"레이코 주임님, 주임님!"

"가능하면 보충 설명도 부탁드려요."

"그럼, 물론이지."

"아, 주임님! 여기 좀 봐주세요, 레이코 주임님! 아따, 마, 주임님!"

아우, 시끄러워!

특수부가 설치된 지 벌써 나흘이 지났다. 하야시가 건네준 자료와 보충 설명으로 대강 사건 내용은 파악했다. 아침 회의 내용도 충분히 이해했다.

"일단 약속이니까 얘기나 들어보자고. 네가 왜 여기 있는 거야? 어떻게 내 옆에 당연하다는 듯 앉아 있느냐고?"

"다 알면서, 뭘 또 묻고 그라십니까. 사랑합니데이."

피해자는 야마지 게이조, 74세. 첨부된 스냅 사진만 보면 풍채도 좋고 인품도 좋아 보이는 노인이었다.

살해 현장은 고가네이 시 누쿠이미나미초 1가 ××에 위치한 자택. 부지면적이 약 400평이나 되는 대저택이었다. 시체 발견은 엿새 전인 10월 3일 오전 7시경. 신고 시각은 7시 12분. 사망 시각은 전날 밤 11시부터 오전 2시 사이. 1차 발견자는 시중을 들어주던 가정부 바바 노리코, 51세. 피해자의 아내는 3년 전 타계, 따로 사는 외아들이 있다. 아들은 요코하마에서 레스토랑을 경영하며 자택은 요코하마 시 미도리 구에 있다. 바바 노리코도 출퇴근을 하므로 피해자에게 동거인은 없었다.

"너도 겸임은 해제되었다고 이마이즈미 계장님께 듣기는 했는데."

"맞십니더. 그 시체 유기 사건 후에 바로 해제됐어예."

피해자는 식칼 같은 예리한 칼날로 난도질당했다. 바바 노리코에 따르면 주방에 있던 식칼이 사용되거나 분실된 흔적은 없다고 했다. 따라서 범인은 미리 흉기를 준비해서 야마지의 저택에 침입해 범행에 이르렀다고 여겨진다. 동측 바깥 담장을 넘어서 부지로 침입했다. 북측 중앙에 설치된 내부 현관을 지나 건물 안으로 들어왔다. 내부 현관문은 쇠지레 같은 것으로 땄다. 살해에 사용된 칼날과 침입에 사용된 도구 모두 현장에서는 발견되지 않았다.

"겸임도 해제됐는데 여긴 왜 왔어?"

"제가 미타카 서 소속이잖아예. 특수부가 꾸려졌다는데 의리의 싸나이 이오카 히로미쓰, 당연히 응원하러 와야지요."

야마지 저택은 단층집이었다. 다섯 평 정도의 일본식 방이 한 칸, 역시 다섯 평 정도의 방이 네 칸, 네 평 정도의 방이 한 칸 있었고, 이들은 양실이었다. 그 밖에 주방 겸 식당과 널찍한 현관 홀, 크고 작은 다용도실이 세 칸, 욕실과 세면실, 화장실이 두 칸씩 있었다. 그리고 피해자는 침실로 쓰던 약 여섯 평 크기의 다다미방에서 사망했다. 습격을 받은 장소도 그 다다미방으로 추측되었다.

"그럼 왜 좀 더 일찍 안 왔어? 오늘로 벌써 닷새째라고."

"글쎄예, 왜 이리 됐을까예. 저도 모르겠는데예."

시체 검안서에 따르면 사인은 출혈성 쇼크사. 자상과 절상이 안면에 세 군데, 목덜미에 두 군데, 가슴에 여섯 군데, 양쪽 팔에 열일곱 군데, 복부에 여덟 군데, 등에 세 군데. 총 서른아홉 군데에 상처를 입었다. 하반신에는 멍과 찰과상은 있지만 칼에 찔린 외상은 없었다. 피해자는 범행을 당할 때 실내에서 도망쳐 다녔고, 출혈로 서서히 체력을 잃어서 죽음에 이르렀다고 짐작되었다. 심장을 한 군데 찔렸든지, 등 쪽에 있는 동맥에서 대량 출혈이 생겨 그것이 사인이 되었을 것이다. 현장 사진으로 보면 이불이며 벽, 다다미 바닥까지 피투성이였다.

"처음에 왔더라면 다른 수사관과 조를 짰을 거 아냐. 하필 왜 내 부임 첫날……."

"맞아예. 우째 이리 날짜도 딱 맞게 파견이 됐는지. 레이코 주임님이랑 만날 운명이라 캐도 과언이 아닌 기라요."

74세 노인을 죽이면서 서른아홉 곳에 칼질을 하다니. 아무리 봐도 아마추어의 솜씨다. 적어도 폭력에 도가 튼 사람이 한 짓은 아니다. 하지만 이 사건에서 특기할 점은 살해 방법이 아니다. 오히려 야마지 게이조라는 남자의 경제 상태, 또는 자산 관리 방법에 있을 것이다.

지금까지 현장검증을 해본 결과 야마지 저택에는 총액 3억

2천만 엔에 가까운 현금이 있다는 사실을 알아냈다. 그 돈은 종이 상자에 담긴 채 몇 개의 방에 나뉘어 보관되고 있었다. 일부는 복도에도 놓여 있었다. 이 돈에 대해서는 바바 노리코에게도 확인했는데 대체 전부 얼마의 현금이 있는지는 그녀도 모른다고 했다. 바꿔 말하면 얼마를 도난당했는지도 모른다는 뜻이다.

"이오카…… 혹시 인사과 누구의 약점이라도 잡았나?"

"네? 그건 또 무슨 소립니꺼?"

여기서부터는 지금까지 작성된 수사 보고서를 대충 훑어본 레이코의 추론이다.

바바 노리코의 신고를 받고 현장에 출동한 고가네이 서 형사조직범죄 대책부 수사관은 거액의 현금이 현장 안에 남겨져 있는 상황을 파악한 시점에서 사안을 강도 살인 사건이라고 판단했다. 이는 누구라도, 레이코여도 그렇게 판단했을 일이다. 범인은 야마지 저택에 거액의 현금이 있다는 점을 아는 사람, 집안 사정에 밝은 관계자, 지인일 가능성이 높다. 이 단계에서는 바바 노리코 본인은 물론이고 그녀의 주변인도 당연히 수사 범위에 들어간다.

"나 이제 이오카하고 같은 조 하기 싫어."

"뭐라고예? 아하, 이런. 주임님이 지금 저를 단순히 수사 파트너로만은 보지 못하겠다, 이런 말씀이지예? 그 맴 잘 알겠십니데이."

그러나 그저께 10월 7일, 일요일쯤부터 수사 방향이 이상하게 꼬이기 시작했다.

피해자 야마지 게이조는 남과 어울리기를 극단적으로 싫어한 사람이었다. 동네 안에서는 물론이고 이웃과의 교류도 전혀 없었다. 야마지 가문은 대대로 지주 집안으로, 현재 자산 총액은 120억 엔이 넘었다. 시내에 건물을 여러 채 소유하고 있었고, 수입은 100퍼센트 부동산에서 들어왔다. 피해자는 나이 일흔넷 평생을 살면서 단 한 번도 일하러 나간 적이 없었고, 사업에 손을 댄 적도 없었다. 따라서 대인 관계는 아예 없는 셈이나 마찬가지였다.

아무리 그렇더라도 이해가 가지 않았다. 부동산 업자, 계약을 했던 임차인, 금융기관, 변호사나 회계사 따위는 상대하지 않았을까 생각했는데 그런 관계자도 한 달에 한두 명 찾아오는 정도였다. 그것도 현관 왼편에 있는 약 네 평 크기의 양실에서 만났고, 용무가 끝나면 바로 돌려보냈다고 했다.

"일할 때 아니면 얼굴도 보기 싫어."

"하이고, 레이코 주임님은 시도 때도 없이 이렇게 직구를 날리신다니까. 마, 이제는 저의 이 남자다운 몸매에 자꾸 눈길이 간다, 이거 아닙니꺼? 참말로."

초동수사 단계에서는 현장 주변 탐문보다는 피해자 주변인 조사에 인원을 더 할애한다. 그런데 그렇게 중요한 주변인이 몇 명 없었다. 바바 노리코에게 얻어낸 정보를 토대로 피해자의 주변 인물 목록을 만들어 조사했으리라 생각했다. 그런데 그 목록으로는 사흘도 가지 않아서 더 이상 접촉할 인물이 없었다. 게다가 대부분 알리바이가 있었다. 집안 사정에 밝은 자가 저지른 범행이라는 가정은 서서히 힘을 잃어갔다. 이런 상황이 앞으로도 계속된다면 초동수사 방침 자체에 문제가 있었다는 말이 나오기 쉬웠다.

그러던 중 오늘 아침 유력한 정보가 새롭게 떠올랐다.

보고자는 눈빛 사나운 오바타 경사였다.

"바바 노리코가 집안일을 마치고 퇴근한 뒤에 피해자가 혼자서 외출한 적이 있다는 점은 지난번 현장 탐문 보고에도 있었습니다만, 그 목적지로 추측되는 가게 중 하나를 찾아내서 보고드립니다."

야마지가 혼자 외출했다는 현장 탐문 보고라니?

6월 초, 밤 11시경 도하치 도로 쪽으로 걸어가는 그를 보았다.

9월 중순, 밤 10시경 같은 도하치 도로에서 고가네이 미나미나카니시 교차로에서 신호를 기다리는 모습을 보았다.

이 두 건 말인가? 두 번 다 가벼운 차림이었다는 내용이 덧붙여져 있었다.

"피해자가 신호를 기다릴 때 가던 방향에서 도하치 도로를 따라 동쪽으로 갔다고 여겨지며, 도보로 이동했다는 점에서 그리 멀리 가지는 않았으리라 판단됩니다. 그리고 주위에서 탐문한바, 마에하라초 4가 11-×에 있는 '도모코'라는 가게의 단골이었다는 사실을 알아냈습니다."

오바타. 눈초리는 사납지만 실력이 제법인걸!

상석에 있는 야마우치가 질문했다.

"무슨 가게인가?"

"속칭 '스낵'이라는 곳입니다. 마담과 여자 아르바이트 직원 한 명밖에 없는 작은 가게입니다. 다섯 명이 앉을 수 있는 카운터 바와 작은 테이블 두 개가 있어서 열 명만 앉아도 자리가 꽉 찰 만큼 규모가 작습니다. 그 근처에 5년쯤 전부터 외국인 대상의 일본어 학교가 생겼는데, 어머니의 손맛이라고 해야 하나, 마담이 손수 만드는 요리를 먹으러 외국인 유학생이 의외로 많이 찾아오는 모양입니다. 실제로 어젯밤에 아르바이트하러 온 여자도 필리핀 사람이었습니다. 그 사람은 유학생이 아니라고 했지만요."

그 필리핀 사람의 비자 문제도 이 생활안전과에 확인해 둘 필요가 있다.

오바타가 보고를 계속했다.

"피해자는 이 가게에 많으면 일주일에 두세 번, 적어도 일주일에 한 번은 찾아왔던 모양입니다. 물론 손님은 외국인만이 아니라 인근 주민이나 회사원도 적지 않아서 손님이 다양해 보였습니다. 주위에 비슷한 가게가 없다는 점도 유리한 조건일 겁니다. 단독주택을 개조해서 만든 가게 규모치고는 꽤 잘되는 편이었습니다."

야마우치는 오바타의 얼굴을 물끄러미 쳐다보며 물었다.

"피해자가 그 가게를 찾아갔을 때 모습 말인데…… 피해자가 사람 사귀기를 싫어했다는 지금까지의 보고와 다르게 이 가게에 있을 때는 꽤 유쾌하게 행동했나 보지? 마담을 '도모짱'이라고 불렀고, 가게에는 늘 자기 전용 양주를 맡겨두었고…… 그리고 이게 정말로 문제 발언인데, 피해자는 취하면 종종 돈 얘기를 했다고? 내 집에는 현금이 가득하다, 복도에까지 흘러넘친다, 밤에 화장실에 갈 때 어두워서 지폐 다발을 밟은 적도 있다……. 어쩌면 피해자는 마담에게 마음이 있어서 그녀의 관심을 끌 목적으로 한 말이었는데, 그 얘기가 다른 손님의 귀에도 들어갔을 가능성이 높아 보이는군."

고가네이 서의 형사과장이 질문했다.

"마담의 이름은?"

"아, 실수로 빠뜨렸습니다. 다베 나루미, 48세. 밭 다(田)에 떼베(部), 이룰 나루(成), 열매 미(實)를 씁니다. 가게 2층이 자택이라 주소는 가게와 동일합니다. 독신으로 혼자 삽니다."

야마우치가 고개를 끄덕였다.

"다베 나루미의 고객 목록을 작성해봐. 서둘러서. 필리핀 여자 종업원도 조사하고. 남자가 있으면 그 사람의 교우 관계도 빼놓지 말고."

"네, 알겠습니다. 보고는 이상입니다."

그 후에도 몇 사람이 더 일어나서 보고했고, 마지막에는 수사 범위 변경에 대하여 야마우치가 설명했다.

"오늘부터 하야시 총괄이 데스크에 합류한다. 어제까지 담당했던 업무는 신임 히메카와 주임이 인수인계하도록. 다음, 1구 현장 탐문조가 2구도 같이 담당한다. 3구 현장 탐문조는 4구까지 맡고. 원래 2구와 4구 담당이었던 조는 오바타 경사가 스낵바의 손님 목록을 작성하는 대로 조사에 착수하도록. 피해자 주변인 탐문, 부동산 담당은……."

보고서로 판단하건대 하야시가 맡은 일은 피해자와 임대차 계약을 맺은 임차인 관계 조사였다. 오늘부터 레이코와 이오카가 그 업무를 담당하는 것이다.

회의가 끝난 후 인수인계를 위해 하야시와 이야기했다.
"역시 피해자는 임대인과도 별로 교류가 없었나요?"
"별로 없다고 해야 할지. 집을 빌리는 쪽에서 보면 별다른 인상은 없나 보더라고. 원체 오래된 임차인이 많아서 말이야. 그런 사람들은 계약이나 갱신 때 말고는 얼굴 마주칠 일이 없다더군. 그것도 중개업자가 끼니까 임차인이 주인과 직접 거래하는 경우는 거의 없나 봐."
"그래요? 그렇군요."
"응, 그런가 봐."
하야시가 이미 조사한 바에 따르면 아직 갈 길이 멀었다. 무언가 사정을 알 듯 말 듯 한 부분도 있었고, 도통 이해가 가지 않는 부분도 있었다. 하나하나 점검해야 한다.
"알겠습니다. 그럼 이거 갖고 돌아볼게요."
"그래, 수고해. 근데 말이야. 내 심증은 너무 믿지 마. 어쨌든 현장 활동은 워낙 오랜만이라서."
"네, 알겠습니다. 이오카, 가지."
"알겠심더!"
그래도 그렇지. 피해자가 술집에서 나는 부자다, 집에는 돈이

발에 차일 만큼 많다고 떠벌였다는 정보가 올라온 날부터 임차인 조사라니, 지지리 복도 없다. 아무리 생각해도 혐의를 둔다면 외국인 쪽이 확실해 보였다.

일본에 유학 와서 그대로 불법체류자로 주저앉는 외국인은 드물지 않다. 체류 자격이 없는 그들이 제대로 된 직장에 취업할 수 있을 리 만무하고, 그러니 범죄로 빠져드는 경향이 날로 심각해지고 있다. 가령 그런 입장에 처한 사람이 저 스낵바에 찾아와서 피해자의 이야기를 들었다면 어떻게 했을까.

아마도 가게에서 나간 피해자를 뒤따라갔을 것이다. 상대는 일흔네 살의 노인이다.

눈앞에서 놓칠 리가 없다. 마침내 피해자가 길고 긴 담장으로 둘러싸인 대저택으로 들어간다. 가옥은 단층집이라 밖에서는 어디까지 보이는지 알 길이 없다. 만약 보였다면 창은 새카맣게 어두웠을 것이다. 집에 사람이 별로 없든지, 사람이 살지 않는 집으로 여겼을지도 모른다.

칼과 쇠파이프 형태의 도구를 지니고 있었다는 점으로 짐작하건대, 즉석에서 밀고 들어갔다고 보기는 어려웠다. 범인은 몇 번씩 사전 조사를 하고, 충분한 계획을 세워서 다음 범행에 나섰다고 추측되었다.

"레이코 주임님, 어디서부터 시작할까예?"

"그러게…… 어디서부터 해야 좋을까."

야마지의 호언장담을 들은 사람이 직접 범행에 나섰다는 추측은 지나치게 단순한 생각이었다. 하지만 누군가가 야마지의 이야기를 듣고는 그것을 다른 사람에게 옮기면서 말 전하기 게임처럼 외국인 동료 사이에 퍼졌고, 그중 누군가가 범행에 이르렀다면…… 범인을 색출하기란 사막에서 바늘 찾기다.

"제일 가까운 데부터 가볼까예?"

"그러지."

이오카가 적당히 제안한 대로 하야시가 아직 탐문하지 않은 임차인을 고가네이 서에서 가까운 순서대로 찾아갔다.

"죄송합니다. 실례하겠습니다. 경시청에서 나왔습니다."

셋집은 단독주택일 경우도 있었고, 공장이나 점포를 운영하는 경우도 있었다. 빌린 땅에 아파트를 세워서 임대하는 사람이나 월정액 주차장을 운영하는 사람도 있었다.

"아, 집주인이 살해되었다는 사건이군요. 저도 그 얘기를 들으니 바로 알겠더라고요. 그 사람이 이 집 주인이거든요."

이 남자는 세탁소 주인이다. 우둥퉁 살이 쪘지만 보기와 다르게 움직임이 날렵하다. 꽤 빠릿빠릿한 일꾼 같다.

"집주인과 만난 적은 별로 없으세요?"

"만나요? 만난 적은 없어요. 뭐, 이 집을 처음에 빌린 게 벌써 30년…… 아니지, 45년 전인가? 두 번째 빌린 지가 20년 됐으니 한 번 재계약했군요. 벌써 15년이나 지났네. 세월 참 빠르다. 이제 5년만 있으면 계약을 또 해야겠구나, 생각했죠."

"그사이에 주인과 만나거나 한 적은 없으셨어요?"

"없어요. 보세요. 여기서 조금 멀기도 하고."

이곳은 누쿠이미나미초 2가. 야마지 저택까지 걸어가면 아마

10분쯤 걸릴 듯한 거리였다. 별로 멀게 느껴지지는 않지만 볼일도 없는데 일부러 찾아갈 만큼 가까운 거리도 아니었다.

"집주인에 대해서 뭐 알고 계신 것 없나요? 친하게 지내는 분이라든지, 무슨 취미가 있는지 같은 거요."

"아니요, 몰라요. 사실 40년 넘게 지나는 동안 두세 번밖에 만난 적이 없어요. 지대는 달마다 은행으로 송금하니까요. 대개는 부동산 중개인이 대신하거든요. 형사님도 알죠? 도코 부동산이라고."

야마지의 부동산 관계는 히노 조가 중심이 되어 조사했다. 도코 부동산도 보고서에 있던 이름이었다. 어차피 레이코의 소관 밖이었다.

"네, 역시 도코 씨가 이쪽 중개도 하셨군요?"

"그래요. 우리 집은 쭉 그 부동산하고 거래했어요."

그렇게 해서 첫날 마지막으로 찾아간 곳이 이즈미장(莊)이라는 오래된 목조 빌라였다. 임차인은 와키자와 기누코, 71세. 101호실에 살며 자신이 건물 관리인도 겸하고 있다고 했다.

"여기도…… 쇼와 때 분위기가 물씬 나네."

"쉿!"

길에서 보니 바로 앞이 101호실이었다. 현관 옆 창문에서 불빛이 보였으므로 집에 사람이 있다고 판단했다.

레이코는 문틀 옆에 붙어 있는 낡은 캡슐 모양의 초인종을 눌렀다. 바로 응답이 흘러나왔다.

"네, 누구세요?"

방문객이 별로 없나? 약간 겁먹은 듯한 목소리, 수상쩍어하는 느낌이었다.

"실례합니다. 경시청에서 나왔는데요."

문 너머에서 마룻바닥 울리는 소리가 들렸다. 콘크리트 바닥에 밑창이 쓸리는 소리도 났다. 그리고 잠금장치가 열렸다.

"누구세요?"

얼굴을 내민 사람은 아름다운 은발을 한 자그마한 체구의 나이 든 여성이었다. 발이 야위어서인지 아니면 조금 장애가 있는 건지 몸을 지탱하려고 왼손으로 문틀을 꽉 잡고 있었다.

"실례합니다. 전 경시청의 히메카와라고 합니다. 와키자와 기누코 씨 맞으세요?"

"네, 그런데요?"

"아시겠지만 여기 땅의 지주분 사건으로 몇 가지 여쭈려고 찾아왔어요."

자연스럽게 집 안을 들여다보았다. 들어가자마자 주방이 있었고 안쪽에는 약 네 평의 크기의 다다미방이 있었다. 그 너머에는 창이 있었지만 아마도 단칸방인 듯했다. 바닥에는 닳아빠진 펌프스와 스니커즈가 한 켤레씩. 혼자 산다는 보고는 맞는 듯했다. 지팡이 두 개가 신발장에 걸려 있었다.

와키자와 기누코는 에휴, 하고 한숨을 쉬더니 고개를 끄덕였다.

"그분…… 맞아요. 뉴스하고 신문에서 봐서, 알고 있어요."

"누구 다른 사람한테 직접 들으신 얘기는 없으세요?"

"아니요…… 그런 일은, 별로 없어요."

뭐지? 이상하게 더듬더듬 대답했다. 다 저녁에 갑자기 경찰이 찾아와서 기분이 언짢다면 그것은 이해가 가지만 이야기가 자연스럽지 못하게 툭 툭 끊기는 느낌이었다.

"그래요? 평소에 야마지 게이조 씨와 만날 기회는 없으셨나요?"

"아니요. 그것도…… 특별히는."

"실례지만 이 집은 토지를 야마지 씨에게 빌리신 거죠?"

"뭐요?"

귀가 어두운 것 같진 않은데 왜 방금 질문을 놓쳤을까?

"저기, 다른 집들도 이렇게 찾아다니고 있는데요. 토지와 건물 둘 다 야마지 씨에게 빌린 경우하고, 토지만 빌린 다음 나중에 직접 건물을 올린 경우가 있다고 들었거든요. 이 집은 어떤 경우인가 해서요."

"아, 네…… 그건, 맞아요."

"땅만 야마지 씨에게 빌리셨나요?"

"그래요. 땅만, 빌렸어요."

초인종을 누르기 전에 한차례 확인했지만 건물 모양을 다시 획 둘러보았다.

"여긴 전부 여덟 세대 맞죠?"

"아, 네…… 여덟 세대…… 맞아요."

"다 사람이 사나요? 빈집은 없나요?"

"아, 저기…… 지금 사람이 사는 데는 세 집이에요, 세 집."

"와키자와 씨하고 다른 두 집인가요?"

"아니요. 우리 집 말고 세 집…… 그러니까, 우리 집까지 하면

네 집이네요. 나머지 네 집은, 비어 있어요."

　임대계약을 한 곳은 실제로 일곱 세대. 거기서 네 집이 공실이라면 주인 입장에서는 속 터지는 일이다. 하지만 그것도 별도리가 없는가 보다. 이오카도 아닌데 건물이 폭삭 썩었다. 기와지붕은 무슨 가루라도 날린 듯이 희뿌옇고, 분무식 도장을 한 외벽도 곰팡이가 피어 시커멓다. 지붕의 빗물받이도 자세히 보면 물림쇠가 벗겨져 조금 기울어졌다. 무엇보다 먼저 이런 집이라면 젊은 사람은 아예 들어올 생각을 하지 않을 것이다. 노인도 설비가 좀 더 튼튼한 집을 좋아할 게 당연하다.

"이 집은 지은 지 몇 년이나 됐나요?"

"……네?"

　또 이러네. 사람 말에 집중 좀 해주세요.

"지은 지 몇 년쯤 지났나요?"

"아, 그게…… 40년쯤일까요?"

　보기에도 그런 느낌이다.

"토지는 몇 년 계약하셨죠?"

"지금은…… 20년요."

　그러고 보니 아까 세탁소도 계약 연수가 20년이라고 했다. 토지 임대계약은 그 정도가 상례인가?

　갑자기 와키자와 기누코가 집 안에 신경을 쓰는 듯한 기색이 보였다.

"저기…… 제가 지금 살 게 있어서 나가봐야 하는데요."

　곧 저녁 5시.

"아유, 죄송해요. 바쁘신데 협조해주셔서 감사합니다. 또 뭔가 여쭤볼 얘기가 있을 것 같은데, 그때도 꼭 협조 부탁드려요."

"네네……."

"그럼 안녕히 계세요."

와키자와 기누코는 몸을 움츠리며 허리를 굽혀 인사하면서 문손잡이에 손을 뻗었다. 그러면서도 왼손은 문틀에서 떼지 않았다. 역시 발이 조금 불편한 모양이었다.

레이코와 이오카는 문이 다 닫힐 때까지 지켜본 다음 돌아섰다.

지나가면서 우편함을 확인했다. 101호가 와키자와, 105호가 와타나베, 201호가 요시다, 205호가 이와타라고 표시되어 있었다. 집 호수에 4를 사용하지 않는 점도 이 빌라가 낡았다는 상징처럼 느껴졌다.

이즈미장에서 10미터쯤 떨어진 곳에서 이오카가 중얼거렸다.

"저 할매, 거동이 좀 불편해 보이는구만."

오호, 제법이네!

"역시 이오카도 그렇게 보였어?"

"아, 네. 별로 나쁜 사람 같지는 않은데 뭐라고 해야 하나, 뒤가 구린 게 있나. 큼큼 뭔가 냄새가 나네요, 냄새가."

이오카는 아주 드물기는 하지만 이렇게 예리할 때가 있었다.

인간으로서든 남자로서든 받아들이기 힘든 사람이지만 사건 수사관으로서는 이따금 강력하게 동의하고 싶어질 때가 있었다. 게다가 아주 흔치 않은 일인데 레이코가 놓친 점을 나중에 슬쩍 짚어주었던 적도 과거에 있었다.

그것이 레이코에게는 개인적으로 괘씸한 면이었지만.

다음 날도 아침부터 임차인 조사를 시작했다. 레이코는 두 군데를 돌고 난 뒤 이오카에게 방향 전환을 선언했다.

알이 굵은 사탕을 입에 물고 있어서 뺨이 불룩한 이오카가 고개를 갸웃했다.

"방향 전환요? 그기 뭔데요?"

"부동산에 가봐야겠어."

그러자 이오카는 눈동자가 쏟아질 정도로 두 눈이 휘둥그레졌다. 저러다 눈에서 사탕이 굴러떨어지면 그것도 재미있을지 모르겠다.

"어쩌려고 그랍니까, 그거는 안 됩니다. 부동산 관계는 히노 아지매가 맡았다 아입니까."

"왜? 히노 씨가 무서워?"

"아니, 무서운 게 아이고. 마, 그렇잖아요. 그 아지매 성질 잘못 건드리면 감당 못 할 겁니데이."

"괜찮아. 수사 목록에 없는 가게로 갈 거니까."

이오카는 계속 중얼중얼 말이 많았지만 레이코는 신경 쓰지 않고 택시를 잡아탔다.

"무사시코가네이 역으로 가주세요."

"레이코쨩, 안으로 좀 들어가 주이소. 내만 비좁구먼."

이제 가려고 하는 곳은 이전에도 찾아간 적이 있는 나카타 부동산이었다. 주소가 고가네이 시 혼마치 5가여서 야마지 저택에서나 고가네이 역에서나 별로 멀지 않았다. 자동차로는 10분이면 도착하는 거리였다. 그런데도 무슨 이유인지 수사 자료에 나카타 부동산의 이름은 없었다. 확인 대상에서 누락됐는지, 아니면 야마지 게이조의 부동산을 취급한 실적이 없어서 조사 목록에서 빠졌는지, 그 점은 레이코도 모르는 일이었다. 그것이 오히려 잘된 일이었다. 부동산 업계는 일원화된 네트워크로 연결되어 있었다. 공실 검색 정도라면 어느 부동산에서든 가능했다. 그렇다면 한 번 찾아간 적도 있으니 이왕이면 협조해줄 법한 곳으로 가는 것이 나았다.

"레이코 주임님, 사탕 하나 드실랍니까?"

"안 먹는다니까 그러네. 그보다, 언제까지 우물거릴 거야? 정말 못 봐주겠네."

전에 왔을 때에 비하면 무사시고가네이 역 주변 모습이 꽤 달라져 있었다.

"기사님, 다음 신호기가 있는 교차로에서 내려주세요."

"알겠습니다."

역 주변을 벗어난 곳의 거리 풍경은 거의 그때 그대로였다.

"이쯤에서 세울까요?"

"네, 내려주세요."

레이코는 요금을 지불하고 잔돈과 영수증을 챙겼다. 사탕을 우물거리는 이오카를 밖으로 밀면서 차에서 내렸다.

유한회사 나카타 부동산. 출입구에 처져 있는 파란 차양 막도 그때와 같았다.

"실례합니다."

"어서 오세요. 어? 히메카와 씨!"

들어가자마자 바로 보이는 카운터에 있던 사장 나카타 도시히데는 역시 레이코를 기억했다. 예상이 적중했다.

"잘 지내셨어요? 저기, 지금 시간 괜찮으세요?"

"네, 괜찮아요. 어서 앉으세요."

나카타는 미소를 지으며 의자를 권하면서도 눈으로는 탐색하듯 이오카를 훑어보았다. 그럴 리는 없겠지만 혹시 둘이서 살 집을 찾으러 왔나 하고 착각하게 만든다면 그것도 큰일이다.

"또 수사 때문에요. 당최 이해가 안 가는 일이 생겼거든요. 이쪽은 지금 저와 함께 움직이는 이오카 경사예요."

이오카가 말없이 고개만 꾸뻑 했다. 나카타가 괜찮은 남자라 기분이 언짢은가, 아니면 사탕을 물고 있어 말하기 어려운가?

그에 비해 나카타는 참으로 시원시원한 미소를 띠고 레이코를 쳐다보았다.

"아! 형사님들은 둘이 한 조가 되어 수사를 하는군요, 파트너처럼."

"하하하…… 말은 그런데, 사실 파트너는 아니에요."

차를 들겠는지, 커피를 들겠는지 물어서 괜찮다고 사양하고 나카타도 자리에 앉으라고 했다.

"저야 뭐 도움을 드릴 수 있다면야, 뭐든지 물어보세요."

나카타라면 그렇게 말해주리라 예상했다.

"네, 고마워요. 그럼 본론부터 말씀드릴게요. 나카타 씨는 누구

이미나미초 1가에서 발생한 살인 사건에 대해 들어보셨어요?"

"네, 알아요. 유명한 땅주인이거든요."

"그렇게 유명한 분인가요?"

나카타는 '네.'라고 대답하고는 바로 고개를 크게 끄덕였다. 레이코가 계속 질문했다.

"나카타 씨는 피해자 야마지 게이조 씨와 직접 만난 적이 있으세요?"

"아니요. 직접 만난 적은 없어요. 그런 분은 특정 업자하고만 거래하거든요."

"예를 들면 도코 부동산 같은?"

"네, 도코 부동산, 도키와 홈즈도 있고. 또 주 거래처는 다이와 흥업일 거예요."

모두 수사 목록에 들어 있는 업체였다.

"꽤 자세히 아시네요?"

"뭐, 이 지역 사람이니까요. 어떤 식으로든 다 연결되어 있거든요."

"나카타 씨는 한 번도 야마지 씨의 부동산에 관여한 적이 없으세요?"

"네…… 저희는, 없어요."

뭘까? 무언가 감추는 듯한 말투였다.

"무슨 사정이라도 있나요?"

그러자 나카타는 보일 듯 말 듯 한쪽 뺨을 씰룩거렸다. 조금 못돼 보이고 별로 그답지 않은 표정이었다.

"사정이라고 하면…… 뭐, 그런 걸지도 모르겠군요."

"폐가 안 된다면 말씀해주시겠어요?"

"제가 말씀드리기에는 조금 문제가 있어요. 앞으로 영업에도 지장이 생기고요."

"그래요, 알겠어요. 이 자리에서만 들은 걸로 끝낼게요. 절대로 밖에 나가서 발설하지 않을게요. 그건 약속할 수 있어요."

이오카도 옆에서 그럼요, 그럼요, 하고 고개를 끄덕여 보였다. 별로 기분이 상하지는 않은 눈치였다.

나카타는 마치 이제부터 기도라도 올릴 사람처럼 맞잡은 양손을 카운터 위에 올렸다.

"이건 제 부친의 영업 방침이기도 해요. 저희는 땅 소유자를 위한 영업은 하지 않아요. 빌리는 쪽과 빌려주는 쪽의 평등한 거래를 돕는다는 것이 저희 방침이거든요."

"그러세요."

어쩐지 재미있는 이야기가 나올 듯한 예감이 들었다.

나카타가 계속 이야기했다.

"분명히 말해서…… 땅 소유자 중에는 심보가 고약한 경우가 많아요. 물론 전부는 아니지만요. 실제로는 양심적인 땅 소유자도 있죠. 하지만 그건, 유감이지만 소수에 불과해요. 대지주라고 하면 대개는 아무짝에도 쓸모없는 돈의 노예들뿐이에요."

꽤 위험한 발언이지만, 여기서는 잠자코 고개만 끄덕였다.

"히메카와 씨는 노선가(路線價)라는 말을 아세요?"

"네, 대충은요. 토지에 대한 과세액을 산출하기 위해서 국세

청이 도로마다 매긴 가격 아닌가요?"

"네, 거의 맞아요. 그럼 차지권 비율이라는 말은요?"

"차지권 비율이라, 빌린 토지에 대한 임차인의 소유권 비율 말인가요?"

"맞습니다. 역시 히메카와 씨군요. 하지만 여기에 대한 관청의 애매한 태도가 지주와 임차인 사이에서 일어나는 분쟁의 원인이 되고 있어요. 왜냐하면 관청은 지주에게 유리한 쪽으로 일을 처리하거든요."

"어떤 식으로요?"

조금 뽐내듯이 나카타가 고개를 끄덕였다.

"예를 들면 노선가 25만 엔 나가는 땅 60평이 있다고 쳐요. 노선가는 제곱미터로 환산하니까, 여기에 3.3을 곱하면요."

나카타가 눈앞에 있는 계산기를 두드렸다.

"4,950만 엔이군요. 실제로는 '건물 안길이 가격 보정률'이라는 게 있어요. 그 비율은 상업지인지 주택지인지 지구 구분에 따라 달라지는데요, 지금은 생략할게요. 어쨌든 노선가로 계산하면 이 60평은 4,950만 엔이에요. 이 땅을 지주가 임대를 놓잖아요. 신규라면 기본 계약 기간은 30년이에요. 이때 따라붙는 게 차지권이죠. 가령 이 차지권 비율이 60퍼센트라고 치면요, 이게 도쿄 도내 역세권에 있는 상업지에서는 80에서 90퍼센트, 지방 산간 지역이나 연안 지역이라면 30퍼센트인 경우도 있어요. 30퍼센트가 가장 낮은 수치고요."

나카타가 또 계산기를 두드렸다

"4,950만 엔의 60퍼센트니까…… 2,970만 엔. 대지 임차인은 차지권이라는 명목으로 이 땅에 대해 60퍼센트의 권리를 소유하는 거예요. 이것이 의미를 갖게 되는 건 임차인이 이 차지권을 제3자에게 매각할 때예요. 아니면 30년이 지난 뒤에 지주에게 임대한 토지를 돌려줄 때죠. 그렇게 되면 지주는 원칙대로라면 임차인한테 2,970만 엔으로 이 차지권을 되사야 해요."

말의 요지를 정리해야겠다.

"잠깐, 죄송한데, 어쨌든 가격을 5천만 엔과 3천만 엔으로 단순화시켜 계산해볼까요?"

이오카도 그 말에 동의하면서 고개를 끄덕이자 나카타는 피식 웃음을 흘렸다.

"아, 죄송해요. 그렇게 하죠. 노선가가 5천만 엔, 차지권 비율을 곱해서 3천만 엔이라고 합시다. 여기서부터 나머지 이야기는 종종 생기는 경우로 알고 들어주시면 좋겠어요."

"그럴게요. 어디까지나 일례라 이거죠?"

"네, 이건 임대차계약을 갱신하는 경우예요. 예컨대 임차인은 30년이 지났으니까 영업을 그만두고 이사를 했으면 좋겠다, 그러니 빌린 땅을 돌려주고 싶다, 이렇게 가정해보자고요. 가장 바람직한 방법은 지주가 3천만 엔으로 차지권을 되사주는 거예요. 하지만 그런 지주는 거의 없죠. 오히려 임차인의 약점을 잡아서 땅을 공짜로 반환하게 만드는 지주도 있을 정도니까요."

레이코는 자기도 모르게 저런, 하고는 입을 막았다.

"3천만 엔의 권리를 거저먹으려 들다니."

"하지만 그런 식이에요. 현실에서는 그런 지주들이 허다하죠."

"그런 일은 법정으로 가져가면 되잖아요?"

"맞는 말씀이세요. 소송을 걸면 임차인이 이깁니다. 하지만 임차인에게는 소송을 걸 만큼의 경제력도, 지식도, 정신력도 없다는 게 현실이죠. 대개의 경우 지주들은 아무리 교섭을 해도 300만부터 500만이라든가, 부동산 수수료를 깎아서 200만이라든가, 그런 헐값을 아무렇지 않게 요구해요. 그럼 대개는 차선책으로 현실적인 수단을 강구하죠. 차지권을 제3자에게 팔 생각을 하는 겁니다. 그것도 3천만 엔 전액으로는 어려울지 모르지만 2,800만, 2,700만 엔이라면 매수자가 나설 가능성도 있긴 하거든요. 부동산을 끼고 그런 매수자를 물색합니다. 하지만 이때도 지주는 대개 트집을 잡기 마련이죠."

증거 사진에서 사람 좋아 보였던 야마지 게이조의 얼굴이 점점 돈의 노예로 여겨지기 시작해서 기분이 이상했다.

"흔히 이런 경우가 있어요. 나는 당신이라서 빌려줬다, 당신이라서 믿고 땅을 빌려준 것이다, 대체 어디 사는 누구인지도 모르는 사람한테 내 땅 빌려줄 생각은 없다······ 이것이 고약한 지주가 상투적으로 하는 말이에요. 게다가 차지권을 매각할 때는 지주의 허가가 필요하죠. 지주가 제3자는 싫다고 하면 사실상 차지권 매각은 불가능해요. 음, 여기서 또 재판을 하면 어떨까 생각하셨겠죠?"

네, 하면서 레이코는 순순히 고개를 끄떡여 보였다.

"그런 경우도 말씀대로 재판을 하면 임차인이 이겨요. 법원에서는 틀림없이 차지권 매각을 허가해주거든요. 지주를 대신해서 법원이 차지권 매각을 허가하면…… 하지만 알고 보면 차지권이란 게 파는 게 전부가 아니에요. 그럼 차지권을 산 사람, 그러니까 다음 임차인과 지주의 관계는 어떻게 될까요? 다음 임차인도 차지권을 살 때는 3천만 엔 가까운 거금이 필요해요. 자기 자금만으로 충당할 수 있는 사람은 별로 없으니까 대개는 은행에서 대출을 받습니다. 은행은 당연히 담보를 요구하겠죠? 보통은 빌린 땅에 세운 건물이 대출 담보가 됩니다. 그 얘기는 여기서도 지주의 승낙이 필요하다는 거예요. 하지만 지주가 얌전히 도장을 찍어줄 리 없거든요. 애초부터 제3자에 대한 차지권 매각에 반대했으니까요. 대출을 받으려고 자신의 부동산을 담보로 잡히다니, 빈대 잡으려다 초가삼간 태우는 격이죠. 그렇게 되면 두 번째 임차인은 돈을 마련하지 못하니까 결국에는 못 사겠다고 포기하는 수밖에 없어요."

"어떻게 그런 일이……."

"그런 경우가 한두 번이 아니에요. 마음에 안 드는 임차인한테는 지대를 안 받겠다는 사람도 왕왕 있어요. 지대를 계속 지불하지 않으면 차지권이라는 건 소멸되거든요. 정확히 말하면 임대차계약이 해지되는 거죠. 임차인이 법무국에 공탁이라는 형태로 지대를 정기적으로 납입한다면 그건 예외겠지만, 지주가 지대를 받지 않겠다고 거부한다고 해서 방치했다가는 차지권은 언젠가 소멸하는 거죠. 지주가 의도한 대로 돌아가는 거예요. 그것 말고도 계약 갱신 때 갱신료가 있는데 그 자체는 법적 근거가 없어요. 법적 근거가 없으니까 오히려 시세도 매기지를 못해요. 다시 말해 지주가 달라는 대로 줘야 한다는 말이에요. 그걸 주지 않으면 나중에 지주의 승낙이 필요할 때 이쪽에서 무슨 요구를 해도 들은 척도 안 하겠죠. 명의 개서라든지 재건축이라든지…… 그게 싫어서 대부분의 임차인들은 갱신료를 지불하죠."

공탁이라는 제도나 갱신료에 법적 근거가 없다는 점은 레이코도 알고 있었다. 하지만 제도적 장치가 이렇게까지 지주에게 모든 면에서 유리하게 왜곡되어 있다는 사실은 부끄럽지만 지금까지 전혀 인식하지 못했다.

"그야말로 지주 하기 나름이네요."

"네, 지주는 도장 하나로 임차인을 살리기도 하고 죽이기도 하고, 아주 자유자재인 거죠. 참고로 말씀드리는데, 그렇다고 해서 지주들이 다 그 모양이라는 얘기는 아니에요. 양심적인 지주도 분명히 계시니까요."

"네, 그렇게 이해할게요."

나카타가 고개를 끄덕이면서 한숨을 쉬었다. 어려운 이야기가 일단락되어 마음을 놓은 듯했는데 여기서 끝이 아니었다.

어떤 이야기든 반드시 후속이 있다.

"하지만 나카타 씨는 거슬러 올라가면 아버님 시대부터 그런 지주들의 횡포에 대항하셨던 거네요."

"네, 뭐…… 좋게 포장해서 말하면 그런 셈이죠. 하지만 보시다시피 그렇게 큰 부동산도 아니어서요. 임차인들한테 별로 도움을 못 드리는 게 저희 실정이에요."

"그러니까 그 정책을 관철하느라 지금까지 한 번도 야마지 게이조 씨의 부동산을 취급하지 않았다, 이거네요?"

동의한다는 듯이 미소를 짓더니 나카타가 고개를 조금 갸웃했다.

"딱 부러지게 그렇다고 말씀드리기는 어려워요."

"하지만 그런 셈이잖아요?"

"뭐, 그렇겠죠?"

"그런 야마지 씨가 가진 지주로서의 이면이랄까, 토지 거래에 관한 다른 이면 말이에요. 예를 들면 도코 부동산이나 도키와 홈즈, 다이와 흥업 같은 거래업자에게 물어봐도 소용없을까요?"

"절대로 말하지 마세요. 입이 찢어진다 해도 말씀하시면 안 돼요. 특히 도코 부동산은 야마지 씨의 물건 거래로 먹고사는 셈이나 마찬가지거든요. 오히려 임차인한테 1엔이라도 더 많이 갈취하는 일을 적극적으로 돕지 않았을까요? 자기네 회사 수수료 욕심에요. 뭐, 갈취만 했으면 좋겠지만."

이 나카타 도시히데라는 남자, 몹시 고약한 지주나 악덕 부동산 업자에 대해 원한이라도 있는 사람처럼 보인다. 찌르면 찌르는 대로 이야기가 술술 나올 듯싶다.

"또 뭐가 있나요?"

"예를 들면…… 영수증 반액 기재라든가."

그게 뭐지?

"자세하게 말씀해주시겠어요?"

"자세하게고 뭐고, 간단한 이야기예요. 예를 들면 갱신료를 1천만 엔으로 턱없이 비싸게 불러서 임차인들을 일부러 당황하게 만들어요. 임차인들이 그건 말도 안 된다고, 좀 더 깎아달라고 눈물로 호소하게 만듭니다. 그러면 다 된 거예요. 그러고는 갑자기 500만까지 깎아줍니다. 그래서 임차인이 안심하면, 하지만 현금으로 내라, 게다가 영수증은 250만 엔으로 써달라고 여러 조건을 걸어요. 임차인은 절반이나 깎아줬으니 영수증쯤 별수 없지, 하고 애써 이해하고 넘어갑니다. 이렇게 해서 땅주인은 250만 엔의 뒷돈을 챙기는 거죠."

이것인가? 이것이 야마지 저택에서 보았던 종이 상자에 가득 담긴 거금의 정체인가.

"나카타 씨는 야마지 씨와 도코 부동산이 그런 뒷거래를 했다는 사실을 어떻게 아셨나요?"

"알려고 안 게 아니에요. 그런 일도 있더라는 소문을 들었어요. 어디까지나 소문으로요."

이 이야기는 더 이상 알려고 하지 말라는 뜻인가.

레이코는 고개를 한 번 끄떡하고서 카운터 옆에 있는 컴퓨터 모니터를 보았다.

"그럼 그 얘기는 그렇다 치고…… 이 컴퓨터로 야마지 씨의 땅이 몇 년 임대차계약으로, 언제쯤 갱신되는지 알 수 있나요?"

"알 수 있는 것도 있고, 아닌 것도 있어요."

"알 수 있는 범위만이라도 좋으니 알아봐 주시겠어요?"

"네, 그거야 문제없죠."

나카타는 바로 검색에 착수했다. 그러자 레이코가 지금까지 조사했던 부동산, 앞으로 조사하려고 생각했던 부동산, 수사 목록에도 없던 부동산과 다양한 정보가 줄줄이 드러났다.

"이건 저희가 파악하지 못했던 물건인데요."

"가나가와에 있으니까요. 중개자가 도코 부동산 같은 데가 아니라 현지 업자라서 모르셨을 거예요."

나카타가 모조리 찾아낸 부동산 중에는 문제의 물건도 들어 있었다.

"이즈미장, 여기는 어제 갔어요."

"여긴 저도 잘 알아요. 인상 좋고 연세 지긋하신 여자분이 관리하는 빌라잖아요. 잠깐만요."

나카타는 안으로 들어가더니 무슨 파일을 가지고 나왔다.

"그러니까…… 어? 이 물건, 벌써 갱신 시기가 지났는데요. 1년 정도요."

"네?"

무심결에 이오카와 눈이 마주쳤다.

"갱신 시기가 지났다면 문제 아닌가요?"

"아니요. 이런 경우에는 일단 임차인의 권리가 법적으로 보장되기 때문에 지대를 지불하고 있다면 큰 문제는 없어요. 그보다도 임차인인 와키자와 기누코 씨가 앞으로 그 땅을 어떻게 할 생각인지, 이게 문제네요."

폐허가 되기 일보 직전으로 보일 만큼 다 허물어진 이즈미장의 외관이 떠올랐다.

"제가 알기로는 그 빌라가 지어진 지 40년은 됐다고 하던데요. 토지 임대 기간은 보통 최초 계약이 30년이고 갱신하면 20년 아닌가요?"

"땅은 그렇긴 한데, 40년이라는 게 맞다면 땅을 빌린 다음 10년 후에 빌라를 지었는지도 모르죠. 무슨 사정이 있어서."

그럴듯한 이야기다. 그런 경우도 있을 법하다.

"그래도 그렇지…… 어쨌든 그 빌라는 지금 딱 절반, 그러니까 네 집이나 비었다더군요. 어차피 지은 지 40년이나 지났으니 오죽하겠어요. 와키자와 씨가 과연 어떻게 할 생각인지…… 나카타 씨라면 어떻게 처리하시겠어요?"

나카타가 고개를 갸웃거렸다.

"글쎄요. 어떻게 처리할까 보다는 만약 아직까지 갱신이 안 되었다면 그 이유가 훨씬 더 궁금한걸요. 아까도 말씀드렸다시피 계약을 갱신할 때 지주와 임차인 사이에 분쟁이 생기기 쉽거든요. 지주가 땅을 공짜로 돌려달라고 했는지도 모르고, 터무니없는 갱신료를 요구했을지도 모르죠. 어쩌면 임차인이 제3자에게 차지권을 매각하고 싶다고 했는데 괜히 구실을 붙여서 이러지도 저러지도 못하게 방해했을지도 모르고요."

와키자와 기누코가 머뭇거리며 대답했던 원인이 여기에 있다면 어떻게 해야 할까. 토지 거래에 얽힌 분쟁으로 나이 든 여자가 야마지 게이조를?

아니다. 도저히 상상도 안 되는 일이다. 범인은 외부 담장을 넘어서 내부 현관문의 자물쇠를 뜯고 침입한 다음 침실에 있던 야마지 게이조를 방 안에서 악착같이 쫓아다니며 칼로 서른아홉 군데의 부상을 입혀 사망에 이르게 했다. 따라서 범인은 비교적 운동 능력이 좋은 인물로 보아야 한다. 마지막에 방 안에서 쫓아다니는 부분만 생각하면 와키자와 기누코도 가능한 일 같지만 그녀는 다리가 불편하다. 쫓아다니는 것조차 불가능할지 모른다. 결국 어떻게 생각해도 그 노파가 실행할 수 있는 범행은 떠오르지 않는다.

"나카타 씨, 야마지 씨가 소유한 부동산 가운데 똑같은 내용으로 갱신 문제가 발생할 만한 물건이 있는지 알아봐 주세요."

"시간이 조금 걸리지만 아는 사람 통해서 몰래 알아볼 수는 있을 겁니다."

"꼭 좀 부탁할게요."

일단 나카타 부동산에서 나와서 탐문 예정에 있던 부동산을 몇 군데 돌아보았다. 저녁 무렵 한 번 더 나카타 부동산을 찾아가 보았으나 결과는 신통치가 않았다.

"미안해요, 히메카와 형사님. 지금으로썬 분쟁이 일어날 만한 물건은 없어요. 고토 쪽 영업부나 도키와, 다이와 쪽에도 아는 사람이 있어서 물어보기는 했어요. 하지만 얼마 전 세 건은 원만하게 갱신이 끝났고, 네 건은 금액 면에서 교섭 중인데 곧 매듭지어질 전망이고요. 내년에 계약 갱신을 앞두고 있는 물건이 한 건 있는데, 그것도 협상이 순조로워서 갱신료 등으로 다툼이 벌어질 기미는 없대요. 그 밖에는 아직 계약 기간이 3년 또는 5년씩 남아 있고요. 기일이 지났는데 아직 결론이 나지 않은 물건도 없어요. 이즈미장 말고는."

이번 사건의 원인이 토지 계약 갱신 분쟁 때문이라고 생각할 수 있는 증거는 아직 아무것도 없다. 그보다도 술집에서 야마지 게이조가 큰 소리로 돈 이야기를 떠들었고, 그 이야기를 직접인지 간접인지는 모르지만 어떤 불량 외국인이 주워들어서 범행에 이르렀다고 하는 쪽이 몇 배는 더 설득력 있다.

그러나 레이코는 지금 임차인의 범행 쪽으로 가닥을 잡았다. 여기서 무언가 실마리를 끌어낸다면 이즈미장밖에 없다.

좀 더 집중적으로 파볼까?

그런 생각을 하는데 나카타가 그리고, 하며 컴퓨터를 가리켰다.

"네, 뭐죠?"

"히메카와 씨, 아까 말씀하시기를 이즈미장은 지금 절반이 공실이든가 계약자가 없다고 하셨나요?"

"네, 와키자와 씨가 그렇게 말했어요."

"그게 조금 이상한데요? 인터넷 정보를 보면 공실은 '3'으로 되어 있어요. 도코 부동산에 물어봐도 공실은 세 집이라고 하던데요. 그 빌라는 도코 부동산이 전담하니까 도코 부동산 말이 가장 확실할 겁니다."

대체, 무슨 영문일까.

나카타를 찾아간 다음 날부터 레이코와 이오카는 이즈미장 근처에서 잠복근무에 들어갔다. 수사용 차는 고가네이 서에서 빌렸다.

고가네이 시 나카초 4가는 아주 평범한 주택가였다. 하지만 무슨 까닭인지 이즈미장 주변에는 사원과 묘지가 많았다. 민가도 울타리나 정원에 나무를 심은 곳이 많아서 녹음이 풍부한 시골 마을 같은 느낌이었다. 그런 의미에서는 도쿄 23개 구 안쪽보다도 오히려 레이코가 태어나 자란 사이타마 현 우라와 시의 이미지에 가까웠다. 다만 우라와 시도 오미야 시, 요노 시와 병합되어 사이타마 시로 바뀌면서 분위기가 크게 달라졌다. 레이코가 범죄 피해자가 되었던 그 공원도 지금은 주변을 둘러싼 수목을 전부 제거하여 전망이 좋은 광장으로 바뀌었다.

수목은 그늘을 드리워 모든 것을 감춘다. 때로 그곳은 범죄의 온상이 되기도 하고 경우에 따라서는 수사에 도움을 주는 아군이 되기도 한다.

레이코가 잠복할 장소로 점찍은 곳은 이즈미장 맞은편에서 조금 비껴 있는 주차장이었다. 포장이 되어 있지 않은 모래 바닥에 밧줄을 쳐서 주차 위치를 나눠놓았다. 그 주변에도 나무 몇 그루가 서 있어서 나무들 사이에서 엿보면 정확히 이즈미장의 출입구를 감시할 수 있었다.

"이오카, 빨리 주차장 사장한테 사용 허가 받아 와. 뭘 그렇게 꾸물거려."

"주임님이 아무리 그러셔도, 부동산 간판이고 머시고 암것도 없어예. 뭘 어쩌라고요."

"그 정도는 자력으로 알아봐."

"아, 맞다! 어제 만난 나카타 씨한테 전화로 함 물어볼까예?"

"하나부터 열까지 남한테 의지할 생각 마. 모르겠으면 파출소에 물어보라고. 알았으면 얼른 가봐."

구실을 붙여 이오카를 쫓아버리고 레이코 혼자 차 안에 남아 운전석에서 이즈미장을 감시했다.

날씨 좋다! 기온이 높지도 낮지도 않아서 잠복을 하기에는 최적의 계절이다. 지금 레이코가 가장 경계해야 할 적은 방심을 틈탄 수마(睡魔)다. 형사 중에서도 레이코는 유독 잠복근무에 약한 편인지도 모른다. 과거에 몇 번인가 잠을 자다가 실수한 적이 있었다. 물론 나중에 적당히 만회를 하긴 했다.

레이코가 혼자 잠복을 한 지 20분쯤 지났을 때였다. 1층 가장 안쪽 105호에서 와키자와 기누코와 동년배로 보이는 여성이 밖으로 나왔다. 우편함의 이름으로 보면 와타나베 누구라는 사람이었다. 꽃무늬 카트를 밀면서 고가네이 가도 쪽으로 걸어갔다. 버스 정류장에 가는 길인가? 결과적으로 보면 레이코가 혼자 잠복하던 시간에 확인한 주민의 출입은 그것 한 번뿐이었다.

주차장 사용 허가만 받으면 되므로 삼사십 분이면 이오카도 돌아오겠지 생각했는데 실제로는 두 시간 반이 지나서야 돌아왔다.

"진짜로 죄송해예. 그렇지 않아도 레이코 주임님을 혼자 두고 가버려서 걱정이 되기는 했는데 어쩌다 보이 이렇게 늦어버리고 말았네예."

"너…… 설마 파친코 갔다 온 건 아니지?"

주머니 가득 경품을 안고 돌아오지는 않았다. 평소처럼 어깨에 가방을 메고 있을 뿐 빈손이었다.

"무슨 소리를 하십니꺼? 그럴 리가예. 여기 사장한테 전화해서 사용 허가 딱 받아 왔다 아닙니꺼. 그카고 알아본 김에 이런 것도……."

이오카가 히쭉 웃었다.

"무섭게 왜 그래?"

"그렇죠? 지도 마, 지 재능이 무섭다니까예."

"역시 파친코에 갔었구나?"

"에헤이, 아니라니까요. 탐문 갔었어예, 탐문. 사용 허가 받으러 가는 김에 여기저기서 이즈미장에 관한 정보를 모아 왔다 아닙니꺼."

"조금 의외인데…… 하지만 왠지 불안해."

"대놓고 묻고 다녀서 되려 와키자와 기누코의 귀에 들어가거나 하지는 않았겠지?"

"그 정도는 저도 신경 썼지예. 참말로 걱정도 팔자데이. 겉모습만 보지 마시고 이제는 제 실력도 인정해주이소. 마, 톡 까놓고 지금까지 쭉 레이코짱이 실적 올릴 때마다 제가 얼마나 마이 도와드렸는데예."

아니, 그런 기억 없거든.

"실적 운운은 그렇다 치고, 내 이름에다 함부로 짱 좀 붙이지 말라고."

"그래도 제 보고는 듣고 싶지예?"

"어, 그건 좀 들어봐야겠네."

흠흠, 이오카가 자신 있다는 듯이 헛기침을 했다.

"자자, 들을 준비 되셨어요? 듣고 놀라지나 마이소. 저 빌라에는 바로 얼마 전까지 브라질 청년이 한 명 살고 있었다는 거 아입니까."

"잠깐만!"

흥미로운 이야기였지만 금방 101호의 문이 열렸다.

"와키자와 기누코야."

"어, 외출하는 걸까예?"

"글쎄."

상의는 자주색 카디건, 하의는 베이지색 바지. 발끝은 보이지 않았다. 오른손으로 지팡이를 짚고 왼손에 손가방을 들고 있었다. 저대로 외출을 한다면 어떻게 해야 할까. 미행해볼까? 따라간다면 2인 1조가 정석인데, 상대는 발이 불편한 노파다. 혼자 미행해도 문제는 없다. 그렇다면 같은 여자인 레이코가 가는 편이…….

그렇게 생각해보았으나 어차피 미행할 필요는 없는 듯했다.

와키자와 기누코는 큰길까지 나가지 않고 빌라 계단으로 올라갔다. 불안한 걸음으로 한 계단 한 계단 천천히. 마침내 2층에 다다라 한숨을 돌린 다음 외부 복도를 걸어갔다.

그녀가 멈춰선 곳은 레이코 쪽에서 볼 때 두 번째 문 앞이었다. 호수가 202호인가? 거기서 조금 주위를 살피듯 둘러본 다음 초인종을 눌렀다.

"완전 초보네. 거동이 수행해도 너무 수상하다 아닙니꺼."

"맞아. 바탕은 좋은 사람인데 말이야."

와키자와 기누코는 집 안으로 들어가서 한참 동안 나오지 않았다.

"그래서, 브라질 청년이 어쨌다고?"

"아, 맞다. 차코라나, 차고라나 그런 이름이었는데예, 나이는 20대 중반쯤이었대예. 근데 와키자와 기누코는 발이 불편하다 아입니까. 그래서 그 차 뭐라는 청년이 같이 쇼핑을 가주고 짐도 들어주고 이래저래 도움을 제법 줬답니다."

"흔히 볼 수 있는 착한 사람 아닐까? 훈훈한 얘기네."

"그렇기는 한데요, 요 며칠 통 안 보여서, 그 차 뭐라는 청년이 어떻게 됐는지 물어봤답니다."

못 말려.

"누가 누구한테 물어봤다는 거야? 그리고 이오카는 그 얘기를 누구한테 들었어?"

"아, 죄송합니다. 이즈미장 길 건너에 있는 담배 가게 할매한테 들었거든요. 기누코가 골초라 그 가게 단골인가 보데요."

이봐, 그런 것까지 보고할 필요는 없어.

"있잖아, 그렇게 가까운 사이인데 덮어놓고 물어보다니 정말 괜찮은 거야?"

"아, 괜찮다니까요. 저의 이 슈퍼 토크 테크닉을 구사하면 상대방은 요맨큼도 이상하게 여기지 않는다고요. 그러니까 지가 별별 정보를 다 캐내오는 거 아이겠습니까."

사실 이 남자를 그냥 내버려둔 레이코에게도 책임이 있다.

"아, 알겠어. 그래서 그다음에는 무슨 얘기를 들었는데?"

"아, 그 브라질 청년이 어떻게 됐는지 물어봤대요. 담배 가게 할매가 기누코 씨한테요. 그랬더니 인자 없다고 했답니다. 자기 나라로 돌아가 버렸다고요. 근데 그 말투가요, 뭐, 정확한지는 모르겠지만, '외국인은 인정머리가 없다. 즈그 고향으로 휙 가 버리면 그만이지. 연락처고 뭐고 한 개도 안 가르쳐줬어.' 이러더래요."

브라질 청년이라.

"그 청년이 사라진 때가 언제쯤이야?"

"그게, 정확하게는 모르겠지만 요 며칠 사인가 보데요."

야마지 게이조가 살해된 날짜가 10월 2일, 오늘은 11일. 이미 아흐레나 지났다. 외국으로 도망쳤다면 체포는 거의 불가능하다. 현재까지는 일본과 브라질 사이에 범죄자 인도 조약은 체결되어 있지 않다.

레이코는 주머니에서 휴대전화를 꺼냈다.

"레이코짱, 와예?"

"본부 데스크. 지원 요청하려고."

벨이 두 번 울린 다음 응답이 들렸다.

"네. 누쿠이미나미초 자산가 강도 살해 사건 특별 수사본부입니다."

젊은 남성의 목소리. 아마도 고가네이 서 조직범죄 대책부 담당자일 것이다.

"수고하십니다. 수사 1과의 히메카와입니다. 하야시 총괄님 부탁합니다."

"네, 잠시 기다리십쇼."

수화기를 직접 건네주는지, 대기음도 없이 하야시가 전화를 받았다.

"네, 하야시입니다."

"저 히메카와예요. 긴급입니다. 이즈미장으로 오바타 조 지원 보내주세요."

"자네, 또! 갑자기 무슨 자다가 홍두깨 같은 소리야?"

자다가 홍두깨 같은 소리가 아니다. 그저 결론 먼저, 설명은 나중으로 돌렸을 뿐이다.

저쪽에도 저쪽 나름의 사정이 있었던 모양인지, 오바타 조가 레이코 조와 합류한 때는 주위가 꽤 어두워진 저녁 무렵 5시가 넘어서였다.

아무 인사도 없이 뒷좌석 문이 열리고 두 사람이 올라탔다.

"수고하십니다."

오바타의 말투에 동료의 노고를 위로하는 듯한 뉘앙스는 손톱만큼도 느껴지지 않았다.

그래도 일단 레이코는 돌아보며 인사를 나누었다.

"미안해요. 힘들게 오라고 해서."

오바타가 들으라는 듯이 한숨을 쉬었다.

"데스크에서 듣긴 했는데 뭡니까? 브라질 사람이 며칠 전부터 보이지 않는다느니 뭐라느니……."

"어. 맞아, 그거야."

"이름은요?"

"아직 몰라. 차 뭐라는 사람인가 봐."

"나이는요?"

"20대 중반이라고 들었는데 어차피 외국인이라. 실제로는 좀 더 젊을지도 모르고, 그 반대일지도 모르고."

"주민표나 주민기본대장 같은 데 안 나와요?"

"그것도 아직 조사 못 했어."

차 안의 반사경으로 고개를 툭 떨어뜨리는 오바타가 보였다.

"그럼 출입국관리국에 확인할 생각도 안 했단 말이에요?"

"그러게. 당장은 어렵겠어."

"그럼 이건 대체 뭘 위한 잠복근무입니까? 저희가 뭣 때문에 불려 온 거죠?"

"그건 이제부터 생각하자고."

"네?"

"됐고, 좀 대기하고 있어."

오바타는 그 후에도 계속해서 한숨을 쉬었다. 아직 할 일이 태산이라면서 불평을 늘어놓자 이오카가 발끈하며 인마, 니 작작 좀 해라, 하고 시비를 걸었고 레이코가 이오카를 말렸다.

"알았어, 알았다고. 좀 조용히 해."

그러는 사이에 사태가 변하기 시작했다.

와키자와 기누코가 오전과 마찬가지로 지팡이를 짚고 역시 똑같은 손가방을 들고 집에서 나왔다. 레이코의 판단이 옳다면 그녀는 위층에 있는 202호를 또 찾아갈 것이다. 우편함에 이름이 없는, 아무도 살지 않는 집으로 들어갈 것이다.

"오바타 경사, 빌라 뒤로 돌아가. 2층 창문, 이쪽에서 볼 때 두 번째 집에 주목해야 해."

"거기는 불이 꺼져 있는데요?"

"그러니까. 자, 조용히 가보자고."

영 내키지는 않았겠지만 오바타도 레이코가 지시한 대로 차에서 내렸다. 당연하다면 당연한 일이다. 신임이기도 하고 한 살밖에 차이가 나지 않는 여자라 해도, 레이코는 상사고 오바타가 부하라는 점은 변함없는 사실이다.

네 사람은 길을 건너서 이즈미장 앞에서 둘로 나뉘었다. 오바타 조는 건물 뒤편 창문 쪽으로 갔다. 레이코와 이오카는 발소리를 죽이면서 계단으로 올라갔다.

마지막 한 계단을 남기고 일단 발을 멈추었다. 모퉁이에서 얼굴만 내밀어 엿보았다. 마침 와키자와 기누코가 202호의 초인종에 손가락을 대려고 하는 순간이었다.

"와키자와 씨."

그녀를 부르자 와키자와 기누코는 뾰족한 것에 찔리기라도 한 듯 초인종에 대려던 손을 뒤로 뺐다.

레이코와 이오카도 나머지 계단을 딛고 외부 복도로 올라가서 재빨리 다가갔다.

"안녕하세요. 놀라게 해서 죄송해요. 마침 2층으로 올라가는 모습이 보여서 실례인 줄 알지만 큰 소리로 불렀어요."

"아, 네…… 괜찮아요."

어쩌면 이 사람은 아무 죄가 없는지도 모른다. 공갈 같은 수작은 가능하면 쓰고 싶지 않다.

"그건 뭐죠?"

레이코는 알아듣기 쉽게 와키자와 기누코의 손가방을 손가락으로 가리키며 물었다.

와키자와 기누코는 난처한 기색이 역력했지만 그래도 웬일인지 외부 복도 안쪽으로 몸을 틀어 방향을 바꾸었다.

"이건, 저기…… 얻은 건데 나눠주려고요, 이와타 씨한테."

이와타는 205호 주인이다. 2층 가장 안쪽 집이다.

"하지만 아직 집에 안 들어오셨잖아요?"

와키자와 기누코는 작은 소리로 어머, 하며 놀란 척했다. 그 사실을 방금 알았다는 사람 같았다.

"그러게요. 아직 안 들어오셨으면, 그럼 나중에 다시……."

"그런데 와키자와 씨, 지금 이 초인종을 누르려고 하셨죠?"

와키자와 기누코는 침을 꿀꺽 삼켰다. 그녀가 바짝 긴장해서 몸이 움츠러드는 것까지 빤히 보였다.

"아, 아니…… 아니에요. 잠깐, 떨려서, 손을 댔을 뿐이에요."

"지팡이 짚은 손으로요?"

"네, 얼떨결에 그만."

이제 이쯤에서 매듭을 지어야 한다.

"죄송해요, 와키자와 씨. 저희는 와키자와 씨가 이 집에 들어가는 모습을 오전에도 봤어요. 지금처럼 손가방을 들고, 초인종을 누르고, 안에서 누군가가 열어주고, 당신은 집 안으로 들어가셨죠. 그런 다음 한참 동안 나오지 않았어요. 20분인가, 그 정도였죠?"

주름지고 부드러워 보이는 손이 떨리기 시작했다.

"그건 저녁밥 아닌가요? 와키자와 씨가 여기 있는 사람을 위해 손수 만들어다 주는 식사가 맞죠? 그저께 와키자와 씨는 지금 이 건물에 네 집이 비었다고 말씀하셨어요. 우편함도 그렇게 되어 있고요. 105호가 와타나베 씨, 201호가 요시다 씨, 205호가 이와타 씨 집이죠. 그런데 바로 최근까지 브라질 청년이 이 아파트에 살았어요. 무척 친절하고 집주인을 생각해주는 청년이었죠. 평소에도 쇼핑을 갈 때면 같이 가주기도 하고 짐을 들어주기도 했어요. 와키자와 씨도 손자처럼 여기지 않으셨나요?"

사실 레이코도 이런 이야기는 하고 싶지 않았다. 가능하면 모르는 척, 없는 일인 척하고 싶었다.

그러나 경찰관으로서, 형사로서 불가능한 일이다.

"와키자와 씨는 이웃에게 그 사람이 자기 나라로 돌아갔다고 설명하셨어요. 외국인은 무정한 사람들이라고 하면서요. 갑자기 휙 사라졌다고요. 하지만 사실은 그게 아니었죠? 그는 귀국하지 않았어요. 지금도 당신 옆에 있어요. 당신을 좋아해서, 당신이 걱정되어 죽을 것 같아서, 그래서 그 사람은······."

그때였다.

와키자와 기누코는 들고 있던 가방을 바닥에 떨어뜨렸다.

"티아고! 어서 도망쳐!"

매달리다시피 기대고 있던 손으로 주먹을 쥐어 있는 힘껏 문을 두드렸다.

"티아고, 티아고! 도, 도망가라니까!"

출입문 저편에서 창문이 드르륵 열리는 소리가 났다. 그러나 더 이상 소동은 일어나지 않았다. 뒤편에서 '확보!'라고 외치는 소리도 없었다. 아주 오랜 침묵에 휩싸였다. 실제로는 1분도 되지 않는 짧은 시간일 게 분명하지만.

마침내 잠금장치가 해제되는 소리가 났고 202호 문이 조용히 열렸다.

어두운 실내에서 키가 큰 청년이 느릿느릿 모습을 나타냈다. 조금 눌린 자국이 있는 짧은 머리. 거뭇거뭇한 피부. 눈이 무척 아름다웠다. 둥글고 검고 반짝거렸다.

"할머니, 이제, 됐어요."

의외라고 느껴질 만큼 목소리가 어렸다. 실은 아직 20대 초반인지도 모른다.

"티아고, 안 돼. 어서 도망가."

"도망가면, 안 돼요. 나쁜, 건, 나예요······. 할머니는, 나쁘지, 않아요. 나쁜, 건, 나······ 할머니, 좋은 사람이에요. 내가, 잘못했어요. 할머니는, 아니에요."

"티아고······."

무너져 내릴 듯한 그녀를 청년이 그러안았다. 옆에서 이오카가 휴대전화로 연락했다. '이리 오시오.'라고만 했는데 오바타까지 금방 2층으로 올라왔다. 형사 네 사람이 와키자와 기누코와 청년을 둘러싼 모습이었다.

레이코는 청년의 어깨에 손을 얹었다.

"뭐가 나쁜지 말할 수 있어? 뭘 했는지, 직접 말할 수 있어?"

청년은 힘없이 고개를 끄덕였다.

"땅주인, 죽였어요, 내가. 할머니를, 힘들게 하는, 땅주인, 나빠요. 나, 할머니, 지켰어요. 땅주인, 용서, 못 했어요. 나, 나빠요. 땅주인, 더 나빠요."

"티아고…… 안 돼. 그런 말은 하면, 안 돼."

비극적인 전말이지만 다른 도리가 없었다.

레이코는 어이, 하고 오바타를 불렀다.

"체포해."

"네? 왜 제가?"

"외국인 담당이잖아. 자네가 체포하라고."

고개를 슬쩍 끄덕이더니 오바타가 가방에서 수갑을 꺼냈다.

"10월 11일 18시 7분. 살인 용의로 성명 미상의 피의자를 긴급체포합니다."

청년이 순순히 내민 하얀 두 손바닥이 슬퍼 보였다.

피의자를 경찰서로 연행하고, 변해녹취서*는 오바타가 작성하게 했다.

---

* 변해녹취서(辨解録取書): 일본 형사소송법 제205조 제1항과 제2항에 따라 검찰에 피의자가 송치되면 피의자의 입장에서 변명할 기회를 주고 그 말을 기록한 서류. 이를 바탕으로 검찰관은 피의자의 신병 구속 여부를 판단한다.

개평

변해녹취서

주소: 도쿄 도 고가네이 시 나카초 4가 ××-×, 이즈미장 102호
직업: 무직
성명: 티아고 모라에스
국적: 브라질
생년월일: 19**년 9월 15일생(23세)

본관은 19**년 10월 11일 오후 8시 30분경 경시청 고가네이 경찰서에서 상기 자(者)에 대한 긴급체포 영장에 기재된 범죄 사실의 요지 및 변호인 선임이 가능하다는 취지를 고지하였으며, 변호인이 없을 경우 자비로 변호인을 선임하고자 할 때는 변호사, 법무 법인 또는 변호사회를 지정하여 신청할 수 있음을 고지하였다. 그리고 변호인 또는 변호인에 준하는 자격을 가진 자를 요구할 경우 신청서를 제출하는 즉시 그 뜻을 위 변호인에게 통보한다는 취지를 고지한 다음 피의자에게 해명 기회를 주었던바, 임의로 다음과 같이 진술하였다.

1. 내가 야마지 게이조 씨의 저택에 침입했고, 준비해 간 칼로 야마지 씨를 살해했던 점은 틀림없는 사실입니다.
2. 금품은 일절 훔치지 않았습니다.
3. 변호인을 신청할 생각은 없습니다.

티아고 모라에스(지장 인)

이상과 같이 녹취한 다음, 피의자 본인 확인을 통해 오류가 없음을 인정, 서명날인을 받았다.

○월 ○일 경시청 고가네이 경찰서 파견
경시청 형사부 수사 1과 경사 오바타 고이치(인)

 피의자 티아고 모라에스는 오바타가 유치장으로 데리고 갔다. 와키자와 기누코에게도 범인 은닉 혐의가 있었으므로 내일 이후 임의로 사정을 청취하기로 했다. 그녀는 티아고를 원래 살고 있던 102호에서 202호로 일부러 이사하게 해서 숨겨주었다. 당연히 죄를 물어야 한다.
 레이코는 이제 막 작성을 마친 변해녹취서를 들고 특수부로 돌아갔으나 야간 회의는 벌써 끝나서 강당에는 수사관 몇 명밖에 남아 있지 않았다.
 하지만 수사 1과 간부들은 모두 그대로 상석에 모여 있었다.
 하야시 총괄과 야마우치 계장 그리고 피의자 체포 보고를 받고 서둘러 달려왔는지 담당 관리관 이마이즈미도 있었다.
 레이코는 머리를 숙이면서 세 사람 앞으로 다가갔다.
 "죄송합니다. 늦었습니다."
 "히메카와, 이게 어떻게 된 일이야?"
 일어서는 이마이즈미에게 변해녹취서를 내밀었다. 그러나 이마이즈미는 쓱 훑어볼 뿐 이내 매서운 눈빛으로 레이코를 보았다.

"현장에 있었던 수사관 말로는 피의자가 체포 당시 저항하는 기색을 전혀 보이지 않았다고 하던데. 그런데도 긴급체포를 할 필요가 있었나? 임의동행해서 내일 통상 체포를 해도 됐을 텐데 말이야."

레이코는 고개를 가로젓고 대답했다.

"아니요. 피의자의 정신 상태가 몹시 불안해서 자살 가능성이 있다고 느꼈습니다. 그래서 임의동행하지 않고 긴급체포를 선택했습니다."

"아무리 그래도 그렇지. 피의자는 도주하거나 저항하려는 시도도 하지 않았잖아."

"피의자는 170센티가 넘습니다. 겉보기에 마른 체구지만 팔다리가 길고 완력이 세 보였습니다. 갑자기 사태가 바뀔 경우 저희 네 명으로는 완전히 제압하지 못할 가능성이 있었습니다. 제가 염려했던 건 도망이나 저항이 아니라 어디까지나 피의자의 자살입니다. 그래서 긴급체포는 타당했다고 사료됩니다."

이마이즈미가 '아무튼 자넨 아무도 못 말린다니까!'라고 말하듯이 한숨을 쉬었다. 그러나 그것이 연극이라는 것쯤은 레이코도 알고 있었다. 살인범 수사 11계에 들어와서 맡은 첫 사건이었다. 따라서 언제 갑자기 새로운 상사인 야마우치와 충돌해서 화근을 남기기보다는 이마이즈미 자신이 먼저 레이코에게 쓴소리를 해서 상황을 수습하려는 의도였을 것이다. 아마 야마우치도 그 정도 맥락은 읽었을지 모른다.

"뭐, 그 건은 이제 별도리가 없다 치고. 나머지 조사는 완벽하게 해두도록. 관리관님, 전 그만 가보겠습니다."

야마우치는 눈앞에 펼쳐져 있는 서류를 정리해 자리에서 일어나면서 말했다.

"네, 수고하셨습니다."

이마이즈미가 인사하자 야마우치는 고개를 까딱하고 스치듯 지나 강당 밖으로 나갔다.

남은 세 사람은 자연스럽게 얼굴을 마주 보았다.

처음으로 입을 연 사람은 하야시였다.

"야마우치 계장 말이야. 느낌이 좀 그렇지?"

일단 레이코도 고개를 끄떡이기는 했다.

"참 쿨한 분이라니까."

이마이즈미가 짧게 자른 머리카락을 흩트리며 말했다.

"히메카와, 제발 부탁이다. 좀 더 깔끔하게 절차대로 하면 안 되겠니? 똑같은 실수 두 번 다시 하지 않겠다고 약속해. 아, 참, 이거 전에도 했던 말이잖아? 하야시 씨도 너무 이 녀석 하자는 대로 놔두지 마십쇼."

"네, 거듭 명심하겠습니다."

그 정도는 레이코도 이미 충분히 헤아리고 있었다. 이마이즈미는 자기가 계장이라면 레이코의 행동을 어느 정도는 제어할 수 있다. 하지만 관리관이라는 입장에서는 놓치는 부분도 있기에 그것을 걱정해서 하야시를 같은 계에 관리자로 배치한 것이다. 그런 뜻에서 하는 말이 분명하다.

레이코도 이마이즈미에게 결코 폐를 끼칠 생각으로는 움직이지 않는다. 하지만 레이코 나름의 사고방식과 행동방식이 있다. 오히려 이번 일은 이마이즈미가 없어서 다행이라고 생각하며 선택한 처리법이었다. 자신이 틀렸다고는 생각하지 않았다.

레이코는 탁자에 놓여 있는 변해녹취서를 집어 들어 다시 하야시에게 건넸다.

"저도 좀 더 조사할 게 있어서요. 오늘은 이만 가보겠습니다."

"어, 그래. 수고했어."

"수고하셨습니다."

두 사람에게 인사를 하고 출입구로 향했다.

강당에서 나오자 맞은편 벽에 한 남자가 등을 기대고 서 있었다. 오바타 경사였다. 혹시 내가 나오기를 기다렸나.

"수고했어. 티아고 데리고 밥 먹었나?"

오바타는 벽에서 등을 떼고 눈을 조금 가늘게 뜨면서 레이코를 보았다.

"그보다 주임님, 아까 왜 긴급체포를 하신 겁니까?"

이 남자, 강당에서 했던 대화를 모르고 묻는 걸까, 알고 묻는 걸까?

"왜는, 피의자가……."

"혹시 저한테 수갑을 채우게 하려고, 그렇게 하면 신병은 인도한 셈이라고 생각하신 겁니까?"

이것 봐라, 그런 것까지 읽을 줄 알아?

레이코는 의식적으로 미소를 지었다.

"별로 그럴 생각은 아니었는데. 그저 외국인 문제는 네 담당이잖아? 그쪽 목록에 티아고가 있든 없든 내가 체포하면 창피를 당하는 건 너야. 어차피 피의자는 피해자가 소유한 땅에 거주하고 있었잖아. 말하자면 엄연한 관계자다 이거지. 리스트에 올라 있지 않다면 그쪽의 엄청난 실수고, 올라 있었다 쳐도 나이 차도 별로 안 나는 신임 여자 주임한테 실적을 빼앗겼다고 하면 꼴이 우스워지잖아? 나도 이런 일로 괜히 악착같다는 소리 듣는 건 사양이거든. 그게 아니라도 부하의 실수를 상사의 실수로 보는 시선도 있으니까."

몹시 불쾌한 듯 오바타는 입을 삐죽거렸다. 그래도 어떻게든 자신도 이해해보려는 생각인지 일단 심호흡을 했다.

"아까, 나카마쓰 씨한테 들었습니다. 바바 노리코에게 브라질 사람을 체포했다고 말했더니 그 가정부가 그랬대요. 그러고 보니 1년쯤 전에 와키자와 기누코 씨와 그런 외국인이 찾아온 적이 있었다고요. 그런 건 초장에 기억해낼 일이지. 그랬으면 좋았을걸."

그랬으면 좋았을걸, 이 말을 열거하자면 한도 끝도 없다.

레이코가 그렇게 말하기 전에 오바타가 이야기를 계속했다.

"그러니까, 결국 저는 주임님한테 공적을 양보받았다는 뜻인가요?"

"그게 아니라니까. 티아고 조사도 결국 내가 하잖아."

"그럼 뭡니까?"

사람 참 집요하네.

"뭐기는⋯⋯ 뭐, 인사 대신 나눠준 개평?"

"뭐라고요?"

레이코 딴에는 꽤 그럴듯하다고 생각했는데 오바타는 전혀 누그러진 표정이 아니었다.

"이번 일로 신세 졌다고는 생각하지 않습니다."

"알았다고. 됐다고."

"고맙다는 말도 안 할 겁니다."

"어, 의외로 솔직하네?"

"뭐라고요?"

고맙다고 해야 하는 줄 안다는 뜻이니까.

그것만 알고 있다면 오늘은 예쁘게 봐준다.

그러고 보니 이오카가 어디 갔지? 그림자도 안 보이네?

취조관 레이코

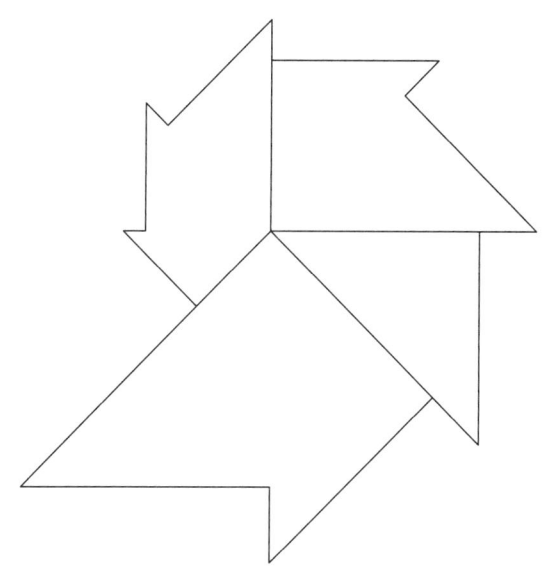

『다·빈치(ダ·ヴィンチ)』 2014년 7월호;
JT 웹사이트 '흡연구역(ちょっと一服ひろば)'
2014년 6월

레이코는 상사 두 명과 무사시 고가네이 근처에 있는 선술집에 있었다. 여섯 명 정원인 별실에 지금 자리한 사람은 세 명. 레이코와 조금 비껴 마주 앉은 사람이 이마이즈미 관리관, 그 옆은 야마우치 계장이었다.

이마이즈미가 절반쯤 타들어 간 담배를 재떨이에 놓았다.

"다른 계에서 끌어올지, 관할 서에서 끌어올지는 좀 더 생각해보자고."

오늘의 의제는 수사 1과 살인범 수사 11계의 향후 인사 문제였다. 조만간 11계에서 세 명의 수사관이 이동하는데 그 자리를 어떻게 충원하느냐는 이야기였다. 이마이즈미는 수사 적임자 명부, 본부 적임자 명부를 참고해서 선정한 몇 명에 대해 야마우치 계장과 레이코에게 의견을 구했다. 그러나 오늘 밤 안으로는 적당한 합의점을 찾기가 어려웠다. 어렵다기보다 논의가 전혀 이루어지지 않았다.

무슨 이유일까. 야마우치 계장이 우리 쪽에는 딱히 없다며 일찌감치 논의에서 빠졌기 때문이다. 첫인상은 쿨한 사람이라고 생각했는데, 지금 이 태도는 무엇이란 말인가. 쿨한 게 아니라 그저 무관심이다. 자기 팀에서 누가 빠지든, 대신 누가 들어오든 아무 흥미도 없고 오로지 자기 일만 할 뿐인가. 레이코는 야마우치의 말이 그런 뜻으로밖에 들리지 않았다.

반대로 레이코가 바라는 바는 한두 가지가 아니었다. 이시쿠라는 최근 본부 현장 감식계에 배치되었으니 제외한다 쳐도, 가능하면 예전 히메카와 반 멤버인 기쿠타, 하야마, 유다 중에서 누군가는 끌어오고 싶었다. 특히 가능성이 높은 사람은 하야마였다. 그는 한 번 승진해서 경사를 달았는데 관할 서로 이동한 지 곧 1년이 지난다. 본부로 돌아올 자격이 충분했다.

하지만 하야마 확보 문제는 이마이즈미가 흔쾌히 수락해주지 않았다. 고려해보겠다며 시선을 피할 뿐 가타부타 말이 없었다. 그럼 기쿠타는? 유다는? 계속 다그쳐도 우물거리기만 하고 딱 부러지게 대답하지 않았다. 그렇다면 무엇을 위해서 자기를 불렀느냐고 묻고 싶었다. 이런 식이라면 고가네이 서에서 해결해도 될 일이었다.

우롱차를 절반쯤 남긴 채로 야마우치가 일어섰다.

"저 먼저 일어나겠습니다. 하라주쿠에 들러야 해서."

하라주쿠 서 특수부에는 살인범 수사 11계 말고도 다른 한 반이 있었다. 범인이 체포, 기소되어 사건은 해결되었지만 아직 보강 수사가 남아 있는 단계라고 들었다. 야마우치는 그 진척 상황을 확인하려는 것이다.

이마이즈미가 고개를 살짝 끄덕였다.

"잘 부탁합니다."

레이코도 따라서 고개를 숙이고는 바로 좌식 탁자에서 다리를 빼고 일어섰다. 상사가 먼저 돌아가니 가게 입구까지는 배웅할 생각이었다.

하지만 야마우치는 그러는 레이코를 얼른 손으로 제지했다.

"히메카와 주임, 나한테 신경 쓸 거 없다. 나도 자네한테 별 신경 안 쓰니까."

그런 말을 들은 적이 별로 없어서 순간적으로 적절한 대답을 하지 못했다. 그러나 가슴속에서 끓어오르는 불쾌함이 얼굴에 그대로 드러나지 않게 꾹 참았다.

"그, 그러세요? 그럼 살펴 가십쇼."

그러면서 레이코는 다시 고개를 숙였다. 야마우치는 그때를 놓치지 않고 레이코 옆으로 빠져나갔다.

"그럼 관리관님, 먼저 갑니다."

"네, 수고하셨습니다."

야마우치가 장지문을 열고 서둘러 별실에서 나갔다.

레이코는 어쩐지 속에서 화가 치밀어 그대로 머리를 수그린 채 있었다. 뭐지? 좌식 탁자 아랫부분, 정확히 이마이즈미가 발을 내리고 있는 부근에 떨어져 있는 무언가가 눈에 들어왔다.

하얀 종이 같았다. 한 변이 10센티가 넘고 다른 한 변은 그보다 짧은 직사각형이었다. 정확히 말하면 사진 용지랄까.

"히메카와, 왜 그래?"

"아, 아니에요."

레이코는 수그렸던 허리를 펴고 자기 자리에 다시 앉았다. 야마우치가 나가자 별실에는 이마이즈미와 둘만 남았다. 레이코로서는 편한 분위기였다.

"야마우치 계장님 참 개성 있는 분이세요."

"응, 우수한 사람이지. 동료 의식은 별로 없어 보이지만."

이마이즈미는 레이코보다 딱 스무 살 위라 올해 53세, 야마우치는 이마이즈미보다 한 계급 아래지만 나이는 조금 많아서 56세. 경찰 안에서도 이렇게 계급과 나이가 역전된 관계는 비교적 보기 드물었다. 그리고 레이코는 그런 역전 관계에 있는 사람이 대부분이었다. 예전 동료인 기쿠타와 이시쿠라도 그랬고, 지금 같은 계에 있는 히노와 나카마쓰도 모두 레이코보다 나이 많은 부하였다. 일일이 신경 쓸 여지가 없었다.

"잠깐 실례."

화장실에 가려나 보다. 이마이즈미는 옆방과의 사이에 세워진 칸막이에 손을 대면서 나란히 깔려 있는 방석 위로 지나갔다. 그 걸음걸이가 이상하게 무거워 보였다. 기분 탓인가.

"화장실은 문밖 오른쪽 끄트머리에 있어요."

"그래?"

장지문을 열고 복도 오른쪽 끄트머리로 눈을 돌린 이마이즈미는 알겠다는 표정으로 별실에서 나갔다. 그러고 보니 얼굴도 평소보다 더 붉었다. 아직 생맥주 한 잔도 다 마시지 않았는데 벌써 취했을까? 그가 그렇게 술에 약한 사람이었던가?

그건 그렇고.

"에구구……."

레이코는 좌식 탁자 밑으로 기어들어가서 아까 본 종잇장을 주웠다.

뒤집어 보니 예상대로 그것은 한 장의 빛바랜 사진이었다.

이마이즈미는 금방 돌아왔다. 아까는 왜 그랬을까? 지금은 그렇게 취해 보이지도 않았고 걸음걸이가 무거워 보이지도 않았다.

"관리관님, 술은 어떤 걸로 하실래요?"

"어디…… 소주 미즈와리*로 할까?"

"보리술로 할까요, 고구마술로 할까요?"

"보리가 좋겠군."

"네."

레이코는 호출 버튼을 누른 다음 한 모금 남아 있던 맥주를 비웠다.

이마이즈미가 기침을 한 번 하고 탁자 끝에 두었던 담배로 손을 뻗었다. 레이코는 담배 상표를 잘 몰랐지만 어쩐지 보기 드

---

* 미즈와리(水割り): 소주나 위스키에 얼음물을 타서 마시기 수월하게 만든 술.

취조관 레이코

문 담뱃갑이었다.

"관리관님, 담배 바꾸셨어요?"

이마이즈미는 한 개비를 입에 물고 손에 있던 담뱃갑을 쳐다보았다.

"이거? 아니, 상표는 그대로야. 포장이 새로 바뀌었지."

"그래요?"

"뭘 그렇게 놀라? 단골 가게에서 평소랑 똑같은 담배를 달라고 했는데 어느 날 갑자기 처음 보는 담뱃갑을 주니까 당황한 사람 같아."

일회용 라이터로 불을 붙이고 맛있다는 듯이 한 모금 빨더니 담배 연기를 뿜었다. 그 모습을 레이코가 물끄러미 보고 있는데 무슨 생각이 났는지 이마이즈미가 조금 자랑하는 듯한 말투로 이야기를 꺼냈다.

"담배라는 건 참 이상한 물건이야. 껌이나 사탕하고는 다르게 입에 넣는 걸로 끝나지 않아. 이렇게 빨아먹거나, 아니면 뱉어낸다 해도 몇 분쯤은 꼭 걸리거든. 그 몇 분 사이에 평소와 다른 생각 회로로 전환해준단 말이지. 그게 아니면 사로잡혀 있던 무언가로부터 해방시켜준다고나 할까. 담배 한 대 피우고 있으면 지금까지와는 다른 아이디어가 문득 떠오르기도 해. 저 녀석과 저 녀석을 묶어볼까, 취조관은 저 녀석한테 시켜볼까, 같은 것들 말이야."

"정말 그런가요?"

선술집 직원이 그제야 나타났다. 레이코는 소주 미즈와리와

글라스 와인, 요리 몇 가지를 주문했다. 하지만 직원이 장지문을 닫고 사라지자 갑자기 무슨 영문인지 이마이즈마가 험악한 얼굴로 레이코를 쳐다보았다.

"왜 그러세요, 관리관님?"

"방금 겨우 떠올랐어. 전부터 자네한테 말해야겠다고 벼르고 있었는데 말이야."

"뭔데요? 그것도 담배 효과로 떠오른 생각인가요?"

"그럴지도 모르고 아닐지도 모르지만, 어쨌든 들어봐."

"네?"

자세를 바르게 고쳐 앉고 이마이즈미를 정면으로 바라보았다.

"뭔데요?"

"자네 말이야, 여태껏 취조를 그렇게밖에 못 하나?"

여차하면 혀까지 차겠다. 술자리라고 사람을 얕잡아 보듯 말하는데, 의외로 진심 어린 잔소리였다.

이마이즈미가 계속 이야기했다.

"요전에 브라질 청년한테도 말이야, 꼭 그렇게 상대를 구석까지 몰아붙여야 직성이 풀리는 건가?"

그것은 오해다.

"네? 그럴 리가요. 제가 그 브라질 청년한테 얼마나 친절하게 대했는데요."

브라질 청년의 이름은 티아고 모라에스.

"친절은 무슨, 엄청 고압적이던데! 밖에서 듣자하니 심상치가 않았다고. 아무리 피의자라도 그렇지, 자네가 그렇게 다그치

취조관 레이코

면 너무 불쌍하잖아. 상대는 우리말도 서툰 외국인 아니냐. 범행도 인정했고 반성의 기미도 보이니까 좀 부드럽게……."

그러니까 그게 아니라는데도.

"관리관님, 제 말 좀 들어보세요. 제가 이번 취조 때 목소리를 높였다면, 그건 범행에 사용한 흉기에 대해서 질문했을 때뿐이에요. 그 부분을 애매하게 남겨두면 실력 있는 변호사가 맡을 경우 공판에서 분명히 지적할 테니까요. 섣부르게 대했다가 결과가 뒤집힐지도 모른단 말입니다."

"그건 그런데, 다른 방법도 많잖아."

"저는 다만, 지나친 관대함은 변명의 여지만 줄 뿐이라고 판단했습니다."

"그런 상대도 분명히 있기는 해. 하지만 그 브라질 청년도 그러겠나 싶은 거지."

"그래서 저도 제 식대로 부드럽게 취조했어요. 하지만 흉기 얘기가 나오면 우물거리고, 갑자기 애매하게 굴잖아요. 어째서 그 부분만 시원하게 털어놓지를 않느냐고 물었을 뿐이에요. 뭐, 실제로는 통역한테 말했지만요."

이마이즈미가 가볍게 고개를 흔들었다.

"설마 그 통역이 겁낼 정도는 아니었겠지? 더군다나 통역이 남자였잖아? 남자 통역이 겁먹을 정도로 취조했다면 대체 얼마나 을러댄 거야?"

나 참, 사람을 어떻게 보고.

"을러대긴요. 천만에요. 그럼 거꾸로 제가 여쭐게요. 그렇게 대답이 신통치 않을 때 목소리는 조금도 높이지 않고 진술하게 하는 기술이 있나요? 가령 관리관님이라면 취조를 어떻게 하시겠어요?"

"아니."

이마이즈미는 한 모금 더 빨고 담배를 재떨이에 버렸다.

"나도 뭐 그렇게 취조에 능숙한 편은 아니었지만 그래도 자네만큼 상대를 구석으로 몰지는 않았어."

"관리관님이 아니어도 괜찮아요. 취조법의 모범이 될 만한 누가 있나요?"

차갑게 식은 감자튀김을 한 개 집더니 이마이즈미가 대답했다.

"그러게…… 2계의 기와다 총괄이 취조 하나는 끝내줬지. 취조의 달인이야, 달인."

"죄송해요. 기와다 총괄님에 대해서는 이름만 들었지, 그 이상은 잘 몰라요."

"그럼 그 사람이 있겠군. 오래전에 수사 1과 소속이었는데 지금은 어디더라…… 네리마인지 어딘지는 모르겠지만 우오즈미 히사에가 쓸 만했어. 여성 수사관이라면 그녀의 취조법이 훌륭한 교본이 될 거라고 생각해."

"우오즈미 씨도 이름만 들었어요. 직접 만난 적은 없다고요."

"야, 히메카와, 너무 그렇게 무서운 얼굴은 하지 마라."

애초에 무서운 얼굴을 했던 사람이 누구인데.

추가로 주문한 음식이 나왔다.

레이코는 자기가 마시려고 주문한 레드 와인을 한 모금 마신 다음 다시 이마이즈미에게 물었다.

"어차피 한가하게 다른 사람의 취조법이나 듣고 있을 여유 없거든요."

"그런 말이 아니잖아. 대개는 조사실에서 취조하는 소리가 바깥까지 다 들리게 하지는 않는다고."

"관할 서에서는 그러겠죠. 수사 1과는 다르잖아요? 관리관님이나 계장님은 참관도 하시지만 적어도 경위 이하는 다른 사람의 취조나 듣고 있을 만큼 한가하지 않다고요. 다른 할 일이 산더미예요."

이마이즈미는 짧게 한숨을 쉬더니 그렇기도 하지, 하며 미즈와리 잔으로 손을 뻗었다. 하지만 레이코는 그런 미적지근한 동의로 적당히 넘어갈 생각은 추호도 없었다.

"관리관님, 그럼 구체적으로 누구라고 안 하셔도 돼요. 관리관님 자신이 취조란 어때야 한다고 생각하는지 그걸 말씀해주세요."

이마이즈미는 대놓고 인상을 찌푸렸다. 귀찮게 됐다고 생각하겠지만 지금 깨달아봐야 이미 늦었다.

"이렇게 부탁드려요. 제발 취조 비결을 좀 가르쳐주세요."

짧게 자른 머리카락을 긁적이며 이마이즈미는 마뜩찮다는 듯이 입을 삐죽거렸다. 미즈와리를 한 모금에 꿀꺽 삼키고 담배 한 개비를 입에 물었다. 하지만 불을 붙일 틈도 없었다.

"이런, 미안. 전화가 왔네."

이마이즈미는 허리띠에 달린 휴대전화 홀더에서 휴대전화를 빼내 왼쪽 귀에 댔다. 누구인지는 모르지만 눈치도 없는 녀석이다. 레이코는 자칫 손에 들고 있던 사진을 움켜쥐어 구길 뻔했다.

"그래, 나야. 어떻게 됐어? 늦을 거야. 아니, 그쪽이 아니야. 공원에서 역 쪽이 아니라 이쪽…… 뭐라고 설명해야 하나. 거기, 재떨이가 몇 개 장식되어 있고…… 어, '흡연 광장'이라고 간판이 서 있을 거야. 그쪽으로 나와서 길 건너편 선술집이야. 아니, 그건 분수 광장이지. 그게 아니라 흡연 광장이야. 하마? 하마인지 뭔지 모르지만 뭔가 그런 게 있긴 해. 아니, 동물은 상관없어. 어쨌든 흡연 광장이라고 간판을 찾아봐. 거기서 나와서 길을 건너면 바로 선술집이라니까. 가게 이름? 아아, 가메야. 어……."

이마이즈미는 휴대전화를 끊고 마치 아까 무슨 일이 있었냐는 듯 해맑은 얼굴로 레이코를 보았다.

"누가 이쪽으로 오시나요?"

"어, 그렇게 됐어."

"제가 아는 분인가요?"

"응, 알 거야."

"그럼, 그분이 오시기 전에 하던 얘기나 마저 하시죠."

"뭐? 마저 하다니, 뭘?"

"취조 비결에 대해서요."

"그건…… 그만하자고."

"무슨 말씀이세요? 관리관님이 시작한 얘기잖아요?"

"그야 그렇긴 한데……."

"꼭 좀, 이렇게 부탁드려요."

이마이즈미는 길게 한숨을 쉬더니 입에 문 담배에 불을 붙였다.

"그럼 뭐…… 이건 어디까지나 일반론이야. 자네도 전혀 모르는 이야기는 아닐 테지만, 굳이 비유하면 이런 거라고. 취조관이 피의자를 '자기 범인'이라든가, '내 범인'이라고 하잖아?"

"그렇죠."

물론 이야기로 들은 적은 있지만 레이코는 자기가 담당했던 피의자를 '내 범인'이라고 부르지 않았다. 그렇게 생각한 적도 없었다.

이마이즈미가 계속 이야기했다.

"그 정도로 범인에게 푹 빠지는 게 중요하다는 뜻이야."

"그런 말은 많이들 하지만 전 잘 모르겠어요. 그게 무슨 말이죠? 범인에게 푹 빠지라니."

이마이즈미가 팔짱을 끼고 다시 고개를 가로저었다.

"그건 그러니까…… 그래, 부부를 예로 들어보자. 어디까지나 비유라고. 가령 남편이 바람을 피웠다고 치자. 그래서 어떤 계기로 아내가 그걸 눈치챘다고 치자고."

"네? 관리관님, 바람피운 적 있으세요?"

"아니, 비유라고, 비유. 잠자코 들어봐. 아내가 눈치챈 계기는 별다른 게 아니었어. 어쨌든 아내는 감을 잡았지. 거기서부터 문제야. 그 상황에서 남편은 진즉부터 아내에게 아무 마음도 없었다면 어떻게 될까?"

그야 간단한 이야기다.

"이혼, 말씀이세요?"

"아니지. 그게 아니야. 이혼을 왜 해? 이혼은 하지 않는 방향으로 어떻게든 수습해야 한다면 무슨 방법이 있을까?"

"남편이 솔직하게 사과하면 되지 않나요?"

"아니야. 그러니까…… 미안, 내가 설명을 잘못했군. 남편은 아내에게 애정도 없고, 아내와의 관계가 껄끄러워도 아무 상관이 없다 이거야. 그러니 뻔뻔하게 시치미를 떼겠지. 남자들은 누구나 그런 면을 가졌거든. 와이셔츠에 키스 자국이 묻어 있든 요상한 이름이 박힌 라이터가 나오든 끝까지 모르쇠로 일관하려고 한단 말이지."

그제야 레이코도 이야기의 맥락을 이해했다.

"과연. 다른 여자와 나란히 사진을 찍든, 무슨 짓을 하고 다니든 끝까지 모르는 척한다 이거군요?"

"그렇지. 사진에 찍혀서…… 아니, 사진은 좀 그렇지만. 어쨌든 이야기의 앞뒤가 맞든 안 맞든 그런 건 상관없다는 뜻이야."

이마이즈미가 이야기를 계속했다.

"요컨대 상대에게 아무 마음도 없으니까 태연하게 거짓말을 한다고. 아무리 증거를 들이대도 어물쩍 빠져나가려는 수작만 부리는 거지."

"네, 깨끗이 항복하지 않는 피의자처럼."

"그렇지. 그런데 남편 쪽에 아직 아내를 생각하는 마음이 있다면 어떻게 될까?"

이마이즈미가 손가락 사이에 끼고 있는 담배는 어느새 끝까지 타들어가 꽁초로 변했다.

이마이즈미는 미즈와리를 단번에 꿀꺽 마셔버렸다.

"바람은 피웠어. 하지만 아직 아내에게 애정이 있어. 헤어질 생각까지는 없어. 자, 어떻게 하면 좋을까?"

아까와는 반대 결론이 난다는 뜻인가?

"자백한다, 이건가요?"

"그래, 자네 말대로야."

"그게 그렇게 쉽게 되나요?"

"히메카와. 끝까지 잘 들어봐. 분명히 바람은 피웠어. 하지만 그건 어디까지나 바람이지, 진심으로 눈을 돌리지는 않았어. 진심은 아내에게 있다고. 남편은 부부 관계와 가정을 지금까지 해오던 대로 유지하고 싶을 뿐이야. 물론 바람피운 사실이 들통나지 않았다면 제일 좋았겠지. 하지만 그때서 후회해봐야 무슨 소용이겠어. 다 들통이 났는걸. 그건 움직일 수 없는 사실이야. 증거도 한두 가지가 아니고. 여기서 남편은 상상하겠지. 이제 아내는 날마다 '당신 바람피웠지!'라고 단정해서 추궁할 테고, 그때마다 자신은 전혀 모르는 일이라고 고개를 저어야 하고, 차가운 시선을 언제까지 감당해야 하나……. 아내에게 애정이 없으면 그나마 낫지. 끝까지 잡아떼면 되니까. 언제 헤어져도 상관없다면 죄책감에 시달릴 필요도 없어. 하지만 아내에게 애정이 있다면 그것만큼 괴로운 일은 없지. 남편은 그저 부부 관계가 크게 변하지만 않았으면 하고 바랄 거야. 이대로 유야무야 넘어가진 않겠지만 그렇다고 어색한 관계를 길게 끌고 갈 마음도 없어. 그러니 더욱 더 잘못을 인정하는 편이 훨씬 낫지 않을까, 깨끗이 자백하고 미안하다고 머리를 조아리며 사과하는 편이 하루라도 빨리 정상적인 관계로 돌아가는 길이 아닐까, 그런 생각 때문에 남자는 외도를 순순히 인정하는 거라고."

확실히 부부 관계에는 그런 면이 있을지도 모른다.

"하지만 관리관님, 우리 경찰들이 취조 현장에서 마주하는 상대는 언제나 범죄자라고요."

이마이즈미가 한쪽 눈썹을 치켜떴다.

"그러니까 이 얘기는 비유라고 했잖아."

"네, 저도 알아요. 지금 비유하신 얘기로 치면 바람피운 남편이 범인이고, 아내가 취조관이라 이거죠? 형사한테 거짓말하지 않는…… 아니, 거짓말은 하지 말자는 생각이 들게끔 범인과 신뢰 관계를 쌓아야 한다, 그러기 위해서도 우선 취조관 자신이 범인에게 반해야 한다, 자신이 먼저 범인에게 반한 다음 나는 이렇게 마음을 열고 대하는데 이런 나한테 거짓말을 할 수 있겠느냐는 식으로 범인을 압박하라는 말씀이시죠?"

전혀 동의하는 표정은 아니었지만 이마이즈미는 고개를 끄덕였다.

"뭐, 그런 셈이지."

"그게 취조의 비결이라고요?"

"그렇게 딱 잘라 말하니까 시시한 소리처럼 들리는군."

"하지만 그런 뜻이잖아요."

"뭐, 그렇기도 하고. 결국은 사람 사이의 문제니까. 이 사람에게는 거짓말을 못 하겠구나, 하는 관계를 맺는 게 중요하다는 뜻이야."

과연 그럴까.

"하지만 말이에요. 실제로는 그런 인정 따위가 통하지 않는 상대도 있잖아요."

"대부분의 피의자는 처음엔 다 오기를 부리기 마련이지. 그 오기를 풀어주는 것도 형사 수완에 달렸어."

"아니요. 제 말은 정신 상태가 아니라 성격이랄까, 인간성 문제다 이겁니다."

"그래서 하는 소리야. 자네처럼 이치만 갖고 상대를 몰아붙이고, 찍소리도 못 하게 해서 굴복시키는 게 능사는 아니라고."

아니, 그건 틀린 말이다.

"저도 범인에게 인정을 갖고 대해요. 상대가 눈물을 흘리면서 자백한 적도 있다고요."

이마이즈미가 짓궂은 미소를 띠며 말했다.

"정말 그럴까? 그건 자네 장기인 독설로 흥분시켜서 눈물만 흘리게 한 거 아냐?"

말씀을 함부로 하시네.

"그게 뭡니까? 독설로 흥분시키다니. 누가 그런 게 장기래요? 제가 그런다고 누가 그래요?"

설마 이마이즈미에게 이런 성추행에 가까운 말을 들으리라고는 생각도 못 했으므로 솔직히 어처구니가 없었다. 이제 이대로 물러설 수는 없다.

"애초에 관리관님이 바람 어쩌고 했던 비유부터가 별로였어요. 그런 비유를 드신 것 자체가 혹시 관리관님도 바람피운 경험이 있으신가, 하고 의심하게 만들거든요."

설마 정곡을 찔렀나? 이마이즈미가 레이코와 거리를 두려는 듯이 등을 곧게 폈다.

"무슨 말도 안 되는 소리야? 이건 그냥 비유일 뿐이라고. 정말이야. 원래 내가 생각해낸 비유도 아니고."

"네? 그런 것치고는 엄청 열성적으로 설명하셨어요. 그렇담 참고 삼아 들어두긴 할게요. 관리관님이 아니면 바람피운 남편 비유는 원래 누가 생각해냈어요?"

"그건 잊어버렸어. 내가 아직 젊었을 때 어디선가…… 분명히 이런 술자리에서 선배 형사가 들려준 이야기야."

큰일이다. 레이코는 자기 기분이 점점 더 공격적으로 변해가는 것을 알았지만 그것을 스스로 제어하기 힘들었다.

레이코는 곁에 두고 있던 사진을 집어 들었다.

"저기, 그건 그렇고, 이게 뭔가요?"

"응?"

이쪽으로 시선을 돌렸을 때만 해도 이마이즈미는 뭐지, 하는 표정이었다. 하지만 그 사진이 무엇인지 깨달은 순간 돌연 역풍이라도 맞은 사람처럼 이마이즈미의 얼굴이 깜짝 놀라 경직되었다. 적어도 레이코에게는 그렇게 보였다.

"그, 글쎄, 뭘까. 모르겠는데. 어디 있었어?"

어라? 시치미를 뗄 작정인가?

"이 아래에 떨어져 있었어요. 위치로 말하면 관리관님과 야마우치 계장님 발치 부근에요. 물론 제 것이 아니니까 상식적으로 생각하면 관리관님이나 야마우치 계장님이 흘린 건데요."

"꼭 그렇지만도 않지. 우리 앞에 왔다 간 손님이 떨어뜨렸는지도 모르잖아."

"이런 게 떨어져 있으면 정리하러 왔던 시점에 직원이 알았겠죠. 제가 발견했을 정도인걸요."

몹시 동요하는 눈치였다. 담뱃갑에서 담배를 꺼내려고 하는 이마이즈미의 손가락 끝은 언뜻 보기에도 분명히 떨리고 있었다.

지금 대화의 주도권은 완전히 레이코 쪽으로 넘어와 있었다.

"이거, 아주 옛날 사진인데요. 쇼와 때쯤 찍었을까요?"

"그, 글쎄. 언제쯤인지……."

"기억 안 나세요?"

"기억이고 뭐고, 내 사진이 아니라니까."

"그러세요? 이 오른쪽에 찍힌 남자는 젊었을 때 관리관님 아닌가요?"

사진이 거의 퇴색되어 어디까지나 분위기로 판단한 말이었다. 레이코가 보기에 이마이즈미로 보이는 청년의 얼굴은 아주 붉었다. 그리고 넥타이를 느슨하게 풀고 와이셔츠 단추도 서너

개는 끌러놓았다. 붉은 벨벳 소파에 앉아 있었다.

촬영 장소는 무슨 카바레 같았다.

"경시청에 들어오고 나서 찍은 사진인가요?"

"아니, 모른다고 했잖아."

"맞다. 관리관님 귀 밑에 점 있잖아요?"

이마이즈미가 깜짝 놀라면서 자기 왼쪽 귀를 감쌌다.

레이코는 사진 속의 남자를 가리키며 말했다.

"이것 보세요. 이 사람, 여기요. 정확히 똑같은 자리에, 역시 점이 있잖아요."

"그, 그래? 그건 무슨 티끌이 붙었다든가……."

"엄청 취했나 봐요. 얼굴도 새빨갛고, 표정도 헬렐레……. 결국 그거죠? 가게를 보니 분위기에 취해서 그런 짓을 하는 경우도 있는지 모르지만…… 어떠셨어요, 여자한테 억지로 키스한 기분이?"

이마이즈미의 눈이 휘둥그레졌다.

"그렇게 억지로는 아니고……."

그러면서도 이마이즈미는 여전히 냉정한 척하려고 애썼다.

"내가 보기에는 그렇게 억지로 하는 분위기는 아닌데."

"그래요? 제가 보기에는 상대 여성은 분명히 망설이는 느낌인데요."

사진 속의 여자는 가슴께가 훤히 드러나는 흰 드레스를 입었다. 머리 모양도 화장도 쇼와 시대의 복고풍 그대로라서 요즘 호스티스와 비교하면 빈말로라도 세련되었다고 하기는 어려웠다.

"이렇게 어깨동무하면서 손은 여성의 가슴을 덮고 있잖아요. 이런 건 참, 남자들의 한심한 모습이랄까, 발가벗겨진 수컷을 본 것 같아 솔직히 불쾌해요. 아우, 소름 끼쳐."

"그런…… 그 손은 그게 아니라고. 각도 때문에 그렇게 보일 뿐이야."

레이코도 이 정도를 갖고 진심으로 불쾌하지는 않았다. 상황이 오히려 조금 재미있어졌다. 쉰 살을 넘긴 성인 남자가 이런 일로 울상을 지으리라고는 생각해본 적도 없었다.

"한 번 더 물을게요. 어디까지나 이 사진은 관리관님 것이 아니란 말씀이죠?"

"당연하지! 전혀, 기억에 없어."

"이 사진은 건드린 적도 없으신 거죠?"

"뭐?"

이마이즈미는 양쪽 눈썹을 치켜떴다.

이 승부는 내가 이겼다.

"기억에도 없고 건드린 적도 없다면, 이 사진에는 관리관님 지문도 찍혔을 리가 없겠네요?"

"히, 히메카와! 자네…… 이렇게까지 할 거야?"

"그러니까 기억에 없다고 하시면 결국은 지문도 없는 게 맞잖아요?"

그제야 이마이즈미는 체념한 듯 보였다.

고개를 숙이고 한숨을 푹푹 쉬었다.

"자넨 정말…… 한번 물었다 하면 아주 끝장을 보는군. 맞아, 그래! 거기에 찍힌 건 분명히 젊었을 때 나야. 인사 자료를 얻으러 본부로 돌아왔을 때라고. 무슨 일이 있었는데, 가쓰타마도 있었을걸. 재미있는 걸 하자면서 녀석이 먼저 제안했어. 그러면서 그 사진을 찍었지. 벌써 30년도 더 지났네. 그때 난 아직 술도 약했고. 그 가게도 가쓰마타가 가자고, 가자고 어찌나 끈질기게 꾀던지. 그러다가 억지로 술도 마시고…… 어느새 그런 꼴이 됐더라고. 사진을 찍히다니. 30년이 지나도록 전혀 몰랐어. 이제 와서 그런 걸 끄집어내서는 말이야. 무슨 꿍꿍이인지는 모르겠지만 아무튼 히메카와, 자네도 조심해."

이마이즈미가 거기까지 말했을 때 갑자기 장지문이 열렸다.

"아, 여기 계셨네예. 잘 지내셨어요, 히메카와 주임님. 진짜 오랜만입니데이."

"아, 아니!"

왜, 이오카가 여기에…….

"관리관님, 혹시 아까 통화한 사람이……?"

"어, 깜빡하고 말을 안 했는데 실은 이 녀석도 다음 수사 1과의 보충 요원 후보자야. 어때? 11계로 넣을까?"

그것만큼은 죽어도 싫다고요!

꿈속에서

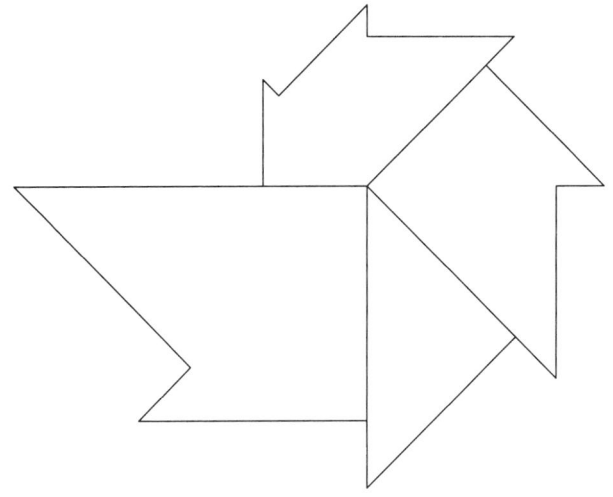

『쇼세쓰호세키(小説宝石)』, 2014년 9월호

한 달쯤 전인 2월 하순. 레이코는 재청으로 경시청 본부에 있을 때 이마이즈미의 호출을 받았다. 장소는 17층에 있는 카페 파스텔. 이마이즈미는 창가 자리에 혼자 앉아 있었다. 다른 손님은 없었다.

"죄송합니다. 많이 기다리셨죠?"

일단 인사부터 했다. 자리에 앉기 전이었지만 레이코는 무슨 용건인지 알고 있었다.

이마이즈미의 표정으로 볼 때 좋은 소식이 아닐 게 분명했다.

"응, 뭐, 대충 알 거야, 춘계 인사이동 때문에. 먼저 사과부터 해야겠군. 미안해. 이번 인사 때 11계로 배치할 전 히메카와 멤버는…… 한 명밖에 없을 것 같아. 지금 내 힘으로는 그 이상은 아무래도 불가능해. 정말 미안하다."

이마이즈미가 머리를 조금 수그렸다. 레이코는 아니에요, 하면서 고개를 젓고 자신도 고개를 조아렸지만 그래도 달리 할 말이 없었다.

머릿속에서 여러 가지 생각이 맴돌았다.

레이코는 본부로 복귀한 후 기회가 있을 때마다 이마이즈미에게 부탁했다. 한 번 더 히메카와 반을 결집하고 싶다고. 그래야 비로소 자기들은…… 아니, 자신은 오명을 벗을 수 있다고. 이마이즈미도 그 점은 충분히 이해해주었고, 승진 시험 합격자 명부가 나올 때마다 레이코에게도 꼭 확인시켜주었다.

물론 레이코도 다섯 명 전원이 재결집하는 것을 쉽게 여기지는 않았다. 그렇지 않아도 이시쿠라는 이미 본부 현장감식계에 배속되어 있었다. 그것은 오히려 운이 좋은 경우였다. 본부의 현장 감식계라면 사건 현장에서 다시 함께 일할 수 있다. 사실 이시쿠라가 본부로 가겠다고 자청한 것만으로도 레이코로서는 더없이 든든했다. 무언가 곤란한 일이 생기면 마음 편히 상의하러 갈 수도 있었다.

레이코는 다른 세 사람이 마음에 걸렸다.

기쿠타 가즈오, 하야마 노리유키, 유다 고헤이.

특히 기쿠타와 하야마는 둘 다 1계급 승진해서 각각 경위와 경사가 되었다. 유타보다 본부로 복귀할 수 있는 가능성이 높았다.

이 두 사람 중에서 누가 우위에 있는가 하면 그것은 틀림없이 하야마였다. 하야마 쪽이 승진은 물론이고 승진에 따른 이동도 빨랐다. 본부에 배속되려면 승진 이동 후 1년 이상 기간을 두어야 한다는 규정이 있다. 하야마는 기타자와 서로 이동해서 올봄이 정확히 1년째다. 그에 반해 기쿠타는 센주 서에서 기동수사대로 이동한 지 아직 반년도 지나지 않았다.

요컨대 이번에 기쿠타를 11계로 끌어오기는 어렵다는 뜻인가.

자세한 이야기를 듣고 싶은 마음과 결론을 알고 싶지 않은 마음이 가슴속에서 서로 뒤엉켰다. 하지만 역시 듣지 않고는 못 배기겠다.

"그럼, 누가 배치될지는 아직 모르나요?"

이마이즈미가 고개를 끄덕였다.

"어, 그건 자네에게도 아직 말할 만한 단계가 아니야. 우리 쪽도 억지를 부리는 이상 반발이나 간섭이 나올 건 예상해야 해. 나부터도 물밑 작업이나 사전 공작에는 능숙한 편이 아니라서 말이야. 정식으로 발령이 날 때까지 기다려봐야지, 뭐."

물밑 작업이나 사전 공작이라는 말을 들으니 떠오르는 것이 있었다. 간테쓰, 즉 가쓰마타의 얼굴이었다. 그가 이번 건에 어떻게 관여하고 있는지 레이코는 짐작도 가지 않았다.

어쨌든 지금은 이마이즈미의 호의에 기대는 길밖에 없었다.

"저야말로 죄송해요. 관리관님에게 여러 가지 편의를 받고 있으면서 곤란한 부탁만 드려서요."

이마이즈미는 아니야, 하고 말하면서 쓴웃음을 지었다.

"누구든지 과거를 되돌아볼 때 그 시절이 좋았지, 하면서 추억에 젖는 시절이 있어. 나에게는 와다 씨가 주임이었을 때 수사 1과 강력범 수사 7계, 자네가 주임을 맡은 살인범 수사 10계지. 7계는 이제 돌아오지 않아. 시간이 흘렀기도 하지만 그 이전에 모두가 뿔뿔이 흩어졌거든. 언제 밥이나 한번 먹자고 하지만 우리한테는 그 언제도 없다고. 그래도 히메카와는 어쩌면 한 번 더 볼 수 있지 않을까, 조금 기대가 되기도 해."

의외였다. 이렇게 쓸쓸한 얼굴을 하는 이마이즈미를 레이코는 지금까지 본 적이 없었다.

3월 28일 목요일, 오후 3시가 지났을 때였다. 스미다 구 긴시 3가 노상에서 사람이 칼에 찔리는 사건이 발생했다는 첫 보고가 들어왔다. 그때도 레이코는 살인범 수사 11계 멤버와 재청 중이었다. 물론 그러기를 바라지는 않았지만 피해자가 사망하면 현장에 출동해야겠구나, 생각했다.

한 시간쯤 지나자 세 명의 피해자가 나왔고, 피의자를 확보했다는 정보가 들어왔다. 그렇다면 현장 출동은 안 해도 되겠다고 생각했다. 이대로 17시 15분이 지나면 오늘 근무는 끝난다. 내일과 모레는 연속으로 쉰다. 차라리 이번 연휴에는 한동안 방치했던 욕실 곰팡이나 박멸해볼까, 멍하니 그런 생각을 했다.

다시 한 시간쯤 지나자 상황이 급변했다.

계장 책상에 앉아 있던 야마우치가 몇 번인가 연달아 통화를 했다.

"네네, 알겠습니다. 그럼 그렇게."

야마우치는 통화가 끝나자 수화기를 내려놓고 마치 벽시계라도 보듯 아무 감정도 띠지 않은 눈으로 레이코를 보았다.

"히메카와 주임."

"네."

자리에서 일어나 야마우치의 책상 앞으로 다가갔다. 그러는 사이에도 야마우치는 눈만 씀벅거릴 뿐 꿈쩍도 하지 않았다. 눈앞에 섰는데도 먼저 입을 열지 않았다.

침묵이 어색해서 레이코는 자기가 먼저 질문했다.

"긴시초인가요?"

"그래. 오늘은 그냥 퇴근하고 내일 넷이서 혼조 서로 가봐."

다시 말해 레이코와 히노 경사, 나카마쓰 경사, 오바타 경사까지 네 명이서 가라는 뜻이었다. 인원수로 보면 다른 반과 공평하지 못했지만 지금은 별도리가 없었다.

"특수부인가요?"

살인 사건이 발생하면 경시청 관내에 설치하는 수사본부는 특별 수사본부인 경우가 많다.

"아니, 특수부는 아니다. 피의자 남성은 일단 확보한 상태라 특수부 규모까지는 만들지 않을 방침이지."

그것이 더 이상하다.

"피의자를 확보했는데 지원을 보낸다고요?"

"그래. 첫 번째 이유는 혼조 서에 인원수 문제가 있다. 그리고 피의자를 확보하긴 했지만 피의자가 현장 근처에서 자살을 기도했다는군. 현재 의식불명에 빠져서 중태라고 한다. 신원을 밝힐 만한 소지품이 아무것도 없어서 지금으로써는 범행 동기도 밝혀지지 않았지. 피해자 세 명 가운데 여성 한 명은 경상으로 끝났지만 남성은 사망했고, 다른 여성 한 명은 중상을 입었는데 이 사람도 의식불명이라는군. 따라서 피의자와 피해자 관계도, 계획적인 범행인지 무차별 범죄인지조차 현재로써는 분명하지 않다. 물론 피의자든 피해자든 어느 쪽이 의식이 돌아오고, 아무 문제도 없고 의문점도 해결되면 철수해도 괜찮다."

그러나 무언가 문제가 있다면 혼조 서에서 계속 수사하라는 뜻이다.

"알겠습니다. 그럼 내일 아침에 바로 가보겠습니다."

야마우치는 고개를 끄덕였나 싶을 정도로 보일 듯 말 듯 턱짓만 하고서 시선을 내리고는 입을 다물었다.

아무래도 이야기는 거기서 끝난 듯하여 레이코는 고개를 숙였다가 자기 자리로 돌아왔다.

혼조 서는 경시청 관내 102개 경찰서 중에서도 상위를 차지하는, 규모가 큰 경찰서다. 청사는 4층 건물로 높지는 않지만 폭이 매우 넓다. 정면에서 고개를 들고 보면 눈대중으로는 끝까지 헤아리기도 힘들 만큼 창문이 길게 줄지어 있다. 청사를 다시 지을 때 마침 지금과 같은 부지를 확보하게 되어 건물 모습이 이렇게 정해졌겠지만, 어쨌든 도쿄 23개 구 안에서는 사치스러운 구조라고 해도 과언이 아니다.

동행할 세 사람과는 아침 7시 반에 경찰서 앞에서 모이기로 했다. 그러나 약속 시간에 맞춰 온 사람은 히노 도시미와 나카마쓰 신야, 이렇게 중년 경사 둘뿐이었다.

"안녕하세요."

레이코가 인사하자 두꺼운 화장을 한 히노가 뒤따라 인사했다.

"안녕하세요."

나카마쓰의 안녕하세요, 하는 소리는 들릴 듯 말 듯 했다.

히노가 고개를 갸웃거리며 레이코의 옆구리를 쳐다보았다.

"어, 주임님, 가방 또 새로 사셨어요?"

같은 여자라 유독 차림새를 살피는 눈이 예리했다.

"아! 네, 좀 싸게 팔아서 하나 장만했어요."

"이번에는 얼마나 들었어요?"

게다가 번번이 노골적으로 가격을 물었다.

로에베의 투웨이 숄더백. 시중에서 구입하면 30만 엔. 그러나 이쓰키 상회의 가쿠타에게서 싸게 넘겨받았다.

"18만 엔이었나……."

사실은 22만 엔에 샀다. 처음에는 실제보다 싸게 말했더니 그 점포를 소개해달라고 졸라댔다. 그게 귀찮아서 솔직하게 대답했는데 히노는 그렇게까지 말하지 않아도 점점 눈치를 채는 듯해서 최근에는 적당히 값을 낮추어 알려주었다.

그래도 히노의 반응은 가차 없었다.

"얼마라고요? 과연 히메카와 주임님이세요. 난 두 아이들 때문에 이것저것 생각하느라 전부 이온* 제품뿐이에요. 2만 3천

---

* 이온(AEON): 일본의 대형 쇼핑몰.

엔짜리 가방을 사면서 바보같이 반년이나 고민했는데……. 정말 잘 어울려요. 안 그래요, 나카마쓰 씨? 미인은 뭘 들어도 맵시가 나니 얼마나 좋을까요? 게다가 독신이지. 지금이 한창때인 줄 아세요."

이 아니꼬운 소리도 최근 반년 사이에 몇 번을 들었는지 모르겠다.

유일한 구원은 나카마쓰가 이런 잡담에 일절 반응하지 않는다는 사실이었다. 매사에 시큰둥한 분위기였고, 언제나 보면 빈말로라도 차림새가 단정하다고 말하기는 어려웠다. 하지만 말수가 적어서 레이코는 그나마 다행으로 여겼다.

어쩌다 끼어들어도 아무렴 어때요, 하고 나직하게 한마디 중얼거릴 뿐이었다.

일이 분 지나자 오바타도 도착했다.

"안녕하세요. 죄송합니다, 늦었습니다."

이쪽은 이쪽대로 나이도 계급도 레이코가 하나 위라는 점이 비위에 거슬리는 모양이었다. 레이코에게 반말을 하기 일쑤였다. 어쨌든 예쁜 구석이 하나도 없었다.

"안녕. 자, 출발할까?"

네 사람은 한데 모여 경찰서 현관으로 들어갔다. 접수대에서 신분을 밝히자 그대로 2층 형사과로 올라가라고 했다.

계단으로 올라가서 복도 중간쯤에 멈추었다. 팻말을 확인하고 형사과로 들어가자 와이셔츠 차림의 중년 남자가 출입문까지 일행을 맞이하러 나왔다.

레이코가 먼저 인사했다.

"수사 1과 살인범 수사 11계 담당 주임 히메카와입니다."

"수고하십니다. 강력범 수사 1계 담당 계장을 맡고 있는 고시노입니다."

명함을 교환했다. 혼조 경찰서 형사과 강력범 수사 1계장 경위 고시노 다다미쓰. 계급으로는 레이코와 같다.

"이쪽으로 오시죠."

고시노는 곧장 형사부실 안에 있는 소파로 안내했다.

하지만 좌석은 네 자리뿐이어서 둘씩 마주 앉으면 끝이었다. 고시노가 바퀴 달린 의자에 앉으려나 보다고 생각한 순간 나카마쓰가 오바타에게 지시했다.

"이봐, 저 의자 좀 빌려 와."

게다가 오바타가 비어 있는 바퀴 달린 의자에 손을 대자 두 개 가져와, 하고 찔러 넣듯 바로 덧붙였다.

나카마쓰는 47세, 오바타는 32세. 분명히 나이로나 형사로서 경험으로나 나카마쓰가 훨씬 많기는 했지만 그런 취급을 받으면 레이코 입장에서는 몹시 곤란했다. 그 불똥은 어김없이 레이코에게 튀었기 때문이다. 지금도 창가 자리에 고시노와 마주 앉은 레이코를 향해서 오바타는 대놓고 날카로운 시선을 보냈다.

그런 반골 기질이나 성공 지향성을 가질 필요는 있지만 날마다 그것을 직접 당하는 입장에서는 솔직히 괴로웠다. 이마이즈미는 아니지만, 같은 계에 속한 동료끼리 원만히 지내고도 싶었고, 레이코 자신도 밉상 취급은 받기 싫었다. 밉상은 팀 바깥에 있는 일당 중에도 얼마든지 많았다.

입장이 상당히 난처했지만 레이코와 히노가 나란히 앉고 맞은편에 고시노가 앉았다. 그 옆자리를 비워두고 나카마쓰와 오바타 두 사람이 소파 옆에 바퀴 달린 의자를 놓고 앉자 주위가 정돈되었다.

당직자인가. 곧 젊은 여성 경관이 차를 가져왔다.

한 사람씩 차를 받고 나자 고시노가 이야기를 시작했다.

"대략적인 사건 내용은 아실 테지만 혹시나 해서 저희도 현 상황에 대해 말씀드리겠습니다."

"네, 부탁합니다."

고시노가 사건 내용의 요약문을 네 사람에게 나눠주었다. 현장 사진은 인원수대로 인쇄하지 않았는지 파일에 든 채로 보여주었다.

"사건은 어제 3월 18일 15시 5분경, 긴시 3가, 5-× 부근 노상에서 발생했습니다. 이름, 나이 불명의 피의자가 처음에 공격한 상대는 미네오카 사토미, 49세 여성입니다. 복부를 두 군데 찔렸고, 그 밖에도 몇 군데 부상을 입어서 중태입니다. 현재도 의식불명 상태지만 목숨만은 건졌습니다. 사건 경위는 행인 아라야 나쓰코, 35세 여성과 다른 두 사람의 증언에 따르면 피의자가 현장 노상에서 만능 식칼을 휘둘러 미네오카 사토미에게 여러 군데 상처를 입힌 것으로 보입니다."

고시노가 현장 사진 한 장을 가리켰다.

"현장은 '키친 마도카'라는 양식당 앞입니다. 제2, 제3의 피해자 오노 아야카라는 29세 여성과 그녀의 상사인 스가누마 히사시라는 32세 남성은 이 키친 마도카에서 늦은 점심 식사를 마치고 식당에서 나오던 길이었습니다. 거기서 갑자기 몸에 피를 흘리는 기누오카 사토미가 스가누마에게 도움을 청했는지, 그냥 쓰러졌는지는 모르지만 그에게 안기다시피 하며 쓰러졌습니다. 스가누마가 놀라서 그녀를 받아 안았을 때 다시 피의자가 식칼을 휘두르며 접근했습니다. 그 바람에 스가누마는 칼에 목을 찔려 병원으로 옮겨졌으나 한 시간 반 뒤에 사망했습니다. 과다 출혈로 인한 사망이었습니다. 오노 아야카도 오른팔과 머리 오른쪽에 칼로 찔리는 부상을 입었으나 모두 경미한 상처로 그쳤습니다. 외상보다는 정신적으로 큰 충격을 받아서 현재도 사정 청취에 차질을 빚고 있습니다."

그럴 만하다. 아까까지 함께 식사를 했던 상사가 갑자기 눈앞에서 살해되었다. 어제 오늘 고작 이틀 지났을 뿐이니 그 상황을 냉정하게 진술하지 못하는 게 당연하다.

레이코가 질문했다.

"그러면 오노 씨와 사망한 스가누마 씨는 피의자와 일면식도 없었던 겁니까?"

"네, 그 점은 확인을 마쳤습니다. 스가누마는 사망했으니 엄밀히 따지면 두 사람 모두에게 확인을 한 건 아니죠. 두 사람은 키친 마도카에서 나오자마자 갑자기 습격을 받았으니까요. 그냥 일방적으로 사건에 휘말렸다고 봐도 큰 문제는 없을 겁니다."

"미네오카 사토미 씨는요?"

꿈속에서

"그쪽도 의식이 돌아오지 않은 상태라 별로 드릴 말씀이 없습니다. 행인인 아라야 나쓰코가 증언한 바에 따르면 그때 자기는 미네오카 사토미 뒤에서 수 미터 떨어져 걸어가고 있었답니다. 피의자는 미네오카 바로 맞은편에서 걸어오고 있었고요. 그러다가 미네오카 앞을 가로막고 갑자기 식칼로 찔렀답니다. 아라야에게는 그렇게 보였다고 합니다."

레이코는 현장 사진을 통해 그때 상황을 상상해보았다.

"그 증언이 맞다면 '묻지마범죄' 같군요."

"네, 현재로써는 그럴 가능성도 다분해 보입니다."

"피의자가 세 명을 살상해서, 그다음은요?"

"네, 피의자는 포개지듯 쓰러진 세 사람을 수 초 동안 쳐다본 뒤 전방을 향해 뛰어갔습니다. 아라야 나쓰코가 가려고 했던 동쪽으로요. 아마 피의자는 그대로 직진해서 요쓰메도리 대로를 건너 긴시 공원으로 향했을 겁니다. 아라야 나쓰코와 키친 마도카 직원의 신고를 받고 잠시 후 파출소 담당 직원과 본서 수사관, 기동수사대가 현장에 도착했습니다. 아라야 나쓰코와 다른 사람들의 증언으로 피의자가 도주한 방향을 수색해서 16시 7분, 긴시 공원 안에 있는 공중화장실의 한 칸에서 목을 그어 자살을 시도한 남성을 발견, 병원으로 옮겼습니다. 그 남성은 아라야 나쓰코가 진술한 범인의 인상착의와도 일치해서 피의자라고 판단하여 체포 영장을 청구했습니다. 피의자가 의식을 회복하기를 기다렸다가 체포할 방침입니다."

여기까지 설명을 듣고도 레이코는 여전히 이해가 가지 않았다.

"저기…… 말씀대로라면 사건 해결의 실마리는 벌써 잡힌 듯한데요."

고시노는 잠시 미안한 듯한 표정을 지었다.

"네, 그건 그렇긴 한데…… 본서에는 현재 지바 현 경찰과의 합동수사본부가 설치되어 있습니다. 일전에 발생한 소비자 금융을 노린 연쇄 강도 살인 사건 때문에요. 그래서 본서는 지금도 3반 체제로 당직을 섭니다. 그게…… 벌써 3개월째군요."

관할 서 당직은 통상 6반 체제다. 내근 직원은 원칙적으로 엿새에 한 번꼴로 숙직을 선다. 그것이 3반 체제라면 요컨대 사흘에 한 번씩 숙직이 돌아온다는 뜻이다.

"그거 참 힘드시겠어요."

6반 체제에서도 형사가 규정대로 휴무를 얻기란 거의 불가능하다. 아마 거의 대부분의 형사들이 자기가 안고 있는 사건을 처리하기 위해 한 달에 며칠씩 휴일을 포기할 것이다. 그런 실정에 3반 체제에다 그것도 3개월째라니. 뭐라고 할 말이 없다.

고시노가 정말 지쳤다는 듯이 고개를 떨어뜨렸다.

"정말 엉망입니다. 속옷 도둑 하나 만족스럽게 처리도 못 하고. 결코 방치할 생각은 아니었는데도, 사실 그쪽으로 돌릴 여력이 없었습니다. 결국 일부는 생활안전과나 지역과하고 교대하는 실정이지요. 형사과는 솔직히 말해서 모두가 쓰러지기 일보 직전입니다. 본부 쪽에서 인력을 지원할 만한 사건이 아니라고 거절하면 끝이긴 한데…… 지금 피의자 감시만 해도 저희끼리는 역부족이라 경비원을 지원받았습니다."

그렇지만 레이코도 이런 경우가 처음은 아니었다. 예전 10계 시절에도 아카바네에서 비슷한 형태로 수사에 임했던 경험이 있었다. 이케부쿠로 시절에는 거꾸로 다른 과나 계에서 여러 번 도움을 받았다. 어려울 때는 상부상조하는 법이니까.

"알겠습니다. 그럼 솔직하게 말씀해주세요. 이 사건에 혼조서에서는 몇 명을 차출하셨습니까?"

고시노는 고개를 더 깊게 수그렸다.

"죄송합니다. 현재로써는 아무리 쥐어짜도 저 한 명이 최선입니다."

역시. 이건 아카바네 때보다 훨씬 더 심각하다.

인원은 그렇다 치고, 사무실은 몇 개를 사용해도 괜찮다고 하여 작은 회의실 하나를 빌렸다. 거기서 레이코 팀이 초동수사 서류를 검토했다.

피의자의 사진이 마음에 걸렸다. 아마도 병원 치료 후 의사에게 허가를 얻어 촬영한 모양인데 침대에 누워 있었고, 목에는 붕대가 둘둘 감긴 상태였지만 눈을 감고 있는 얼굴이 또렷이 찍혀 있었다.

"고시노 계장님, 이 사진의 피의자는 아주 어려 보이는데요."

네, 하면서 고시노가 고개를 끄덕였다.

"실제로도 어려 보입니다. 어쨌든 휴대전화나 면허증은 없었고요. 소지품은 지갑에 3만 엔 정도와 동전, 전화 카드 한 장 그리고 자택 열쇠가 전부여서 이름은커녕 나이도 아무것도 모릅니다. 당연히 지문 조회를 했죠. 범죄 경력은 없었습니다. 겉보기에 20대 초반 같기는 합니다."

신원을 나타내는 물건이 아무것도 없었다고?

"회원증 같은 것도 없었나요?"

"네, 없었습니다."

범행을 하기 전에 모두 처분했다는 뜻일까. 그렇다면 묻지마 범죄가 아니라 계획범죄로 보아야 한다.

그런 이야기를 하고 있는 사이에 의식불명이었던 피해 여성, 미네오카 사토미가 의식을 되찾았다는 연락이 왔다. 입원해 있는 곳은 인근 고토 구 오기바시에 있는 사립병원이었다.

레이코는 회의 탁자에 나와 있는 서류를 전부 가방에 집어넣었다.

"어서 얘기를 들으러 가봐야겠어요."

고시노는 저도 가겠습니다, 하며 일행을 불러 세웠지만 레이코가 말렸다.

"아니요, 외근은 저희 네 명이서 할게요. 계장님은 데스크를 맡아주세요."

"하지만 그러면……"

미안하다는 말을 할 생각인가? 통상 이런 수사에서는 본부와 관할 서 수사관이 짝을 이루어 움직인다. 하지만 꼭 그렇게 짝을 지어 수사하라는 법은 없다.

"괜찮습니다. 아마 단순한 묻지마범죄일 거예요."

레이코는 경사 세 사람에게 자, 가죠, 하고 재촉하면서 출입문으로 향했다. 고시노는 네 사람이 밖으로 다 나갈 때까지 머리를 깊이 숙인 채 문가에 서 있었다. 이런 일로 덕을 쌓는다면 그것도 나쁘지 않다. 언젠가 어떤 형태로 보답을 받을지도 모른다.

복도로 나오자마자 히노가 물었다.

"어떻게 하시게요? 우리 네 명 다 병원에 갈 필요는 없잖아요?"

평소에 가졌던 불쾌함과는 별개로 히노는 아주 유능한 수사관이었다. 머리 회전도 빨랐고 나이에 비해 체력도 좋았다. 발걸음도 경쾌했다.

"그렇죠. 병원에는 저와 오바타 씨가 갈게요."

사실은 그냥 오바타라고 반말을 하고 싶었지만 괜히 심통이라도 부리면 나중에 말썽이 생길 테니 경칭을 붙였다.

"그러니 히노 씨는 다른 한 사람······."

"오노 아야카 말이죠?"

"네, 한 번 더 그녀를 만나서 좀 더 자세한 얘기를 들어보세요. 나카마쓰 씨는 피의자가 입원한 병원으로 가서 소지품을 꼼꼼하게 다시 조사해주시고요. 그게 끝나면 다른 두 목격자에게 가보세요."

"네."

오바타는 레이코의 뒤에 있었으므로 어떤 반응을 보이는지 알 길이 없었다. 하지만 짐작은 갔다. 아마도 한쪽 입매를 일그러뜨린 채 혀라도 한 번 찰 듯한 표정일 게 분명했다.

혼조 서에서 나왔을 때 갑자기 히노가 어깨를 건드렸다.

"주임님, 이 사건 사실은 단순한 묻지마범죄가 아니죠?"

히노는 이렇게 서슴없이 사람을 떠보는 경향이 있었다.

"어라? 어떻게 아셨어요?"

"그야 뭐, 주임님 같은 사람이 관할 서의 답답한 일 처리를 달가워할 리가 없잖아요. 겉으로는 봉사활동으로 쓰레기 줍는 척하면서 실은 보물찾기를 하는 분이니…… 그래서 관할 서 사람을 배제한 거죠?"

역시나 오바타는 이쪽을 노려보고 있었다. 나카마쓰는 심드렁한 표정으로 한눈을 팔며 우두커니 서 있었다.

"별로 그럴 뜻은 없었어요."

"근거는 뭐죠? 아까 보고서에 그렇게 생각할 만한 단서라도 있었나요?"

그 질문에도 레이코는 별로요, 하고만 대답했다. 결코 거짓말을 할 생각은 아니었다. 정말로 마땅한 근거나 단서는 없었다. 굳이 말하자면 기운이랄까. 이전에 비슷한 상황에서 수사에 들어갔던 아카바네에서는 예상치도 않게 전문 살인범과 맞닥뜨린 적이 있었다. 이번에도 그런 존재가 사건 뒤에 숨어 있지는 않을까.

그런 기대감도 분명히 적잖게 느껴졌다.

병원에서는 우선 미네오카 사토미의 주치의 이야기를 들었다.

"아무튼 상처가 깊고 장기도 손상되어서 한동안은 음식 섭취도 불가능한 상태입니다. 그러니 장시간에 걸친 면회는 삼가주십쇼. 환부에 아직 마취 기운이 있어서 당장은 별 통증이 없겠지만 의식이 조금 몽롱한 데다 숨 쉬는 것조차 힘들어할 겁니다."

네, 하고 대답한 다음 레이코가 물었다.

"구체적으로 몇 시간이나 대화가 가능할까요?"

"최대 30분쯤입니다."

"알겠습니다."

진단서를 확인해보았다. 양손과 왼쪽 어깨에 자상을 입었고, 복부 두 곳을 찔렸다는 내용은 수사 보고서와 일치했다.

"말씀 감사합니다. 그럼 청취는 30분 이내로 하겠습니다. 자, 가지."

레이코는 오바타를 데리고 서둘러 병실로 향했다.

미네오카 사토미가 입원한 525호실은 간호사 대기실 맞은편에서 조금 비껴 있었다. 그리 크지 않은 독실이었다.

"실례합니다. 경시청에서 나왔습니다."

침대는 방 우측에 있었다. 이불 바깥으로는 얼굴과 수액이 연결되어 있는 튜브만 보였다. 따라서 겉으로만 봐서는 환부가 어떤 상태인지 알 수 없었다.

가까이 다가가서 한 번 더 인기척을 내보았다. 미네오카 사토미는 느리게 눈만 깜박거릴 뿐 다른 반응은 없었다. 그래도 이토록 초췌한 몰골은 어찌 된 영문일까.

장시간에 걸쳐 수술을 받느라 체력을 소모했으리란 점은 이해하고도 남았다. 하지만 도무지 수술 때문이라고는 믿기지 않을 만큼 볼이 푹 꺼졌고 눈은 쾡 하며 피부에는 윤기가 없었다.

원래 그런 체질인지도 모르지만 쉰 살도 안 된 사람치고 주름이 자글자글했다. 차라리 예순을 앞둔 사람이라면 이해가 갈 것 같았다. 요란한 갈색 머리도 솔직히 어울린다는 느낌은 들지 않았다.

한 번 더 미네오카 사토미에게 말을 걸었다.

"전 이 사건을 담당하게 된 히메카와라고 합니다. 몸 상태를 보면서 조금씩이라도 이야기를 들을 수 있지 않을까 해서 찾아왔어요. 협조 좀 부탁드릴게요."

또 천천히 눈을 감았다가 절반쯤까지 떴는데 알아들었다는 뜻인지 아닌지 분명치가 않았다.

레이코는 근처에 있는 둥근 의자를 끌어다가 오바타와 나란히 앉았다. 미네오카 사토미는 천장을 똑바로 보고 누워 있는 상태라서 오바타의 얼굴은 시야에 들어오지 않을 게 분명했다.

"지금, 상처는 아프지 않으세요? 목소리는 내실 수 있겠어요?"

미네오카 사토미가 한 박자 뜸을 들였다가 하, 하고 숨을 뱉어 대답하는 소리가 들렸다. 일단 의사소통은 가능한 모양이었다.

"혹시 목소리를 내기 힘드시면 눈을 깜빡여 대답하셔도 돼요. '예스'는 짧게, '노'는 천천히 눈짓으로 하세요. 할 수 있으시죠? 그럼 시작할게요."

미네오카 사토미는 눈을 깜박이면서 턱도 희미하게 움직였다.

"네, 고마워요. 의식을 회복하신 지 얼마 안 지났지만, 지금은 사건 다음 날이고 오전 11시예요. 사건이 발생한 뒤로 벌써 만

하루가 지났어요. 그사이에 경찰서에서 미네오카 씨의 소지품을 조사했어요. 그것에 대해 몇 가지 확인할게요. 자택은 구로다 구 다치카와 3가, 맞나요?"

눈을 깜박거렸다. 아마도 '예스'라는 뜻인가 보다.

미네오카 사토미의 자택 주소는 어제 혼조 서 수사관이 휴대전화업체에 문의해서 알아낸 계약 정보로 특정했다.

구로다 구 다치카와 3가 17-×, 아오키장(莊) 205호.

"여기서는 혼자 사시나요?"

미네오카 사토미는 작게 고개를 끄덕였다.

"병원에 입원하신 걸 알리고 싶은 가족이나 친지, 친구는 없으세요?"

이번에는 눈을 감고 아주 희미하게 고개를 가로저었다. 이것은 '노'라는 뜻이다. 정말 아무에게도 알리고 싶지 않은 걸까.

"그러세요? 알겠습니다. 그럼 괴로우시겠지만 어제 사건에 대해 이야기를 좀 해주세요. 범인의 얼굴은 보셨나요?"

미네오카 사토미는 눈을 감았다. 이번에는 고개를 가로젓지 않았다.

"기억이 잘 안 나세요?"

고개를 작게 끄덕였다. 이것은 무슨 의미일까?

"공격을 받았을 때 상황이 잘 기억나지 않는다는 뜻인가요, 아니면 범인의 얼굴이 기억나지 않는다는 뜻인가요?"

틀렸다. 이 질문은 예스나 노로 대답할 수 없다.

"죄송해요. 질문을 다시 할게요. 어제 공격을 당했을 때 일은 기억나세요?"

작게 '노'라고 반응했다.

"어떤 식으로 공격당했는지 기억나지는 않으세요?"

미네오카 사토미는 한 번 더 '노'라고 대답했다.

"그럼 범인의 얼굴은요?"

이 질문에도 '노'.

"어떤 범인에게 어떤 식으로 공격을 받았는지 전혀 떠오르지 않으세요?"

이 질문에는: '예스'. 이런 반응은 몇 가지 해석이 가능했다.

그저 자세히 떠올리기가 무서운 걸까, 아니면 기억은 하지만 말로 설명하기가 싫은 걸까, 아니면 일시적으로 기억이 끊어진 걸까?

자신의 열일곱 살 때 기억에 비춰보면 레이코의 경우는 '기억은 나지만 말로 설명하기 싫다.'였다. 이런 문제는 일단 싫다고 생각하면 천지가 개벽해도 마음이 변하지 않는다. 그런 거부감은 형사가 이삼십 분 이야기한다고 풀릴 문제가 아니다.

넘겨짚고 동정해봐야 무의미한 짓인 줄은 알지만 지금은 시간이 없다. 화제를 바꾸었다.

"그럼 큰 실례인 줄은 알지만 질문 하나 할게요. 이번 일이 벌어질 만한 원인이 뭔지, 미네오카 씨는 짚이는 데가 있으세요?"

이 질문에는 작게 '노'로 대답했다.

"무엇이든 상관없어요. 사소한 일도 괜찮아요. 언뜻 보기엔 직접적인 관계가 없는 일일지도 몰라요. 최근 일이 아니어도 되고, 오래전 일이어도 괜찮아요. 대인 관계에서 무슨 문제 없으셨어요?"

미네오카 사토미는 잠시 생각하더니 결국은 '노'로 대답했다.

그러나 레이코는 이 대답에서 어떤 위화감을 느꼈다. 위화감이라기보다 앞서 나온 대답과 다르다는 느낌이 맞을지도 모른다.

미네오카 사토미는 그때까지 내내 꿈속에 빠져 있는 사람처럼 흐리멍덩하게 반응했다. 하지만 방금 '노'라고 대답했을 때는 눈썹을 예민하게 조금 움찔거렸다.

갑자기 상처의 통증을 호소하는 표시일 수도 있다. 그렇지 않아도 의사는 그녀가 숨 쉬기조차 힘들어 할 것이라고 언급했다. 무의식적으로 눈썹을 움찔거리는 정도는 사실 별로 이상할 게 없다. 혹시 레이코가 퍼붓는 집요한 질문에 대한 악감정인가? 일말의 책임이 미네오카 사토미에게 있는 듯한 말투, 질문에 대한 불쾌감. 그런 감정도 있을 수 있다.

그렇겠지. 머리로는 이해했다. 이해는 했지만 그래도 자꾸 신경 쓰이는 부분이 있었다. 지금 나온 '노'라는 대답에는 무언가 다른 의미가 있지 않을까, 레이코는 생각했다.

혹시 이런 집착은 이 사건을 단순 묻지마범죄로 종결시키고 싶지 않은 형사 특유의 졸렬한 범인 검거 근성에 불과한 것은 아닐까.

이렇다 할 수확도 얻지 못한 채 오바타와 병원에서 나왔다.

곧게 뻗은 도쿄 도 관할의 지방도로 상공에는 흐릿한 먹빛 구름이 무겁게 드리워져 있었다. 방향으로 보면 동쪽인가.

"비 오는 건 싫은데."

레이코가 무심히 중얼거리자 오바타가 퉁명스럽게 대답했다.

"비 안 와요. 저 구름은 이쪽으로 오는 게 아니에요."

"에? 그런 것도 알아?"

오바타는 그 질문에는 대답하지 않았다. 대체 상사하고 의사소통할 마음이 있는 건지 없는 건지.

"뭐, 됐고. 오바타 경사는 일단 서로 돌아가서 조회서부터 쓰고, 미네오카 사토미의 호적 관계를 조사해줘."

수사 관계 사항 조회. 이것을 접수한 기관에서는 어지간한 사유가 아닌 한 해당 서류를 내주어야 한다. 미네오카 사토미의 본적은 지바 현 가시와 시, 편도로 한 시간이 걸린다 해도 저녁에는 복귀할 수 있다. 레이코는 마땅치 않다는 듯한 오바타의 표정을 보고 말을 몇 마디 보탰다.

"본인은 자각하지 못했더라도 피의자 쪽에서 일방적으로 증오했을 가능성도 있어. 어디서 어떻게 접점이 생겼을지 모르니까 가능한 한 피해자 주변인들을 털어보자고."

"알겠습니다."

"난 다치카와 3가에 있는 거주지 쪽으로 가보지."

두 사람은 일단 함께 택시를 탔다. 조금 멀리 돌아가는 길이었으나 다치카와 3가를 경유해서 레이코는 거기서 내렸다.

"그럼 뒷일 잘 부탁해. 관계 서류 받으면 본부에 가 있어."

"네."

레이코는 출발하는 택시의 뒷모습을 보면서 오바타가 이제야 안도의 한숨을 쉬겠구나, 생각했다. 사실 한숨을 쉬고 싶은 사람은 오히려 레이코 쪽이었다.

이번 11계는 어쩌다 이렇게 다루기 힘든 멤버들만 모였을까, 곰곰이 생각해보았다. 계원은 계장 야마우치 경감 이하 11명. 그중에서 허물없는 사이라면 총괄 주임인 하야시 말고는 한 명도 없다. 야마우치, 히노, 나카마쓰, 오바타는 말할 것도 없고 다른 반의 경위 두 명, 경사 세 명과도 별로 친하지 않다. 애초에 레이코가 전입했을 때 환영회도 없었다. 그 후에도 예전 히메카와 반처럼 '좋아, 한잔하러 가지!' 하고 뭉치는 분위기가 된 적도 없었다. 다른 반의 경위 한 명과 경사 한 명이 술자리를 제안한 적은 있었지만 경위가 말했을 때는 공교롭게도 레이코가 감기에 걸렸고, 경사가 제안했을 때는 이마이즈미에게 불려 가느라 거절해야 했다. 그 후로 회식 제안은 딱 끊겼다. 한 번 거절했다고 이게 뭔가 싶은 생각이 들기도 했지만 자기 쪽에서 먼저 제안하자니 그것도 왠지 내키지 않아서 결국 데면데면한 관계로 지금까지 흘러왔다.

그런 일을 구시렁거리며 생각하는 사이에 아오키장 앞에 도착했다.

"우아, 세상에!"

아오키장은 주택가 안쪽에 있는 2층 건물로, 썩어 들어가기 시작한 목조 빌라였다. 시멘트와 모래를 섞은 모르타르를 분무해서 마감한 외벽에는 몇 군데 번개 모양으로 균열이 쫙 갔고 바깥으로 난 거실 창 하나는 쓰레기봉투 같은 것으로 꼭꼭 막혀 있었다. 현관이 있는 건물 정면은 그나마 양반이었다. 옆 건물과의 틈새를 들여다보니 건물 측면은 모르타르조차 바르지 않아서 함석이 그대로 노출된 상태였다. 게다가 연결 부위 여기저기도 사이가 벌어져 있었다. 이 지경이면 지붕 상태도 몹시 엉망일 게 분명했다.

"실례합니다."

불행 중 다행은 건물에 들어서자마자 바로 오른쪽에 관리인실이 있다는 점이었다. 어슴푸레한 복도는 더 이상 들어갈 마음이 나지 않을 만큼 음산했다.

초인종을 눌렀으나 반응이 없어 문을 두드렸다. 그래도 기척이 없어서 한 번 더 초인종을 누르려는데 바로 그때 집 안에서 살며시 인기척이 들렸다.

조금 기다리자 기울어진 문틀에 끼워진 얇은 문이 열렸다고 해야 하나, 이쪽으로 떨어져 나왔다.

"네, 누구세요?"

우둥퉁하게 살찐 노파였다. 머리카락은 아까 병원 앞에서 본 구름과 흡사하게 흐린 먹빛이었다. 어느 장기가 나쁜지, 얼굴은 문자 그대로 흙빛이었다.

"갑자기 찾아와서 죄송합니다. 전 경시청에서 나왔습니다. 여기 205호에 사시는 미네오카 사토미 씨에 대해서 조금 여쭐 게 있어서 찾아왔어요."

"네……?"

꿈속에서

게다가 이상하게 숨을 쉴 때마다 고약한 냄새가 났다. 아예 구린내라고 해도 좋을 정도였다. 되도록 코로 호흡하지 않고 대화하는 방법밖에 없었다.

"실은 어제 미네오카 사토미 씨가 갑자기 크게 다쳐서 지금 오기바시 병원에 입원해 있어요."

"그래? 저런, 불쌍해서 어째."

"미네오카 씨는 이 집에 혼자 사셨죠?"

"맞아. 혼자야."

"쭉 혼자 살았나요?"

"응. 쭉 그랬지."

"미네오카 씨 말고 집에 드나드는 사람이나 아는 사람은 없었나요?"

"글쎄…… 남자가 있다 해도 다른 데서 만나지 않았을까? 보통은 이런 집에 남자를 들이진 않지."

맞는 말이다. 아마도 그럴 것이다.

"어디서 일하는지 아세요?"

"그 사람 일하는 데?"

"네."

"응, 장부에 적혀 있으면 알 수도 있을 거야."

주민대장. 그녀가 말하는 '장부'를 보니, 이럴 수가! 미네오카 사토미는 사건 현장 바로 코앞에 있는 스낵바 직원이었다.

긴시 3가 8-◇, 스낵 야요이.

관리인이 맞은편에서 레이코가 들고 있는 주민대장을 들여다보았다.

"뭐, 가끔씩 가게가 바뀌는 모양이던데, 지금도 그 가게가 맞는지는 모르겠군."

장부에 따르면 미네오카 사토미는 5년 전부터 이 집에 거주했다. 레이코는 페이지를 넘기면서 다른 주민에 대해서도 물어보았다. 비교적 젊은 남성으로 겉보기에 20대 초반쯤인 사람은 없는지 확인했다. 그러나 관리인은 남자 주민은 모두 40대 이상이라고 했다. 하나같이 볼품없는 체형의 중년 남자들뿐이라고 했다. 미네오카 사토미의 대인 관계도 물어보았으나 그 점은 전혀 알지 못했다.

"협조해주셔서 감사합니다."

레이코는 아오키장에서 곧장 스낵 야요이로 향했다. 휴대용 지도로 살펴보니 도보로 약 20분 거리라는 계산이 나왔다. 처음에는 택시를 부를까도 생각했지만 어차피 현장을 봐둬야 하니 싶어 생각을 바꾸어 걸어서 갔다.

실제로 걸어보니, 역시나였다. 현장은 아오키장에서 스낵 야요이로 향하는 길 중간에 있었다. 스낵 야요이도 금방 찾아냈다. 스가누마 히사시와 미네오카 사토미가 그렇게 큰 부상을 입었을 정도면 가게 앞도 핏자국으로 꽤 더러워졌겠다고 예상했다. 하지만 직접 와서 보니 어제 여기서 피해자가 세 명이나 나온 살인 사건의 현장이라고는 믿기지 않았다. 주점은 평소처럼 영업 중인 데다, 경시청 규제에서 벗어나고 자시고 할 것도 없어 보였다.

꿈속에서

손목시계를 확인하니 오후 1시에서 10분쯤 지났다. 별로 허기가 느껴지지는 않았는데 스낵 야요이에 대해 탐문을 마치고 나니 여기서 요기를 해도 좋을 듯했다.

다음 모퉁이에서 오른쪽으로 돌아 30미터쯤 더 가니 오른편에 스낵 야요이가 있었다. 건물은 작은 단독주택이었다. 1층을 가게로 사용했다. 그렇다면 가게 주인은 이 2층에 사는 걸까?

주민대장에 기록된 연락처로 전화를 걸어보았다.

발신음이 일곱 번 이어지다가 갑자기 끊기더니 응답하는 소리가 들렸다.

"네, 여보세요."

남자인지 여자인지도 분간하기 어려울 만큼 쉰 목소리였다.

"여보세요. 전 경시청 직원인데요. 스낵 야요이가 맞나요?"

"네, 그런데요?"

지금 대답은 말꼬리가 조금 여성스러웠다.

"실례지만 지금 가게로 찾아뵙고 몇 말씀 여쭈어도 될까요?"

"네? 저한테요? 경찰이 왜요?"

"실은 거기 종업원인 미네오카 사토미 씨와 관련해서 몇 가지 확인할 일이 있어서요."

"뭐라고요? 사토미 씨라고요……? 그 사람이 무슨 일이라도 저질렀나요?"

레이코는 몹시 의외였다. 바로 코앞에서 종업원이 살해당할 뻔했는데 여태 모르고 있었단 말인가?

어쨌든 만나달라고 부탁하고 전화를 끊었다. 5분쯤 기다리자 예상대로 가는 철제 계단 위에 있는 문이 열렸다. 눈썹이 거의 없고, 여자 귀신 한냐*처럼 무시무시한 얼굴을 한 중년 여성이 내려왔다.

그녀가 서너 계단 남은 곳까지 내려왔을 때 레이코가 먼저 허리를 숙여 인사했다.

"이노우에 씨, 맞으시죠?"

"네, 전화하셨던 형사님이세요?"

"네, 히메카와라고 합니다."

"어머나! 전혀 형사 같지가 않아요. 뭔가, 그런 거 있잖아요. 보험 설계사 같은."

그런 소리는 처음 듣는다. 칭찬인지 욕인지 잘 모르겠지만 일단 미소로 답하기로 한다.

전화 통화에서 이노우에 지카코라고 이름을 밝힌 여성은 곧장 가게 문을 열고 안으로 들어갔다. 카운터 자리 여섯 개가 전부인 작은 가게였다. 조명을 켜지 않으면 주점 안은 한낮인 이 시간에도 몹시 어두웠다.

앉으라고 권하여 레이코는 입구에서 세 번째 스툴에 앉았다.

"그 뭐냐, 근무 중에는 맥주 같은 것도 마시면 안 되는 거죠?"

"네, 신경 쓰지 마세요."

"우롱차는 괜찮죠?"

---

* 한냐(般若): 일본 전통극 노(能)에 등장하는 인물로, 질투와 원망으로 가득 찬 여자의 영혼을 상징한다.

꿈속에서

"고맙습니다."

중년 여성은 유리잔 두 개와 캔에 든 우롱차 그리고 병맥주를 준비했다. 우롱차 캔은 냉장고에 있었는지 표면에 흐릿하게 물기가 맺혀 있었다.

"어서 드세요."

"잘 마실게요."

레이코는 주인이 낸 우롱차를 한 모금 머금고 우선 미네오카 사토미가 칼에 찔려 입원한 사실부터 알려주었다.

지카코는 병맥주를 따르던 손을 멈추고 몹시 놀란 얼굴을 했다.

"네? 그때 다친 사람이 사토미 씨였어요?"

"모르셨나요?"

"네, 그런 사건이 있었다는 건 알았죠. 그날 밤 손님한테 들었어요. 이 근처에서 살인 사건이 났다고요. 그래도 설마…… 정말 그랬단 말이에요? 사토미 씨는 어때요? 상처는 심한가요?"

"생명에는 지장 없지만 배를 두 군데 찔렸어요. 중상이에요."

"어느 병원이죠? 그 사람 독신이라 갈아입을 옷이라든가 그런 걸 챙겨줄 사람이 없어요. 내가 가지 않으면 틀림없이 곤란할 거예요."

평소 같았으면 레이코도 입원한 병원쯤은 가르쳐주고도 남았다. 하지만 미네오카 사토미는 레이코에게 일하는 곳조차 가르쳐주려고 하지 않았다. 어떤 사정이 있어서 이곳에 대해 함구하는 편을 택했는지도 모른다.

"죄송해요. 담당 업무가 달라서 저도 어느 병원인지 지금 바로 알아보긴 어려워요. 나중에 다시 연락드릴게요."

"그렇군요. 그래요, 그럼. 다음에 연락 주세요."

지카코가 맥주를 한 모금 더 마셨다.

레이코는 이야기를 계속했다.

"미네오카 씨는 어제 오후 3시쯤 다치셨어요. 아시다시피 사건 현장이 바로 이 근처인데 미네오카 씨는 왜 그 시간에 거기에 있었을까요? 짚이는 일 없으세요?"

지카코가 고개를 조금 끄덕였다.

"사실 그 사람, 이 가게에서 있을 때 빼고는 정말 빈둥대는 거 말고는 할 줄 아는 게 아무것도 없는 사람이에요. 보나 마나 아침부터 파친코라도 갔겠죠. 거기만 갔다 하면 빈털터리가 될 때까지 있다가 일찌감치 가게로 오거든요. 돈도 떨어지고 갈 곳도 사라지면 그 사람한테는 여기밖에 없어요. 혹시 그건가? 3천 엔만 빌려달라고 하려고, 그 때문에 여기 오려고 했는지도 모르겠어요."

역시 미네오카 사토미는 이곳으로 오는 도중에 습격을 받았다고 봐야 타당한가.

"그런 일이 자주 있었나요?"

"뭐, 늘 그 모양이었죠. 저도 미네오카에게 얼마나 빌려줬는지 몰라요. 뭐랄까, 정말 몹쓸 인간 같긴 한데, 어쩐지 돌봐주고 싶어진단 말이에요. 추레하고 깡마른 들고양이 같은 구석이 있어요, 사토미는."

꿈속에서

맞는 말이다. 미네오카 사토미에게는 가난에 가난이 겹친 듯한 그림자가 드리워져 있었다. 하지만 그녀는 전혀 고독하지 않았다. 그걸 알아낸 것도 일종의 수확이다.

"미네오카 사토미 씨와는 전부터 친하셨어요?"

"아니요. 한 오륙 년 됐어요. 처음 1년쯤 지났을 때 한동안 보이지 않다가 찾아왔는데, 또 2년쯤 지나니까 사라졌어요. 우리 집에서 일하는 게 지금이 세 번째인가. 슬슬 싫증이 날 때가 됐지, 또 사라지겠군, 하던 차예요. 그래서 어제 무단결근을 했는데도 별로 이상하게 여기지 않았죠. 그래도 설마 그런 사건을 당했을 줄이야, 꿈에도 몰랐어요."

"예전 일은 아시나요?"

"예전 일? 여기서 일하기 전 말인가요?"

"네."

"별로 얘기를 안 해서요. 지나가는 말로 좋아하는 사람 없냐고 물어보긴 했는데 그럴 때마다 틀렸어요, 전 남자 운이 없어서, 할 뿐 더 이상 말을 않더라고요."

그랬군요, 레이코는 심호흡을 한 번 하고 다른 화제로 넘어갔다.

"이 가게에는 20대 초반의 젊은 손님이 찾아오나요?"

"젊은 손님? 20대 초반이라, 글쎄요, 없는 것 같은데. 아무리 젊어도 30대쯤일걸요."

"겉보기에 아주 젊어 보인다든가."

"없어요. 그런 사람은 못 봤어요. 젊은 대머리가 한 명 있기는 한데, 잘 보면 얼굴이든가 피부에 윤기가 돌아서 나이가 많지 않겠다 싶어요. 목소리도 그렇고. 하지만 그나마도 언뜻 보면 40대고 잘못 봐도 50대예요."

"그럼 가게 손님 말고 미네오카 씨 주변에 그 정도로 젊은 남성은 없었나요? 예컨대 여기 드나드는 업자라든가."

그래도 딱히 짚이는 데는 없는 눈치였다.

"미네오카 씨는 아는 사람이 별로 없어요. 여기 드나드는 업자들 중에도 그렇게 젊은 사람은 없는 데다, 다른 사람이라고 해봐야 나머지는 파친코 직원이 전부예요."

파친코 직원이라. 긴시초 주변에는 파친코 오락실이 몇 군데나 있을까.

한참 동안 현장 주변을 돌아본 다음 서로 복귀한 시간이 정확히 17시였다.

임시 사무실로 쓰기로 한 회의실에 들어가니 오바타가 먼저 돌아와 있었다.

"주임님."

그러면서 서류를 들고 일어섰다. 평소처럼 시큰둥하지도 않고 아주 온순한 표정이었다.

"수고했어. 빨리 끝났네? 서류는 다 챙겨 왔어?"

"챙기는 정도가 아닙니다. 이거 한번 보세요."

오바타가 보여준 서류는 가족 관계 증명과 주민표였다.

오바타가 어느 항목을 가리켰다.

꿈속에서

"사토미에게는 올해 18세인 아들이 있습니다. 혼인 경력이 없으니 사생아죠."

그것은 레이코도 보면 안다.

"어디 봐봐. 미네오카 사토미 자신이 혼자 산다고 했고, 아오키장 관리인도 그렇게 말했어. 현장 근처에 있는 야요이라는 스낵바에서 일하는데, 거기 주인도 그녀가 외롭다고, 돌봐줄 사람이 주위에 아무도 없다고 했어."

오바타가 고개를 크게 끄덕였다.

"그야 그렇겠죠. 18세면 충분히 자립할 나이니까요. 독립하면 멋지게 살 수 있을까 아이 스스로도 생각은 했겠지만 그리 만만하지는 않았을 거예요."

무슨 뜻이지?

오바타가 계속 이야기했다.

"저도 미네오카 사토미가 혼자 산다는 얘기를 듣고 그럼 아들은 지금 어떻게 지낼까 궁금해서 조사해봤는데요. 학력 사항이 없더라고요."

"뭐?"

순간적으로 말뜻을 이해하지 못했다.

"미네오카 사토미의 아들, 시게키는 근거지에 있는 초등학교에 입학 예정이었는데 실제로는 학교에 가지 않았어요."

취학 이력이 없다?

요컨대 그건······.

"20년쯤 전에 분명히 도시마 구에서 그런 사건이 있었어. 최근에도 가나가와에서……."

"네, 그런 걸 고려해서 가시와 시에서도 거주 불명 아동의 목록을 만들어서 서둘러 추적해 들어갔던 모양이에요. 미네오카 시게키도 그 목록에 들어 있었어요."

"그래서, 가시와 시에서 시게키도 조사했대?"

"아니요. 아직 거기까지는 추적하지 못했다고 합니다."

송충이가 기어 다니는 듯한 이미지가 머릿속에서 그려졌다. 하지만 곧 그 송충이는 작아지고 납작해져 움직이지 않았.

아니다. 기어 다니지는 않지만 자세히 보면 아직 조금씩 움직인다.

움찔움찔.

그렇다. 미네오카 사토미의 눈썹.

그녀가 이상하게 미간을 찌푸린 이유가 이것이었나.

병원에 문의해보니 면회 시간은 밤 8시까지라고 했다. 오바타를 데리고 미네오카를 다시 찾아갔다.

아직 식사는 물론이고 욕실 출입도 불가능한 미네오카 사토미는 오전에 보았을 때와 똑같은 모습으로 침대에 누워 있었다.

"또 찾아와서 죄송해요. 경시청의 히메카와입니다."

미네오카 사토미는 옆으로 눈을 돌려 이쪽을 흘깃 쳐다보기는 했지만 역시 소리를 내서 대답하지는 못했다.

"미네오카 씨, 좀 어떠세요? 오전보다 기분이 좀 안정되지 않으셨어요? 짧게 할게요. 몇 가지 더 확인할 게 있어서요."

정작 레이코 자신이 오전과 똑같은 태도로 말하기가 어려웠다. 미네오카 사토미가 더 이상 순수한 피해자로 보이지 않았기 때문이다.

이번에도 둥근 의자를 침대 옆으로 끌어당겨 오바타와 나란히 앉았다.

"아까 아오키장도 가보고, 거기서 미네오카 씨가 다녔던 스낵 야요이도 찾아가서 몇 가지 확인하고 왔어요. 미네오카 씨는 범인에 대해 짐작 가는 일이 없다고 했지만 혹시 주위에 물어보면 알 수 있지 않을까 싶어서요. 결과적으로는 관리인이나 야요이의 마담도 짚이는 데가 없다고 하더군요."

몇 초 동안 미네오카 사토미의 모습을 살폈으나 별다른 반응은 없었다.

"야요이 마담 지카코 씨가 미네오카 씨를 무척 걱정하더군요. 미네오카 씨가 입원했다고 했더니 갈아입을 옷도 그렇고 곤란하겠다며 자기 말고는 돌봐줄 사람도 없고 아는 사람도 없으니 입원한 병원을 가르쳐달라고 했어요. 어떻게 할까요? 물론 그 자리에서 제가 가르쳐드릴 수도 있었어요. 하지만 미네오카 씨는 우리에게 야요이는 물론이고 아무 이야기도 하지 않으셨죠. 혹시 지카코 씨에게 알리고 싶지 않은 일이라도 있나 싶어서 병원은 가르쳐주지 않았어요. 어떠세요? 지카코 씨에게 이 병원이라고 알려줘도 괜찮겠어요?"

그제야 미네오카 사토미가 고개를 조금 끄덕였다.

"알겠어요. 그럼 내일이라도 지카코 씨에게 전할게요."

미네오카 사토미가 얕은 숨을 토했다. 눈은 천장을 향한 채로. 그러나 사토미가 보고 있는 것은 나란히 붙어 있는 사각형 석고보드의 무늬도 아니었고, 조명 기구가 발하는 창백한 불빛도 아니었다.

그녀는 훨씬 더 어두운 어딘가를 보고 있었다.

"그리고 말이에요, 현재로써는 어제 일이 묻지마범죄인지, 계획범죄인지조차 확실하지가 않아요. 범인에 대해서도 오전에는 말씀드리지 않았지만, 실은 범행 후에 자살을 기도했어요. 다른 병원에 입원했는데 아직도 의식불명에 빠져서 중태예요."

대단하다. 이런 이야기까지 듣고도 놀라기는커녕 눈도 깜짝하지 않는다. 미네오카 사토미는 오늘 반나절 동안 경찰이 무슨 소리를 하건 얼굴에 드러내지 않겠다고 아주 완고하게 마음속으로 거듭 맹세한 것이 틀림없다.

"그래서 저희도 지금 아주 곤란한 처지예요. 범인의 얘기도 못 듣고 있고, 미네오카 사토미 씨도 공격받을 만한 일은 없다고 하시고. 물론 묻지마범죄라면 미네오카 씨와 범인 사이에 아무 접점도 없을 테니 조사할 필요도 없겠지만, 명확하게 결론이 나지 않은 상태에서는 어떤 접점이 있었을 거라고 보고 조사해야 하거든요. 그래서 미네오카 씨의 호적과 전출입 이력을 조사했어요."

이어서 무슨 이야기가 나올까. 미네오카 사토미 자신이 이제는 알 것이다.

"미네오카 씨, 아드님이 있었죠? 올해 열여덟 살이 되는 남자

아이. 시게키요. 지금 시게키는 어떻게 됐죠? 연락은 하시나요?"

긍정도 부정도 하지 않는다면 상황은 불명인 채로 남는다. 그럴 리가 없다. 경우에 따라서는 무응답 자체가 하나의 대답일 때도 있다.

"역시로군요. 이 얘기는 새삼 꺼내지 않아도 아실 거라고 생각했는데. 시게키는 주소지에 있는 초등학교에 입학할 예정이었지만 실제로는 입학하지 않았죠. 게다가 미네오카 씨는 이전 주소지인 지바 현 가시와 시에서 주소 이전을 하지 않았어요. 그런 수속을 이사 후에 바로 하지 않으면 보통은 아이가 전입지에 있는 학교에 입학할 수가 없어요. 우리는 그걸 걱정했어요. 미네오카 씨, 시게키는 지금 어디에 있나요? 벌써 열여덟 살이니 근사하게 성장해서 건강하게 지낸다면 그걸로 다행이지만, 만약 그렇지 않다면…… 그건 문제거든요."

여전히 미네오카 사토미는 아무런 의사 표현도 하지 않았다.

상관없다. 상대가 계속 묵묵부답이라면 이쪽은 철저히 조사할 뿐이다.

언제까지나 꿈속으로 도망치게 그냥 두지는 않을 것이다.

어둠의 빛깔

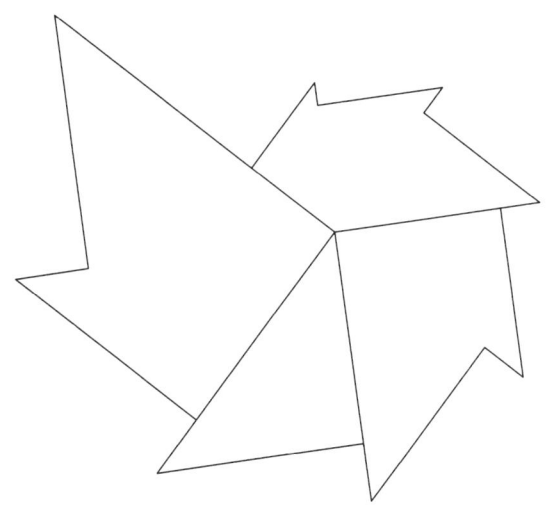

『쇼세쓰호세키(小説宝石)』, 2014년 9월호

수사 거점으로 정한 혼조 서의 작은 회의실. 레이코 팀 네 사람은 밤 11시가 다 되도록 오늘 하루의 수사 결과를 공유하고 있었다.

혼조 서 형사과 감식계의 보고서, 사건 첫날 참고인 진술서, 히노와 나카마쓰가 다시 청취한 목격자 세 명의 진술 내용, 미네오카 사토미와 오노 아야카의 진단서, 스가누마 히사시의 시체 검안서 등을 종합적으로 검토하자 사건 경위는 이렇게 추측되었다.

피의자는 우선 키친 마도카 근처 노상에서 미네오카 사토미 앞을 가로막고 만능 식칼로 찔렀다. 미네오카 사토미는 이때 양손과 왼쪽 어깨를 베였고, 복부 한 곳을 찔린 것으로 추정된다. 미네오카 사토미는 거기서 키친 마도카 쪽으로 몇 걸음 이동하다가 점포 안에서 나오던 스가누마 히사시에게 안기듯이 쓰러졌다. 옆에 있던 오노 아야카는 비명을 지르며 소란에 휘말리다가 그 자리에 주저앉았다. 식당 안에서 보고 있던 직원, 이토다 가쓰로에 따르면 스가누마 히사시에게 매달린 미네오카 사토미를 피의자가 억지로 잡아끌었고, 그 난투 속에서 피의자가 갖고 있던 식칼이 스가누마의 경부 우측을 찔렀다. 스가누마가 부상을 당한 곳은 그 한 군데뿐이었지만 급소를 찔렸고, 그것이 치명상이었다. 오노 아야카가 입은 절상 두 군데에 대해서는 본인도 목격자도 잘 모른다고 했다. 아마도 스가누마 히사시와 마찬가지로 몸싸움 중에 입은 상처라고 보인다. 피의자는 마지막에 한 번 더 스가누마 사토미를 찌른 다음 현장에서 도망쳤다.

히노가 손에 든 볼펜을 내려놓았다.

"아무리 생각해도 피의자가 노린 사람은 미네오카 사토미네요."

레이코는 고개를 끄덕였다.

"저도 그렇게 생각해요. 미네오카 사토미가 입을 열지 않는 것도 자신을 노린 이유를 짐작하기 때문이 아닐까 싶어요."

나카마쓰가 옆에 있는 오바타를 흘깃 보았다.

"그래서 자네는 그 이유 중 하나가 미네오카 사토미의 아들에게 있지 않냐 이거야?"

오바타가 애매하게 고개를 끄덕였다.

"네, 뭐…… 미네오카 시게키는 초등학교도 들어가지 못한 주소 불명의 아동이었어요. 그가 그 후에 어떤 인생을 살았는지는 확실하지 않지만, 훗날 자기 어머니에게 원한을 품었을 가능성은 있지 않을까요?"

히노도 오바타를 쳐다보았다.

"그래서 성명, 나이 불명의 피의자는 미네오카 시게키다?"

"그럴 가능성도…… 네."

레이코도 펜을 놓고 세 사람의 얼굴을 돌아보았다.

"일단 내일 하루는 가시와를 둘러봐야겠어요. 미네오카 사토미의 주변 인물한테서 무언가 나오면 다행이고, 아니어도, 뭐, 아들은 방치해도 되는 문제가 아니잖아요."

히노와 나카마쓰는 고개를 끄덕였지만 오바타는 여전히 못마땅한 얼굴이었다.

"하지만 내일은 토요일이라 구청도 쉰다고요."

레이코가 보기에는 오히려 그 편이 수사하기에는 더 좋았다. 구청이 쉬니까 굳이 이쪽에서 움직이는 것이다.

지바 현 가시와 시 후세.

의외로 가깝네, 레이코가 느낀 솔직한 인상이었다. 레이코의 생가가 있는 사이타마의 미나미우라와보다는 접근하기가 불편한 듯했지만 그래도 도쿄 도내에서 한 시간 이내 거리였다. 이 주변에 집을 사서 도쿄에 있는 직장에 다니는 것도 결코 불가능하지는 않을 것이다.

하지만 택시에서 내린 오바타가 갑자기 툭 내뱉듯이 한마디 했다.

"엄청 깡촌이네."

레이코는 '깡촌'이라는 말을 듣자 어디를 보는지 알 수 없는 가쓰마타의 곤충 같은 눈이 떠올라서 저절로 몸서리가 쳐졌다.

오바타의 말도 이해는 갔다. 가드레일도 없이 완만하게 휜 2차선 도로. 양쪽 길가에는 콘크리트 덮개로 덮인 도랑. 민가는 모두 벽돌담으로 부지가 둘러싸여 있고, 마당에는 소나무나 진달래, 감나무 따위가 심어져 있다. 가옥은 2층집과 단층집이 반반씩 섞여 있는 정도랄까. 질감으로 볼 때 새것과 헌것의 차이만 있을 뿐, 어느 지붕에나 무거워 보이는 일본식 기와가 얹혀 있다.

'엄청'인지 아닌지는 둘째 치고, 일본의 전형적인 시골 마을 풍경이라고 레이코는 생각했다.

그 전경 속에 목적한 건물이 있었다.

번지수를 확인한 히노가 고개를 끄덕였다.

"여기가 맞아요."

울타리도 뭣도 없이 길에서 1미터쯤 안쪽에 지어진 세 동짜리 단층 공동주택이었다. 한 동에 네 개씩 문이 있으니 세 동이면 총 열두 가구였다. 오바타가 조사한 바로는 미네오카 사토미가 살았던 집은 B-3호였다.

"이건 더 심하네."

오바타뿐만 아니라 모두가 그렇게 생각했다.

벽에 붙은 함석은 거의 모든 면에 적갈색으로 녹이 슬었고, 고개를 들고 보니 TV 안테나는 끊어진 상태였으며 빗물받이도 지붕에서 떨어져 늘어져 있었다. 분명히 사람이 일상생활을 영위할 만한 환경이 아니었다. 모든 창문은 덧창까지 닫혀 있었고, 문 앞까지 잡초가 무성해서 빈집이라고 해야 할지, 폐가라고 해야 할지 알 수 없었다. 물론 아오키장과 비교해도 이쪽이 훨씬 심각했다.

레이코가 개인적으로 신경 쓰이는 점은 집집마다 벽에 붙어 있는 금속제 연통이었다. 끄트머리가 쇠뜨기처럼 볼록했는데 도내에서는 전혀 본 적이 없는 아주 구식 모델이었다.

무심코 중얼거렸다.

"저건 뭘까요?"

그러자 히노가 깜짝 놀란 눈으로 레이코를 쳐다보았다.

"주임님, 저거 모르세요?"

"네? 아니, 옛날 어디선가 본 기억이 있긴 한데, 우리 집에는 저런 게 없었거든요. 친구네 집에도······."

훗, 나카마쓰가 콧방귀를 뀌며 올려다보았다.

"변소 환기통이에요. 옛날에는 화장실이 전부 재래식이라 냄새가 지독했잖아요. 그걸 빼내려고 위에다 팔랑개비를 단 거죠."

그렇군.

"후, 난 전혀 몰랐어요."

"공주님이 어련하시겠어요."

히노에게 별별 소리를 다 들었지만 공주님이라는 말은 처음 들었다.

그건 그렇다 치고.

"그럼 흩어져서 주변을 돌아볼까요. 이 건물 주인이나 예전에 살았던 사람들이 짐작하는 게 없는지, 언제부터 이 상태로 방치됐는지, 왜 이렇게 됐는지……."

특별히 심술을 부릴 생각은 아니었지만 오바타는 자신과 움직이고, 히노와 나카마쓰가 한 조가 되어 움직이도록 지시했다.

공동주택의 소유자는 금방 알아냈다.

500미터쯤 떨어진 곳에 사는 무라타 후미히코, 57세. 현재는 농업에만 종사하며 임대업은 하지 않는 모양이었다. 레이코도 봤다시피 세를 들겠다는 사람이 없을 만큼 건물이 낡았고, 그렇다고 수리를 하거나 철거를 하려면 돈이 들어서 저대로 방치했단다. 마지막 세입자가 이사 나간 때가 10년쯤 전이었는데, 그때는 아직 생존해 있던 후미히코의 부친 마사미쓰가 관리했기 때문에 후미히코 자신은 주인이 할 일을 거의 몰랐다고 했다.

"미네오카 사토미 씨라는 분도 기억 안 나세요? 지금 마흔아홉 살이니까 10년 전이면 마흔 살 정도였을 거예요."

"아니요. 기억나지 않아요. 나는 그 당시 지바 시내에 있는 안경점에서 일하고 있었거든요. 여기 일은 모내기철이나 수확기에나 돕는 정도여서 전혀 몰라요."

"그 당시 어떤 사람이 살았는지, 그런 걸 알 수 있는 서류가 남아 있지 않을까요?"

"없을걸요. 그것도 뭐, 그렇잖아요. 아버지도 나이가 드니까 만사가 귀찮으셨는지 수도도 전기도 전부 끊겼으니 얼른 얼른 나가라고, 필요 없는 물건은 우리가 처분할 테니 필요한 것만 가져가라고 그러셨거든요. 대개는 10년 전 설비여서요. 가스도 프로판가스를 썼고요. 세입자도 어디서 굴러들어왔는지 모를 만큼 가난한 사람들뿐이었어요. 다들 집세를 밀려서 저희 아버지도 힘드셨던 모양이에요."

그래도 각 세대의 열쇠는 보관하고 있다고 했다. 집 안을 보아도 좋은지 묻자 흔쾌히 수락했다.

"그렇지만 각오하시는 게 좋아요. 어쨌든 잠긴 채 방치된 집들이니까요. 몹시 더러울 겁니다."

무라타의 집에서 그 폐가까지 천천히 걸어서 돌아왔다. 오바타가 보고한 바에 따르면 주소는 번지 다음에 'B-3'이라고 붙어 있을 뿐이고 공동주택 전체를 나타내는 이름은 없었다.

건물 이름에 대해 후미히코에게 물었다.

"아니요. 건물 이름은 딱히 없어요. 우리는 '나가야'라고 했는데 근처 사람들은 '무라타 씨네 빌라'라고 불렀어요."

그게 전부였다.

B-3호 문 앞에 다다르자 후미히코는 작게 중얼거렸다.

"어느 열쇠인지는 모르겠지만, 12개가 다 있으니 그중에 하나로 열어보죠."

"귀찮게 해서 죄송해요. 부탁드릴게요."

예상대로 처음 대여섯 개 열쇠로는 열리지 않았다. 일곱 번째쯤에서 갑자기 찰칵, 하고 경쾌한 소리가 들렸다.

"어이쿠! 열렸네."

"고맙습니다."

후미히코가 문을 열어주었다.

"실례하겠습니다."

우선 레이코가 예의상 인기척을 내며 집 안을 들여다보았다.

현관 옆 창문은 그렇다 치고, 정면에 보이는 거실 창문은 덧창이 닫혀 있어서 현관에서 아무리 목을 빼고 봐도 캄캄하기만 할 뿐 집 안의 모습은 잘 보이지 않았다. 가방에서 손전등을 꺼내 어둠속을 비추었다. 흩어져 있는 옷가지만 눈에 띌 뿐 자세한 모습은 역시 알 수 없었다.

후미히코가 안쪽을 가리켰다.

"발이 더러워지니까 신발 신은 채로 들어가는 게 좋겠어요."

"죄송합니다. 그럼 그냥 들어갈게요."

흰 장갑을 끼고, 입을 막기 위해 손수건을 미리 준비했다.

먼저 부엌부터 살폈다. 컵라면 용기와 빵 봉지, 과자 봉지, 빈 페트병. 가난한 식생활을 떠올리게 하는 쓰레기가 곳곳에 버려져 있었다. 물론 공기는 농밀한 곰팡이 냄새로 가득 차 있었다. 주전자와 냄비도 개수대 위에 얌전히 놓여 있기는 했지만 스토브 주위에도 쓰레기가 흩어져 있어서 결론적으로 오랫동안 사용되지 않았다는 추측이 가능했다. 구석에 있는 쓰레기 더미를 자세히 보니 엄청난 쓰레기로 가득 채워진 소형 냉장고였다.

오른쪽에는 문이 두 개 있었다. 아마도 화장실과 욕실이겠지만, 쓰레기를 치워야 열릴 듯하여 거기는 나중에 보기로 했다.

안쪽은 약 네 평 크기의 다다미방. 이쪽도 마찬가지로 쓰레기 투성이였다. 게다가 이불이 몇 채인가 깔려 있었고 그 이불이

서로 뭉쳐 있어서 이상한 덩어리를 이루고 있었다. 의류도 흩어져 있었다. 모두 갈색으로 변색되었고, 원래 무늬가 무엇이었는지는 주워서 펼쳐보지 않으면 모를 정도였다.

둥근 손전등 불빛이 다다미 바닥에 덩그러니 놓여 있는 작은 브라운관 TV를 비추었다. 그 옆에는 실내 안테나가 길게 뽑힌 채 바닥에 떨어져 있었다. 다른 전기 제품은 보이지 않았다. 탁자와 의자도 없었다. 왼편은 벽이었고, 오른편은 벽장이었다.

나카마쓰가 안쪽까지 들어가서 유리창과 덧창을 잇달아 열었다.

창으로 흘러들어 오는 신선한 공기와 외부의 빛을 감사히 여길 새도 없이 확 피어오른 먼지에 눈앞이 흐려졌다. 히노는 아, 쯥, 하고 항의하듯 소리를 높였지만 나카마쓰도 알았을 것이다. 덧창을 다 연 다음 바로 유리창을 닫아 공기의 흐름을 차단했다.

레이코는 손전등 스위치를 끄고 손수건으로 입을 막으면서 밝아진 실내를 실눈을 뜨고 둘러보았다.

다다미도 이불도 마치 고지도 같았다. 갈색으로 얼룩진 육지. 저쪽에는 대륙을, 이쪽에는 섬과 기묘한 신세계를 만들어놓았다. 그 속에 빠진 쥐 같은 작은 동물의 시체. 그러나 지금은 파리나 바퀴벌레 같은 벌레의 모습이 보이지 않았다. 벌써 이곳은 그럴 가치도 없을 만큼 말라비틀어진 죽음의 방인 것이다.

레이코는 이불 밑에서 작은 타일 모양의 물건을 발견했다. 쭈그려 앉아 자세히 보니 금방 정체를 알 수 있었다. 어린이용 게임 소프트. 그중에서도 아마 휴대용 소형 게임기에 넣는 칩일 것이다. 레이코가 어릴 때 갖고 놀았던 카세트 형식과 비슷했지만 그것보다는 크기가 훨씬 작았다. 대충 어림잡아도 열 개가 넘었다.

하나씩 손에 놓아보았다. 때가 타긴 했지만 제목을 읽기에는 문제없었다. 대부분이 액션 게임 같았다. 자동차 경주, 던전, 격투기. 비슷한 제목이 많다고 생각했는데 유심히 보니 완전히 같은 것도 섞여 있었다. 미네오카 사토미가 착각해서 같은 칩을 사주었을까? 이불을 들춰보니 게임기 본체와 조종기 한 개 그리고 관련 전선들이 나왔다.

등 뒤에서 드르륵, 하고 작은 소리가 들렸다. 누군가가 벽장을 연 모양이었다.

뒤를 돌아보니 장지문 한 칸만큼 열린 벽장 앞에 오바타가 서 있었다.

"주임님."

그러면서 이쪽을 본다.

오바타의 그림자에 가려서 보이지 않던 벽장 안 모습이 레이코의 눈에 들어왔다.

상하 두 단으로 나뉜 그곳, 윗칸.

흙색 옷을 입은 어린 남자아이의 몸.

동그랗게 뻥 뚫린 눈, 코. 앞니가 몇 개 빠진 입.

레이코는 옆에 있는 히노에게 지시했다.

"빨리 지바 현 경찰에 연락해요."

이런 상황을 분명 예상하지는 않았지만 레이코는 조금도 놀라지 않았다.

가시와 경찰서는 물론 지바 현 경찰 본부에서도 수사관이 나와 현장검증을 했다.

사정을 설명하는 사람은 물론 레이코였다.

"그래서 어디까지나 임의로 무라타 씨에게 부탁하여 집 안을 확인했습니다. 그 전에 시체가 있을 것이라는 근거나 단서가 있어서 현장에 들어간 것은 아닙니다."

지바 현 경찰 본부 쪽에서 보면 경시청 사람이 허가도 없이 관내에 있는 건물에 들어가서 백골 시체를 발견한 것이다. 체면이 손상되었음은 물론이고, 어떤 식으로든 월권행위를 비난하고 싶은 심정일 것이다.

그러나 그것을 제압할 정도의 논리는 레이코도 준비하고 있었다.

"도내에서 발생한 사건과 관련하여 거주지 불명 아동의 존재가 수사선상에 올랐습니다. 우리 목적은 어디까지나 그것에 관한 정보 수집이었습니다. 물론 휴일만 아니었다면 조정을 거쳐서 시청 공무원과 동행할 생각이었습니다. 하지만 오늘이 휴일이라 다른 도리가 없었습니다. 자력으로 인근 주민을 탐문하다가 이렇게 된 겁니다."

지바 현 경찰 수사 1과 관리관은 잔뜩 인상을 찌푸리면서도 떨떠름하게 고개를 끄덕였다.

"그럼 이 사건의 수사에는 우리가 전면적으로 나서도 상관없겠군요."

"물론입니다. 저희는 시체의 신원을 밝히는 데도 협조할 의향이 있습니다. 그 집에서 마지막까지 살았다고 여겨지는 여성이 지금 저희 감시하에 있습니다. 원하시면 DNA 제출을 요청하셔도 무방합니다."

관리관이 한 번 더 고개를 끄덕이는 모습을 보고 레이코는 이야기를 계속했다.

"그 대신 시체 검안서와 이 집의 감식 결과는 저희가 제일 먼저 보게 해주세요."

관리관은 순간적으로 못마땅한 표정을 지었지만 그래 봐야 통하지 않는다는 사실을 누구보다 잘 아는지, 이내 고개를 끄덕여 대답했다. 당연한 일이다. 관내 빌라에서 어린이 시체를 발견한 것은 경시청 소속 경찰관이며, 지바 현 경찰 본부는 그 연락을 받고 처음으로 시체 유기 사건을 인지했다. 그런 식으로 주간지에 실리고 싶지는 않을 것이다.

"그럼 잘 부탁드립니다."

가능한 보고는 모두 마쳤으므로 레이코 팀은 현장을 떠났다.

저녁에는 혼조 서로 돌아왔다. 가시와 사건 보고서 작성과 고시노 계장에게 보고하는 것은 히노와 나카마쓰에게 맡기고 레이코와 오바타는 미네오카 사토미가 입원해 있는 병원을 세 번째로 찾아갔다.

도착한 시각은 저녁 5시. 저녁식사까지는 아직 한 시간쯤 남았다. 하지만 미네오카 사토미와는 상관없는 일이었다.

"실례합니다. 경시청의 히메카와예요."

어제와 오늘 이틀 사이에 딱히 차도가 좋아질 턱이 없으니 미네오카 사토미는 변함없이 천장을 노려보고 있었다. 레이코가 침대 근처까지 가도 주의를 기울이는 기색이 없었다.

"상처는 어때요? 같은 자세로 누워 있는 것도 무척 힘들지 않나요? 저도 몇 번인가 경험이 있어서 알아요. 병원 침대란 게 그렇게 편한 잠자리는 아니죠."

둥근 의자는 병실 끝에 치워져 있었다. 오바타가 두 개를 옮겨 왔다.

"고마워."

레이코가 의자에 앉자 사토미는 조용히 숨을 토하고 눈을 감았다. 표정에서 아무것도 읽히지 않았다. 물론 그것은 레이코를 의식한 표정일 것이다. 어떤 의미에서는 강한 사람이라는 생각도 들었다.

"오늘 저희는 가시와 시에 있는 후세에 다녀왔어요. 미네오카 씨가 예전에 살았던 빌라도 보고 왔어요."

미네오카 사토미는 숨을 뱉다가 그대로 멈추었다.

"인근 주민을 찾아다니다가 운 좋게 집주인과 만났어요. 미네오카 씨 이야기를 물어봤는데 유감스럽게도 기억을 못 하시더군요."

안도의 한숨쯤은 토하려나 싶었지만 그렇지도 않았다.

"집 안을 둘러볼 수 있었어요."

몇 초간 미네오카 사토미를 주시했다.

병실 안의 시간이 멈춘 듯했다. 미네오카 사토미의 푹 꺼진 두 눈은 여전히 감겨 있었다. 오른팔에 연결된 링거만이 조심스럽게 자기 역할을 다하고 있었다.

"그 집 다다미방에서 작은 어린아이의 백골 시체가 발견되었어요. 자세한 결과는 전문가가 검안한 뒤에 나올 거예요. 제가 보기에는 세 살이나 네 살…… 그 정도의 어린아이 같더군요."

미네오카 사토미가 천천히 숨을 들이마셨다. 조금 대드는 것 같기도 하고 괴로워하는 것 같기도 한 호흡이었다.

"우선 질문부터 할게요. 미네오카 씨는 그 시체가 누구인지 아시나요?"

숨을 잔뜩 들이마신 상태에서 가슴의 움직임이 멈추었다.

"어제도 물었죠? 시게키요, 미네오카 씨 아들. 12년 전 시립 초등학교에 입학할 예정이었죠. 그런데 사실은 입학하지 않았어요. 미네오카 씨가 주소지를 이전하지 않아서 이사를 간 곳에서도 초등학교에 들어가지 못한 게 아닐까, 저희는 생각했어요. 어떤가요? 미네오카 씨는 그 집에서 나온 백골 시체가 누구인지, 짐작이 가나요?"

그제야 미네오카 사토미의 입이 희미하게 열렸다.

"그렇게 에둘러 묻는 말 좀 그만하세요."

듣기 싫은 목소리였다. 쉭쉭거리는 쉰 목소리. 평소에도 그런지, 어제와 오늘 거의 아무 말도 하지 않아서 그런지 이유는 알 수 없었다. 하지만 레이코는 불쾌해서 견디기가 힘들었다. 목청이 완전히 녹슬어 있었다. 마치 그 아파트의 녹슨 외벽처럼.

"저는 그저 지금까지 알아본 내용을 기반으로 해서 판단한 사실을 말씀드렸을 뿐이에요. 그것으로 추측 가능한 점도 물론 있기는 하지만 가능하면 백골 시체 부분은 미네오카 씨에게 직접 듣고 싶군요."

미네오카 사토미의 입매가 씁쓸하게 일그러졌다.

"시게키도 말하고 싶었을 거예요. 그 백골 시체인지 뭔지가 시게키, 자기라고 말하고 싶었을 거라고요."

본인은 온힘을 다해 목소리를 높였을 테지만 실제로는 그리 큰 소리는 나지 않았다.

"그랬나요?"

"그랬다니, 뭐가요?"

"그 백골 시체가 시게키인가요?"

"아니면 뭐겠어요?"

침묵하고 있을 때는 일종의 강인함을 느꼈는데 사실 한낱 고집에 아집이었던가. 다시 알고 보니 탐욕스러운 면도 보이는 듯했다. 미네오카 사토미에게는 그런 우악스러움이 있었다.

"미네오카 씨, 그 정도로 뼈가 깨끗하게 남았으면 적어도 그 아이와 당신이 혈연관계인지 아닌지는 검시 결과로 알 수 있어요. 그럼 경찰은 당연히 당신에게 사정을 묻겠죠. 경시청이 아니에요. 지바 현 경찰 수사관이 며칠 안으로 여기에 찾아올 거예요. 저에게도 사정을 물을 거고요. 그때 전 그들에게 뭐라고 대답해야 하죠? 미네오카 씨는 그 백골 시체가 시게키면 어쩌라는 거냐고, 그렇게만 말했다고 지바 현 경찰 수사관에게 보고해야 하나요?"

미네오카 사토미가 살며시 눈을 떴다. 드디어 현실로 눈을 돌릴 마음이 생겼나.

"그러니까 그렇다고 했잖아요."

그렇다고 하지 않았다. 아직 한 번도 미네오카는 인정하지 않았다.

"그렇다니 무슨 뜻이죠?"

"그러니까, 시게키라고요."

"뭐가요?"

"시체요. 지금 시체 얘기를 하고 있잖아요. 벽장 속에서 백골 시체가 발견되었다면서요. 그거 말이에요. 그게 시게키라고 아까부터 말했잖아요."

레이코는 '다다미방에서'라고 했지, '벽장에서'라는 말은 한 번도 하지 않았다. 이것이 통상적인 취조라면 중요한 '비밀 폭로'에 해당한다.

한 번 고개를 끄덕이고 레이코는 의식적으로 목소리를 부드럽게 해서 다시 물었다.

"왜 그 지경이 되었을까요?"

여전히 미네오카 사토미는 이쪽을 흘깃거리지도 않았다.

"몰라요. 기억 안 나요."

"아니요. 당신은 기억하고 있어요. 당신은 시게키가 어떤 경위로 죽음에 이르렀는지, 어떤 상태로 그 방에 버려졌는지 똑똑히 기억하고 있어요. 말씀해주세요. 시체는 이미 발견됐어요. 입 꾹 다문다고, 시치미를 뗀다고 넘어갈 상황이 아니라고요."

가늘게, 천천히 미네오카 사토미가 숨을 내쉬었다. 어디서부터 이야기를 시작해야 할지, 애초에 무엇이 잘못이었는지 그런 것을 자문하는지도 몰랐다.

"뭐, 굳이 말하자면 남자라는…… 이유겠죠."

'남자'라는 말의 울림에는 이미 포기와도 비슷한 심정이 섞여 있었다.

"미네오카 씨, 결혼은 하셨나요?"

"그래요. 시게키의 아빠와도 불륜이었어요. 저 같은 게 가방끈이 긴 것도 아니고, 형사님처럼 근사한 일을 할 만한 재주가 있는 것도 아니고. 기껏해야 술집에서 남자한테 웃음이나 팔고 아첨이나 하고…… 그것도 서른 살 넘으니까 점점 불안해지대요. 이대로 점점 추락하나 보다, 날마다 생각했어요. 좀 더 젊었을 때 매춘이라도 열심히 했더라면 돈이라도 모았을 텐데…… 글쎄요. 그 돈마저 남자한테 뺏겨서 남은 게 없었겠죠."

어린 시절의 미네오카 사토미를 떠올려보았지만 그리 호의적인 상상력은 발동하지 않았다. 그늘지고 칙칙한 어린 여자의 모습밖에는 그려지지 않았다.

"아이가 생기면 그 사람 마음을 잡을 수 있지 않을까 생각했어요. 그 사람한테 아이가 없었기도 했고…… 하지만 소용없었어요. 자기 아들로 인정하지도 않았죠. 200만 엔이었나. 그 돈만 주고는 그 후로 연락도 끊겼어요. 솔직히 아이를 낳아서 손해만 봤다고 생각했어요. 원래 아이를 좋아하지도 않았고요. 늘 방해만 된다고 생각했어요. 걷기 시작하면 귀여워 보일까, 말문이 트이면 애정이 생길까, 여자아이였다면 달랐을까. 여러 가지로 생각했지만 그렇지도 않았어요. 근본적으로 육아는 제 성격에 맞지 않았어요. 그러다 보니 서서히 그렇게 되더군요. 먹을 것만 주면 자기가 알아서 먹고, 화장실도 혼자 가고. 아, 내버려 둬도 괜찮구나, 하고 방치하게 되더군요. 한참 더 지나야 되는 줄 알았는데, 아이가 손에서 떠나는 때가 의외로 빨리 오더라고요? 부모가 없어도 아이는 큰다잖아요? 그거예요."

어떻게 그런 어처구니없는 소리를 하느냐고 따지고 싶었지만 꾹 참았다.

"그래서요?"

"그래서라뇨? 형사님한테는 그냥 남의 일 같죠? 일하러 나가는데 아이가 있든 없든 상관없잖아요? 누가 물어보면 없다고 했어요. 그렇게 밖에 나가 있으면 아이는 까맣게 잊어버렸어요. 마음도 편했고요. 나에게는 아직 다른 길이 있지 않을까 싶기도 했고. 자랑은 아니지만 옛날에 나 은근히 인기 많았어요. 문제는 좋은 남자인지 아닌지에 달린 거죠, 경제적으로든 인간적으로든. 하지만 그때는 상대방의 단점은 보이지 않잖아요? 나한테는 이 사람밖에 없다고, 억지로라도 그렇게 믿게 되죠. 여자한테는 그런 필사적인 면이 있잖아요?"

레이코는 결코 받아들일 수 없는 사고방식이었고, 그것이 일반적인 가치관이라고도 생각하지 않았지만 지금 여기서 부정해봐야 무의미한 짓이었다.

"그럴지도, 모르죠."

"그렇죠? 그러니까, 뭐, 호텔에 가기도 하고 남자네 집에서 자기도 하고…… 자고 갈 수 없다는 말은 못 하죠. 집에서 아이가 기다린다는 말을 어떻게 하겠어요? 입이 찢어져도 그런 말은 못 하죠. 절대 알리고 싶지도 않고요. 그런데요, 집에 돌아가면 엄마 왔다, 하고 인사해요. 의외로 태연하게 말이에요. 얌전히 놀았지? 이러면서 빵이나 주스나 과자 부스러기 같은 걸 안겨주면 적당히 넘어가는 눈치였어요. 실제로도 그게 통했어요. 별로 문제 같은 거 없었다고요."

무엇으로 봐서 문제없다는 말인가.

"하지만 결과적으로 시게키는 죽었잖아요."

"그렇죠. 병 때문이었는지, 집에 돌아와 보니 죽어 있었어요."

"그 전까지는 건강했다는 말인가요?"

"건강했다고 해야 하나. 늘 졸린 애처럼 멍해 보였어요. TV를 보거나 게임만 하니까 시간 감각도 없었겠죠. 잘 모르겠어요."

"죽은 건 언제쯤인가요?"

아주 조금 미네오카 사토미가 고개를 갸웃했다.

"초등학교에 들어가기 직전이었나. 학교에 들어가면 좀 더 편해지겠지, 손이 덜 가겠지, 하고 생각했어요. 그런데 왜 그 전에 죽느냐고요. 정말 울고 싶었어요. 무섭기도 했어요. 어떡하지, 어쩌면 좋지, 이거 들통나면 어쩌지. 한동안 방치했더니 부패하면서 냄새가 진동했거든요. 나도 그 집에 들어가기가 점점 싫어졌어요. 마침 그때 집주인이 집세를 내지 않을 거면 나가라고 했어요. 짐은 두고 가도 된다고 해서 어쨌든 집을 나왔어요. 나와서 이 빌라는 어떻게 할 거냐고 집주인에게 물었더니 부실 거라고, 모조리 때려 부순 다음 저대로 내버려둘 거라고 했어요. 그럼 괜찮겠다고 생각했어요."

때려 부수더라도 보통은 내부에 있는 것을 철거하고 난 다음이다. 짐이 남아 있는 채로 건물을 해체해서 잡동사니에다 폐자재까지 한꺼번에 폐기하다니, 상식적으로 그럴 리가 없다. 이 경우는 건물이 실제로 해체되지도 않았다. 그래서 발견이 늦어졌는지도 모른다.

미네오카 사토미는 계속 이야기했다.

"아이에게 휴대전화도 줬었어요. 무슨 일 생기면 연락하겠지, 생각해서. 처음에는 연락도 했었어요. 엄마 어디야, 언제 와, 하고. 우울했어요. 지금 일하는 중이야, 아침에는 갈게, 하고 한동안 전화를 받아주긴 했어요. 언제부턴가 전화 받기도 귀찮아졌죠. 아이가 나이에 비해 그런 눈치는 빨랐던가 봐요. 점점 전화도 걸지 않더라고요. 저도 마음이 놓이더군요. 무소식이 희소식이다, 그런 거죠."

레이코는 하고 싶은 말이 태산 같았다.

아이를 원해서 낳았지만 형편이 나빠져 방치했다. 그랬더니 죽었다. 말도 안 되는 논리였다. 그렇게 되기 전에 손쓸 방법은 얼마든지 있지 않았나. 자기 손으로 키우기 힘들면 친척에게 부탁하든지 관공서에 의탁했더라면 좋았을 텐데. 가시와 시를 비롯해서 그 주변에도 아동 상담소와 복지 시설이 있다. 자신은 아이를 키울 능력이 없다는 사실을 알았을 때 다른 사람에게 도움을 구할 생각은 왜 못 했을까.

그러나 지금은 아무 말도 하지 않았다. 레이코의 역할은 백골 시체의 신원 확인도, 그것에 대한 유기치사죄로 입건하는 것도 아니었다. 어디까지나 미네오카 사토미와 그녀를 공격한 범인이 어떤 관계인지 밝히는 것이었다.

"그럼 다시 물을게요. 미네오카 씨는 그저께 당신에게 식칼을 휘두른 남성을 아시나요?"

한 번 입을 열고 나니 미네오카 사토미도 마음이 편해진 모양이었다.

"아니요. 전혀 모르는 남자였어요."

그야말로 시원시원하고 화통한 대답이었다.

바로 그때 레이코의 상의 주머니에서 휴대전화가 울렸다. 어제 병원에 왔을 때 진동 모드로 해두면 휴대전화를 사용할 수 있다는 것을 알았다. 그래서 오늘도 진동 모드로 해둔 상태였다.

"잠깐 실례할게요."

휴대전화를 꺼내자 화면에는 도내 번호가 표시되어 있었다. 아마도 혼조 서인가 보다. 레이코는 자리에서 일어섰지만 복도로는 나가지 않고 그 자리에서 통화를 시작했다.

"네, 여보세요."

"여보세요. 히메카와 주임님?"

"네."

"수고하십니다. 혼조 서의 고시노입니다. 지금 통화하기 괜찮으세요?"

일단 미네오카 사토미의 모습을 곁눈질로 확인했다.

"네, 괜찮아요."

"지금 경비원에게서 연락이 왔는데 피의자가 의식을 회복했답니다. 아직 대화를 할 만한 상태는 아니지만 일단 생명은 구했다는군요."

"그래요? 알겠어요."

"히메카와 주임님, 거기 가실 겁니까?"

"아니요. 그 전에 일단 서로 복귀하죠."

"알겠습니다."

종료 버튼을 누르고 휴대전화를 주머니에 넣으면서 다시 미네오카 사토미 쪽으로 향했다. 미네오카 사토미의 눈은 여전히 천장을 향해 있었지만 레이코는 눈치챘다. 미네오카 사토미는 레이코가 통화하는 사이에 적어도 두 번은 레이코 쪽을 보았다. 이야기 내용에 신경을 쓴 게 분명했다. 고시노의 목소리가 작게 새어 나와서 무슨 이야기인지 벌써 알고 있을 가능성도 있었다.

하지만 레이코 쪽에서 먼저 부딪쳤다.

"미네오카 씨, 범인이 의식을 회복했어요."

대답이 없었다. 그러나 레이코는 이 침묵이 그 어떤 말보다도 확실한 고백 같았다.

미네오카 사토미는 범인을 알고 있다.

레이코는 더 이상 자리에 앉지 않았다.

"저희는 그럼 이쪽에서 그만 가볼게요."

그러자 오바타도 바로 일어서서 의자를 치웠다.

저녁식사 준비를 하나? 보온 기능이 있는 배식 카트가 복도를 조용히 지나갔다. 둥글고 귀여운 디자인의 분홍색 카트. 병원이라는 고통과 불안의 장소에서 카트의 그런 색깔과 모양은 식사라는 즐거움과 더불어 환자에게 평온과 위안을 제공할 것이다.

그러나 그 배식 카트는 이 병실에는 들어오지 않는다.

레이코는 그래도 마땅하다고 생각했다.

미네오카 사토미라는 여자에게 그런 온정은 조금도 필요치 않다.

혼조 서로 돌아와 형사과에 얼굴을 내밀자 자기 책상에 앉아 있던 고시노가 기다렸다는 듯이 일어섰다.

"아, 히메카와 주임님, 회의실로 가시죠."

손짓을 하면서 반대편 손으로는 무언가 서류를 추리려고 했다.

레이코는 고시노가 복도로 나왔을 때 질문했다.

"그게 뭐예요?"

"아까 팩스로 들어온 가시와 사건 보고서예요. 간략한 1차 보고 형식이지만요."

회의실에 들어가자 히노와 나카마쓰도 있었다.

"수고했어요."

"수고하셨습니다."

레이코가 빈자리에 앉자 고시노도 옆에 앉았다. 서류를 받아 들고 쓱 훑어보았다. 히노가 '뭐예요?' 하고 묻자 오바타는 '가시와 사건 보고서입니다.'라고 대답했다. 이내 세 사람 모두 레이코 뒤에 나란히 서서 서류를 들여다보았다.

처음은 검시 보고서. 전문의가 작성한 검안서가 아니라 경찰관이 쓴 시신의 상황 수사 보고서였다.

보고서에 따르면 사인은 불명, 골격에 결손은 없음, 나이는 2세에서 4세 정도. 성별은 불명이지만 옷차림으로 볼 때 남자아이로 추정됨. 이 이상 자세한 사항은 지바 현 경찰 촉탁의가 작성한 시체 검안서가 나올 때까지 기다려야 했다.

다음은 감식 보고.

주방에 쌓여 있는 쓰레기. 빵과 과자류의 제조 일자는 가장 최근 것이 10년 전 3월 12일. 역시 미네오카 사토미가 10년 전까지 그 집에서 살았다는 점은 틀림없는 듯했다. 그러나 그렇게 되면 시체의 나이와 다소 차이가 난다. 살아 있었다면 시게키는 14세다. 죽은 아이의 몸은 아무리 보아도 4세 정도. 열 살을 더해도 14세밖에 되지 않는다. 사망 시의 건강 상태, 특히 영양 상태를 고려해야 했다. 사인이 기아라면 사망 추정 연령이 실제 나이를 크게 밑돌 가능성도 있었다.

욕실과 변소. 몹시 더러웠다는 것 말고는 별로 눈에 띄는 내용이 없었다.

계속해서 안쪽에 있던 다다미방. 다다미와 방치되어 있던 이불에 남은 얼룩의 대부분은 분뇨로 인한 것일 가능성이 높다고 보고 있었다. 레이코의 기억이 맞다면 천장에 커다랗게 비가 샌 흔적은 없었다. 그렇다면 자연적으로 일상생활에서 서서히 생긴 얼룩일 것이다.

뒷장을 보니 채취한 증거품 목록이 나왔다.

레이코는 이불 밑에 흩어져 있던 게임 소프트 칩에 관한 항목에 주목했다. 제목 하나하나 정확하게 열거해놓았다.

"뭡니까? 주임님."

히노의 목소리를 듣기는 했지만 머릿속에서 대답하기를 거부했다. 그 정도로 레이코의 의식은 게임 타이틀 목록에 집중해 있었다.

〈히어로 로보트 대전쟁〉, 〈마르코 형제 Ⅱ〉, 〈흐물흐물 모험 이야기〉, 〈고양이 기르기 2〉, 〈드래곤 워리어〉, 〈슈퍼마르코·카 레이싱〉, 〈강철 소년 레전드〉, 〈다 함께 카드 게임 9〉, 〈멍멍 대행진·축제로 GO〉, 〈사이보그 실버-Z〉, 〈고양이 기르기 3〉.

역시. 나중에 조사해볼 가치가 있어 보였다.

"고시노 계장님."

"네."

"피의자는 언제쯤이나 이야기를 할 수 있을까요?"

"그건 왜 물으시죠? 어쨌든 자기 손으로 목을 찔러 자살을 시도했잖아요. 부상 정도는 둘째 치고 목 부분을 다쳤으니 말하기가 힘들지 않을까요?"

그것도 맞는 말이지만.

"그럼 이제는 환자 기력에 달렸다는 말인가요?"

"그런 셈이죠."

어쨌든 직접 만나보지 않는 한 뭐라고 장담하기가 어렵다, 이건가?

다음 날 아침, 가장 먼저 피의자가 입원해 있는 병원으로 향했다. 고시노 계장과 오바타가 동행했다.

미네오카 사토미가 입원한 병원보다 규모가 컸다. 그래서인지 병실도 넓었다. 형사과 계원 두 명이 안에서 감시하고 있다고 했다. 처음에 배치했던 경비과 계원과 교대한 모양이었다.

고시노가 작은 소리로 어떤 형사에게 물었다.

"무슨 말, 하던가?"

"부르면 반응을 하지만 그 이상은 없습니다."

미네오카 사토미와 별 차이 없다는 말인가.

피의자는 목 전체에 붕대가 둘둘 감겨 있었고, 안색도 약간 창백했다. 머리 모양은 평범했고 예상보다 건강한 모습이었다. 적어도 어젯밤까지 생사를 헤맨 사람으로는 보이지 않았다. 미네오카 사토미와 마찬가지로 링거만 연결되어 있었고 인공호흡기 따위는 붙어 있지 않았다.

레이코는 눈짓으로 고시노에게 양해를 구한 다음 침대 곁으로 다가갔다.

서 있는 채로 피의자의 얼굴을 들여다보았다.

"안녕하세요. 경시청의 히메카와입니다. 당신에 대한 조사는 앞으로 제가 담당합니다. 아시겠어요, 미네오카 시게키 씨?"

레이코 뒤에 서 있던 고시노와 오바타가 동시에 숨을 들이마시는 소리가 들렸다.

하지만 그들의 숨소리보다 피의자의 반응이 더 컸다.

한껏 눈을 크게 뜨고 레이코와 시선을 맞추었다.

그렇다. 조사란 처음이 중요하다.

"사흘 전, 당신이 벌인 사건에 대해 묻고 싶은 말이 한 트럭이에요. 자, 어때요? 얼마나 말씀하실 수 있겠어요? 목소리는 나와요?"

그러자 피의자가 레이코에게서 시선을 피하고 목소리를 가다듬었다.

숨을 내쉬면서 목소리를 조금씩 섞어본다. 아, 아, 오. 오 낮게 발성했다. 하지만 막상 말을 하려면 역시나 통증이 뒤따르는 모양이었다. 입 모양을 바꾸는 순간 표정이 크게 일그러졌다. 환부에서 통증이 느껴지는지 잠시 입을 다물고는 그대로 멈춰버렸다.

"괜찮아요. 무리하지 마세요. 시간은 얼마든지 있으니까. 어쨌든 '예스', '노'로 대답하면 돼요. 질문을 시작할게요. 당신은 미네오카 시게키 씨가 맞나요?"

피의자는 눈살을 찌푸리면서 입술을 깨물었다. 말은 나오지 않았지만 그래도 미네오카 사토미의 침묵과는 분명히 질적으로 달랐다. 의미가 다르다. 피의자는 지금 필사적으로 생각하고 있다. 그러나 어떻게 대답해야 좋을지 모르는 것이다. 예스라고 해도, 노라고 해도 사실과는 엄청난 차이가 난다.

그것은 아마도 이런 의미일 것이다.

"지금 당신은 미네오카 시게키로 살지 않는다, 그 이름으로 생활하지 않는다, 그런 뜻인가요?"

그러자 작게 고개를 끄덕였다. 그게 전부였다. 목에 난 상처가 아픈 모양이었다.

"무리하지 마세요. 대답은 눈만 깜박여도 괜찮아요. 짧게 하면 예스, 천천히 하면 노, 이러면 되겠죠?"

이 질문에는 짧게 깜박였다. 레이코의 눈을 바로 보면서 고개를 끄덕였다.

"알겠어요. 고마워요. 손은 움직일 수 있어요? 필요하면 필담으로 하면 좋겠는데, 할 수 있겠어요?"

또 짧게 깜박였다. 예스.

"오바타 씨."

돌아보니 오바타가 벌써 노트와 펜을 준비해 내놓았다.

그것을 받아서 시게키에게 내밀자 피의자는 목의 상처에 지장이 가지 않도록 하면서 천천히 신중하게 양팔을 이불 밖으로 빼냈다.

오른팔에 링거 바늘이 꽂혀 있기는 했지만 글자를 쓰는 정도는 무난해 보였다. 직접 노트를 펼치고 펜을 쥐었다.

"지금 사용하는 이름을 써주세요."

또 눈을 깜박였는데 그것은 아무 의미 없는 눈짓이라고 판단했다. 정말로 단순한 깜박거림이었을 것이다.

피의자는 한 글자 한 글자 힘없는 필치였지만 정성스럽게 글자를 썼다.

우치(內), 다(田), 시게(茂), 유키(之).

"우치다 시게유키 씨. 맞죠?"

짧게. 예스.

"그건 호적에 올라 있는 이름인가요?"

여기에도 예스.

"그 전 이름이 미네오카 시게키 맞나요?"

조금 사이를 두었다가 그것도 예스.

"그럼 아동 양호 시설에서 지내다가 그 후에 우치다 씨네 양자로 들어갔단 말인가요?"

이 질문에는 노였다. 그렇다면 버려진 아이로 간주해서 시청이나 구청 기관장이 명명하여 새로운 호적을 만들었다는 해석이 가능했다. '시게키'가 '시게유키'로 바뀐 것은 본인은 이름을 기억하기는 했으나 발음이 나빴다든가, 어쩌면 이름을 듣는 쪽에서 잘못 들었는지도 모른다.

"그럼 현 단계에서는 편의상 우치다 씨라고 부를게요. 사흘 전 긴시 3가 노상에서 살상 사건이 발생했어요. 피해자는 세 명. 맨 처음에 공격당한 미네오카 사토미 씨는 전치 3개월의 중상을 입었어요. 사건 현장 근처 음식점에서 나오다가 공격당한 오노 아야카 씨는 전치 3주. 그녀와 함께 있었던 스가누마 히사시 씨는 유감스럽게도 목숨을 잃었어요. 즉사했죠."

피의자 우치다 시게유키, 미네오카 시게키의 얼굴에서 혈색이 싹 가셨다.

눈 깜박거림도, 호흡도, 맥박조차 정지한 듯 보였다.

미네오카 사토미가 살아 있다는 사실과 다른 누군가를 죽였다는 사실. 시게키에게 좀 더 큰 충격은 어느 쪽일까.

"스가누마 씨를 살해하고 오노 씨와 미네오카 씨에게 상해를 입힌 사람이 당신인가요?"

입술이 희미하게 떨렸다.

"당신이냐고? 우치다 시게유키!"

초점을 잃은 두 눈.

"네."

시게키는 나오지 않는 소리를 목구멍에서 쥐어짜내듯 대답했다. 예스와 노로 대답하는 방법이 머릿속에서 날아가 버린 건가.

"알겠습니다. 아직 상처도 낫지 않았으니 지금은 체포는 하지 않을게요. 대신 임의로 사정 청취를 하겠습니다."

이번에도 네, 하는 대답을 숨소리만으로 냈다. 뒤이어 예스, 하고 덧붙였다. 눈에 맺혔던 눈물이 귀까지 흘러내렸다.

"범행 자체에 대해서는 나중에 경찰서에서 천천히 묻겠지만 그 전에 확인해두고 싶은 게 있어요. 당신은 어머니인 미네오카 사토미와 살았던 지바 현 가시와 시의 빌라를 기억하시나요?"

젖었던 두 눈이 다시 번쩍 커졌다. 어떻게 받아들여야 할지 모르겠다는 표정으로 레이코를 쳐다보았다.

"가, 시, 와······."

"네, 지바 현 가시와 시에 있는 후세라는 곳이에요. 기억나요?"

"노!"

시게키가 눈을 부릅뜨며 대답했다.

레이코는 계속 질문하려고 했지만 그 전에 시게키가 먼저 말했다.

"그, 건물은……."

"건물이면, 빌라 말인가요?"

"네, 이젠, 없나요……?"

"아니요. 있어요. 그때 모습 그대로 남아 있어요."

"그, 그, 집 안……."

지명은 기억하지 못해도 그 집에서 있었던 일은 기억한다는 뜻인가.

"네, 그 집이 왜요?"

시게키의 두 눈에서 끊임없이 눈물이 솟구쳤다. 피맺힌 번민으로 얼굴 전체가 일그러진다.

"그, 방에, 남, 동생……."

"당신 남동생?"

"내, 남동생, 있, 어……요."

시게키가 노트를 스르륵 떨어뜨렸다.

"찾았어요. 조그만 남자아이. 그게 당신 남동생이었군요. 이름은?"

"히, 로……."

"그래요, 히로. 예쁜 모습은 아니었지만, 그래도 발견되었어요. 하지만 우리가 조사한 바로는 호적상 미네오카 사토미 씨에겐 시게키 씨, 당신 말고 아이는 없었어요. 그래서 우리는 처음에 그 아이를 시게키 씨라고 생각했어요. 하지만 아니더군요. 히로는 몇 살이었나요?"

목의 통증을 참으면서 시게키는 필사적으로 목소리를 짜냈다.

"아마, 다섯, 살쯤……."

"히로가 태어났을 때 일, 기억해요?"

"조, 금…… 그, 집에서…… 그, 사람이, 혼자, 낳았어요……."

사토미는 자택에서 두 번째 아이를 낳았다. 하지만 출생신고는 하지 않았다.

시게키가 계속했다.

"남동생이…… 생겨서, 기뻤어요…… 기저귀도, 갈고, 여러, 가지, 했어요…… 그때…… 행, 복, 했어요…… 그, 사람도, 그때가, 제일, 다정했고…… 하지만, 히로가 걷게, 되자, 점점, 집에 오지, 않아서…… 히로와, 둘이서, 지내는 일이, 많아지고…… 히로가, 오줌을, 싸기도, 하고…… 나는, 깨끗하게, 할, 생각…… 하지만, 돌아오면, 혼, 내고…… 전화, 받지, 않…… 하지만, 히로와, 둘이, 있으면, 외롭지, 않았…… 히로가, 기운을 잃으면, 내 빵이나…… 과자를, 주고…… 히로가, 울지 않게…… 나는, 최선을, 다, 했어요……."

미네오카 사토미의 고백은 거의 사실이었다. 그러나 한 부분, 큰 거짓말이 섞여 있었다.

방치 대상은 시게키 하나가 아니라 동생 히로까지 둘이었다.

"같이 게임도 했나요?"

네, 하면서 시게키가 레이코를 올려다보았다.

"네…… 그 사람은 사, 달라고, 하면, 게임은 사다, 줬어요. 아이에게, 품은, 들이지, 않으면서, 얌전히, 있게, 했어요. 히로도, 할 수, 있는, 간단한, 게임…… 자동차, 경주나, 동물, 키우기나…… 히로는, 별로, 잘하지, 못했어요. 하지만…… 둘이서 자동차, 경주를, 자주, 했어요. 차가, 부딪히면, 히로는, 깔깔, 웃고…… 좋아했어요, 즐거워, 보였어요……. "

현장에서 압수한 게임 소프트 중에는 2인용 게임이 여러 개 있었다. 조사해보니 그것은 모두 케이블로 동기화해서 노는 대전 형태거나 아니면 공동 작업을 하는 형태의 게임이었다.

사토미의 진술을 들었을 때 그녀가 아이와 같이 게임을 하면서 놀아주었다고 추측하기는 어려웠다. 그녀가 아니라면 대전 상대가 따로 있어야 했다. 즉, 시게키에게 다른 형제가 있었어야 했다. 그렇다면 역시 확률적으로 높은 쪽은 남동생이었다. 미네오카 시게키는 살아 있다, 그가 바로 피의자다, 생각했던 근거는 간단히 말하면 그것이었다.

"그렇군요. 히로가 형을 무척 좋아했겠어요."

자그마한 형과 아우.

그 방에 그려진 세계 지도는 틀림없이 두 사람만의…….

시게키가 이를 악물었다.

"그런데, 그날도, 게임을, 하면서, 히로는, 잠들었어요. 나도, 같이, 자고, 있었어요…… 그런데 그, 사람, 목소리가 나서, 눈을, 떴어요…… 아직, 이른, 아침이라 캄캄했고…… 갑자기, 때렸어요. 뭐냐고, 무슨 일이, 있었냐고, 뭘 한, 거냐고, 하면서…… 히로는 죽어, 있었어요. 왜, 제대로, 돌보지, 않았냐고, 혼이, 났어요. 엄청, 혼났어요. 내가…… 죽게, 했다고, 그랬어요."

레이코는 동틀 무렵 어슴푸레한 그 방 안을 떠올려보았다.

얼룩덜룩 축축한 이불 속에서 둥글게 몸을 말고 잠든 어린 형과 아우. 그들을 내려다보는 검은 그림자. 그 모습은 어린 시게키의 눈에 어둠에서 솟아난 마귀처럼 비쳤을 게 틀림없다.

어둠이라는 색을 띤, 악귀 형상을 한 엄마.

"히로를 벽장으로 옮긴 사람은 누구였죠?"

"그, 사람요. 보이는, 곳에, 두고, 싶지, 않았던…… 거겠죠."

"그 후에도 계속 거기서 살았던 거네요?"

"네, 난, 그랬어요. 그 사람은, 거의, 집에 오지, 않았어요. 하지만, 어느, 날, 이사한다고…… 갑자기 그, 집에서, 끌고, 나갔어요. 히로를, 둔 채…… 생판, 모르는, 동네로, 데려가서…… 며칠인가, 지나서…… 공원 벤치에, 있을 때…… 여기서, 기다리라고 해서, 그대로…… 밤이 되어도, 그, 사람은, 오지 않았어요…… 버려진, 걸 알았어요."

레이코는 내내 쥐고 있던 시게키의 손을 다시 이불 속에 넣어주었다.

"휴대전화가 있었잖아요?"

"그때는, 빼앗겼…… 아무것도, 없었어요."

"게임기도?"

"아, 게임기만, 갖고, 있었어요. 히로와, 마지막으로, 했던, 자동차 경주, 게임이, 들어, 있었어요."

그랬을 것이다. 그래서 그 집에는 게임기의 조종기가 한 대밖에 없었던 것이다. 동기화에 쓰는 케이블 전선만 남은 채.

그 후 아마도 시게키는 누군가에게 보호되어 경찰로 넘어갔고, 버려진 아이로 간주되어 새로운 호적을 얻었을 것이다.

모르는 부분은 그다음이었다.

"왜 이제 와서 어머니에게 복수하려고 했나요?"

돌과 돌이 맞부딪히듯 시게키의 미간에 힘이 들어가서 두 개의 굵은 주름이 잡혔다.

"전화, 번호를, 기억하고 있어서······."

"그럼 좀 더 빨리 연락했더라면 좋았을 텐데요."

"받지, 않을, 거라고, 생각해서······ 전화, 걸면, 민폐라고, 생각해서······ 하지만, 시설에서, 지내는, 동안······ 그건, 역시, 이상하다는, 걸, 알았어요. 중학교를, 졸업하고 나서······ 큰맘 먹고, 전화를 걸어, 봤어요. 절대로······ 받지, 않을 거라고, 생각했는데······ 받았어요. 목소리도, 들을 수 있었고······. 내가, 아무, 말도, 안 하니까, 바로, 끊었어요. 하지만······ 그래도, 몇 번인가, 걸었는데, 뒤에서, 긴시······초라고, 들려서······ 그다음에는, 파친코, 게임장, 소리도, 들리고······ 그, 주변을 찾아다니다, 간신히, 찾아냈어요."

긴시초 역 주변만 해도 파친코 게임장이 열 곳에 가까웠다. 그리 쉽게 찾아냈을 리가 없었다.

"찾는 데 시간이 얼마나 걸렸어요?"

"3년······. 일을, 하느라······ 쉬는, 날만, 찾아다녔어요. 하지

어둠의 빛깔

만……."

그러나 그것이 어머니가 그리워서 했던 행동이 아니라는 점은 시게키의 표정으로 봤을 때 분명했다.

"3년이나 찾아다녔어요. 그 동기는 무엇이었을까요?"

"그때는, 몰랐지만…… 역시, 아무리, 생각해도, 히로를, 죽게 한 건, 내가 아니라, 그 사람이라고밖에, 생각할, 수 없어서…… 그걸, 확인하고 싶어서…… 3년, 걸려서, 찾아냈는데…… 금방, 찾지는 못했어요. 그래도, 몇, 번째인가 찾아갔을, 때, 말을 걸었어요…… 그, 사람, 저를, 잊어버렸더라고요…… 얼굴을 보고도, 누구냐고…… 저도, 저를, 시게유키라고, 했기, 때문인지도, 몰라요. 그래도, 히로, 얘기를, 했어요. 히로가, 죽은 건, 내 탓이, 아니라고, 말하고, 싶었어요. 그걸, 인정받고, 싶어서, 하지만 그 사람, 이제, 와, 무슨 상관이냐고, 했어요…… 벌써, 다, 잊었다고…… 내가 10년도, 넘게, 날마다, 괴로워했던 이유를, 히로가, 죽은 건, 내 탓이, 아니었다고, 따지러, 왔다고 했는데, 그런 건, 상관없다고…… 그때, 결심했어요. 그 사람을, 죽이고, 나도, 죽어야겠다고…… 죽어서, 히로가 있는 곳으로, 가자고……."

하지만 시게키는 미네오카 사토미를 죽이는 대신 난생처음 보는 사람을 해쳤다. 불행한 우연으로 치부할 이야기가 아니다. 시게키가 취한 행동은 분명히 이기적인 살인범의 범죄행위였다. 스가누마 히사시에게 조금의 잘못도 없는 이상, 아무리 정상참작이 있다 해도 정황상 그래야 할 가치가 있었는지 판단하기는 어렵다.

그 밖에 가능한 처벌이라면, 미네오카 사토미에게 유기치사죄와 시체유기죄를 물을 수는 있다. 그것마저도 현실적으로 시효가 지나서 불기소 처리가 불가피하지만. 사토미가 히로에게 상해를 입힌 사실이 있다면 상해치사, 고의가 인정되면 살인죄도 적용할 수 있지만 그 부분을 수사할 권한이 레이코 팀에게는 없다.

이런 경우가 결코 처음은 아니었다. 정도의 크고 작음은 둘째 치고 경찰관은 날마다 그런 법적 모순과 직면한다고 해도 과언은 아닐 것이다.

자신들은 법을 수호하고 지키도록 만들 뿐이다. 법률적으로 모순된 점을 알더라도 그것을 다시 만들 수 있는 입장이 아니다.

그렇다면······.

결코 용서받을 수 있는 일은 아니지만 계속 어떤 생각이 고개를 들었다.

차라리 사토미를 죽게 했다면······.

죽은 스가누마 히사시가 다시 살아날 리는 없지만, 이대로는 너무나 불공평하다는 생각을 레이코는 떨칠 길이 없었다.

첫 번째 청취를 마치고 병실에서 나가려고 하는 레이코에게 시게키가 말했다.

"형사님······ 고, 고맙습니다."

설마 인사를 받으리란 생각은 못 했으므로 조금 놀란 표정을 지었는지도 모른다.

시게키가 계속 이야기했다.

"그 사람은…… 내 얼굴을, 보고도, 몰랐어요. 하지만 형사님은…… 저를, 처음에, 시게키라고, 불러……주었어요. 히로도, 찾아주셨고요. 고마워요. 그리고…… 죄송해요."

그 말에 레이코는 아무 말도 하지 못했다.

그저 어색한 미소에 고개를 끄덕해 보였을 뿐이었다.

그때는 이유를 몰랐다. 하지만 레이코는 분명 자신이 감사를 받을 만한 사람은 아니라고 느꼈다.

미네오카 사토미가 죽었으면 좋았을 텐데, 하고 생각했기 때문일까. 아니다. 그뿐만이 아니다. 그렇다면 뭘까. 모르겠다.

조서를 작성하는 동안에도 그 의문이 머리에서 떠나지 않았다. 다음 한 줄에서 생각이 맴돌았고, 또 다음 한 줄에서 생각이 맴돌았다. 손이 어느 틈에 자꾸 멈추었다.

그럴 때마다 꼭 히노가 지적했다.

"주임님, 왜 그러세요?"

"아! 아니에요. 별것 아니에요."

월요일이 되자 히노와 고시노는 우치다 시게유키의 집으로 가택수색을 갔고, 나카마쓰는 그가 중학교 졸업 때까지 있었다는 아동 양호 시설과 구청의 관계자를 만나러 갔다. 오타바는 직장 관계자의 말을 들으러 갔다. 레이코만 혼조 서 회의실에 남아서 조서와 수사 보고서 작성을 계속했다.

점심시간을 넘겨 근처 편의점으로 가서 샌드위치와 채소 주스를 사 왔다. 포장 봉지를 보면서 시게키와 히로는 이런 것도 나눠 먹었겠지, 생각할 때였다.

회의실 문 앞을 커다란 사람 그림자가 막아섰다.

그림자만 보고도 레이코는 온몸의 세포가 일제히 끓어오르는 듯했다.

레이코가 너무 잘 아는 얼굴이었다. 얼굴에 가득한, 그러면서 조금 쓸쓸한 미소.

"기쿠타!"

"주임님, 이제 오세요?"

어떻게?

"아니, 왜…… 그러니까 그게…… 관리관님은 아무 말씀도 안 하셨는데……."

"그랬어요? 주임님께는 말해놓을 테니 빨리 현장으로 가라고 하셨어요. 그래서 본부에서 과장님께 신고한 다음 바로 거기서 서둘러 왔는데요."

이런 바보, 멍청이!

"그래도 전화 한 통쯤 해주지."

"아, 그야…… 하지만 뭐 어때요."

기쿠타는 가방을 회의 테이블에 내려놓고 레이코 앞으로 다가왔다.

"기쿠타 가즈오 경사, 오늘부로 형사부 수사 1과 살인범 수사 11계 근무를 명받았습니다! 잘 부탁드립니다!"

몸을 15도로 숙여 예를 갖추었다. 이 동작을 이다지도 사랑스럽게 여긴 적이 있었던가.

"어, 어? 그래. 잘 부탁해."

오른손을 내밀었다. 손을 잡기만 해도 빨려드는 느낌이다. 늠름하고, 힘세고, 다정하고, 따뜻하다.

"주임님, 외로우셨죠?"

"무슨, 그럴 리가."

"이젠 괜찮아요."

"뭐가?"

"주임님은 제가 지켜드릴게요."

그게 뭐야? 무슨 뜻이지?

"그런데 아까부터 주임님, 주임님, 하는데…… 나 이제 주임 아니라고."

"그래도 여기는 히메카와 반이잖아요."

"모르는 건 아닌데…… 기쿠타 반이라고 불리게 될지도 모르겠는걸."

"아니요. 히메카와 주임님이 계신 곳은 히메카와 반이에요."

기쿠타가 주머니에서 손수건을 꺼내어 레이코에게 내밀었다.

오륙 년 전 기쿠타의 생일 때 레이코가 준 선물 중 하나였다.

하지만 레이코는 그 손수건을 받지 않았다.

지금 우는 것도 아니었고, 울 것 같지도 않았고, 울고 싶지도 않았다.

'긴시 3가' 살상 사건의 개요 설명을 마치자 기쿠타는 화가 난다는 듯이 입을 삐죽거렸다.

"어머니가 둘째를 죽음으로 내몰았고, 그런 어머니를 미워한

큰아들이 10년이나 지나서 이번에는 어머니에게 그랬단 말입니까? 모자 사이에 왜 그렇게까지 됐을까요? 세상에는 다카오카 같은 사람도 있는데 말이죠."

다카오카 겐이치. 예전에 레이코 팀이 수사했던 '다마가와 변사체' 유기 사건의 주요 참고인 이름이다. 분명 다카오카는 부성(父性)의 결정체 같은 남자였다. 결과적으로는 지나친 애정이 스스로를 미치게 만들었다. 모든 일에 서툴렀지만 성실한 남자였다.

하지만 그렇게 말하고 나서 아버지와 어머니, 남자와 여자, 그렇게 입장을 바꿔놓고 생각하자 레이코는 비로소 이 사건을 제대로 이해할 수 있을 듯한 기분이 들었다.

"맞아, 밖에 나가면 집이나 아이 일은 어느새 잊어버리잖아. 의식에서 사라지는 거지. 아마 그렇게 드문 일도 아닐 거야."

기쿠타가 이해하기 힘들다는 눈빛으로 이쪽을 보았다.

한 번 고개를 끄덕이고 레이코는 계속 이야기했다.

"일하는 인간이란 게 그렇잖아. 최근에는 이쿠맨*이라고 해서 젊은 아빠가 육아에도 협력하는 풍조지만 그런 말이 유행한다는 것 자체가 옛날에는 그렇지 않았다는 뜻이거든. 여성도 사회에 진출해서 어떤 면에서는 '남성'화되고 있고 말이야. 일에 몰두하고, 일을 도피처로 삼고, 일을 핑계로 가정을 등한시하고. 이런 사건으로까지는 번지지 않더라도 아동 방치는 앞으로

---

* 이쿠맨: 일본어로 육아를 뜻하는 이쿠지(育児)와 영어 맨(man)을 합친 말로 육아에 적극적인 남성을 뜻하는 신조어.

더 늦지 않을까, 그런 생각이 방금 들었어."

맞습니다, 기쿠타가 맞장구를 쳤다.

"미네오카 사토미와 다르게 아이를 방치하지 않는 헌신적인 성격의 어머니는 오히려 도피처를 잃고 육아 노이로제에 걸릴지도 모르지."

"네? 그렇게까지 비약하면 전 사회적으로 아이를 어떻게 키울까, 하는 얘기가 된다고요. 미네오카 사토미를 왜곡된 사회가 낳은 희생자인 양 옹호할 마음은 손톱만큼도 없고 그 사람이 저지른 죄에 비해 형벌은 지나치게 가볍다고 생각하지만, 그래도 도무지 이해가 안 가는 건, 나하고는 1밀리도 겹치는 점이 없는 짐승만도 못한 인간이라는 생각이 들지 않는다는 거죠. 일단 낳기는 했지만 육아란 게 생각보다 엄청 힘들어서 자신과 맞지 않았다고 사토미도 말했잖아요. 그런 생각이 별로 특이한 경우는 아니라고 봐요."

레이코는 자료를 덮고 뻐근해진 등을 의자에 기댔다.

"아무리 법을 정비하고 행정 지원을 보강해도 사토미 같은 부모 밑에서는 히로처럼 호적이 없는 아이들 문제는 사라지지 않아. 그런 사람은 부모도 아니야. 아이를 낳았다고 자동적으로 부모가 되는 건 아니니까. 엄청나게 노력하고, 죽을 만큼 고생하면서 차츰 부모가 되어가는 거라고 생각해. 그걸 견뎌낼 각오도 없는 사람은 부모가 될 자격도 없어."

자기 입으로 말하면서도 자기 자신이 점점 싫어졌다.

"나도 그 전형이라고 생각해. 물론 아이는 없지만 말이야. 부모님도…… 일할 때는 전혀 생각나지 않아. 어쩐지 무섭네. 부모 자식 간에는 그런 광기가 은연중에 흐르는 건가 싶어."

기쿠타가 아니라고 하면서 고개를 흔들었다.

"주임님은 달라요. 주임님은 괜찮습니다."

"모르는 일이야. 기쿠타는 나한테 그런 면이 있는지 모르잖아."

"그럴지도 모르지만 전 그렇지 않은 면을 더 많이 알고 있거든요. 주임님은 괜찮아요."

기쿠타가 그렇게 말해주니 마음이 조금 편해졌다. 미네오카 시게키도 그랬을까. 히로의 죽음은 자기 탓이 아니다. 그 한마디를 사토미의 입으로 듣고 싶었을 뿐이었다고 레이코는 다시 생각했다.

큰일이다. 기분이 또 어두워지려고 한다. 화제를 바꿔보자.

"기쿠타는 괜찮지? 좋은 아빠가 될 거야."

"네? 그렇지도 않아요."

어머, 실수했나? 경우에 따라서는 문제성 발언인가?

"미안. 나 뭔가 말을 잘못했나 봐."

"아니에요. 괜찮습니다. 죄송해요."

"자, 그럼 환영회나 하러 갈까? 지금 반원들은 어쩐지 같이 한잔하러 갈 만한 분위기는 아니지만, 좋은 기회니까 다 불러서 화끈하게 놀아보자고."

"아, 네……."

어라, 기쿠타의 대답이 흐리멍덩하다.

"뭐야, 혹시 마음대로 술도 한잔 못 하는 거야? 아내 아즈사 씨가 그렇게 무서워?"

 레이코는 그렇게 묻고 나서 이런 말도 적절하지 못한가 싶어 신경이 쓰였다.

 쳇, 아무래도 예전 같은 기분은 좀처럼 나지 않을 모양이다.

 유부남인 기쿠타도 어쩐지 좀 성가시다.

옮긴이 **이로미**

1974년 성남에서 출생하였고, 인하대학교 사학과를 졸업했다. 대학 때부터 한일 간의 문화와 역사에 깊은 관심을 가져, 세종대 정책과학대학원 국제지역학과에서 일본학 전공으로 석사 학위를 받았다. 일본 문학지 『후네』, 『씸씽』, 『구자쿠센』 등에 한국 시인의 시를 다수 번역하여 소개했으며, 이효석이 1940년대에 발표한 『녹색의 탑』을 포함한 소설 다섯 편과 산문 열일곱 편 등 일본어 작품을 한국어로 번역한 바 있다. 그 밖에도 과학 인문서 『아인슈타인과 원숭이』를 비롯하여 『고양이와 함께 행복해지는 놀이 레시피』, 『산월기·이릉』, 『삼색털 고양이 홈즈의 등산열차』 등 일본 소설을 번역하였고, 혼다 데쓰야의 레이코 형사 시리즈 일곱 편의 역자이기도 하다.

인덱스

초판 1쇄 인쇄일 2018년 8월 13일
초판 1쇄 발행일 2018년 8월 25일

지은이　　혼다 데쓰야
옮긴이　　이로미
펴낸이　　정은영
주간　　　배주영
편집　　　임채혁
경영지원　양상미 김윤하 김은혜
제작　　　이재욱 현대엽 박규태
디자인　　워크룸 김혜원
마케팅　　한승훈 이새롬 나윤주 강민재 윤혜은 황은진

펴낸곳　　㈜자음과모음
출판등록　2001년 11월 28일 제2001-000259호
주소　　　04047 서울시 마포구 양화로6길 49
전화　　　편집부 (02)324-2347 경영지원부 (02)325-6047
팩스　　　편집부 (02)324-2348 경영지원부 (02)2648-1311
이메일　　neofiction@jamobook.com

ISBN　　978-89-544-3864-3 (04830)
　　　　978-89-544-3857-5 (set)

잘못된 책은 교환해드립니다.

이 도서의 국립중앙도서관 출판예정도서목록(CIP)은 서지정보유통지원시스템 홈페이지(http://seoji.nl.go.kr)와 국가자료공동목록시스템(http://www.nl.go.kr/kolisnet)에서 이용하실 수 있습니다.(CIP제어번호: CIP2018024750)